历代名家精选集

元好问 萨都剌集

龙德寿 编选

凤凰出版传媒集团
凤凰出版社

图书在版编目（CIP）数据

元好问萨都剌集 / 龙德寿编选. -- 南京 : 凤凰出版社, 2011.12
（历代名家精选集）
ISBN 978-7-5506-1082-8

Ⅰ. ①元… Ⅱ. ①龙… Ⅲ. ①诗词—作品集—中国—元代 Ⅳ. ①I222

中国版本图书馆CIP数据核字(2011)第276272号

书　　名	元好问萨都剌集
编 选 者	龙德寿
责任编辑	卞　岐
出版发行	凤凰出版传媒集团 凤凰出版传媒股份有限公司 凤凰出版社(原江苏古籍出版社) 发行部电话025-83223462
集团地址	南京市湖南路1号A楼,邮编:210009
集团网址	http://www.ppm.cn
出版社地址	南京市中央路165号,邮编:210009
经　　销	凤凰出版传媒股份有限公司
照　　排	南京凯建图文制作有限公司
印　　刷	江苏凤凰新华印务有限公司 中国江苏南京经济技术开发区尧新大道399号,邮编:210038
开　　本	880×1240毫米　1/32
印　　张	11.125
字　　数	243千字
版　　次	2011年12月第1版　2011年12月第1次印刷
标准书号	ISBN 978-7-5506-1082-8
定　　价	29.00元

(本书凡印装错误可向承印厂调换,电话:025-68037411)

目 录

元好问词选

萨都剌诗选

萨都剌词选

前 言

元好问、萨都剌是元代文学史上的重要作家。元好问为金元时期文学家之第一人,已成定论。萨都剌也是相当出色。前人评曰:"自元遗山裕之外,未尝不推萨天锡先生为元一代词人之冠……"本书特编选元好问、萨都剌二家代表作,加以注释、品评,以展示元代文学之风貌。

一

元好问(1190—1257),字裕之,号遗山,山西秀容(今忻州)韩岩村人,是金、元之际的文学大家,在文学史上享有崇高的地位。他还是史学家,为使金源一代历史不致泯灭,做出了重大的贡献。

元好问的一生,亲历金朝由鼎盛走向彻底崩溃,以及蒙古国灭金的社会动荡过程。既享受过承平时代的纨绮生活,也领受到流离失所的艰辛;既被人称为"神童"和"才子",又在科场屡屡失利;既任过金廷官员,又做过蒙古国囚徒;既被奉为一代宗工巨匠,又遭人非议,等等。总之,他的一生,曲折坎坷。可分为以下几个阶段。

(1) 从学受教(1 岁至 20 岁)。元好问生于金章宗明昌元年(1190),正值金朝鼎盛时期。元好问在《寿阳县学记》中追述说:"近代皇统、正隆以来,学校之制,京师有太学、国子学,县官砣禀生徒常不下数百人,而以祭酒、博士、助教之等教督之。外及陪京、总管太尹府、节度使镇、防御州,亦置教官。”可见国家给仕进者铺平了道路，出现了人人竞相习举业的局面。元好问的父亲及长兄均习举业不第，二叔、三叔又无子，光大门庭的希望都在好问的身上。好问天资聪颖，敏而好学。4岁开始读书识字，5岁随父赴掖县，7岁入小学，8岁学作诗被誉为“神童”，11岁在冀州学文，14岁在陵川入县庠，15岁学为时文。18岁元格教以民政，19岁学业成，随元格赴陇城。在陵川期间，曾到太原应府试，不中。初识无所不窥、过目不忘的刘昂霄，尔后为终身挚友。途中遇捕雁者，买得殉情之雁，葬于曲阳汾水之滨，叠石为志。初试才华，作《雁丘词》，这是好问现存词中最早之作。19岁到陇城后，便到长安赴秋试，仍不遇。

(2) 家居作举子计(21岁至24岁)。大安二年(1210)，元格卒于陇城，元好问护送灵柩回家乡安葬。随后家居，补习课业，准备再试。崇庆元年(1212)，赴燕京应试，又受挫。至宁元年(1213)，住太原学舍，与交城吴庭秀、吴庭俊兄弟结夏课于由义西斋。此时，金政乱于内，兵败于外，处于内外交困的动荡不安之中，但蒙古铁骑暂未踏入忻州，好问尚能安心为举业奋斗。

(3) 流离奔波(25岁至27岁)。至宁元年秋，蒙军分三路大举攻金。山东、河北、山西俱无完土，唯中都、东平等十一城尚存。贞祐二年(1214)春三月，蒙欲乘胜破燕京，金乞和。五月，宣宗迁都汴梁(今河南开封)，以图苟安。这一时期，元好问亲历国危家破、流离奔波之苦难，故而写了《石岭关书所见》、《避兵北山之羊谷石龛》、《箕山》、《虞坂行》、《元鲁县琴台》、《落魄》、《八月并州雁》等反映战乱、吊古伤今、生不逢时的诗篇。

(4) 为仕进奔走(28岁至35岁)。金都南迁汴梁后，河朔地区精英都会聚于河南，恰好给好问与朋友交游讲习提供了机会，使他能博采众家之长，使其诗文异彩纷呈。寓居三乡时，编《锦机》一卷，其间特别作了《论诗三十首》，奠定了他在诗歌批评史上的杰出地位。兴定元年（1217）曾赴汴京，以诗见司贡举、掌文坛的礼部尚书赵秉文，受到特别的奖掖，称他的《箕山》、《琴台》等诗，自杜甫以来所未有，并延誉诸公间，于是名震京师，人称“元才子”，从此跻入文坛。其间，与孙伯英、刘昂霄、辛敬之、赵元等交游酬唱。但在科场应试，还是名落孙山。兴定五年三月，赴汴京试，登进士第，愤而不就选。舆论大哗，认为座主赵秉文、礼部尚书杨云翼、御史雷渊、内翰李钦叔是元氏党人，取人逾新格。此后三年中，便来往于箕颍间，与雷渊、李献能、辛敬之、刘从益、麻知几、冯壁、常仲明等游。被郝经称之为：“登第不就选。往来箕、颍间数年，而大放厥辞。于是家按其什，人嚼其句，洋溢于里巷，吟讽于道途，巍然坡谷复出也。”足见其诗歌广泛受到群众的欢迎，名声也越来越大。

（5）为官十年（35 岁至 44 岁）。正大元年（1224）至汴京应宏词科中选，授儒林郎，权国史院编。从 16 岁赴太原应府试不遇，经屡败屡试之后，直到 35 岁，宿愿终于得偿。正大二年春，奉命往郑州，为卫绍王事，访致仕左丞相贾益谦。六月，辞归嵩山。正大四年为内乡令。在内乡期间，是他一生中心情最为畅快的时期。五年，丁内艰，罢官，居白鹿原，营建新居。正大七年，曾赴邓州幕府。在《被檄夜赴邓州幕府》中，抒发了他未能脱俗的喜悦之情。正大八年，服除，辟南阳令，并兼镇抚，甚有威惠，内迁尚书省掾。是时，夫人张氏卒于南阳，自携年仅十三的三女阿秀和幼子叔仪移家汴京。天兴元年（1232），蒙古军围汴京。十二月，在粮尽援绝的情况下，哀宗出逃。元好问本请以小字书国史一本随驾所在，未及行。天兴二年正月，蒙军围城甚急。时为左司都事的元好问，向留守完颜奴申建议，仿《春秋》纪季入齐之义，以保两宫与皇室。留守召集官民议论七日而不决，京西元帅崔立乘机作乱，杀留守等官员，献城降蒙古。假太后命，立从恪为梁王监国，自封太师、军马都元帅、尚书令、郑王，并威逼官民为他立功德碑。当时，元好问明知有损名节，未予抗命，接受崔立迁升的官职，为崔立主持撰写功德碑文。

(6) 南冠六年(44 岁至 45 岁)。元好问到聊城后，住在残破的自觉寺中，生活困苦，心境苍凉。但仍幻想金廷死灰复燃。天兴三年正月，南宋与蒙军破蔡州，哀宗自缢，仓促即位的完颜承麟被杀，金朝彻底灭亡。好问得知消息后，幻想完全破灭。他在《甲午除夜》诗云："暗中人事忽推迁，坐守寒灰望复燃。已恨太官馀曲饼，争教汉水入胶船。神功圣德三千牍，大定明昌五十年。甲子两周今日尽，空将衰泪洒吴天。"抒发他对旧国的眷恋之情与绝望之心。于是便以史笔为己任。恐金源一代历史泯灭。故而闭门著述，以备后世修史有所资藉。蒙古太宗七年(1235)，移居冠氏(今山东冠县)。其间，开始编《中州集》，撰《南冠录》、编《东坡乐府集选》，以及写下《南冠行》、《俳体雪香亭杂咏》、《即事》、《续小娘歌十首》、《学东坡移居八首》、《感皇恩》(梦寐见并州)、《东游略记》、《故物谱》等诗词文章。

(7) 遗民生涯(50 岁至 68 岁)。元好问自 27 岁避乱携家往河南，50 岁才得以返故园，流离二十三载。他念念不忘修史之责，建野史亭于家，著作其上。除继续《中州集》等编撰外，为搜访金源君臣遗言往行，不断奔走于齐、鲁、燕、赵、晋、魏之间，凡有所得，辄以寸纸细字亲为记录，达百余万言，虽未成书而卒，但为尔后修《金史》以资藉。60岁《中州集》成，得真定提举赵国宝资助，得以刊行。宪宗七年，元好问卒于获鹿寓所，终年68岁。由弟子郝经理丧，归葬秀容韩岩村祖茔。

元好问在《论诗三十首》之三十云："撼树蚍蜉自觉狂，书生技痒爱论量。老来留得诗千首，却被何人校短长。"自金、元迄今，元好问受到学者名家的关注与推崇，研究越来越深入，影响越来越广泛，评说也越来越全面。这对于初读并想进一步了解其人和作品的读者是有启发的。郝经在《遗山先生墓铭》中云："诗自三百篇以来，极于李、杜。其后纤靡淫艳，怪诞癖涩，寖以弛弱，遂失其正。二百余车而至苏、黄，振起衰踣，益为瑰奇，复于李、杜氏。金源有国，士务决科干禄，置诗文不为，其或为之，则群聚讪笑，大以为异。委坠废绝，百有余年，而先生出焉。当德陵之末，独以诗鸣，上薄风、雅，中规李、杜，粹然一出于正，直配苏黄氏。天才清赡，邃婉高古，沈郁大和，力出意外，巧缛而不见斧凿，新丽而绝去浮靡，造微而神采焕发，杂弄金璧，糅饰丹素，奇芬异秀，洞荡心魄，看花把酒，歌谣跌宕，挟幽、并之气，高视一世。以五言雅为正，出奇于长句、杂言，至千五百篇。为古乐府不用古题，特出新意以写怨恩者，人百余篇。用今题为乐府，揄扬新声者，又数百篇。皆近古所未有也。汴梁亡，故老皆尽，先生遂为一代宗匠，以文章伯独步几三十年。铭天下功德者尽趋其门，有例有法，有宗有趣，又至百余首。为《杜诗学》、《东坡诗雅》、《锦机》、《诗文自警》等集，指授学者。方吾道坏烂，文耀暗昧，先生独能振而鼓之，揭光于天，俾学者归仰，识诗文之正而传其命脉，系而不绝，其有功于世又大也。每以著作自任，以金源氏有天下，典章法度，几及汉、唐，国亡史兴，己所当为。而国史实录，在顺天道万户张公府，乃言于张公，使之闻奏，愿为撰述。奏可，方辟馆，为人所阻而止。先生曰：‘不可遂令一代之美泯而不闻。’乃为《中州集》百余卷，又为《金源君臣言行录》。往来四方，采摭遗逸，有所得，辄以寸纸细字亲为记录，虽甚醉不忘。于是杂录近世事至百余万言，捆束委积，塞屋数楹，名之曰‘野史亭’。书未就而卒。呜呼！先生可谓忠矣。”这是最早也是最为全面的评介。

历代的评价不胜枚举。由于时代在前进，每个人的阅历也不同，评价自然有差异，这些都是正常的。而他好学不厌；在学习传统的基础上，而有所突破和创新；以史笔为己任，且矢志不渝；关心国家安危；同情人民；奖掖后进等等，都是值得学习的。

二

萨都剌(1272—1355?)，字天锡，号直斋，雁门(今山西代县)人。其先祖为西域回回人，随蒙古西征军东来。萨都剌虽生于将门，但已不再像父辈那样横刀立马，驰骋沙场，而是接受中原汉文化的教育，对中国历史文化比较熟悉和了解。特别是儒家思想，对他的影响尤深。萨都剌的一生，从元世祖至元顺帝，经十一主，历八十余年。他目睹有元一代从盛到衰的全过程。他父辈虽为武将，但品级尚不能封妻荫子。元初四十年间，科举被废弃，使一大批读书人失去了入仕的阶梯。萨都剌完成学业之后，只能与朋友交游，或家居。而家庭已穷困到“家无田，囊无储”(《溪行中秋玩月序》)和“家口相煎百忧集”(《醉歌行》)的窘境。萨都剌在而立之年以前，家庭生活重担，尚未落到他肩上，过着读书交游的清闲日子。其间，留下几首早期的习作，内容较为空泛。30 岁之后，情况就有了大的变化，他们兄弟三人，他是长子，不能不为家庭生计分忧。便于成宗大德六年(1302)，从雁门出发，下太行，渡黄、淮，到镇江一带经商。“严霜烈日太行坡，斜风猛雨瓜洲渡。南人求名赴北都，北人徇利多南趋。”(《芒鞋》)后来又溯江漂泊到湖北孝感。经过奔波之后，尝到了严寒酷暑的苦味，身心都备受折磨。不仅未赚分文，而且弄得两手空空，心情十分苦闷，处境尤为狼狈。“虽云少年惯作客，便觉此日难为情”(《崔镇阻风有感》)；“青春背我堂堂去，黄叶无情片片飞”(《述怀》)；“寥落天涯岁月赊，每逢佳节每思家。无钱沽得邻家酒，不敢开窗看菊花。”“佳节相逢作远商，菊花不异故人香。无钱沽得邻家酒，一度孤吟一断肠。”(《客中九日二首》)这便是他当时生活的自我写照。

仁宗皇庆二年(1313)，诏令恢复科举，给一批读书人进士及第带来了希望。泰定四年丁卯(1327)，萨都剌以三甲进士及第。此时，萨都剌虽年过半百，仍压抑不住内心的喜悦和感激之情：“卿云五彩中天见，圣泽千年此日遭”(《丁卯及第谢恩崇天门》)；“小臣涓滴皆君赐，惟有丹心答圣明”(《赐恩荣宴》)。是年秋，授与他镇江路(今江苏镇江)录事司达鲁花赤。他在镇江任职三年，因勤政爱民，受到乡亲父老的爱戴。

至顺元年(1330)五月，职满，授翰林国史院应奉文字，回大都。在国史院期间，曾侍驾游香山、参加奎章阁进《经世大典》大典等活动，与虞伯生、揭曼硕、李溉之等诗家酬唱。至顺三年三月，出为江南诸道行御史台掾史，赴南京。曾溯江而西，赴安徽池阳等地。八月文宗崩，燕铁木儿违背文宗传位于其兄之子明宗的遗命，使皇位虚悬，使朝野人心惶恐。元统元年(1334)春，他奉命赴上都迎马伯庸为南台中丞。元统二年正月，自上都返南京，随后至江西临川。秋天，赴大都。冬，除燕南廉访司照磨。元统三年冬，迁福建闽海道廉访司知事。后至元二年(1336)四月，赴福州。次年八月，迁官出闽。在闽一年和来回途中，登山临水，即兴挥毫，留下诗章不少。后至元四年，先除燕南河北道廉访司经历，旋改除河南江北道经历，赴开封。五年，改知襄阳县。后至元六年，擢翰林应奉，返大都。秋，其母去世，服孝。其间，与苏天爵等有题赠。至正三年(1343)，服除。擢浙江行中书省郎中，赴杭州。过高唐州时，凭吊燕帖古思，写《过高唐》和《题高唐驿》，以补《元史》之空白。至正六年秋，至江南诸道行台任侍御史，赴南京。与王君实、马昂夫、刘子谦等游。至正七年春，由镇江往苏州。秋，到常州，再回苏州。至正八年四月，自苏州返南京。至正九年，因弹劾权贵不法被贬，春天由南京返大都。至正十年，左迁淮西江北道廉访司经历，赴合肥。途经黄河时，写了《早发黄即事》，反映两河人民不仅遭受黄河泛滥之灾难，更为可怕的还是赋役之沉重，抒发了对人民的同情。至正十三年，因农民起义，避乱过杭州赴绍兴，遂于山阴、萧山建两草堂暂居。至正十五年，自浙东避乱至安徽安庆，结茅庐于司空山下。此后，其行迹不可考。

萨都剌的诗歌已突破个人怀才不遇的局限，触及到国家兴衰、人民的苦难，散发出浓郁的时代气息，有强烈的现实感。大体有以下几个特点。

其一，描写社会现实矛盾的诗歌。他目睹天灾和横征暴敛给广大劳苦人民带来的无尽灾难。他们衣不蔽体，食不果腹，在死亡线上挣扎。因而他对人民非常同情，对豪横恶吏咬牙切齿，并在诗中进行揭露和抨击。如《鬻女谣》、《早发黄河即事》。有的诗则对战争造成的残破景象进行描述，抒发反对战争，期望和平的情绪，反映了广大人民的心愿，在元代尤其具有针对性。如《过居庸关》、《题画马图》。有的是写他人之不敢写，把矛头直指最高统治集团的尔虞我诈，互相残杀，填补史家多忌讳的空白，具有以诗存史的价值。如《记事》、《过高唐》等。顾嗣立《读元史》诗之一曰："史氏多忌讳，纪事只大抵。独有萨经历，讽刺中肯綮。游魂洒泪诗，千载笑兄弟。"还有揭露宫廷穷奢极欲、权贵和宠幸们荒淫无度的诗篇，如《上京杂咏》、《伤思曲哀燕将军》、《百禽歌》等。萨都剌褒贬分明，对廉洁正直的官员，则给以鼓励和赞扬。如《赠同年莫州县尹米思泰》、《送广信司狱》、《寄朱县》、《湖南张子寿……举兼善劝之》等。

其二，吊古伤今之作，为萨都剌诗词中又一重要内容。萨都剌虽是色目人，但无民族偏见，站在一定的历史高度来评价历史人物，以古喻今。此类诗在《雁门集》中，所占篇幅很多。如《姑苏台怀古》，批判夫差忠奸不辨，为伍子胥慨叹；《延陵曲》、《季子庙》，赞颂吴公子季札让国的高节，讽刺文宗弑兄篡位；《彭城怀古》，为项羽惋惜；《登歌风台》，缅怀刘邦业绩；《过淮阴》，为韩信鸣冤；《回风坡吊孔明先生》，表扬孔明光照日月；《过李陵台》，批评李陵愧为将才，称赞苏武坚持汉节；《过孙园》，追念抗元英雄孙虎臣；《过贾似道废宅》，斥责南宋权奸为亡国的祸胎等等。

其三，描绘雄奇壮美的名山大川和广阔的草原，寄托对祖国无限热爱的情怀。萨都剌每到一处，一定要登临观览。在《晓上石壁滩》中云："过江日日水与山，诗人得趣如得官。"在《相逢行序》中云："明日，复同游武夷九曲，煮茶酌酒，临流赋诗，出入丹崖碧嶂间。心与境会，天趣妙发，长歌剧饮，相与为乐。"徐象梅在《两浙名贤录》中云："天锡寓居武陵，博雅工诗文，风流俊逸。每风日晴美，辄肩杖挂瓢笠，脚踏双不藉，走两山间。凡深岩邃壑人迹所不到者，无不穷其优胜。至得意处，辄席草坐，徘徊终日不能去。兴至则发为诗歌，今两山间，多有遗墨。”说明他写山水诗，不是从抽象的概念或想象着笔，而是亲临其境，细心观览，会心于山林泉石之间，援笔成诗，情景交融，妙趣天成。如《上京即事》，写大漠草原风光：“牛羊散漫落日下，野草生香乳酪甜。卷地雪风沙似雪，家家行帐下毡帘。”《平望驿道》、《过嘉兴》、《练湖曲》、《兰皋曲》等是江南水乡泽国的景象；《度岭舆至崇安命棹建溪》、《望武夷》等，则是丹山碧水的真实写照；《大别山》写吴、楚大地的茫茫秋色；《黄河舟中月夜》写月夜黄河泛舟所见。每一首山水诗，都有其独自的特色。

萨都刺诗歌的风格也是异彩纷呈。《雁门集序》中云：“其豪放若天风海涛，鱼龙出没；险劲如泰华云门，苍翠孤耸；其刚健清丽，则如淮阴出师，百战不折，而洛神凌波，春花霁月之娅娟也。有诗人直陈之事，有援彼状此托物兴词之义。可以颂美德而尽乎群情，可以感人心而裨乎时政。周人忠厚之意具在，乃以一扫往宋委靡之弊矣。”此外，刘廷振在明成化乙巳本《雁门集序》中云：“作诗而至于化，始可以为诗，而足以名世传后矣……吾观前元进士萨天锡之诗，叹羡仰慕无已……是何也？天锡之诗，大而能化之诗也。语句虽钝厚，而自有铦然如芒刺；对偶虽龃龉，而自有锵然之音律。小而寂寥之简，大而春容之繁，莫不皆具体而成章，有条而不紊也。其所以神化而超出于众表者，殆犹天马行空而步骤不凡，神蛟混海而隐现莫测，威风仪庭而光彩蹁跹，莫不耸观而快睹也。”朱珪说：“予读雁门诗，旖旎如春华之含露，磊砢如散木之亚风。尤长于歌行。其源出于鲍照，婉而多风，可以论世。”赵兰说:萨天锡诗,“词气雄浑清雅,兴寄高远,读之令人自不能释手。”

萨都剌于至正间,就将自己的诗歌编为《雁门集》20卷,请干文传作序。此为最早的刻本,已佚。后来明、清陆续有刊刻。如明天顺巳卯(1459)《雁门集》(6卷本)、成化(1485)《雁门集》(8卷本)、弘治癸亥(1593)《萨天锡诗集》(据成化本重刻)、毛晋汲左阁《元诗十家选·天锡集三卷、集外诗一卷》;清康熙庚申(1680)六卷本、嘉庆丁卯(1807)《雁门集》(十四卷、外附倡和录一卷、别录一卷),还有顾嗣立编《元诗选》本等。此外还有日本永和本《萨天锡逸诗》。其中以嘉庆丁卯本最为详备。本书即参照上述各本而编选。

元好问诗选

箕　山①

幽林转阴崖，② 鸟道人迹绝。③
许君栖隐地，④ 惟有太古雪。⑤
人间黄屋贵，⑥ 物外只自洁。⑦
尚厌一瓢喧，⑧ 重负宁所屑。⑨
降衷均义禀，⑩ 汩利忘智决。⑪
得陇又望蜀，⑫ 有齐安用薛。⑬
干戈几蛮触，⑭ 宇宙日流血。⑮
鲁连蹈东海，⑯ 夷叔采薇蕨。⑰
至今阳城山，⑱ 衡华两丘垤。⑲
古人不可作，⑳ 百念肝肺热。㉑
浩歌北风前，㉒ 悠悠送孤月。㉓

【注释】

①箕山：传说许由隐居的箕山有三种说法，诗里是指河南登封东南的箕山。传说尧想让位给许由，而许由不受的故事，见《庄子·逍遥游》。《史记·伯夷列传》中说："而说者回尧让天下于许由，许由不受，耻之逃隐……余登箕山，其下盖有许由冢云。"《水经注笺》引《高士传》云："许由隐于颍水之

阳，箕山之下，尧召为九州长，由洗耳于颍水滨。其友巢父牵犊欲饮之，见由洗耳，问之知其故，曰：子若处高岸深谷，人道不通，谁能见子，乃浮游求其名誉，污吾犊口。牵犊上流而饮之。”《箕山》诗，是诗人避难三乡时所作。诗人亲历屠城之害、颠沛流离之苦。此诗是登临箕山时有感而发。 ②幽林：形容树叶繁茂遮住阳光，林中显得阴暗，故称。阴崖（yá）：背阳的山崖。 ③鸟道：形容山路险峻狭窄，只有飞鸟才能越过而人却难于攀登，故名鸟道。 ④许君：指许由。君，对他人的尊称。栖隐：栖，本指鸟停在树上，泛指居住或停留。隐，指隐藏不露。栖隐，即栖息隐居。 ⑤太古雪：长年冻结未能融化的冰雪。太古，即远古。古，赵刻本作“荒”。⑥人间：人类世俗社会。黄屋：喻帝王至高无上的权位。《续资治通鉴·宋纪·高宗绍兴八年》：“帝与秦桧曰：‘帝本无黄屋心，今横议若此，据朕本心，惟有养母耳。’” ⑦物外：与人间对应，指尘世之外。喻超脱于人们争名夺利之外。自洁：保持自身的纯洁，不被利禄所引诱，出淤泥而不染。 ⑧一瓢喧：指许由毁瓢事。蔡邕在《琴操》中说：“《箕山操》，许由作也。许由者，古之贞士也。尧时为布衣，夏则巢居，冬则穴处，饥则仍山而食，渴则仍河而饮，无杯器，常以手捧水而饮之。人见其无器，以一瓢遗之。由操饮毕，以瓢挂树。风吹树动，历历有声。由以为烦扰，遂取损之。” ⑨重负：沉重的担子，喻帝王的权位。沈约在《齐明帝谥议》中说：“流涕而膺室位，如就重负。” ⑩降衷：上天降善于下民。《书·汤诰》：“惟皇上帝，降衷于下民。”《注》：“皇天上帝，天也。衷，善也……天既与善于民，君当顺之。”义禀（lǐn）：禀，与“廪”同。《管子·轻重甲》：“请州有一禀，里有积五窌（jiào）。”郭沫若校注：“禀，古廪字也……《晏子春秋·问篇》‘命吏计公禀之粟’。《荀子·议兵篇》‘则必发夫禀窌之粟以食之。’”义禀，古代为防备饥荒而设置的公益粮仓。 ⑪汩(gǔ)利：沉醉于追逐私利之中不能自拔。 ⑫“得陇”句：喻得寸进尺，贪得无厌。陇，今甘肃一带。蜀，四川一带。《后汉书·岑彭传》中刘秀给岑彭信说：“西城若下，便可将兵南击，蜀虏人苦不知足，既平陇复望蜀。” ⑬“有齐”句：齐、薛，春秋时国名。都在今山东境内。齐地广而强大，薛地小而弱。春秋末期，薛被齐吞并为一个邑。 ⑭干戈：古代用于防护和攻击的两种兵器。后来以干戈泛指战争。蛮触：《庄子·则阳》载：“有国于蜗之左角者曰触氏，有国于蜗之右角者曰蛮氏，时相与争地而战，伏尸数万，逐北旬有五日而后反。” ⑮宇宙：即天下。以上两句，喻因小小不言的地盘而发动流血的战争，使民无宁日。 ⑯鲁连蹈东海：指义不帝秦事。鲁连，又称鲁仲连或鲁仲子。战国时齐国人。东海，泛指东边的大海。《史记·鲁仲连传》载：秦国围攻邯郸，赵国向魏国求援。魏按兵不动，并派新垣衍暗中劝赵降秦。鲁仲连得知后，便以降秦的害处告诉新垣衍，并说：“彼秦者，弃礼义而首功之国也。权使其士，虏使其民。彼即肆然而为帝，过而为政于天下，则连有蹈东海而死耳，吾不忍为之民。”邯郸解围后，赵国要重赏他。他对平原君赵胜说：“所贵于天下之士者，为人排患释难解纷乱而无取也。即有取者，是商贾之事也，而连不忍为也。”于是便辞别了平原君而终身不再见面。句意取重义轻利。 ⑰“夷叔”句：夷，伯夷。叔，叔齐。是孤竹国君的两个儿子。夷为长兄，叔为三弟。国君在时想立叔齐为君，死后叔让伯夷，伯夷不受。两人听说西伯侯姬昌招贤纳士，便前往。正遇武王伐纣，他们拦马劝阻未成。周立朝后，两人耻食周粟，便隐居首阳山采食蕨薇野菜而饿死。见《史记·伯夷列传》。司马迁在自序中说:“末世争利,维彼奔义,让国饿死,天下称之。”诗人用其义。夷叔,其他刻本作“夷齐”。 ⑱阳城山:山名,在今河南登封东北。 ⑲衡华:衡,指南岳衡山,在今湖南境内。华,即指西岳华山,在陕西华阴南。丘垤(diě):小山丘。 ⑳古人:指许君、夷、叔等人。作:振作。 ㉑百念:各种各样的念想。肝肺热:即满腔热血沸腾,情绪非常激动。肝肺,喻内心。其他刻本作“肺肝”。 ㉒浩歌:放声歌唱。北风:指从北方吹来的寒风。 ㉓悠悠:忧愁忧思的神情。孤月:即月亮,因月亮独自高悬天空,故名。

【品评】

《箕山》诗,是一首怀古伤时之作,受到当时文坛盟主赵秉文的称赞。认为自少陵以来无此作也,便以书招之。从而使元好问名震京师,人称元才子。可见此诗影响之大。诗的前八句,是写许由追求的目标:即超然物外,洁身自好,对于富贵权位,根本不屑一顾。中间八句,将“均义”和“汩利”作对比。称颂重义轻利,舍身取义的夷叔与鲁连,批判得陇望蜀,既有齐又要薛的侵略野心,以及发动流血战争的行为。最后六句,诗人感慨,今日既无夷齐,也无鲁连那样的古人出现,从而心潮起伏,热血沸腾,又无可如何。全诗语言质朴,蕴含丰富。既抒发了豪迈的气概,又表露了悲怆的情绪,体现了元好问五言古诗的风格。

麦　叹[1]

借地乞麦种，侥幸今年秋。[2]
乞种尚云可，无丁复无牛。[3]
田主好事人，百色副所求。[4]
昐昐三百斛，宽我饥寒忧。[5]
我梦溱南川，平云绿油油。[6]
起来望河汉，旱火连东州。[7]
四月草不青，吾种良谩投。[8]
田间一太息，此岁何时周。[9]
向见田父言，此田本良畴。[10]
三岁废不治，种则当倍收。[11]
何如落我手，羊年变鸡猴。[12]
身自是旱母，咄咄将谁尤。[13]
人满天地间，天岂独我仇。[14]
正以赋分薄，所向困拙谋。[15]
不稼且不穑，取禾亦何由。[16]
办作高敬通，恶雨将漂流。[17]
吾贫有滥觞，贤达未始羞。[18]
单衣适至骭，一剑又蒯缑。[19]
焉知寄食饿，不取丞相侯。[20]
作诗以自广，时用商声讴。[21]

【注释】

①此诗作于元光二年(1223)。此前,兴定五年(1221)元好问已中进士,但遭妬贤者议,拂袖而回登封赋闲。他后来曾在《赵闲闲真赞二首序》中说:“兴定初,某始以诗文见故礼部闲闲公。公若以可教,为延誉诸公间。又五年间,乃得以科第出公之门。公又谓当有成就也,力为挽之,奖错过称。旁有不平者。宰相师仲安班列中倡言,谓公与杨礼部之美、雷御史希颜、李内翰钦叔为元氏党人。公不之恤也。”其间与诸诗友行吟于箕、颍间。郝经称之为:“大放厥辞,于是家累其什,人嚼其句,洋溢于里巷,吟讽于道途,巍然坡、谷复出也。”(《遗山先生墓铭》)　②乞:向人求助。侥幸:明知没有把握又想达到目的一种心理状态。秋:收成。　③丁:成年男子,指劳动力。　④好事人:热心助人的人。百色:各种各样的。副:符合。全句意为有求必应,各种要求都得到满足。⑤肹(xī)肹:一作“盼盼”。辛勤劳动从而不得休息的样子。斛(hú):古代量器名,十斗为一斛。宋代改五斗为一斛。宽:宽松,意即缓解。　⑥溱(zhēn):水名,在今河南密县境内,源于该县东北的圣水峪,东南流入洧水。川:平地。平云:形容平地上的禾苗随风摆动,有如天空飘浮的云朵。　⑦河汉:银河,俗称天河。旱火:火,即火星,又名荧惑。古代星象家认为火星出现在与地上对应的地域,其地必有灾害。东州:即山东地区。意为河南、山东的旱灾连成一片。　⑧谩:一作“漫”,胡乱;随便。投:撒播。　⑨太息:哀声叹气。周:救济。即为民发问,国家何时发粮救济灾民呢?　⑩向:从前。畴(chǒu):田地。　⑪治:平整土地。倍收:成倍的丰收。　⑫“羊年”句:羊,通“祥”。羊年即丰收之年。鸡、猴:即鸡年、猴年。旧时民间流传属相为鸡猴的年分,是荒年。

⑬旱母：传说中引起旱灾的鬼怪，即旱魃。 ⑭“人满天地间”二句，是说天下人都遭了灾，不只是我一人。 ⑮赋分：天分、资质。拙谋：笨办法。 ⑯“不稼”与“取禾”二句：意取《诗·魏风·伐檀》：“不稼不穑，胡取禾三百廛兮。”稼，耕种。穑，收割。 ⑰“办作”与“恶雨”两句：取自《后汉书·高凤传》：“商凤，字文通，南阳叶人也。少为书生，家以农亩为业，而专精诵读，昼夜不息。妻常之田，曝麦于庭，令凤护鸡。时天暴雨而凤持竿诵经不觉，潦水流麦，妻还怪问，凤方悟之。其后遂为名儒。”屡辞召请，隐身渔钓。办作：成为。 ⑱滥觞：本指江河发源的地方，水流浅只能浮起酒杯。后被喻为事物的开端。贤达：有远见卓识，德高望重的人。 ⑲“单衣”句：引自宁戚歌。屈原《离骚》：“宁戚之讴歌兮，齐桓闻以该辅。”王逸注：宁戚，卫人。修德不用，退而商贾，宿齐东门外，桓公夜出，宁戚方饭牛，叩角而商歌，桓公闻之，知其贤，举用为客卿，备辅佐也。洪兴祖补注：《三齐记》载其歌曰：“南山矸，白山烂，生不遭尧与舜禅，短布单衣适至骭，从昏饭牛薄夜半，长夜漫漫何时旦。”骭：小腿骨，也指小腿。句意为衣不蔽体。一剑句：出自《史记·孟尝君列传》：“冯先生甚贫，犹有一剑耳，又蒯缑。”冯先生，指冯驩，又名谖。蒯，一种草。缑，缠在剑柄上的丝绳。蒯缑，即用蒯绳缠剑柄，极言其穷困。 ⑳“焉知”与“不取”两句：指韩信少时只知读书习武，不会谋生，常到南昌亭长家乞食，时间长了，招人讨厌，不给食。后来拜将封侯。焉知：哪里知道。 ⑳自广：即自我宽心。商声：即五音中的商音，其声悲凉哀怨。讴：唱歌。

【品评】

此诗是诗人写自己在种麦过程中的思想活动，真实地反映了元好问寄居登封初期的生活窘境。从他切身体会中，反映全天下常年躬耕自食者的艰辛困苦，从而为劳动者鸣不平，并且对四体不勤、五谷不分、尸位素餐的人们提出质疑。同时又以宁戚、冯驩、韩信不遇时以自喻，在不遇的哀叹中仍流露济世之心。全诗坦荡率真，意到笔随。说天道地，谈古论今，却不离主题。语句平易自然，便于吟诵。故有“人嚼其句，洋溢于里巷，吟讽于道途。”的美誉。

饮酒五首[1]

襄城作[2]

一

西郊一亩宅，[3] 闭门秋草深。[4]
床头有新酿，[5] 意惬成孤斟。[6]
举杯谢明月，[7] 蓬荜肯相临。[8]
愿将万古色， 照我万古心。[9]

二

去古日已远， 百伪无一真。[10]
独馀醉乡地， 中有羲皇淳。[11]
圣教难为功， 乃见酒力神。[12]
谁能酿沧海， 尽醉区中民。[13]

四

万事有定分， 圣智不能移。[14]
而于定分中， 亦有不测机。[15]
人生桐叶露， 见日忽已晞。[16]

唯当饮美酒， 傥来非所期。[17]

【注释】

①这是一组诗，凡 5 首，这里选 3 首，即一、二、四。 ②襄城作：这是诗人自注写作地点。襄城，今河南襄城。 ③一亩宅：言其穷，化用“一亩之宫”典。《礼记·儒行》：“儒有一亩之宫，环堵之室，荜门圭窬，蓬户瓮牖，易衣而出，并日而食。上答之，不敢以疑。上不答，不敢以谄。其仕有如此者。” ④“闭门”句：房门紧闭，不与他人往来，门前百草丛生。 ⑤新酿：刚酿造出来的酒。酿，本为经过发酵作用而制造，诗里指代酒。 ⑥意惬：心里感觉舒畅。孤斟：自斟自饮，无人奉陪。 ⑦“举杯”句：化用李白《月下独酌》“举杯邀明月，对影成三人”诗意。 ⑧蓬荜：飞蓬和荜拨两种草。肯相邻：愿意同我靠近。 ⑨“愿将”与“照我”二句：是说月亮愿意将万古不变的光芒，照我古老的心。 ⑩“去古”与“百伪”二句：意为：离古代的时间越远，什么东西都不淳真。去古，即距离古代。百伪，即全部是假的。 ⑪“独馀”与“中有”二句：意为：唯独只有醉酒之后，什么也不顾忌，才能吐露真情，像上古之人那么淳朴直率。 ⑫“圣教”与“乃见”二句：是说圣人的教诲，很难使人返璞归真，可见酒的力量多么神妙。 ⑬“谁能”与“尽醉”二句：是说谁人能把大海中的水酿造成美酒，让天下人全入醉乡，使民风淳朴。沧海，即大海。区，区宇，即普天之下。 ⑭“万事”与“圣智”二句：即凡事都由命运前定的，再有高超的智慧也改变不了。定分，宿命论认为，凡事都是命运前定的。圣智，聪明和智慧。移，转变；改变。 ⑮不测机：想不到的机遇。 ⑯“人生”与“见日”二句：指人生短暂，像桐叶上的露水，一见日光就干了。

桐叶，指油桐叶，光滑无毛，露不能停留。晞，即干。 ⑰傥：同“倘”，即倘若。期：预定的目标，即期望。

【品评】

元遗山胸怀大志，欲有一番大的作为，但生不逢时，总无机会施展自己的才能和智慧。曾几度躬耕，却又不能自适。故而牢骚满腹，仿效陶渊明《饮酒二十首》，也以酒为题，写了《饮酒五首》和《后饮酒五首》两组诗。这里选《饮酒五首》中的三首。第一首，写其穷，以饮酒为乐事；第二首，写现实社会虚伪，百无一真；第四首，写人的命运由天定，光凭聪明智慧是改变不了的。全诗语言平易自然，夹叙夹议，有景有情。抒发了抑郁之情。

学东坡移居八首①

其 一

废地三亩余， 十年长蒿莱。②
瓦砾杂粪壤，③ 白骨深苍苔。④
孤客无所投，⑤ 即此营茅斋。⑥
垦劚岂不苦，⑦ 寝处亦可怀。⑧
辱身贱者事，⑨ 宁当惜筋骸。⑩
伐木荒林中，⑪ 运甓古城隈。⑫
辛勤八十日，吾事乃得谐。⑬
买宅必万钱， 一钱天不来。⑭
今晨见此屋， 一笑心颜开。⑮

其 六

国史经丧乱,[16] 天幸有所归。[17]
但恨后十年, 时事无人知。[18]
废兴属之天,[19] 事岂尽乖违。[20]
传闻入仇敌,[21] 只以兴骂讥。[22]
老臣与存亡,[23] 高贤死兵饥。[24]
身死名亦灭,[25] 义士的伤悲。[26]
哀哀淮西城,[27] 万夫甘伏尸。[28]
田横巨擘耳,[29] 犹为谈者资。[30]
我作《南冠录》,[31] 一语不敢私。[32]
稗官杂家流,[33] 国风贱妇诗。[34]
成书有作者,[35] 起本良在兹。[36]
朝我何所营, 暮我何所思。[37]
胸中有茹噎, 欲得快吐之。[38]
湿薪烟满屋,[39] 破砚冰生髭。[40]
造物留此笔,[41] 吾贫复何辞。[42]

【注释】

①公元1234年,岁在甲午,金亡。是年,元好问45岁,被送往山东聊城拘禁管制。他在《清真观记》中说:“岁甲午,予自大梁羁管聊城。”在《南冠录引》中,也有同样记载。次年(乙未),被转移到冠氏(今山东冠县)。在县令赵天锡的关照下,冬天茅舍建成。此时,他便想起了苏轼于1081年,被贬黄州(今湖北黄冈)时,曾筑室东坡,作《东坡八首》,时年四十六,与自己的处境有相似之处,心有所感,故有是作。记述一个亡国奴的处境和心情。全诗共8首,这里选一、六两首。

②蒿莱:两种草名,即蒿子和蒺藜。诗里泛指杂草。 ③瓦砾:破碎的瓦片和砖头石块。粪壤:腐烂发臭的淤泥。 ④“白骨”句:埋在深坑里的白骨,已长满了青苔。 ⑤孤客:单身旅居外地的人,诗里指自己被流放他乡。投:依靠。 ⑥营:建造。茅斋:用茅草盖的简陋房舍。 ⑦垦斸:翻土和掘地。即平整地基。 ⑧寝处:睡觉和吃饭的地方,即居住的房舍。怀:思念,爱慕。 ⑨辱身:屈辱自己的身份。贱者事:社会地位低下的人干的事。 ⑩“宁当”句:岂能怜惜自己的体力。筋骸,肌腱和骨头。 ⑪伐木:即砍树。 ⑫甓:砖。隈:指山或水弯曲处。城隈,即城墙角落。 ⑬谐:妥当。指茅屋修好了。 ⑭“一钱”句:即天上不会掉下一文钱来。 ⑮“一笑”句:心情愉快,喜笑颜开。实则强作欢颜,而内心却为痛苦。 ⑯国史:当代人编的实录或本朝历史,诗里指金朝实录。丧乱:死亡和祸患。诗里指蒙古灭金的战争。 ⑰天幸:天赐之幸,即侥幸。有所归:有了去处。指金朝实录未被焚毁,被蒙古顺天道万户张柔收存起来了。 ⑱“但恨”与“时事”二句:只是最后十年,即金哀宗即位至金灭亡(1224—1334),国家大事无人知道。 ⑲“废兴”句:国家的兴起与衰亡,是由天意决定,人们不能改变。 ⑳“事岂”句:金朝治国举措难道都完全错了吗?意即不完全是错的。乖违,失误。 ㉑仇敌:指当时金国的对立面,蒙古和南宋。 ㉒兴骂讥:引起谩骂和讥讽。 ㉓老臣:旧时在朝任职久、年龄大、品德高尚的人。存亡:指一个国家或一个民族的存在与灭亡,诗里指金国被灭亡。 ㉔“高贤”句:高尚贤良的臣民都死于战争和饥荒。 ㉕“身死”句:人死之后,名声也随之消逝了。 ㉖“义士”句:只有恪守大义的人为之悲伤。义士,指旧时,不论在任何情况下能坚守节操的人。

㉗淮西城：淮西，地区名。隋、唐以前，从长江下游通往中原，一般从安徽寿县附近渡淮。这段淮水流向由南往北，故人们称淮北和豫东一带地区为淮西。淮西城，指蔡州（今河南汝阳）。天兴元年（1232）十二月，金哀宗见南京（今河南开封）不能保，便出逃归德（今河南商丘），二月六月，又从归德逃往蔡州。十二月，蒙、宋诸军合攻蔡州。三年正月，传位于承麟，哀宗自经而焚。城破，承麟被杀。宋军取哀宗馀骨而回，金朝灭亡。故云“哀哀淮西城”。 ㉘万夫：即万民；众人。伏尸：趴在尸体上。指人们趴在哀宗尸体上痛哭。 ㉙“田横”句：田横是齐国贵族，秦末起兵反秦，立其兄之子田广为王。韩信平齐，田广被杀后，田横又自立为齐王，抗击汉军。刘邦称帝后，带领徒众五百馀人入居海岛中。刘邦召他欲封王，他耻为汉臣，在赴洛阳途中自杀。五百馀徒众，得知田横死讯，全部自杀。司马迁在《史记·田儋列传》中称：“田横之高节，宾客慕义而死，岂非至贤！”巨擘，即大拇指，以喻杰出人物。 ㉚“犹为”句：至今仍旧作为评论人物的资料。㉛《南冠录》：书名，元好问被拘禁于山东聊城时所作。
㉜“一语”句：记录事实，不带私人的偏见，句句属实。 ㉝稗官：小官，因小说家出自稗官，后来也称小说野史为稗官。杂家：即不专属某一学派，而是析衷和糅合各家学派之人。
㉞《国风》：《诗经》中的一部分，或称十五国风，是从民间采集来的，大多反映下层人民的生活。贱妇：地位低下的妇女。
㉟“成书”句：写历史的自有创作之人。 ㊱“起本”句：开始搜集材料确实在这里面。起，开始。良，确实。兹，这里，指《南冠录》。 ㊲“朝我”与“慕我”两句：从早到晚，我在干什么和思考什么呢？朝，早晨。营，经营；营造。慕：日落时，指晚上。 ㊳“胸中”与“欲得”二句：胸中有蔬菜堵住，想赶快

把它吐出来。茹，蔬菜的总称。噎，堵塞。 ㊴湿薪：潮湿的柴禾，即枯树枝等。 ㊵“破砚”句：砚台里的水已冻成冰花，像胡子一样。髭，嘴唇上方的胡子。 ㊶造物：指制造万物的神。 ㊷“吾贫”句：我虽贫困，但还有什推辞谦让呢。即写金国历史，是他义不容辞的。

【品评】

这里所选的诗，是《学东坡移居八首》中的第一首和第六首。第一首，写自己辛勤营建茅屋的全过程；第六首是写自己以写金史为己任，舍我其谁欤？他在《南冠录引》中云：“从仕十年，出死以为民。”“吾家食先朝禄七十余年矣。京城之围，予为东曹都事，知舟师将有东狩之役，言于诸相，请小字书国史一本，随车驾所在，以一马负之。时相虽以为然，而不及行也。崔子之变，历朝《实录》，皆满城帅所取。百年以来明君贤相可传后事甚多，不三二十年，则不复知之矣！予所不知者亡可奈何；其所知者，忍弃之而不记耶！”表明他的历史责任感和急切心情，这是对本诗的最好诠释。全诗信笔挥洒，用语通俗，言近旨远，蕴藉丰富，是为大家之笔。

过晋阳故城书事①

惠远祠前晋溪水，② 翠叶银花清见底。③
水上西山如卧屏，④ 郁郁苍苍三百里。⑤
中原北门形势雄，⑥ 想见城阙云烟中。⑦
望川亭上阅今古，⑧ 但有麦浪摇春风。⑨
君不见系舟山头龙角秃，⑩

白塔一摧城覆没。[11]
薛王出降民不降，[12] 屋瓦乱飞如箭镞。[13]
汾流决入大夏门，[14] 府治移著唐明村。[15]
只从巨屏失光彩，[16] 河洛几度风烟昏。[17]
东阙苍龙西玉虎，[18] 金雀觚棱上云雨。[19]
不论居民与官府，[20] 仙佛所庐馀百所。[21]
鬼役天财千万古，[22] 争叫一炬成焦土。[23]
至今父老哭向天，死恨河南往来苦。[24]
南人鬼巫好机祥，[25] 万夫畚锸开连冈。[26]
官街十字改丁字，[27] 打破并州渠亦亡。[28]
几时却到承平了，[29] 重看官家筑晋阳。[30]

【注释】

①晋阳故城：在今山西太原西南，始建于春秋时，北齐在此建大明宫。五代北汉建都于此。北宋太平兴国四年(979)平北汉，晋阳城邑宫阙全被毁。　②惠远祠：即晋祠，西周晋国开国始主唐叔虞的祠庙，在山西太原西南悬瓮山麓。晋溪水：即晋水，发源于悬瓮山，注入汾河。　③银花：即银白色的水草花。　④西山：即太原西的悬瓮山。卧屏：横放着的屏风，这里喻天然屏障。　⑤郁郁苍苍：指西山树木苍翠茂盛。　⑥中原：这里指整个黄河流域地区。北门形势雄：即晋故城是中原通往北方的重要关口，形势雄伟险要。　⑦城阙：即晋阳城楼。　⑧望川亭：在悬瓮山上。　⑨麦浪：指在大片麦地里，麦子随风起伏像波浪似的。这里诗人化用《麦秀》之诗，抒发对国破家亡的感慨。《史记·宋微子世家》："箕子朝周，过故殷虚，感宫室毁坏，生禾黍，箕子伤之，欲哭

则不可，欲泣为其近妇人，乃作《麦秀》之诗以歌咏之。其诗曰：'麦秀渐渐兮，禾黍油油。彼狡僮兮，不与我好兮！'所谓狡僮者，纣也，殷民闻之，皆为流涕。” ⑩龙角秃：即系舟山顶峰被削平了。旧时风水先生称山势蜿蜒的走向为龙脉，而龙脉好的地方是帝王的发祥地。传说系舟山是龙头，晋阳城是龙城。故宋太宗太平兴国四年(979)五月，攻克晋阳，不仅将“龙城”夷为平地，而且又把“龙角”砍掉，以免再出现真龙天子来威胁赵宋天下。 ⑪“白塔”句：即白塔被毁了，晋城变为废墟。白塔为晋城的标志性建筑。 ⑫薛王：指北汉国君刘继元，本姓何。其母为世祖刘崇女，先嫁薛创，生继恩，后改嫁何氏，生继元。兄弟两人皆为孝和帝刘钧养子。诗人误将继元视为继恩。民不降：守城军民坚持固守，刘继元出城受降。当宋太宗问他时，还叩头说：“臣自闻车驾亲临，即欲束身归命，盖亡命者惧死，劫臣不得降耳。”于是将抵抗者悉数杀灭。 ⑬“屋瓦”句：指守城军民将砖头瓦片当武器抗击攻城的宋军。 ⑭汾流：即汾河。大夏门：晋阳城门。全句为决堤放水淹晋阳。《续资治通鉴》卷十太平兴国四年五月[考异]《九国志》：“太宗驾至城下，壅汾河灌城。五月四日，城东南隅坏，水入注夹城中，继元大恐，自督众负土塞之。《宋史》及《东都事略》俱不载灌城事，今不取。”诗人用《九国志》说。 ⑮“府治”句：太原府的住地迁移到唐明村。
⑯巨屏：指晋阳故城是北方的大屏障，雄伟险要，易守难攻，是历来兵家必争之地。失光彩：被宋太宗毁坏而变为废墟。
⑰河洛：河，黄河；洛，洛水。泛指黄河与洛水流域地区，即中原大地。几度：几次。风烟昏：指战争烽火，烟尘弥漫。即辽国、蒙古的军队，由北而南，侵入中原地区，无可阻挡。
⑱“东阙”句：东阙，指宫殿东门的望楼；苍龙，二十八宿星中，

东方七宿的总称;玉虎:即白虎,西方七宿的总称。句意是说东门和西门的城楼上分别雕刻有苍龙和玉虎。 ⑲金雀:指铜制的鸟雀。觚棱:宫阙上转角处的瓦脊成方角棱瓣的形状。 ⑳“不论”句:是说不用讲被焚毁的民房与官府有多少处。 ㉑“仙佛”句:即寺庙被毁的就有百余所。据《续资治通鉴》卷十太平兴国四年五月:“遣使分部徙居民于新并州,尽焚其庐舍,民老幼趋城门不及,死者甚众。” ㉒鬼役:即鬼斧神工,形容晋阳故城修造之精妙。天财:天下财物。㉓一炬:一把火。成焦土:把晋阳城焚化为灰烬,变为焦土。㉔“至今”二句:宋太宗毁城至今已二百余年,老百姓仍痛恨北方门户被毁,让辽、蒙古军三番四复地挥军南侵,使老百姓流离失所。 ㉕南人:这里指赵宋王朝。鬼巫:装神弄鬼的巫师。机祥:指祈求鬼神降福消灾的迷信活动。 ㉖万夫:万人。畚锸:畚箕和铁锹。开连冈:铲平连绵的山冈。㉗“官街”句:指街道改十字路口为丁字路口,以丁为“钉”,把龙钉住,不能腾飞。 ㉘“打破”句:他破坏了并州也免不了灭亡。渠,他,指北宋王朝。 ㉚承平:天下太平。 ㉛官家:旧时对皇帝的称呼。

【品评】

晋阳故城,既是一座历史悠久的名城,又是中原北方御敌的军事重镇。它雄奇壮丽,建造精美,凝结着历代劳动者的血汗与智慧。可被宋太宗一令化为灰烬。金宣宗贞祐四年(1216),元好问为避蒙古军再三屠城之祸,携家远逃河南内乡。当他途经晋阳故城遗址时,登上望川亭台,放眼四顾,感慨万端,故作此诗。诗的开头八句,写眼前的山川美景,并遥想当年的故城风貌,发出国破家亡的感慨;继而“君不见”

以下八句，写北汉灭亡，晋城被毁，是自毁屏障，开门揖盗。故而北敌几度南侵，如入无人之境；接着“东阙”以下八句，对鬼斧神工的建筑被焚毁以及人民屠灭，表示惋惜和愤怒；最后六句，写对北宋统治者的荒诞行为，即把国家兴亡寄托在迷信巫师邪说之上，不惜劳民伤财，毁古城建新城，改街道路口，削平山头，最终也免不了灭亡。并要当今的“官家”作为鉴戒。全诗曲折往复，词语慷慨，气势雄放。抒发了强烈反对战争的情怀。

游黄华山[1]

黄华水帘天下绝，[2] 我初闻之雪溪翁。[3]
丹霞翠壁高欢宫，[4] 银河下濯青芙蓉。[5]
昨朝一游亦偶尔， 更觉摹写难为功。[6]
是时气节已三月， 山木赤立无春容。[7]
湍声汹汹转绝壑，[8] 雪气凛凛随阴风。[9]
悬流千丈忽当眼，[10] 芥蒂一洗平生胸。[11]
雷公怒击散飞雹，[12] 日脚倒射垂长虹。[13]
骊珠百斛供一泻，[14] 海藏翻倒愁龙公。[15]
轻明圆转不相碍，[16] 变见融结谁为雄。[17]
归来心魄为动荡， 晓梦月落春山空。[18]
手中仙人九节杖， 每恨胜景不得穷。[20]
携壶重来岩下宿， 道人已约山樱红。[21]

【注释】

①黄华山：山名，原名隆虑山，在河南林州西。 ②水帘：瀑布。 ③雪溪翁：王庭筠，金辽东熊岳(今辽宁盖县西南)人，字子端，大定十六年(1176)进士第，官至翰林修撰。明昌元年(1190)，寓居林州，读书黄华山寺，自号黄华山主。④“丹霞”句：丹霞翠壁，即红色的峭壁，青绿色的树林互相应衬；高欢宫，指高欢的离宫。高欢，东魏勃海蓨县(今河北景县西)人，字贺六浑。因拥权立元修为帝，自任大丞相，专权。后元修西逃关中，他又立元善见为帝，都邺(今河北临漳西南)，史称东魏，从此北魏分为东魏、西魏。他前后专政十六年。其子洋代东魏建北齐后，追尊为献武帝，后改谥神武皇帝，庙号高祖。 ⑤青芙蓉：青翠色的莲花，诗里指黄华山峰形似青翠的芙蓉。 ⑥“更觉”句：是说黄华山本天造地成，照样描摹是写不好的。 ⑦“是时”与“山木”二句：是时已阳春三月，山上光秃秃地毫无春天的气息。气节，即季节；赤立，赤裸裸地站立，没有长出新的枝叶。 ⑧湍声：水流急速发出的响声。汹汹：水势很大。绝壑：见不到底的深沟。⑨凛凛(lǐn)：寒冷。 ⑩悬流：瀑布，悬挂在千丈峭壁上的水流。 ⑪“芥蒂”句：芥蒂，梗塞的东西。句意是说一生胸中的烦恼都冲洗干净了。 ⑫雷公：形容瀑布的声音像轰雷。飞雹：形容瀑布飞溅空中的水珠。 ⑬日脚：太阳透过云隙射下来的光线。长虹：日光照射瀑布飞溅的水珠反射形成长长的彩带。 ⑭骊珠：宝珠，传说出于骊龙颔下。斛：古量器名。 ⑮海藏：龙宫中储存珍宝的库房。龙公：神话传说中的龙王。 ⑯轻明：薄而透明的水珠。圆转：旋转。 ⑰变见：改变原来的样子。融结：融合凝结。 ⑱晓梦：拂晓时的梦。春山：春天的山。 ⑲仙人：神话传说中长生不老，有种

种神通的人。九节杖：仙人所用的手杖，有神妙的用途。⑳胜景：优美的景物。　㉑道人：泛指寺庙中的和尚道士。山樱：山上野生的樱桃。

【品评】

此诗作于蒙古太宗九年(1237)春，他从拘管地山东冠氏北返家乡忻州，途经林州，偶然到黄华山游览，心与景会，欣然赋诗。诗的开头四句，写在游览前，早听雪溪翁称赞黄华山的水帘的绝妙；中间十四句，从视、听、触、感觉等各方面，写“水帘”的神妙变化；最后六句，写恨不能穷胜境之妙，欲再度来游。诗人驰骋他那丰富的想像，运用澎湃的热情与夸张的词语，以及神奇精妙的比喻，淋沥尽致地将黄华山瀑布摹写得有声有色，令人神往。是元好问山水诗中的上品。

读书山雪中①

前年望归归不得，②　去年中途脚无力。③
残生何意有今年，④　突兀家山堕眼前。⑤
东家西家百壶酒，⑥　主人捧觞客长寿。⑦
先生醉袖挽春回，⑧　万落千村满花柳。⑨
山灵为渠他放颠，⑩　世界幻入兜罗绵。⑪
似嫌衣锦太寒乞，⑫　别作玉屑妆山川。⑬
人言少微照乡井，⑭　准备黄云三万顷。⑮
何人办作陈莹中，⑯　来与先生共炊饼。⑰

陈先生贬官后，答京师人书云：“南州有何事？

今年好雪，明年炊饼大耳！”[18]

【注释】

①此诗作于蒙古太宗十一年(1239)夏天。　②前年：蒙古太宗九年，元好问曾独自从冠氏回忻州，看一别二十余年的故乡，为携全家返故里作准备。因当时拘禁未得解除，不得自由行动，故说“归不得”。他在《州将张侯墓表》中说得很清楚：“岁丁酉秋八月北来……挽予之归为甚力。予承间为侯言：‘予不忘还归，犹痿者之于起，而盲者之于视也。他日幸脱絷维，以从吾侯游，实夙者之愿。’”　③“去年”句：即1238年秋八月自冠氏返山西忻州，中途留住济源过冬。脚无力，即旅途中太疲乏，无力继续往前赶路。　④残生：即人生的晚年，时间所剩无几了。　⑤突兀：突然发生，出乎意外。堕：掉下来。全句是说家乡忽然出现在我面前。　⑥东家西家：即诗人家周围的邻居。　⑦主人捧觞句：即举起酒杯向客人们表示感谢。　⑧“先生”句：先生，诗人自指；醉袖，即写酒兴正高，挥舞长袖；挽春回，把春天招回来了。　⑨落：居住的地方。满花柳：指飘飞的柳絮，喻雪花。　⑩山灵：山上的神灵；渠，他，诗里是诗人自指。放颠，放任自流，颠倒季节。　⑪兜罗绵：也翻译为杨花。这里喻雪花。　⑫“似嫌”句：好像神灵不满意我太寒酸了。衣锦，穿锦绣衣裳，喻显贵。这里指自己国亡家破，沦为囚徒，不能衣锦还乡的惨象。⑬玉屑：白玉的碎末，喻雪。　⑭少微：星座名，又称处士星，用以称隐士。这里是诗人自喻。　⑮黄云：喻金黄色的麦浪。　⑯陈莹中：陈瓘，字莹中，号了翁。徽宗即位，为左司谏，极论蔡卞、章惇、安惇、邢恕之罪。与曾布议事多不合。又因其子告蔡京动摇东宫得罪，屡被贬。　⑰先生：诗人自

指。 ⑱“陈先生”以下五句，为诗人自注。

【品评】

蒙古太宗十年秋，元好问携家从冠氏出发，北返家乡秀容，因路程遥远，疲乏太过，暂留济源过冬。次年春又从济源动身，夏天，回到久别的故里，居住在读书山。游子还乡，自然受到四邻的热情欢迎。为表答谢，冬天，邀乡亲们到家里饮酒。席间，适逢降雪。诗人与父老畅饮时，一生遭遇涌上心头，因悲喜交集，即兴抒怀。诗的前六句，是写诗人流落他乡，急切想归而不能归，以及突然归来与乡亲举杯同庆的心情。中间六句，借写雪景以抒发自己的不幸。最后四句，写自己安分做遗民，但求风调雨顺，能过炊饼无忧的生活。全诗色彩明丽，富有想像，感情跳跃，神情飘逸。

泛舟大明湖①

待杜子不到②

长白山前绣江水，③ 展放荷花三十里。
看山水底山更佳， 一堆苍烟收不起。④
山从阳丘西来青一湾，⑤ 天公掷下半玉环。⑥
大明湖上一杯酒，⑦ 昨日绣江眉睫间。⑧
晚凉一棹东城渡，⑨ 水暗河深若无路。
江妃不惜水芝香，⑩ 狼藉秋风与秋露。⑪
兰襟郁郁散芳泽，⑫ 罗袜盈盈见微步。⑬
晚晴一赋画不成，⑭ 枉看风标夸白鹭。⑮

我时参鸾追散仙，[16] 但见金支翠蕤相后先。[17]
眼花耳热不称意，[18] 高唱吴歌叩两舷。[19]
唤取樊川摇醉笔，[20] 风流聊与付他年。[21]

【注释】

①大明湖：在今山东济南北部。 ②杜子：对杜仁杰的敬称。杜仁杰，字仲梁，号善夫，济南长清人，元初著名散曲家。 ③长白山：在山东邹平南。因山中云气常白，故名。绣江：发源于长白山下，周围三十余里。 ④“看山”二句：山在水中的倒影，比山色更美。苍烟：苍茫的云雾。 ⑤阳丘：地名，在今山东章丘东南约十五里。青一湾：形容弯曲青色的绣江水。 ⑥半玉环：圆形的碧玉中有孔。这里喻绣江环行的水面。 ⑦“大明湖上”句：指诗人与友人在绣江亭中豪饮。诗人在《济南行记》中云：岁乙未秋七月，至济南，秋荷方盛，红绿如绣，令人渺然有吴儿洲渚之想。此游至瀑流者六七，宿天泉庵者三，泛大明湖者再，遂东入水栅。栅之水名绣江，发源长白山下，周围三十四里。府参佐张子钧、张飞卿觞予绣江亭。漾舟荷花中十余里。乐府皆京国之旧。剧谈豪饮，抵暮乃罢。 ⑧眉睫间：绣江美景尽入眼帘。 ⑨棹：船桨，这是指划船。 ⑩江妃：传说中的女神。水芝：荷花的别名。暗含当权者践踏人才。 ⑪狼藉：杂乱不堪。指荷花凋零。 ⑫兰襟：芬芳的衣襟。句意：穿着芬芳的衣服，散发出浓郁的香气。 ⑬“罗袜”句：舞步轻盈仪态美好。微步，轻步。化用曹植《洛神赋》中“陵波微步，罗袜生尘”之意。 ⑭“晚晴”句：晚晴一赋，指唐杜牧《晚晴赋》；画不成，没有描写成功。 ⑮“枉看”句：《晚晴赋》中有“复引东于深湾，忽八九之红芰。姹然如妇，敛然如女……白鹭潜来兮，邈风标之

公子。窥此美人兮,如慕其容颜。”风标,即优美的姿容和神态。以上二句,说杜牧在赋中未成功吟咏荷花的美,而只注意观察白鹭的仪表和神态。“枉看”,另本作“枉著”。 ⑯参鸾:即乘鸾风。参,同“骖”,古时用三或四匹马驾一辆车,中辕马边上的马为骖。散仙:道教用语,指未受仙职的仙人。这里指放荡不羁自由闲散的人。 ⑰金支翠蕤:用黄金或铜以及翠羽等装饰的乐器,既指荷叶,也指伴游的乐队和舞妓们。 ⑱不称意:不称心如意,气氛虽热烈,纵情豪饮,伴随歌舞弹唱,但内心是悲怆的,只是逢场作戏而已。 ⑲吴歌:泛指古吴地(今江苏一带)的歌曲。 ⑳唤取:即招呼来。樊川:杜牧,晚年常居樊川,世称杜樊川。诗里指杜仁杰。诗题后自注。 ㉑风流:流风余韵。付他年:留给以后的年代。

【品评】

此诗作于蒙古太宗七年(1235),诗人寓居冠氏,羁管尚未解除,但由于他在文坛负有盛名,交友很广,每到一处,都受到优待。当年秋七月,受老友李辅之邀,到济南一游,周围名胜几乎游遍。仅大明湖就两次泛舟。在绣江亭上,与诗友豪饮,酒酣赋诗,夸美大明湖的风景。诗的前六句,泛写绣江山青水秀;“大明”至“枉看”十句,写乘舟泛游的情景与丰富的想像;最后六句,写酒兴正浓不能自抑的神态与自负其才。诗的想像是丰富美妙的,描写是生动的,心情是抑郁的,只是怨而不怒罢了!

续小娘歌十首（选六首）[1]

一

吴儿沿路唱歌行，[2] 十十五五和歌声。[3]
唱得小娘相见曲，[4] 不解离乡去国情。[5]

二

北来游骑日纷纷，[6] 断岸长堤是阵云。[7]
万落千村藉不得，[8] 城池留著护官军。[9]

三

山无洞穴水无船，单骑驱人动数千。[10]
直使今年留得在，更教何处过明年。[11]

四

青山高处望南州，漫漫江水绕城流。[12]
愿得一身随水去，直到海底不回头。[13]

六

雁雁相送过河来，人歌人哭雁声哀。[14]
雁到秋来都南去，南人北渡几时回。[15]

八

太平婚嫁不离乡，楚楚儿郎小小娘。[16]
三百年来涵养出，却将沙漠换牛羊。[17]

【注释】

①小娘：旧时称歌女和妓女，这里指被蒙古军队掳掠南

宋的少妇们。 ②吴儿:指吴(今江苏南部一带)地少年。春秋时,苏州的吴都,故云。歌行:古代乐府诗的一种体裁。后来又从乐府发展为古诗的一种体裁,音节、格律一般比较自由,采用五言、七言、杂言,形式也多变化。 ③和歌:男的和女的分别组成队,互相对唱。 ④小娘相见曲:吴地少男少女们相互表达恋慕的曲调。 ⑤"不解"句:不懂得远离家乡和故国的痛苦滋味。 ⑥游骑:流动的骑兵,指蒙古南侵的军队。 ⑦断岸:大江边的绝壁。阵云:形似古代战争布阵的滚滚乌云。古人认为是爆发战争的先兆。 ⑧藉不得:不得凭藉,指整个农村由蒙古军任意虏掠,无处可藏,无险可守。 ⑨"城池"句:城市未被毁坏是有国家军队保护。⑩"山无"二句:指无躲藏的地方,一个蒙古骑兵动不动就驱赶几千人。 ⑪"直使"句:即便逃得过今年也逃不出明年。⑫青山:今内蒙古自治区呼和浩特市北的大青山,指代漠北。南州:泛指黄河以南地方。"漫漫"句:长长的江水绕城而过。⑬"愿得"二句:江山易主,远离故土,但求一死而已。⑭"雁雁相送"二句:像雁行一样不断地渡过黄河,悲歌痛哭像雁声那么凄凉。 ⑮"雁到"二句:鸿雁秋天飞往南方,春天又回到北方,而被掳往北方的南人却没有回家的日子了。⑯楚楚:英俊而美丽的少男少女们。以上二句,指在太平年代,他们男娶女嫁,不离乡土,而今被侵略掳掠而去。 ⑰三百年:明指宋,也喻金。涵养:滋润养育。换牛羊:当时蒙古国将掳去的人当奴隶换牲口。

【品评】

《续小娘歌十首》,作于蒙古太宗十年(1238),元遗山从冠氏返忻州途中,经新乡、修武一带时,眼见蒙古军掳掠南宋人送往漠北，耳听见被羁押的人群中，有唱小娘曲的凄惨歌声，便有切肤之感，遂仿小娘歌的格调，借小娘们的口吻而作此诗。由于元好问不仅眼见，而且亲身经受羁押的苦难，充分地反映了亡国奴的命运和凄凉悲愤的心情。意到笔随，发自肺腑，感人至深。

八月并州雁[1]

三乡时作[2]

八月并州雁，　清汾照旅群。[3]
一声惊晚笛，[4]　数点入秋云。[5]
灭没楼中见，　哀劳枕畔闻。[6]
南来还北去，　无计得随君。

【注释】

①并州：古九州之一，辖地相当于今山西大部及河北、内蒙古之一部，后来作为山西简称。　②三乡：河南福昌（今河南宜阳）三乡镇。　③清汾：清澈的汾水。　④“一声”句：指大雁鸣叫。　⑤数点：指大雁飞翔的影子。　⑥哀劳：鸿雁悲鸣的声音。

【品评】

此诗作于寓居河南福昌县（今河南宜阳）三乡镇时，贞祐四年（1216），诗人携家避难于此地。八月，一个黄昏时分，眼见远处云端群雁南飞的影子，自然联想到大雁飞过家乡并州和清汾。大雁能按季节自由地南来北往，而自己好似一只离群的哀鸿，则没有办法回故乡。感物伤怀，抒发对家乡的深切思念和对侵略者的愤恨。

少室南原[①]

地僻人烟断，山深鸟语哗。[②]
清溪鸣石齿，暖日长藤芽。[③]
绿映高低树，红迷远近花。[④]
林间见鸡犬，直拟是仙家。[⑤]

【注释】

①少室：即少石山，中岳嵩山的西峰。南原：即少石山南面的原野。　②地僻：地势偏僻。人烟断：指没有住户。烟，炊烟。山深：山中的密林里。鸟语哗：各种鸟儿鸣叫不停。　③"清溪"句：指溪水冲击犬牙交错的石头而发出响声。"暖日"句：温暖的阳光，使藤萝长出嫩芽。　④"绿映"句：高树和短树的绿叶互相映衬。"红迷"句：无论远处和近处都山花烂漫，万紫千红，景色迷人。　⑤"林间"句：山林中听见鸡鸣狗吠之声。仙家：传说中仙人居住的房舍。直拟，毛晋刻本作"直疑"。以上二句，是说听见鸡犬之声，便想起"一人得道，鸡犬升天"的故事，认为此地适宜隐居。

【品评】

此诗似作于寓居内乡时。当时元遗山既要避战，又要准备赴试。而战争没有休止，赴试又屡遭挫败，心情十分烦闷。不过他常与友人登临嵩山各峰欣赏美境，且借诗排遣胸中之忧愁。此诗描绘少室南原春天的景色,抒发自己对隐逸生活的向往。语言通俗,心地平和。

老 树

老树高留叶， 寒藤细作花。[1]
沙平时泊雁，[2] 野迥已攒鸦。[3]
旅食秋看尽，[4] 行吟日又斜。[5]
干戈正飘忽，[6] 不用苦思家。

【注释】

①寒藤:深秋开花的藤类植物。 ②泊雁:停留歇息的雁。鸿雁是随季节变化而迁徙的鸟,秋天由寒冷的北方飞往南方避寒,春天再由南方飞回北方。 ③野迥:迥,远。野迥,无边的原野。攒:聚集。 ④旅食:寄居外乡谋生。 ⑤行吟:在漫步行进中歌吟。 ⑥干戈:干、戈,分别为古代两种兵器,这里指代战争。飘忽:浮动,战争正在进行。 ⑦苦思家:原为"若回家",据他本改。

【品评】

此诗作于元好问在河南福昌三乡镇避难时。深秋时节,诗人行进在萧索的原野,黄昏时刻,眼见鸿雁南飞歇息在沙滩上,乌鸦成群地在田野中觅食,心有所感,故作此诗。诗人对深秋的景色,观察得十分细致,描写准确,真实地反映了一个因避战乱而流落外乡的人及其思念家乡的痛苦与无奈。

旧 国[1]

旧国分崩火，[2] 孤儿展省初。[3]
客衣留手线，[4] 驿传失肩舆。[5]
梦拜悲兼喜，[6] 心飞疾亦徐。[7]
殷勤南去雁，[8] 先为到商於。[9]

【注释】

①旧国:指被蒙古灭亡的金国。因诗人是亡金遗民,故云。以诗的开头二字为题。作于蒙古乃马真氏二年乙巳(1245)。元遗山在《与枢判白兄书》中说:“自乙巳岁往河南举先夫人旅殡,首尾阅十月之久。” ②旧国分崩:指金国分崩离析,即溃败灭亡。 ③孤儿:幼年失去父母的儿童。语意双关,既指自己青年丧父、中年丧母;又指祖国灭亡。故云。展省:省视;探望。 ④“客衣”句:化用孟郊《客子吟》:“慈母手中线,游子身上衣。”诗意。 ⑤驿传:驿站;传舍。中国古代供政府官员来往住宿和传递公文在途中建立的馆舍。肩舆:用人力扛抬的代步工具,如轿子、滑竿等。 ⑥梦拜:即做梦拜见母亲。 ⑦“心飞”句:心想插翅飞到母亲身边,但走得却很慢。 ⑧“殷勤”与“先为”二句:是说服务既热情而又周到的南飞鸿雁啊,请你先飞到商於给母亲报个信,说我接她老人家来了。雁,鸿雁;商於,今河南淅川县的西南地区,诗里指内乡,其母去逝时,元遗山为内乡县令,将母亲先葬于内乡西北的熊耳山。

【品评】

此诗是为其嗣母而发。元遗山刚出生七月，就过继给叔父元格为子，从此，嗣母张氏，爱之如掌上明珠，直至遗山三十九岁，为内乡县令时，母亲病逝，近四十年间，母子相依为命，从未分离，无论是元格四处为官，或元格去世后，遗山奉母辟乱，母子从未分离，情深似海。母亲病逝时，只能暂时葬于内乡。等金灭亡十年之后，遗山也从羁管地回到山西忻州老家，便于乙巳年，往河南迁母亲遗骨往家乡安葬。全诗用词简明流畅，感情真切。抒发了遗山对母亲的无限怀念之情，兼及江山易主的哀痛。

石岭关书所见[①]

轧轧旃车转石槽，[②] 故关犹复戍弓刀。[③]
连营实骑红尘暗，[④] 微服行人细路高。[⑤]
已化虫沙休自叹，[⑥] 厌逢豺虎欲安逃。[⑦]
青云玉立三千丈，[⑧] 元只东山意气豪。[⑨]

【注释】

①石岭关：在今山西阳曲东北，是忻州通往太原的军事要塞，历来是防止北敌南侵的门户。 ②轧轧：车运行时，轮轴磨擦发出的响声。旃车：旃，同“毡”。用毡毯做篷的车。石槽：形容石岭关两山之间的深谷，形似水槽。 ③故关：旧有的关口。犹复：仍是。戍弓刀：军士手执兵器严守要塞。指金军。 ④连营：兵营一个接着一个。实骑：冲锋陷阵的骑兵突击队。红尘暗：弥漫的尘土，遮天蔽日。 ⑤微服：平

民穿的衣服。细路高：走山上的小路。指人们往深山峡谷里逃难。 ⑥虫沙：泛指死于战乱的军民。据《抱朴子》："周穆王南征，一军尽化，君子为猿为鹤，小人为虫为沙。"休自叹：不必哀叹，死犹胜于生受折磨。 ⑦"厌逢"句：饱经豺狼虎豹的侵害，你怎么逃得了？喻蒙古军队。 ⑧青云：青色的云，喻高入云霄。玉立：美好的姿态。赞美故乡的山亭亭玉立耸入云霄。 ⑨元：同"原"。东山：指忻州东面的系舟山脉。暗含谢安弃隐东山，应聘领兵抗敌，自己也有报国杀敌的豪气。

【品评】

此诗作于贞祐丙子(1216)，1214 年三月，蒙古屠忻州，死十万多人，元好问长兄好左遭杀害。好问因逃避到阳曲北山之羊谷，得以幸免。1216 年，蒙古军又将南下扫荡，诗人携家往河南避乱，路过石岭关，有感而发。全诗通过对昔日与今天的所见所感，抒发了对蒙古军的野蛮残暴表示愤慨，对金军的无能表示批评，对家山进行赞美，并流露出仍有击退强敌的雄豪气概。诗格抑郁悲壮。

秋 怀

嵩山中作①

凉叶萧萧散雨声，② 虚堂淅淅掩霜清。③
黄华自与西风约，④ 白发先从远客生。⑤
吟似候虫秋更苦，⑥ 梦和寒鹊夜频惊。⑦
何时石岭关头路， 一望家山眼暂明。⑧

【注释】

①嵩山：在河南登封，五岳之中岳。 ②萧萧：秋风吹落叶的声音，像细雨的声响一样。 ③淅淅：风声。霜清：清冷的秋霜。 ④黄华：即黄花，菊花。 ⑤远客：远离家乡的游子，诗人自喻。 ⑥候虫：随季节而生或发鸣声的昆虫，如夏天的蝉，秋天的蟋蟀等。 ⑦寒鹊：即寒冷天气的鹊鸟。 ⑧眼暂明：眼睛在短时间内明亮起来了。

【品评】

此诗作于兴定二年(1218)秋，是时，元好问因屡试受挫，欲归隐躬耕，于是便移居嵩山。是年八月，木华黎帅蒙古兵数万，由北向南，攻占山西各州县。面对金兵不可能击退强敌，归乡之日渺茫，经世济民之志无法得伸，内心非常压抑。眼见秋风萧索，落叶纷飞，黄花飘香。耳听秋虫哀鸣，寒鹊频惊。便借题抒发了对故乡的无限思念。情与景合，令人叹惋。

内乡县斋书事①

吏散公庭夜已分，② 寸心牢落百忧薰。③
催科无政堪书考，④ 出粟何人与佐军。⑤
饥鼠绕床如欲语， 惊鸟啼月不堪闻。
扁舟未得沧浪去，⑥ 惭愧舂陵老使君。⑦

运祖次山《舂陵行》云："思欲委符节，引竿自刺船。"故子美有"兴含沧浪清"之句。

【注释】

①内乡：今河南内乡。县斋：县衙内住所。书事：书写事情。此诗作于正大四年（1227），元遗山时任内乡县令。②吏散公庭：吏役离开办公厅堂。夜已分：前后半夜的分界，指到后半夜。　③寸心：即内心。因心在胸中方寸之间，故云。牢落：孤寂；无聊。百忧薰：各种忧愁使人烦闷。薰，薰蒸，潮湿闷热。诗里喻烦闷。　④催科：催收租税的法令科条。堪：经得起。书考：记录官员考核的政绩。　⑤佐军：资助军队的粮饷等。　⑥沧浪：是水名又是地名，水名指何水，说法不一。诗里是泛指隐居的江湖去处。　⑦春陵：古地名，今湖南南部道县一带地方。老使君：指元结。唐代宗广德元年（763），授道州刺使。　⑧《春陵行》云："思欲……自刺船"是作者误将《贼退示官吏》中的诗句，记为《春陵行》中的。元结在《春陵行序》中说："癸卯岁（763），漫叟授道州刺使。道州旧四万户，经贼已来，不满四千，大半不胜赋税。到官未五十日，承诸使征求符牒二百余封，皆曰：'失其限者，罪至贬削。'於戏，若悉应其命，则州县破乱，刺使欲焉逃罪；若不应命，又将获罪戾，必不免也。吾将守官。静以安人，待罪而已。此州是春陵故地，故作《春陵行》以达下情。"杜甫在《同元使君春陵行序》中对《春陵行》和《贼退示官吏作》两诗的评价很高。

【品评】

此诗作于正大四年（1227），诗人任内乡县令不久。此时山西、河北、山东诸路州县已被蒙军占领，全国的一切赋役全压在河南人民身上。加上水、旱、虫灾，人民苦不堪言。

而军队在前线与强敌对抗，没军粮。诗人受命于危难之际，既为县令催逼赋税急迫，又面对家无颗粒的人民，忧心如焚，夜不能寐，故学远祖元结乌《舂陵行》而赋《内乡县书斋事》以达下情。诗的头二联，乌内心的矛盾；三联，写饥鼠欲言，惊乌啼月，无处觅食，喻老百姓的极端穷困；尾联想起远祖为民请命而感到十分愧疚。词意沉郁，情调悲凉，充分反映了诗人的痛苦，真实动人。

被檄夜赴邓州幕府①

幕府文书鸟羽轻，② 敝裘羸马月二更。③
未能免俗私自笑，④ 岂不怀归官有程。⑤
十里陂塘春鸭闹，⑥ 一川桑柘晚烟平。⑦
此生只合田间老，⑧ 谁遣春官识姓名。⑨

【注释】

①檄(xí)：古代官府用作征召、声讨的文书。邓州：今河南邓州。幕府：古代将帅在外的营帐。 ②鸟羽轻：文书上插上鸡毛，以示情况紧急，必须迅速传递。 ③敝裘：破烂的皮衣。羸马：瘦弱的马。更：古代夜间的计时单位，一夜分五更，每更约为现在的二小时。月二更，另本为月“三”更。 ④未能免俗：未能超脱世俗社会平常人的心理习惯。指任命为官高兴。用阮咸晒裤典。《世说新语·任诞》云：“阮仲容、步兵居道南，诸阮居道北；北阮富，南阮贫。七月七日，北阮盛晒衣，皆纱罗锦绮。仲容以竿挂大布犊鼻裈于中庭。人或轻之，答曰：“未能免俗，聊复尔耳。” ⑤岂不怀

归：出自《诗经·小雅·出车》："岂不怀归，畏此简书。"官有程：官府文书规定期限，即日程。 ⑥陂塘：村寨边的池塘。⑦桑柘：桑树和柘树，叶子均可养蚕。 ⑧田间老：在田里耕作到老。 ⑨春官：古代官名，后为礼部的别称。掌贡举之职。识姓名：知道我的姓名。全句意为，不知是谁向礼部推荐我。

【品评】

此诗作于正大七年(1230)，诗人为母丧尽孝，闲居内乡白鹿原。突然接到邓州幕府将军移刺瑗的征聘文书，必须火速动身。他在赶赴邓州的途中信笔赋诗。首联写接文书的情况；次联写自己的心情；三联写对农村生活的眷恋；末联写自己只适合在农村躬耕自食。全诗未脱宋人以散文为诗的风气，但有所创新，平淡清远，饶有风趣。

别程女①

芸斋淅淅掩霜寒，② 别酒青灯语夜阑。③
生女便知聊寄托，④ 中年尤觉感悲欢。⑤
松间小草栽培稳，⑥ 掌上明珠弃掷难。⑦
明日缑山东畔路，⑧ 野夫怀抱若为宽。⑨

【注释】

①程女：诗人长女元真，嫁给程思温。 ②芸斋：芸，即芸香，菑、叶、花都有特殊香气，置书页内可辟蠹，芸斋即书斋。淅淅：风声。掩霜寒：闭门挡住寒气袭来。 ③别酒：离

别的酒席。青灯：点油的灯。语夜阑：千叮万嘱，说到天快亮了。　④聊寄托：暂且寄托，因为女儿迟早要嫁出去，故云。⑤“中年”句：人到中年，特别容易伤感。　⑥“松间”句：喻对女儿养育与嫁到婆家的责任完成了。　⑦掌上明珠：喻极受珍爱的女儿元真。弃掷难：不忍心把女儿送出家门。　⑧缑(hóu)山：即缑氏山，在今河南偃师南。嵩山往偃师必经之处。　⑨野夫：农夫，诗人自指。是时，遗山寓居嵩山躬耕，故云。若为宽：如何能够宽心呢！

【品评】

此诗为女儿元真而作。元真远嫁给偃师的程思温，在临行前夜，全家欢聚一堂，设酒宴为女儿送行，诗人既喜且悲。即兴挥笔，将自己与女儿依依不舍的心情表露无遗。语言质朴，感情真挚。

岐阳三首①

一

突骑连营草不飞，②　北风浩浩发阴机。③
三秦形胜无今古，④　千里传闻果是非。⑤
偃蹇鲸鲵人海涸，⑥　分明蛇犬铁山围。⑦
穷途老阮无奇策，⑧　空望岐阳泪满衣。⑨

二

百二关河草不横，⑩　十年戎马暗秦京。⑪
岐阳西望无来信，⑫　陇水东流闻哭声。⑬

野蔓有情萦战骨，[14] 残阳何意照空城。[15]
从谁细向苍苍问。[16] 争遣蚩尤作五兵。[17]

三

眈眈九虎护秦关，[18] 懦楚孱齐机上看。[19]
禹贡土田推陆海，[20] 汉家封缴尽天山。[21]
北风猎猎悲笳发，[22] 渭水潇潇战骨寒。[23]
三十六峰长剑在，[24] 倚天仙掌惜空闲。[25]

【注释】

①岐阳：县名，旧治在今陕西扶风西北，因在岐山之阳得名。金于此置总管府，是陕西的军事重镇。 ②突骑：冲锋陷阵的骑兵突击队。鸟不飞：封锁严密，鸟都飞不过去。 ③北风：北方吹来寒冷的风。喻蒙古军。发阴机：降下阴冷的雪。 ④三秦：秦亡后，项羽为了分而治之，封秦降将章邯为雍王，司马欣为塞王，董翳为翟王，合称三秦。后称陕西一带的三秦。形胜：指地理位置优越、地势险要的地方。不今古：不论往古或是今天，三秦形胜都没有变化。 ⑤果是非：结果是真还是假。指凤翔被蒙古军攻陷屠天的消息。因无官方通报，只听传闻。 ⑥偃蹇：高耸傲岸貌。鲸鲵：即鲸鱼，雄曰鲸，雌曰鲵。喻凶恶的蒙古军队，四面侵略，吞并他国。人海涸：指蒙古军将抵抗的军民全杀光。即人类灭绝，海水枯竭。 ⑦蛇犬：毒蛇与猛犬，喻蒙古军。铁山围：像铁铸的山一样将凤翔包围。 ⑧穷途老阮：指阮籍事。《三国志·魏书·王粲传》：阮籍，官至步兵校尉。《注》：《魏氏春秋》曰：籍旷达不羁，不拘礼俗。闻步兵校尉缺，厨多美酒，营人善酿酒，求为校尉，遂纵酒昏酣，遗落世事。时率意独驾，

不由径路，车迹所穷，辄恸哭而反。诗人自比阮籍。无奇策：没有出奇制胜的妙计。 ⑨"空望"句：只能白白地遥望岐阳泪如雨下沾湿衣襟而已。 ⑩百二关河：分别用"持戟百万，秦得百二焉"和"秦四塞之国，被山带渭，东有关河，西有汉中。"之意。详见《史记·高祖本纪》和《史记·苏秦列传》。意即三秦是形胜之国，带山河之险，易守难攻。以二万雄师，可挡诸侯百万之兵。草不横：连草都被踏平，不能横生枝节了。 ⑪十年戎马：从兴定五年(1221)11月蒙古兵进攻延安，12月下潼关、京兆开始。到正大八年(1231)4月，蒙古军平凤翔时，正好十年。暗秦京：咸阳为秦的京都。蒙古军陷凤翔后，金放弃京兆，迁居民于河南，因而前景暗淡，故云。 ⑫无来信：没有岐阳来的音讯，指岐阳已陷落。 ⑬"陇水"句：用乐府歌"陇头流水，鸣声幽咽。遥望秦川，心肝断绝。"之意。诗人遥想三秦沦陷地人民的哭声与流水混杂在一起的悲惨情景。 ⑭野蔓：即"野有蔓草"(《诗经·郑风·野有蔓草》)。蔓生攀缘植物。萦战骨：江淹《恨赋》："试望平原，蔓草萦骨，拱木敛魂。"全句意为：野草中堆积了战死者的尸骨。 ⑮"残阳"句：落日照着屠灭空城，是何用心。 ⑯"从谁"句：从谁人那里去向苍天讯问详情呢？ ⑰蚩尤：恶人的代称。喻蒙古成吉思汗。作五兵：制造五种兵器，喻发动战争。 ⑱眈眈：眼睛注视。九虎：原指王莽的九个将军。《后汉书·王莽传下》："拜将军九人，皆以虎为号，号曰'九虎'。"后用"九虎"喻强悍的军队。 ⑲懦楚孱齐：懦弱的楚国，孱弱的齐国。懦楚，指天会五年(1127)，三月，金立宋太宰张邦昌为楚皇帝，割地赐夏国。五月，宋杀张邦昌；孱齐，指天会八年，九月，金又立刻豫为大齐皇帝，也修子礼，都大名府。机：即机阱，设有机关捕兽的陷阱，喻坑害人的圈套。

⑳《尚书·夏书·禹贡》:“禹别九州。随山浚川。任土作贡。禹贡。禹敷土,随山刊木,奠高山大川。”是说禹疏九河,足迹踏遍九州,对山川的走向、湖泊所在,土地的肥瘠等等进行记载,编制九州贡赋。陆海:指物产富饶之地。诗里指兰秦。《汉书·地理志下》:秦地于禹贡时,跨雍、梁二州。其民女子稼穑,务本业,农桑衣食之本甚备。有鄠杜竹林,南山檀柘,号称陆海,为九州膏腴。 ㉑“汉家”句:指汉朝的疆域辽阔。封徼:边界。天山:在今新疆北部。 ㉒猎猎:风声。悲笳发:笳,古管乐器,即胡笳。汉时流行于塞北和西域一带,其音悲凉。悲笳发,即发出了悲凉的音调。 ㉓渭水:流经陕西的主要河流之一,源于甘肃。潇潇:流水声。 ㉔三十六峰:指西岳华山的三十六座山峰。 ㉕仙掌:西岳华山的著名山峰之一,东峰,又名仙人掌峰。以上二句,喻既懂文韬又善武略的人没受重用,因而败于强敌。

【品评】

此诗作于正大八年(1231)四月之后,诗人时任南阳县令。闻听凤翔被蒙古军攻陷,悲愤填膺,肝胆欲裂,便奋笔疾书,发泄胸中之痛。第一首,写闻听凤翔遭屠城之祸,不知是真假,但已潸然泪下;第二首,写三秦被蒙古军扫荡的惨状;第三首,写金军的孱弱,蒙古军长驱直入三秦。全诗苍凉沉郁,浑浩流转,愤怀莫泄,肠断泪流,浸人肺腑。

壬辰十二月车驾东狩后即事五首①

（其二）

惨澹龙蛇日斗争，② 干戈直欲尽生灵。③
高原水出山河改，④ 战地风来草木腥。⑤
精卫有冤填瀚海，⑥ 包胥无泪哭秦庭。⑦
并州豪杰今谁在，⑧ 莫拟分军下井陉。⑨

【注释】

①壬辰：天兴元年（1232）。车驾：皇帝乘坐的车马。东狩：往东边打猎，实则是从汴京往东逃跑。 ②惨澹：暗澹无色。龙蛇：比喻蒙古国与金国，化用杜甫《喜晴》诗“干戈虽横放，惨澹斗龙蛇”意。日斗争：天天打仗。全句意为蒙古对金进行侵略的战争非常惨烈。 ③干戈：古代兵器，盾牌和戈戟，喻战争。生灵：百姓。 ④“高原”句：水从高原奔流而下，势不可挡，使山河改变。喻蒙古侵略大军如山洪暴发。⑤“战地”：战地吹来血雨腥风，指战死者之多。 ⑥“精卫”句：指精卫衔木石填海故事。《山海经·北山经》：“发鸠之山，其上多柘木。有鸟焉，其状如乌，文首，白喙，赤足，名曰精卫，其名自詨。是炎席之少女名曰女娃。女娃游于东海，溺而不返，故为精卫。常衔西山之木石，以堙于东海。”诗文中常用此典，比喻难以实现的忠贞之志。诗人引此神话以自喻。 ⑦“包胥”句：指春秋时，楚国大夫申包胥在伍子胥引吴师攻楚郢都时，他入秦国求救兵，在朝堂上痛哭七日七夜，勺饮不入口。秦哀公为之感动，出兵援楚。后用作忠愤救国

的典故。而诗人则是有包胥的忠愤，却无国可求援兵，有泪无处可流。 ⑧“并州”句：并州常出豪杰之士，如今有谁站出来力挽狂澜呢？ ⑨莫拟：没有谁能比拟。井陉：是太行山八陉之一。也称土门关，在今河北井陉县北。是太行山区进入华北平原的重要关隘。秦将王翦攻赵、韩信攻赵王歇、唐李光弼、郭子仪大破贼于常山都经此关。全句意为全国没有一个人能够出奇兵打败强敌。

【品评】

天兴元年(1232)十二月，由于蒙古军对汴京的长期围困，使得城内粮尽援绝，已出现人相食的惨状。汴京陷落的时间在即，金哀宗只得与太后、皇后、诸妃、公主大恸而别，逃往商丘。诗人当时为左司都事，请以小字书国史一本随驾未及行。故作这组诗以抒悲愤。诗共五首，这里选第二首。诗的一、二联写战争使山河改变，及生灵被杀尽的血腥场面；三、四联写救国无门的痛苦心情。全诗色彩惨烈，情调凄凉，用典贴切，充分表达诗人对金国的忠贞与热爱，以及对蒙古掠夺者的愤恨。

癸巳四月二十九日出京[1]

塞外初捐宴赐金，[2] 当时南牧已骎骎。[3]
只知灞上真儿戏，[4] 谁谓神州遂陆沉。[5]
华表鹤来应有语，[6] 铜盘人去亦何心。
兴亡谁识天公意，[7] 留著青城阅古今。[8]
国初取宋于青城受降。[9]

【注释】

①癸巳:金哀宗天兴二年(1233),农历四月二十九日,元遗山等亡金官员,被押送出汴京,到青城蒙军攻城统帅部。故云出京。 ②塞外:古代指长城以北地区。初捐:开始献出财物。宴赐金:赏给举办宴会的金钱。全句意为,全国当初给北方部落以赏赐财物进行收买拉拢。自金章宗明昌二年(1191)起,规定五年一次,派官员到北边境主持其事。③南牧:向南方放牧,喻北方民族向南侵犯。即蒙古、西夏等。贾谊《过秦论上》:“胡人不敢南下而牧马”。骎骎:形容马迅速奔跑的样子,指当时北方部族已加快南侵的步伐。④“只知”句:用灞上军队喻金朝军队不堪一击。灞上,地名,即霸上。在今陕西西安东霸水上,故名。是咸阳、长安东面近郊的军事要地。儿戏,用汉文帝语。《史记·绛侯周勃世家》:汉文帝到霸上、棘门、细柳慰劳守军。到前二处,可长驱直入。到细柳,军士吏被甲,锐兵刃,彀弓弩,持满。天子先驱至,不得入。先驱说:天子就到。把门军官说:军中闻将军令,不闻天子之诏。上至,又不得入。文帝便派人持节诏将军,周亚夫才下令开营门,并告诉:军中不得驰驱。文帝便按辔徐行。周亚夫身披甲胄不下马,以军礼见。文帝称赞:“此真将军矣!曩者霸上、棘门军,若儿戏耳,其将固可袭而虏也。至若亚夫,可得而犯耶!” ⑤神州:指中国。陆沉:喻国土沦陷于敌人之手。刘义庆《世说新语·轻诋》:“桓公入洛,过淮泗,践北境,与诸僚属登平乘楼,眺瞩中原,慨然曰:‘遂使神州陆沉,百年丘墟,王夷甫诸人,不得不任其责。’”⑥华表鹤来:喻沧桑巨变,即金朝的兴盛与败亡。 ⑦“兴亡”句:指国家的兴盛与衰亡,是上天的主张,谁也认识不到。⑧青城:在汴京(开封)南郊的一个小城,是北宋祭天斋宫所

在地。靖康二年(1127),正月,宋钦宗被扣留于青城为人质,让宋庭和百姓交出所有财物,随后派吏员到官府和百姓家搜括挖掘。四月,用牛车数百乘,将徽、钦二帝以及诸亲王、妃嫔等押往东北。宋宫室种种宝器、物件、书画,以及官吏、内人、倡优、府库积蓄被金掠夺一空。将宫室、林苑焚毁。时隔九十余年,历史又在青城重演,金国向蒙军投降。叛将崔立于四月,将金太后、皇后、梁王、荆王以及诸妃嫔,宗室男女五百余人送往青城蒙古军中。速不台派人向蒙古太宗请示屠城。按蒙古初期规定,凡攻城不降,矢石一发则屠之。而汴京围攻时间久,蒙军伤亡多。在耶律楚材等人的一再谏阻下,太宗诏令,除完颜氏一族外,其余的一律赦免。金宗室五百余人全被杀光。其他官吏等则送往山东聊城拘禁,元好问便是被拘禁者之一。 ⑨国初……受降:此为作者自注。

【品评】

天兴二年(1233)正月,驻守汴京的西面元帅崔立与其党羽韩铎、药安国举兵叛变,杀参知政事、枢密副使、讲议、奉御、户部尚书等人,并以"为一城生灵请命"为名,欺骗官民,将汴京献给蒙古军队。并胁迫太后传令召卫王子从恪为梁王,监国。且自封太师、左丞相、尚书令、郑王。封其亲信为高官,令人为他立功德碑。四月,将宗室男女五百余口送往青城蒙古军中,又将三级、医流、工匠、绣女等送往漠北和林。汴京一百四十余万户,因得耶律楚材的谏阻,免遭屠城之难。诗人亲历其事,在出京之后,用此诗抒发了一个沦为敌国囚徒的哀伤。全诗回顾了金国兴亡的全过程。词意凄凉,情绪悒郁,蕴含深刻,不愧为史家手笔。《金史·崔立传》的议论中说:"金俘人之主,帝人之臣,百年之后适启崔立之狂谋,以成青城之烈祸。曾子曰:'戒之,戒之,出乎尔者,反乎尔者也。'岂不信哉。"

即 事①

逆竖终当鲙缕分,② 挥刀今得快三军。③
燃脐易尽嗟何及,④ 遗臭无穷古未闻。⑤
京观岂当诬翟义,⑥ 衰衣自合从高勋。⑦
秋风一掬孤臣泪,⑧ 叫断苍梧日暮云。⑨

【注释】

①即事:以当前事物为题材的诗。此为崔立被李伯渊杀死一事而作。 ②逆竖:对叛乱者的称呼。这是指金汴京西面元帅崔立,他于天兴二年(1234)正月,杀死留守等官员,向蒙古军投降,把城交出。竖,对人的鄙称。鲙缕:鱼片、肉丝。据《金史·崔立传》载:李伯渊刺死崔立后,系尸马尾,至内前号于众曰:"立杀害劫夺,烝淫暴虐,大逆不道,古今无有,当杀之不?"万口齐应曰:"寸斩之未称也。"乃枭立首,望承天门祭哀宗。或剖其心生啖之。以三尸挂阙前树上,树忽拔,人谓树有灵,亦厌其为所汙。史论曰:崔立"乘时僭窃,大肆淫虐,征索暴横,辄以供备大军为辞,逞欲由己,敛怨归国,其为罪不容诛矣。" ③三军:军队的通称。全句为崔立的下场使三军称快。 ④燃脐:据《后汉书·董卓传》载:董卓被吕布等杀后,"乃尸卓于市,天时始热,卓素充肥,脂流于地。守尸吏燃火置卓脐中,光明达曙,如是积日。"后便以"燃脐"指元凶伏法。这里指崔立被杀。嗟何及:感叹怎么样才能达到解

恨的目的呢？即生啖崔立之肉，也难解心中之恨。 ⑤遗臭无穷：指死后坏名声永远流传下去，没有穷尽的日期。古未闻：自古以来，没有听见这么坏的人。 ⑥京观：古代战争中，胜利者为了炫耀自己的武功，收集敌方战死者尸首，封土而成的高大坟墓，称为京观。翟义：字文仲，为东郡太守。王莽摄政篡位，翟义起兵讨伐。失败后，王莽挖掘"其父方进及先祖墓在汝南者，烧其棺柩，夷灭三族，诛及种嗣。至皆同坑，以棘五毒并葬之。而下诏曰：盖闻古者伐不敬，取其鲸鲵，筑武军封，以为大戮。于是乎有京观，以惩滛慝。"这是篡逆王莽的残暴行为，以及对正义者的诬蔑。 ⑦衰衣：丧服。从高勋：跟随高勋走。高勋，辽河南（今河南洛阳）人，字鼎臣，原为后晋阁门使，降辽后，累官晋封秦王。与他同时的张房泽，骁勇残忍。降契丹后，耶律德光遣以先入京师，他纵军士大肆虏掠，德光至杀之。令高勋监斩。押赴刑场时，那些被张残害的家属穿着丧服紧随其后痛骂。行刑后，高勋将张的心剜出来祭奠死者。诗里以高勋喻张伯渊。 ⑧一掬：一捧。孤臣：孤立无助的远臣。 ⑨苍梧：山名，又名九疑山，在今湖南宁远。《史记·五帝本纪》：舜"南巡狩，崩于苍梧之野，葬于江南九疑山。"遗山以舜帝喻哀宗葬地。据《金史·哀宗纪》："大军入，与城中巷战，城中军不能御。帝自缢于幽兰轩。末帝退保子城，闻帝崩，率群臣入哭，谥曰哀宗。哭奠未毕，城溃，诸禁近举火焚之，奉御绛山收哀宗骨瘗之汝水上。末帝为乱兵所害，金亡。"全句意为我呼天喊地的哀号，连落日与行云都被感动得停住不动了。

【品评】

天兴三年六月，判将崔立遭到李伯渊的刺杀，并在崇天门枭首市众，剜心遥祭死于蔡州的哀宗。诗人闻听这一大快人心的消息，便挥笔赋诗，称颂李伯渊的正义行为，痛斥叛贼崔立遗臭万年的无耻勾当。运词痛快淋沥，情绪悲壮激烈，一个痛心疾首、呼天抢地的累臣跃然纸上，令人感慨。

秋 夜①

九死余生气息存，② 萧条门巷似荒村。③
春雷谩说惊坯户，④ 皎日何曾入覆盆。⑤
济水有情添别泪，⑥ 吴云无梦寄归魂。⑦
百年世事兼身事，⑧ 尊酒何人与细论。⑨

【注释】

①作于天兴三年(1234)秋。是时，元遗山羁管山东聊城，在寂寥冷清的秋夜，回想自己的遭遇，有感而发。 ②九死余生：经过无数次磨难幸免于死而又活下来。气息存：呼息未停止，狗延残喘而已。 ③萧条门巷：门庭里巷，死气沉沉，毫无生气。荒村：荒废的山村。指聊城残破不堪。 ④春雷：春天的雷。《礼记·月令》："仲春之月……日夜分，雷乃发声，始电，蛰虫咸动，啟户始出。"谩说：休说。坯户：昆虫在地里封塞的巢穴。《礼祀·月令》："仲秋之月……日夜分。雷始收声，蛰虫坯户。" ⑤皎日：明亮的太阳。覆盆：覆置的盆。即盆口扣在地上，阳光照不到里面。晋葛洪《抱朴子·辨问》："是责三光不照覆盆之内也。"全句喻社会黑暗，沉冤无处昭雪。 ⑥济水：水名，包括黄河南北两部分：河北部分源出河南济源王屋山，下游入河处屡经变迁，汉时在今

武陟南入河；河南部分本从黄河分出的一条支流，因分流处与河北济口隔岸相对，古人便称为济水下游。⑦吴云：泛指吴地的云。喻哀宗死于蔡州。因蔡州既在金国之南，又与北边聊城相对，故称吴云。 ⑧世事：时事，世上的事。身事：个人的经历和遭遇。 ⑨尊酒：杯酒。尊，古代盛酒器。细论：详细地进行分辨。

【品评】

据《金史·王若虚传》云：天兴二年春，崔立叛变得逞后，群小附和，请为他建功德碑。令王若虚为文。王私下对元好问说：不从则死，作之则名节扫地，不如死之为愈。以理拒。随后又召刘祁、麻革，元好问与张信之对二人说："众议属二君，且以白郑王矣，二君其无让。"祁等固辞而别。数日后，催促不得已，祁草定后，交好问。好问不满意，乃自为定，并示若虚，共删数字，只叙其事而已。后因崔立被诛，碑未立成。但元好问却遭到非议。而他则认为自己良苦的用心不被人们理解，是不白之冤，无处申诉，内心非常委屈。诗中抒发自己劫后余生的凄凉处境，有君难随，百年世事身事再也无法向人说明的抑郁心情。

梦 归①

憔悴南冠一楚囚，② 归心江汉日东流。③
青山历历乡国梦，④ 黄叶潇潇风雨秋。⑤
贫里有诗工作祟，⑥ 乱来无泪可供愁。
残年兄弟相逢在，⑦ 随分齑盐万事休。⑧

【注释】

①此诗作于1234年秋，好问被拘禁在山东聊城。深切思念家乡而无法归去。 ②憔悴：形容人瘦弱，脸色难看，没精神的样子。 ③“归心”句：怀念其兄元好谦。诗人在《南冠录引》中说：“岁甲午，羁管聊城，益之（好谦）史邈在襄汉，遂有彼疆此界之限。”即其兄逃往南宋。江汉，泛指长江与汉水流域，当时仍属南宋。 ④历历：一个一个，清清楚楚的。乡国：家乡和故国。句意为青山依旧历历在目，而故国只能从梦里找寻了。 ⑤潇潇：落叶的声音。 ⑥“贫里”句：人到贫困时能突发奇想，作诗的激情喷涌而出。欧阳修在《梅圣俞诗集序》中谈到诗穷而后工。工作祟：不特意求工而自工，即突发奇思妙想。 ⑦残年：指人的晚年，所剩的岁月不多了。 ⑧随分（fèn）：即随遇而安。齑（jī）盐：指粗茶淡饭。齑，用来调味的姜、葱、蒜、韭菜等碎末。

【品评】

此诗作于天兴三年（1234）秋。是年正月，金哀宗不愿当敌人的俘虏，在蔡州自缢于幽兰轩。继位的完颜承麟被杀，金国灭亡。诗人正羁押在山东聊城，心情十分寂寞和痛苦，故以《梦归》为题，书写对故国、家乡，以及亲人的怀念。全诗词语平易，情绪消沉，充分表达了一个亡国囚徒的无限凄楚与绝望。

甲午除夜①

暗中人事忽推迁，② 坐守寒灰望复然。③

己恨太官余曲饼，[4] 争教汉水入胶船。[5]
神功圣德三千牍，[6] 大定明昌五十年。[7]
甲子两周今日尽，[8] 空将哀泪洒吴天。[9]

【注释】

①此诗作于天兴三年(1234)，农历腊月三十日夜。②暗中：不知不觉之中。人事：人世间的事。推迁：发展变化。③寒灰：死灰，物质燃烧后，留下的灰烬。喻金朝不可能东山再起了。④太官：官名，掌皇帝膳食及燕享之事。曲饼：饼状的酵母，即酒曲。用小麦等麸皮制作而成。用晋愍帝故事，因京师饥甚，太官用太仓中剩余的数十曲饼煮粥给愍帝吃。喻汴京被围粮尽援绝的状况。全句意为恨太官将剩余的曲饼救活了愍帝，建兴四年(716)愍帝被刘曜俘至平阳(今山西临汾西南)受辱被杀。⑤汉水：源于陕西宁强县，流经湖北汉阳注入长江。胶船：用胶粘合的船。据《帝王世纪》："周昭王德衰，南征，济于汉。船人恶之，以胶船进王。王御船至中流，胶液船解，王及祭公俱没于水而崩。"喻哀宗死于蔡州事。⑥神功圣德：称颂金之始祖有神圣一般的业绩和德行。牍：公文。三千牍，形容记载功德的文书案卷很多。⑦大定：金世宗完颜雍的年号(1161—1189)。明昌：金章宗完颜璟的年号(1190—1195)。而章宗改元承安、泰和，直至1208年，共在位19年。世宗、章宗在位凡48年。在这近50年间里，是金朝的繁荣昌盛时期。⑧甲子：甲，十天干首位；子：十二地支首位。古代以天干和地支递次相配，如甲子、乙丑、丙寅……癸亥，凡六十，称六十甲子。从甲子到癸亥循回一遍，又称一周。两周今日尽：指金从太祖完颜阿骨打收国元年(1115)乙未，至哀宗天兴三年(1234)甲午亡

国，凡119年，差一年为两周，这里概而言之。 ⑨昊天：指南方的天空。当时诗人在山东聊城，哀宗死于河南蔡州（今汝南），蔡州与聊城，正南北相对，故称。

【品评】

此诗作于甲午除夕之夜，是一首对金国灭亡的挽歌。年初，哀宗的最后立足地蔡州，被蒙古、南宋军铁壁合围，哀宗在绝望中将皇位传给东面元帅完颜承麟。为了免于被俘受辱，自缢于幽兰轩。城破，承麟遇害，金国宣告灭亡。全诗正视金朝灭亡是不会死灰复燃，再回顾开国皇帝们的神功圣德，大定、明昌两朝的太平盛世，如今走到尽头。倾吐了亡国忠臣的绝望与无可奈何的哀伤，真切动人。

羊肠坂[1]

浩荡云山直北看，[2] 凌兢羸马不胜鞍。[3]
老来行路先愁远， 贫里辞家更觉难。
衣上风沙叹憔悴，[4] 梦中灯火忆团圞。[5]
凭谁为报东州信，[6] 今在羊肠八百盘。[7]

【注释】

①此诗作于蒙古太宗九年（1237）。其年秋，诗人由山东冠氏归家乡。 ②浩荡：广大旷远。云山：高耸入云之山。直北：正北。 ③凌兢：战战兢兢的样子。羸马：瘦弱的马。不胜鞍：承受不住鞍子的压力。 ④憔悴：面貌很难看。⑤团圞：团圆；团聚。 ⑥凭谁：请求谁人。东州：指山东冠

氏等地，诗人从那里出发回家。 ⑦羊肠八百盘：羊肠坂，在山西各为羊肠坂的有多处，这里指今太原西北的羊肠坂。据《水经注》：汾水出汾阳县北山，西南流者也。汉高帝十一年封靳疆为侯国，后立屯农积粟在斯，谓之羊肠仓，山有羊肠坂，在晋阳西北，石磴萦委若羊肠焉，故仓坂取名矣。八百盘，言其弯曲盘环，形势险峻。

【品评】

此诗作于1237年秋，即蒙古太宗九年，诗人只身从羁管地山东冠氏返家乡忻州，途经羊肠坂时有感而发。诗的前二联写自己年老力衰，穷困潦倒的状况；第三联，写自己风尘仆仆急切回家团聚的心情；尾联怀念山东友人并点题。全诗词意平易，直抒胸怀，情见手词。

外家南寺①

在至孝社，予儿时读书处也。②

郁郁秋梧动晚烟，③ 一庭风露觉秋偏。④
眼中高岸移深谷，⑤ 愁里残阳更乱蝉。⑥
去国衣冠有今日，⑦ 外家梨栗记当年。⑧
白头来往人间遍，⑨ 依旧僧窗借榻眠。⑩

【注释】

①外家南寺：外家，指母亲的父母家。这里指养母张氏的外家。 ②至孝社：在曲阳东北的一个村庄。 ③郁郁：树木枝叶茂密的样子。秋梧：秋天里的梧桐树。动晚烟：在

傍晚的秋风中摇摆。 ④秋偏：秋天来得太早。 ⑤高岸移深谷：用《诗经·小雅·十月》："高岸为谷，深为陵。"意，言山川易位，面目全非。喻世事多变，金国被蒙古灭亡了。 ⑥"愁里"句：人在悲伤和夕阳西下的时候，听见的蝉鸣也变调了。 ⑦去国：本指离开了国家，这里是告别了被灭亡的金国。衣冠：指代亡国之臣，诗人自喻。 ⑧"外家"句：见到外家房前屋后的梨树和栗树，记起儿时在这里的情景。 ⑨"白头"句：诗人指自己头发已白，经历了人世间的各种变故。 ⑩僧窗：僧寺的窗户。榻：狭长而矮的坐卧用具。

【品评】

此诗作于蒙古太宗九年(1237)，岁在丁酉。诗人独自一人从冠氏回家乡，办理搬迁事宜。回到外家，记起儿时在此读书的情景。而眼前是高岸与深谷易位，江山换姓，不禁有亡国之臣的悲痛，故作此诗。在平静的字里行间，透露出无限凄凉。

别冠氏诸人[①]

戊戌秋八月初二日

东舍茶浑酒味新，[②] 西域红艳杏园春。[③]
衣冠会集今为盛，[④] 里社追随分更亲。[⑤]
分手共伤千里别，[⑥] 低眉常愧六年贫。[⑦]
他时细数平原客，[⑧] 看到还乡第几人。

【注释】

①冠氏:冠氏县。诸人:众多好友。 ②茶浑:茶的味很纯厚。 ③杏园:纪子正家的园林。甲午(1234)年,纪氏邀诗人等到杏园赏花,曾作《纪子正杏园燕集》诗。 ④衣冠:亡金旧臣。赞誉冠氏千户赵侯天锡,尊贤爱士,收留了一批亡金名士。诗人在《千户赵侯神道碑铭》中称:“宾客至者,燕享犒劳,肃然如太平官府。礼成而后退,皆相与称叹,以为侯之材盖有大过人者矣!大概侯所长者甚多,所以自待者殊不薄。又其所与游皆天下名士。”又云:“宾礼师儒讲颜曾,奕邑子弟前伏膺。弦歌洋洋通薛滕,东州百城文治兴。” ⑤里社:乡里。同上举《碑铭》说:“人有急难来归者,力为赒恤之,脱之于奴虏,活之于屠戮者,前后不胜算。他日有负之者,亦不以为意也。” ⑥“分手”句:指与赵天锡分别。同上所引《碑铭》说:“予往平阳(应为阳平)者六年。岁戊戌七月,以叔父之命将就养于太原。侯留连郑重,数月不能别。军行河平,予与之偕。分道新乡,置酒行营中。夜参半,把烛相见,不觉流涕之覆面也!明日,使人留语云:‘欲与吾之别,而情所不忍。唯有毋相忘而已!’于是疾驰而去,不反顾。呜呼!此意其可忘哉!”诗人能得归故里,多为天锡之助。 ⑦低眉:卑躬屈膝,抬不起头。羁管六年聊城,穷困潦倒,依靠友人们的馈赠维持生活。 ⑧平原客:指战国平原君赵胜,喜宾客,养食客数千人。喻千户赵天锡雅好文士,热情招揽亡金名士。平原,即平原县,治聊城。

【品评】

诗人特别注明作此诗的年月日,因为具有重要的纪念意义。诗人甲午年(1234)被羁押至聊城,次年移往冠氏,在那里得到千户侯赵天锡的百般关照，并结交许多朋友。在交往的四年时间里，情深谊厚。为了回归故里又不得不与新朋分手，真是难分难舍，故赋此诗。诗的首联，回忆几年来与朋友们品茶饮酒，赏花赋诗的情景；次联写赵天锡尊贤爱才，与乡亲父老的关系；三联写六年来贫困潦倒，得到友人的帮助，因而不忍离别；尾联写自己对未得解禁友人的关心。在浅显的词语中，充满了对朋友们离别的忧伤。

出都二首[①]

一

汉宫曾动伯鸾歌，[②] 事去英雄不奈何。[③]
但见觚棱上金爵，[④] 岂知荆棘卧铜驼。[⑤]
神仙不到秋风客，[⑥] 富贵空悲春梦婆。[⑦]
行过卢沟重回首，[⑧] 凤城平日五云多。[⑨]

二

历历兴亡败局棋，[⑩] 登临疑梦复疑非。[⑪]
断霞落日天无尽，[⑫] 老树遗台秋更悲。[⑬]
沧海忽惊龙穴露，[⑭] 广寒犹想凤笙归。[⑮]
从教尽划琼华了，[⑯] 留在西山尽泪垂。[⑰]

寿宁宫有琼华岛，绝顶广寒殿，近为黄冠者所撤。[⑱]

【注释】

①出都：离开京都，指金中都燕京（今北京）。1243 年秋

冬，诗人两至燕京。 ②汉宫：汉代宫廷，诗里指汉章帝朝。伯鸾歌，即《五噫歌》。伯鸾，梁鸿之字，东汉扶风平陵人，博学无所不通，隐居霸陵山中，东过洛阳，看见豪华宫殿，作《五噫歌》讽刺统治者奢侈与不关心人民的劳苦。其歌词："陟彼北芒兮，噫！顾览帝京兮，噫！宫室崔嵬兮，噫！人之劬劳兮，噫！辽辽未央兮，噫！"章帝闻听后，提出批评，并派人去搜捕，梁鸿隐姓换名，逃到山东等地隐居。诗人用此典喻金国统治者。劳民伤财，在中都大兴土木，宫阙宏伟壮观。③"事去"句：指金国的灭亡是咎由自取，任何英雄豪俊都无力挽回，即无可奈何。 ④"但见"句：借用班固《西都赋》中："设璧门之凤阙，上觚棱而栖金雀"之意。爵与雀同。觚棱，指宫阙上转角处之瓦脊成方形棱瓣之状。《西京赋》，写西京的壮丽辉煌，穷奢极侈。诗里指中都燕京。 ⑤"岂知"句：哪里会知道宫殿变成丘墟，铜驼被杂草丛林所掩盖。《晋书·索靖传》："靖有先识远量，知天下将乱，指洛阳客门前铜驼，叹曰：'会见汝在荆棘中耳！'"喻燕京被蒙古军攻陷，宫室被焚毁。 ⑥"神仙"句：指汉武帝迷信神仙，寻求不死之药，且铸仙人承露盘。但终究不免一死，成为人间过客。因汉武帝在横渡汾河时，曾作《秋风词》，故以"秋风客"指代汉武帝。诗里喻金国皇帝们。 ⑦春梦婆：据赵德麟《侯鲭录》载：苏东坡被贬海南岛时，行吟于田野。有一老太婆对他说：内翰昔日富贵，一场春梦。后人便称这位老人为"春梦婆"，以喻人间富贵如同春梦那么短暂，令人伤感。 ⑧卢沟：即今北京市西南的卢沟桥，始建于金大定二十九年(1189)，因京师西南卢沟河渡口为南北往来要津，兴建石桥。于明昌三年(1192)完工，名广利桥，元改今名。卢沟河，今北京市、河北境内永定河的古称，通用于辽金以后。卢沟桥的建造，为时三年，工程浩大，桥身壮丽，石雕精美，至今仍为北京胜景之一。 ⑨凤城：京都，喻燕京。传说秦穆公之女弄玉吹箫，引来凤降城上，号丹凤城，后把凤城作为京城的美称。五云：五色祥云。 ⑩历历：清晰可数。败局棋：指金朝由兴起到灭亡，像败局棋那样步步清晰可数。 ⑪登临：即登山临水，指登上琼华岛的广寒殿。疑梦复疑非：不相信自己眼前的残破景象。 ⑫“断霞”句：日出日落，天天如此，没有尽头。 ⑬老树遗台：泛指燕京的古树和土筑高坛。以上二句，意为在秋风萧瑟的落日里看到燕京的残破与荒芜，更令人悲哀。 ⑭“沧海”句：指沧海变成桑田，龙住的洞穴都暴露了。喻金国的灭亡。龙穴，传说中龙居住的洞穴。喻皇宫，古代以皇帝为龙种。 ⑮广寒：即广寒宫，月中仙宫。诗里指琼华岛上的广寒殿。凤笙：对笙的美称，传说仙人王子乔吹凤笙。 ⑯从教：听任；任凭。尽划：铲平，削平。划同铲。琼华：琼华岛，在今北京市北海公园内。陶宗仪在《辍耕录》中云：“万岁山在大内西北太液池之阳，金人名琼华岛。”《山上有广寒殿七间》。 ⑰西山：泛指北京西面的群山。 ⑱寿宁宫：《金史·地理志》：“京城北离宫有太宁宫，大定九年（1169）建，后更为寿宁，又更为寿安，明昌二年（1191）更为万宁宫。琼林苑有横翠殿。德宁宫西园有瑶光台，又有琼华岛，又有瑶光楼。”黄冠：道士之冠，这里指道士丘处机。陈时可《长春真人（丘处机）本行碑》：金大定二十八年（1188），师以道德升闻，征赴京师，官建庵于万宁宫之西，以便咨访。甲申年（1224）春，住燕京天长观，行省请也。自尔，使者赴行宫，皇帝（成吉思汗）必问神仙安否，还即有宣谕语，尝曰：“联所有地，其欲居者居之。”继而行省又施琼华岛为观。兵革而来，天长已残废，岛尤甚。师葺之，工物不假化缘，皆远迩自献者，三年一新。诗实指琼华岛被蒙军毁坏，不是丘处机建庵所撤，而再次重逢。此时，金已灭亡十年之久，不能明示。

【品评】

这两首诗作于蒙古乃马真后二年(1243)，诗人于是年八月、十二月，两度到燕京。这里原是金国的政治文化中心。大安元年(1209)诗人曾赴试燕京，见到的是巍峨壮丽、气象辉煌的都城。而今都是满目疮痍，因在贞祐三年(1215)，蒙古军破燕京，焚宫室，大火月余不灭。作为亡金遗民的诗人，触景伤怀，感慨万端，赋诗表达内心的凄楚。诗的第一首，写汉之不居安思危，而穷奢极侈，不问苍生，却迷信鬼神，终致国家的必然灭亡。以汉喻金。第二首则寓情于景，由首句到末句，情景无限悲凉。诗人站在历史的高度评价国家兴亡的原因，以警后世，含义深远。二诗想像丰富，用典贴切，比喻形象生动，其境其情，令人难忘。

山居杂诗六首[1]

一

瘦竹藤斜挂，[2] 丛花草乱生。[3]
林高风有态，[4] 苔滑水无声。[5]

四

川迴枫林散，[6] 山深竹港幽。[7]
疏烟沉去鸟，[8] 落日送归牛。[9]

六

鹭影兼秋静，⑩ 蝉声带晚凉。
陂长留积水，⑪ 川阔尽斜阳。

【注释】

①此组诗共6首，选一、四、六三首。 ②“瘦竹”句：竹细长而偏斜，藤挂其上。 ③丛花：丛生的花草。 ④“林高”句：树木高而招风，树梢摇动。 ⑤苔：青苔。 ⑥枫林：枫香树林。 ⑦竹港：竹林和小溪。 ⑧疏烟：淡淡的炊烟。 ⑨归牛：牛回到棚内。 ⑩鹭：鸟名，即白鹭，属水鸟，林栖水食，群飞成序，洁白如雪。 ⑪陂：池塘。

【品评】

这六首杂诗，描写了山乡的优美景色。诗人观察细致，描写自然生动，富有生活情趣，清新淡雅，赏心悦目。

内乡杂诗①

犬吠桃源近，② 莺声柳巷深。③
苍苔留醉卧，④ 青竹伴幽寻。⑤

【注释】

①此诗作于在内乡闲居时。 ②桃源：即桃花源的简称，喻避世隐居的地方。 ③莺（yīng）：鸟名，即黄莺，声音清脆悦耳。 ④苍苔：即青苔。在阴冷潮湿地方生长的苔藓类植物。 ⑤幽寻：探寻幽胜的风景。

【品评】

金正大六年，诗人母丧服孝，罢内乡令。《新斋赋序》：予既罢内乡令，出居县东南的鹿原，结茅菊水之上，聚书而读之。在《张仲经诗序》中又说：行斋之南有菊水，湍流喷薄，景气古澹，阳崖回抢，绿莎盈尺。腊月红梅盛开，诸公藉草而坐，嘉肴旨酒，啸咏弥日。诗应作于此时。表现了清静闲适，自得其乐的心情。

论诗三十首[1]

丁丑岁三乡作。[2]

一

汉谣魏什久纷纭，[3] 正体无人与细论。[4]
谁是诗中疏凿手，[5] 暂教泾渭各清浑。[6]

二

曹刘坐啸虎生风，[7] 四海无人角两雄。[8]
可惜并州刘越石，[9] 不教横槊建安中。[10]

四

一语天然万古新，[11] 豪华落尽见真淳。[12]
南窗白日羲皇上，[13] 未害渊明是晋人。[14]

五

纵横诗笔见高情，[15] 何物能浇磈磊平。[16]
老阮不狂谁会得，[17] 出门一笑大江横。[18]

七

慷慨歌谣绝不传，[19] 穹庐一曲本天然。[20]

中州万古英雄气，[21] 也到阴山敕勒川。[22]

三十

撼树蚍蜉自觉狂，[23] 书生技痒爱论量。[24]
老来留得诗千首， 却被何人校短长。[25]

【注释】

①《论诗三十首》，这里选一、二、四、五、七、三十等共6首。 ②丁丑：贞祐五年(1217)。 ③汉谣：汉代的民间歌谣。魏什：魏代的诗歌。《诗经》中的《雅》、《颂》部分，多以十篇为一组，称之为“什”，如“鹿鸣之什”“文王之计”。后泛用指诗文的篇章。纷纭：多而复杂的议论。 ④正体：主体；正统的诗歌体式，指继承《诗经》的《风》、《雅》传统。细论：详细地分辨讨论。 ⑤疏凿手：开山凿石，疏浚河道的高手。⑥泾渭：指泾水和渭水，流经陕西省。泾水清，渭水浊，交汇处清浊分明。用泾渭喻诗歌的正体与伪体不相混淆。⑦曹刘：曹植和刘桢的并称，他们代表建安风格。指他们的诗歌，继承了《诗经》和汉乐府民歌的现实主义传统，反映当时的社会动乱，以及人民颠沛流离的悲惨生活，风格刚健遒劲。坐啸：闲坐吟啸，即为官清闲，不理政事，饮酒酬唱。虎生风：传说虎在谷中长啸而风起，形容建安诗歌的慷慨悲壮。⑧四海：即天下。角：较量。两雄：雄，杰出的人才。两雄，指曹植、刘桢。 ⑨并州：在九州之一，今河北、山西太原和大同一带地方。刘越石：刘琨字越石，中山魏昌(今河北无极东北)人。其诗风格类于建安。 ⑩横槊：槊，长矛。横持长矛，形容豪迈气概。这里指横槊赋诗，即行军途中，骑在马上，横着长矛吟诗，形容能文能武的潇洒风度。建安：汉献帝年号(196—220)。当时曾出现了被后来称为“建安风骨”的

代表人物，即曹操、曹丕、曹植父子和孔融、陈琳、王粲、徐干、阮瑀、应玚、刘桢等建安七子。　⑪“一语”句：指陶渊明的诗歌语言，清新自然，不饰雕琢。　⑫“豪华”句：不滥用辞藻，感情真实淳朴。　⑬“南窗”句：陶渊明《与子俨等疏》中有：“尝言五、六月中，北窗下卧，遇凉风暂至，自谓是羲皇上人。”羲皇，传说中的上古帝王伏羲氏。羲皇上人，自称是上古时的人。　⑭晋人：陶渊明生在东晋后期。诗人自注云：“柳子厚，唐之谢灵运。陶渊明，晋之白乐天。”　⑮纵横诗笔：诗歌雄健奔放的气概。　⑯磈磊：成堆的石块，喻心中郁积不平之气。　⑰老阮：阮籍，他生活在魏晋之际，政治十分险恶，感到世事已无可为，便采取不涉是非的态度，或闭门读书，或登山临水，或缄口不言，或酣醉佯狂，违背礼教。他的《咏怀诗》继承了建安诗歌的传统，风格浑朴、洒脱、含蓄。谁会得：谁人会懂得。　⑱“出门”句：引黄庭坚《王充道送水仙花五十枝欣然会心为之作咏》中原句。　⑲“慷慨”句：指汉乐府和建安诗体未得到继承。　⑳穹庐一曲：指北朝民歌《敕勒歌》：“敕勒川，阴山下，天似穹庐，笼盖四野。天苍苍，野茫茫，风吹草低见牛羊。”穹庐，游牧民族居住的毡帐，把天比喻为一个大毡帐。　㉑中州：即中原地区。古代以豫州（今河南一带）为九州的中心。　㉒阴山：在今内蒙古自治区中部。敕勒川：在阴山下敕勒族居住的地方。　㉓蚍蜉：大蚂蚁。诗人自谦，认为自己不自量力。　㉔书生：泛指读书人，诗人自指。技痒：有某种技艺的人，遇到机会急于表现，诗人认为自己读的诗多而又会作诗，心里禁不住要发表意见。论量：议论衡量。　㉕校短长：评论优劣高低。

【品评】

这组诗，写于贞祐五年，元好问 28 岁，曾屡试受挫，心里不平。又遭战乱，从山西忻州，避难到河南福昌（今宜阳）县三乡镇，闲居。他仿效杜甫《戏为六绝句》体裁，作《论诗三十首》。纵论自汉、魏、晋，南、北朝，至唐、宋，迄于金的诗歌创作理论，创作风格，创作流派，及其代表作家，一一进行评论。他不是高谈虚论，而是有的放矢。他在《锦机引》中称："文章，天下之难事。其法度杂见于百家书，学者不遍考之，则无以知古人之渊源。予初学作文，敏之兄为予言如此。"又云："山谷与黄直方书云：'欲作楚辞，须熟读楚辞，观古人用意曲折处然后下笔。'"可见他是对历代各家各派诗歌进行研读，并对历来诗歌批评的著述也仔细琢磨，从而提出系统而精辟的见解。他提倡建安以来，诗歌创作的现实主义优良传统；称颂历代富有创新精神的作家，及他们对诗歌创作的贡献；主张天然淳朴，批评堆砌雕琢；赞许刚健雄豪，不屑柔靡纤弱等等。从而奠定了诗人在诗歌批评史上的崇高地位。当然各种诗歌流派的产生，都与作家生活的时代，及其接触的社会面和作家的思想密不可分，即有他生存的土壤，不能只此一家，别无分店，须站在历史的高度去评、万紫千红、百花齐放，才算诗歌创作的春景。这里选的第一首，诗论的主旨，自许为"疏凿手"，要使泾渭清浊分明，舍我其谁？自信；第二首，写刘越石的诗风类建安风格，可惜未与"曹氏父子"和"建安七子"并列；第四首，评论陶渊明的诗，天然淳朴，不饰雕琢；第五首，评论阮籍的诗，寄寓高情，诗笔纵横；第三十首，结论。以"撼树蚍蜉"自喻，与第一首以"疏凿手"自喻相呼应。查慎行曰："文人习气，好评量古人，又恐人讥己，先生亦复不免。"信然，既要自信，才能褒贬分明。也须有自知之明"疏凿手"不以自封，而要让人评说。

论诗三首①

一

坎井鸣蛙自一天，② 江山放眼更超然。③
情知春草池塘句，④ 不到柴烟粪火边。⑤

二

诗肠搜苦白头生，⑥ 故纸尘昏枉乞灵。⑦
不信骊珠不难得，⑧ 试看金翅擘沧溟。⑨

三

晕碧裁红点缀匀，⑩ 一回拈出一回新。⑪
鸳鸯绣了从教看，⑫ 莫把金针度与人。⑬

【注释】

①《论诗三首》：似与《论诗绝句三十首》作于同年，即兴定元年(1217)。 ②“坎井”句：形容浅井中自鸣得意的蛙，只能看见井口那么大的一小块天。喻目光短浅、眼界狭窄。《庄子·秋水》：“子独不闻夫坎井之蛙乎？谓东海之鳖曰：‘吾乐与！出跳梁乎井干之上，入休乎缺甃之崖，赴水则接腋持颐，蹶泥则没足灭跗；还视虷蟹与科斗，莫吾能若也。且夫擅一壑之水，而跨跱坎井之乐，此亦至矣，夫子奚不时来入观乎！’东海之鳖左足未入，而右膝已絷矣。于是逡巡而却。”坎井，浅井。 ③放眼：张开眼睛远望四野。超然：高、远。 ④情知：深知。春草池塘：指谢灵运《登池上楼》诗中句：“池塘生春草，园柳变鸣禽。” ⑤柴烟粪火：空气污浊环境脏乱

的地方。　⑥“诗肠”句：作诗搜索枯肠、绞尽脑汁地空想，把头发也愁白了。　⑦“故纸”句：在积满灰尘的古旧书籍中去乞求作诗的灵感，简直是枉费心机。　⑧骊珠：出自骊龙颔下的宝贵珍珠。喻优秀的诗歌。《庄子·列御冠》：“河上有家贫恃纬萧而食者，其子没于渊，得千金之珠。其父谓其子曰：‘取石来锻之！夫千金之珠，必在九重之渊而骊龙颔下，子能得珠者，必遭其睡也。使骊龙寤，子尚奚微之有哉！’”喻创作的艰辛，得一丽句非常不易。　⑨“试看”句：先看看金翅鸟是怎样扑向大海劈波斩浪的。喻气魄大而不畏艰险地去寻觅诗句。宋严羽《沧浪诗话·诗评》：“李、杜数公，如金翅擘海，香象渡河。”金翅，佛教传说中的大鸟。沧溟，大海。⑩“晕碧”句：指作诗须要合理的布局，恰当的剪裁，精心的修饰。晕碧，涂抹各种颜色。裁，剪裁。点缀匀，绘画的布局和着色要匀称，浓淡相宜。　⑪“一回”句：选材和运用词句，要仔细琢磨才会一次比一次新奇。拈，用两三个手指头夹取掂量轻重。诗里喻反复对比斟酌。　⑫“鸳鸯”与“莫把”二句：是说刺绣鸳鸯鸟，不是单凭看就会的，是要自己一针一线地去细心体会到其中奥妙。金针，对针的美称，指刺绣的高超技艺。诗里喻作诗的诀窍，不是凭诵读，而要亲自创作实践，才能领悟。度，传授技艺。

【品评】

元好问在《论诗三十首》中，是纵论历代各家各派的创作风格及其代表人物，并加以褒贬。而《论诗三首》，则是谈创作诗歌的总体看法，即创作优秀诗篇应具备的条件和禁忌。第一首，提出要有超然的境界和清新自然景象，切忌眼界狭窄和处在污浊环境中；第二首，要冥思苦想，有金翅鸟劈波斩浪的气势，不要到故纸堆里去乞求灵感，寻章折句；第三首，要亲自创作体验，靠别人传授是悟不到作诗的诀窍和奥妙的。三首诗运用生动形象的比喻，议论中肯，对于诗歌创作具有重要的指导意义，不愧大家之笔。

自题《中州集》五首[1]

一

邺下曹刘气尽豪，[2] 江东诸谢韵尤高。[3]
若从华实评诗品， 未便吴侬得锦袍。[4]

四

文章得失寸心知，[5] 千古朱弦属子期。[6]
爱杀溪南辛老子， 相从何止十年迟。[7]

五

平世何曾有稗官， 乱来史笔也烧残。[8]
百年遗稿天留在， 抱向空山掩泪看。[9]

【注释】

①《中州集》：书名，元好问所编。他在《中州集序》中说："念百余年以来，诗之为多。苦心之士，积日力之久，故其诗往往可传。兵火散亡，计所存者才什一耳！不总萃之，则将遂湮灭而无闻，为可惜也。乃记忆前辈及交游诸人之诗，随录之。会平叔之子孟卿携其先公手抄本来东平，因得合予所录者为一编，目曰《中州集》。"自题诗凡5首，这里选一、四、五等三首。 ②"邺下"句：指建安诗歌的雄豪风格。邺下，都

邑名,在今河南临章县西南。东汉建安十八年(213),曹操为魏公,定都于邺。当时一批著名诗人聚集于此。曹、刘,指曹植和刘祯,代表建安诗人。 ③“江东”句:指南朝宋、齐诗人谢灵运和谢朓等。江东,泛指长江下游南岸安徽、江苏一带。韵尤高,即诸谢诗歌的情趣、格调特别高雅。 ④“若从”与“未便”二句:意为如果从辞藻与内容两个方面去评《诗品》批语的诗,不能随便让吴人夺冠。华实,指形式与内容,或外表与实质。《诗品》,书名,南朝梁钟嵘撰。他对从汉至齐、梁的一百多位诗人,作了扼要的评述,是一部古典文学批语名著。吴侬,即吴人,方言,侬即人,指诸谢。得锦袍,用武则天赐东方虬、宋之问锦袍事,喻诗被评为第一。据《隋唐佳话》载:武则天皇后游龙门,命群臣赋诗,先成者赐锦袍。东方虬受赐未毕,宋之问随就,文理兼美,夺锦袍赐与宋。诗人称颂曹、刘之诗文情并茂。 ⑤“文章”句:指文章的成功与失败,每人自己心里很明白。文章,泛指诗文作品。得失,成功与败笔。寸心,即心里,因心在方寸之间,故称。 ⑥“千古”句:千年以来,能听出弦外之音者,属子期一人而已。朱弦,用熟丝做成的琴弦。子期,即春秋时楚国人钟子期。俞伯牙鼓琴,意在高山流水,子期听而知之。子期死后,伯牙认为世无知音,便破琴绝弦,终身不复鼓琴。诗人也认为自己的知音已逝,再无知己。 ⑦“爱杀”与“相从”二句:意为我极其喜爱的辛老子,相见来得太晚。辛老子,即辛愿,为诗人三知己之一。相从,即交往,在一起。 ⑧“平世”与“乱来”二句:意为太平盛世没有设立采集民歌民谣或街谈巷议的小官,而战乱一来,连史官记的实录也被烧毁或残缺不全了。稗官,因民歌民谣或小说出自小官,后称小说野史为稗官,故云。史笔,历史记载的代称,指金朝的实录等。 ⑨“百年”与“抱向”二句:是说金代近一百二十年间遗留下来的文搞得到上天的护佑,抱着到人迹不到的荒山野岭去诵读哭泣吧。表示哀伤。

【品评】

这组诗凡5首,作于羁管聊城时,癸巳年(1233),元遗山与亡金官员一道押送到山东聊城。其间,用他的话说:“杜门深居,颇以翰墨为事。”即给他提供了编纂《中州集》的机会。从癸巳年开始,经过16年的艰苦工作,于己酉年(1249)完成。《中州集》中,选编了240余人的诗篇,并为每个诗人作了小传。这样使金朝百余年间,苦心之士,积日力之久的诗篇不致湮灭,从而传之后代,了却诗人一桩重大的心愿。在得人资助,《中州集》即将赴梓时,便作了此组诗,既称颂中州诗人们真正继承了中国古典诗歌创作的优良传统,同时也表达了对友人们的缅怀和故国的哀思。

初挈家还读书山杂诗四首①

一

并州一别三千里,②　沧海横流二十年。③
休道不蒙稽古力,　几家儿女得安全。④

三

眼中华屋记生存,　旧事无人可共论。⑤
老树婆娑三百尺,　青衫还见读书孙。⑥

【注释】

①挈(qiè):带领。 ②三千里:指诗人家乡山西忻州阳曲县与羁管地山东冠县之距离。实际上离别家乡辗转路程却不止三千,先避乱到河南福昌三乡镇,再徙嵩山,然后到汴京为官,汴京陷落,再被押解聊城,转冠氏。 ③“沧海”句:指蒙古军屠灭忻州,诗人携家避难,到金亡被羁管,20年未能回归故乡。即1216—1239年,实为23年,因作诗用语,只能举其概数。沧海横流:大海泛滥成灾。诗里指蒙古发动四面扩张的侵略战争。 ④“休道”与“几家”二句:不要说我不从古圣先贤的典籍中学到智慧,究竟有几家儿女能躲过这劫难而安全无损呢?稽古:考查古事。《书·尧典》:“曰若稽古。帝尧曰放勋。”《汉书·武帝纪赞》:“高祖拨乱反正,文景务在养民,至于稽古礼文之事,犹多阙焉。”《后汉书·桓荣传》:“以荣为少傅,赐从辎车乘马。荣大会诸生,陈其车马印绶。曰:‘今日所蒙,稽古之力也,可不勉哉。’” ⑤“眼中”与“旧事”二句:是说眼见荒废的丘墟,记起了豪华的房屋。旧时的事情,没有同辈人一起议论了。华屋,豪华的房舍。曹植《箜篌引》:“盛时不再来,百年忽我求。生存华屋处,零落归丘山。” ⑥“老树”与“青衫”二句:是说老树盘旋纷披三百尺,还见着当年穿青衫读书的后辈子孙。婆娑:盘旋貌。青衫:古时未做官的读书人所穿。

【品评】

蒙古太宗十一年(1239),元遗山经过二十余年的艰苦流离之后,劫后余生,总算回归故里,并建屋于当年父亲读书的地方居住。抚今追昔,江山易主,物是人非,不禁悲从中来,赋诗以表寂寞潦倒的心情。全组诗共四首,这里选一、三两首。其一，写二十余年来，国亡家破之变化；其三，写凄冷悲凉的心情。意到笔随，言有尽而意无穷。

杏花杂诗十三首[1]

一

杏花墙外一枝横，[2] 半面宫妆出晓晴。[3]
看尽春风不回首， 宝儿元自太憨生。[4]

三

袅袅纤条映酒船，[5] 绿娇红小不胜怜。
长年自笑情缘在，[6] 犹要春风慰取前。[7]

五

纷纷红紫不胜稠， 争得春光竞出头。[8]
却是梨花高一著， 随宜梳洗尽风流。[9]

【注释】

①《杏花杂诗十三首》，这里选其中一、三、五凡三首。②一枝横：一枝杏花横在墙头上。他用宋叶適诗《游小园不值》“春色满园关不住，一枝红杏出墙来”之意。 ③“半面”句：以徐妃半面宫妆喻一枝横出墙头的红杏。《南史·后妃传下·梁元帝徐妃传》：说徐妃姿容不美，受元帝冷遇。元帝一只眼失明，每次得知元帝将来时，她必仅饰半面招待。元帝见后，大怒而离开。宫妆，皇宫里的梳妆打扮。晓晴，天朗气清。 ④“宝儿”句：以宝儿的憨态喻杏花。宝儿，指隋炀帝宫女，以轻盈而多憨态著称。唐颜师古《隋遗录》卷上：“长

安贡御车女袁宝儿,年十五,腰支纤堕,呆冶多态,帝宠爱之特厚。帝谓世南曰:'昔传飞燕可掌上舞,朕常谓儒生饰于文字,岂人能若是乎?及今得宝儿,方昭前事,然多憨态。" ⑤袅袅:形容细长而轻柔的红杏枝条。酒船:大酒杯。⑥长年:指老年人。情缘:指人与人之间的感情和缘分。诗人笑自己对杏花的偏爱不减。 ⑦"犹要"句:仍希望春风吹醒杏花,使我得到慰藉。 ⑧"纷纷"与"争得"二句:万紫千红的朵朵鲜花,在春光中竞相怒放。稠,多而密。竞,争高低。 ⑨"却是"与"随宜"二句:形容梨花虽不特意修饰,却尽显潇洒风流。梨花为纯白色。随宜,即不经意。

【品评】

元好问对杏花情有独钟,他在不同时期,不同地点,描写杏花的诗很多。从不同角度去描写杏花的美,且把杏花作为知己,倾诉怀才不遇的心情。所选第一首,写杏花的娇憨;第三首,写杏树的纤条与绿娇红小,让诗人不胜爱怜和感到欣慰;第五首,写在万紫千红中,梨花独树一帜,不失风流。诗人观察细腻,善用比喻,展现杏花之美和抒发愉悦之情。

同儿辈赋未开海棠二首[①]

一

翠叶轻笼豆颗匀,[②] 胭脂浓抹蜡痕新。[③]
殷勤留着花梢露, 滴下生红可惜春。[④]

二

枝间新绿一重重, 小蕾深藏数点红。[⑤]

爱惜芳心莫轻吐， 且教桃李闹春风。⑥

【注释】

①儿辈：即子侄们。海棠：落叶乔木，春季开花，花呈白色或浅红色，品种多，可供观赏。 ②翠叶：即青绿色的树叶。轻笼：轻轻地罩着。豆颗匀：形容海棠花蕾，像豆颗外壳一样对合且毛绒绒的状态。 ③胭脂：一种红色的化妆品，涂在脸或唇上。蜡痕新：蜡烛燃烧时刚熔化的蜡液又凝结成印迹在蜡上，形容黄蜡色的花蒂，诗里指海棠花蒂。 ④“殷勤”与“滴下”二句：意为：我急切地恳求花蕾上将要滴下的露珠留下来，它把花的红色带走就太可惜这春光了。花梢：花蕾的顶端。 ⑤“枝间”和“小蕾”二句：意为花蕾被茂密的绿叶掩荫着，只露出数点红色。 ⑥“爱惜”与“且教”二句：即要爱惜你的花蕊，不要轻易把它吐露出来，暂且让桃李在春风中争艳吧。辛弃疾词《摸鱼儿》：“惜春长怕花开早，何况落红无数。”喻人早露锋芒，必遭妬议。芳心：指海棠花蕊。

【品评】

此二诗，是元好问晚年之作。在春暖时节，暂放著述之笔，偕儿辈观赏海棠，且开怀赋诗。第一首，写海棠花将要绽放时的状态和惜花的心情；第二首，写小蕾深藏，要它不与桃李争春。二诗观察细微，描写逼真。笔调清新自然，以情寓物，以物喻人，含蕴深而又用心良苦。

元好问词选

摸鱼儿①

乙丑岁赴试并州。②道逢捕雁者云:“今旦获一雁,杀之矣。其脱网者悲鸣不能去,竟自投于地而死。”予因买得之,葬之汾水之上,垒石为识,号曰雁丘。③时同行者多为赋诗,予亦有《雁丘词》,旧所作无宫商,今改定之。④

恨人间、情是何物,直教生死相许。⑤天南地北双飞客,老翅几回寒暑。⑥欢乐趣。离别苦。是中更有痴儿女。⑦君应有语。渺万里层云,千山暮景,只影为谁去?⑧　　横汾路。寂寞当年箫鼓。⑨荒烟依旧平楚。招魂楚些何嗟及,山鬼自啼风雨。⑩天也妒。未信与、莺儿燕子俱黄土。⑪千秋万古。为留待骚人,狂歌痛饮。来访雁丘处。⑫

【注释】

①这首词作于金章宗泰和五年乙丑(1205)八月,是遗山现存最早的词作。　②赴试并州:是时遗山年方十六,赴并

州府试。并州，即古代九州之一，诗里指今山西太原市。据《金史·选举志》：凡诸进士举人，由乡至府，由府至省，及殿廷，凡四试皆中选，则官之。章宗明昌元年(1190)正月，言事者谓："举人四试而乡试似为虚设，固当罢去。其府会试乞十人取一人，可以群经出题，而注示本传。"上是其言，召免乡试，府试以五人取一人。凡考试官，大定间，府试 6 处。明昌初，增为 9 处。承安四年(1199)又增太原为 10 处。府试之期，若策论进士则以八月二十日试策，间三日试诗。词赋进士则以二十五日试赋即诗，又间三日试策论。经义进士又间词赋后三日试经义，又三日试策。次律科，次经童，每场皆三日试之。因此，遗山赴试并州，应为府试，且在八月中下旬。③汾水：即汾河。源于山西汾阳之管涔山，流经阳曲、太原、临汾，于汾阳(今山西河津)注入黄河。识：标志。雁丘：即自投于地为殉情而死的大雁之坟墓。其地址在阳曲县西的汾河岸边。 ④无宫商：即不协音律。今改之：何时改定，作者未加注明。 ⑤直教：居然让。相许：彼此承诺。 ⑥双飞客：指大雁比翼双飞。 ⑦是中：即大雁群中。痴儿女：沉迷于恋情的男女，喻大雁。 ⑧君：作者将大雁视为友人，以示尊重。只影：即形只影单，孤独无依。 ⑨横汾路：追忆当年汉武帝巡视汾阳，祠后土，与群臣欢宴作《秋风辞》的热烈盛况。其词有云："泛楼船兮济汾河，横中流兮扬素波。箫鼓鸣兮发棹歌，欢乐极兮哀情多，少壮几时兮奈老何。" ⑩《招魂》：《楚辞》中篇名。据王逸之说，是宋玉为屈原招亡失之魂。何嗟及：哀叹又有什么用呢？山鬼：即山中野鬼，非正神，故云。诗里喻大雁之亡魂。屈原《九歌·山鬼》："雷填填兮雨冥冥，猿啾啾兮狖夜鸣。风飒飒兮木萧萧，思公子兮徒离忧。" ⑪天也妒：上天也妒嫉大雁生死相随，永不分离。

未信:即不相信。全句意为大雁与普通黄莺与燕子不一样,一死化为黄尘,寂灭无声无息,而将流芳千古。 ⑫骚人:即诗人。

【品评】

这是一首咏物词,是元遗山现存词中最早的创作,作者晚年虽加改动,其主旨未变。小序中已说明大雁的遭遇,及其惨烈殉情,作者为之垒石为识,作词凭吊的缘由。词的上阕,写殉情大雁的至爱笃情,以生死相许,比翼双飞,天南地北,飞越万里,寒来暑往,长相厮守,同甘共苦的欢乐趣。及其伴侣遇害,形只影单,茫然不知去向而痛苦殉情。下阕则是对殉情雁的哀悼。遥想当年汉武帝横汾热烈与雁丘的凄凉的比较,并以"招魂"与"山鬼"为喻,渲染了大雁之魂无人招引,流为野鬼的悲哀。最后写大雁殉情将流芳千古,与莺儿燕子化为黄尘寂灭无声不能同日而语。未来的骚人墨客,定会不远千里寻访雁丘,赋诗颂扬至情笃爱。词人以他博爱的胸怀,运用拟人化的艺术手法,揣度大雁的心态,摸写情态逼真。全词立意高远,将慷慨悲凉之情,倾注于叙事议论之中,信笔挥洒,风流蕴藉,饶有余味。

水调歌头①

赋三门津②

黄河九天上,人鬼瞰重关。③长风怒卷高浪,飞洒日光寒。④峻似吕梁千仞,壮是钱塘八月,直下洗尘寰。⑤万象人横溃,依旧一峰闲。⑥ 仰危巢,双鹄过，杳难攀。[7]人间此险何用？万古秘神奸。[8]不用燃犀下照，未必佽飞强射，有力障狂澜。[9]唤取骑鲸客，挝鼓过银山。[10]

【注释】

①这首词作于金宣宗贞祐四年丙子（1216），作者为避蒙古兵再度屠城之祸，从山西忻州南下，渡黄河到河南嵩州福昌县三乡镇。他在《虞坂行》诗自注："丙子夏五月，将南渡河，道出虞坂，有感而作。"由虞坂到三乡，必过三门峡渡口。②三门津：在今山西平陆县和河南陕县之间黄河中。即指砥柱山的三道门。据《陕州志》载：三门，中神门，南鬼门，北人门。三门广约三十丈。其中鬼门最险，船入其中，罕有出者。③"黄河"句：黄河之水，从九天上倾泻而下。九天，天的最顶层，极言其高。李白在《将进酒》中的诗句："黄河之水天上来，奔流到海不复回。"人鬼：即人门和鬼门。瞰：从高处往下看。重关：险要的关口。 ④长风：暴风。日光寒：寒气逼人。 ⑤吕梁千仞：吕梁山脉在山西西部黄河与汾河之间。《水经注》卷三："其水西流，历于吕梁之山，而为吕梁洪。其岩层岫衍，涧曲崖深，巨石崇竦，壁立千仞，河流激荡涛涌，波襄雷奔云泄，震天动地。"喻三门峡之险峻。钱塘八月：指钱塘江八月十八日的大潮，最为壮观。浙江的下游称钱塘江，江口如喇叭状，海水倒灌，成为著名的"钱塘潮"。周密《武林旧事》载："浙江之潮，天下之伟观也，自既望以至十八日为最盛。方其远出海门，仅如银线，既而渐近，则玉城雪岭，际天而来，大声如雷霆，震撼激射，吞天沃日，势极雄豪。"喻三门峡之波浪壮阔浩大。尘寰：人世间。全句意为黄河之水，波浪滔天，倾泻直下，冲刷人间污垢。 ⑥万象：宇宙间一切事

物的景象。唐杜甫《宿白沙驿》诗："万象皆春气，孤槎自客星。"横溃：黄河汹涌澎湃，冲溃堤坝，河水横溢，泛滥成灾。喻战乱。一峰闲：指砥柱山仍岿然屹立。郦道元《水经注》卷四曰："砥柱，山名也。昔禹治洪水，山陵当水者凿之，故破山以通河，河水分流，包山而过，水中见山，若柱然，故曰砥柱也。三穿既决，水流疏分，指状表目，亦谓之三门峡矣。"闲，捍卫，或保卫。 ⑦危巢：高悬于石崖上的鸟巢。鹄：天鹅。杳难攀：即高不可攀。杳，高远。 ⑧秘神奸：秘密不可预测的神鬼作怪为害的情况。全句意为三门津有鬼神作怪，永远神秘莫测。 ⑨燃犀下照：传说点燃犀牛角可照见水中奇异的怪物。《晋书·温峤传》："至牛渚矶，水深不可测，世云其下多怪物，峤遂毁犀角而照之，须臾，见水族覆灭，奇形状，或乘马车著红衣者。"佽飞：亦作"次非"，春秋时楚国勇士。《吕氏春秋·知分》："荆有次非者，得宝剑于干遂，还反涉江，至于中流，有两蛟夹绕其船。次非谓舟人曰：'子尝见两蛟绕船能两活者乎？'船人曰：'未之见也。'次非攘背袪衣拔宝剑曰：'此江中之腐肉朽骨也。弃剑以全己，余奚爱焉！'于是赴江刺蛟，杀之而复上船，舟中之人皆得活。荆王闻之，仕之执圭。孔子闻之曰：'夫善哉！不以腐肉朽骨而弃剑者，其次非之谓乎？'"障狂澜：抵挡住巨大的波浪。韩愈《进学解》："障百川而东之，回狂澜于既倒。" ⑩骑鲸客：能驾驭大鲸在海上自由遨游的人。喻具有强力制止战乱的英雄人物。李白曾自许为"骑鲸客"。挝鼓：击鼓。银山：喻白色的狂涛巨浪。

【品评】

元遗山为避忻州再遭屠城之祸，便于贞祐丙子(1216)，便下太行、渡黄河，到河南避难。当他途经三门津时，眼见黄河奔腾怒吼，浊浪排空，而砥柱岿然屹立于水中，从而心潮澎湃，挥笔填词，以抒豪情。词的上阕，写黄河仿佛九天倾泻而下，长风怒嚎，波浪壮阔，横溃泛滥。而三门山千仞壁立，岿然屹立于狂风巨浪之中。下阕则写镇压邪魔既不用燃犀，也不必劳驾佽飞，只须召唤奇伟之士，便能乘风破浪、降妖伏魔，消除水患。抒发了壮怀激烈、气冲霄汉的抱负和自信。作者善用比喻和典实，使人物景象鲜明突出。笔力雄浑，气度非凡，体现遗山豪放词的风格。

水调歌头[1]

少室玉华谷月夕，与希颜、钦叔饮，醉中赋此。[2]玉华诗老，宋洛阳耆英刘几伯寿也。[3]刘有二侍妾，名萱草、芳草，吹铁笛骑牛山间。[4]玉华亭榭遗址在焉。[5]金堂、玉室、嵩山事；[6]石城、琼壁、少室山三十六峰之名也。[7]

山家酿初熟，取醉不论钱。[8]清溪留饮三日，鱼鸟亦欣然。[9]见说玉华诗老，袖有忘忧萱草，牛背稳于船。[10]铁笛久埋没，雅曲竟谁传？　坐苍苔，攲乱石，耿无眠。[11]长松夜半悲啸，笙鹤下遥天。[12]天上金堂玉室，地下石城琼壁，别有一山川。[13]把酒问明月，今夕是何年。[14]

【注释】

①此词作于兴定四年(1220)六月。元好问移居嵩山,时年31岁。 ②少室玉华谷:少室,嵩山的西峰。玉华谷,少室山下的玉华山谷,因谷中产玉膏,故名玉华。月夕:明月之夜。希颜:雷渊,字希颜。钦叔:李献能,字钦叔。雷、李为遗山好友。 ③耆英:对年高大德之人的敬称。宋神宗元丰年间,洛阳曾举办耆英会,有20人参加,其中有年过75的刘几。见周密《齐东野语》卷二〇。 ④吹铁笛骑牛山间:刘几,官至秘书监致仕,诏诣太常定雅乐,加通议大夫。去官后,筑室少室山玉华峰下,号玉华庵主。出入骑牛吹铁笛,萱草和芳草二侍妾,以蕲笛(蕲春竹笛)和之,悠扬的笛声满山谷。他出门无既定去处,牛行即行,牛止即止。停下后必饮酒,大醉方回。 ⑤亭榭:建筑在高台上供观览娱乐之用的亭阁和房屋。 ⑥金堂、玉室:用金、玉装的堂、屋,言其华丽,俨然是神仙居住的所在。 ⑦石城、琼壁:少室山有三十六座山峰,石城、琼壁是其中的两峰。 ⑧山家:山野人家。酿初熟:酒刚酿造出来。"取醉"句:尽管一醉方休,不必考虑价钱。⑨"清溪"二句:言其畅快。 ⑩玉华诗老:指刘几。据《宋史·刘几传》载:几得谢二十年,放旷嵩,少间,遇唐末异人靖长官者,得养生诀,故益老不衰。忘忧萱草:萱草,俗称黄花菜。古人认为种此草可以忘忧,故称忘忧草。诗里指刘几侍妾萱草和芳草。牛背稳于船:因水牛平常行动迟缓,坐其背上很安稳。 ⑪苍苔:即青苔。攲乱石:斜靠在石头上。耿无眠:在明月下,没有睡意。《诗经·邶风·柏舟》:"耿耿不寐,如有隐忧。" ⑫笙鹤下遥天:指王子乔骑鹤升仙故事。据汉刘向《列仙传》载:周吴王太子晋,好吹笙,作凤鸣,游伊、洛间,道士浮丘公接上嵩山,三十余年后,乘白鹤缑氏山顶,

举手谢时人仙去。 ⑬“别有”句：指玉华亭榭所在，比金堂、玉室、石城等仙境更美。 ⑭“把酒”与“今夕”二句：化用苏轼词和李白诗句意。苏轼《水调歌头》：“明月几时有，把酒问青天，不知天上宫阙，今夕是何年。”李白《把酒问月》：“青天有月来几时？我今停杯一问之。”

【品评】

这首词作于宣宗兴定四年庚辰（1220）六月中旬，元好问时年三十一岁，寓居嵩山。他与雷渊、李钦叔、王渥等友人常游嵩山一带的名胜古寺，每到之处，必纵酒赋诗填词以抒情怀。词的上阕，先写山家热情款待，留饮三日的快乐情景。继而追述玉华诗老的放旷高雅。下阕写所在的环境，和耿耿不寐。再遥想王子乔飞仙事，以及天堂地下的美景。最后化用东坡词作结。全词以叙事、写景、抒情自然地结合运用，在潇洒的笔触中，蕴含着仕途受挫的抑郁心情。

水调歌头①

汜水故城登眺②

牛羊散平楚，落日汉家营。③龙拏虎掷何处？野蔓罥荒城。④遥想朱旗回指，万里风云奔走，惨澹五年兵。⑤天地入鞭箠，毛发凛威灵。⑥ 一千年，成皋路，几人经？⑦长河浩浩东注，不尽古今情。⑧谁谓麻池小竖，偶解东门长啸，取次论韩彭。⑨慷慨一尊酒，胸次若为平。⑩

【注释】

①这首词作于金宣宗兴定五年辛巳(1221),作者与李钦叔游汜水登故城有感而作。作者在《送钦叔内翰并寄刘达卿郎中白文举编修五首》中:其二“六月渡盟津,十月行汜水。”其三“君年始三十,白发成一翁。”作者在《冀都事禹锡》小传中云:“钦与京少予二岁”。作者生于金明昌元年庚戌(1190),到辛巳年32岁,而钦叔30岁。 ②汜水故城:在今河南荥阳西北汜水镇西。 ③平楚:从高处远望,丛林树梢齐平。汉家营:即汉高祖刘邦与西楚霸王项羽争战时,所筑的营垒。 ④龙拏虎掷:龙争虎斗。拏,擒拿搏斗;掷,腾跃。野蔓:荒野里蔓生的草。罥:挂,缠绕。 ⑤朱旗回指:即刘邦与项羽约定以鸿沟为界,西为汉,东为楚,各自回兵。项羽东归,刘邦毁约,回军追杀东撤无防备的楚兵。朱旗,红色的战旗。万里风云:风起云涌,形容战争场面的壮阔。惨澹:天昏地暗,形容战争的残酷。五年兵:即楚汉相争五年。 ⑥鞭箠:鞭子;棍棒。全句喻征服天下。“毛发”句:因被声威震撼而畏惧得毛发倒竖。 ⑦一千年:概而言之,因楚汉争战距登城远眺已一千四百多年了。成皋:即成皋关,后改名汜水关,本春秋时郑国虎牢关,亦即汜水故城。 ⑧长河:黄河。“不尽”句,悼古伤今之情,永远说不完。 ⑨麻池小竖:指后赵开国皇帝石勒与李阳事。石勒曾与李阳为邻居,因争沤麻的水池,经常争斗。石勒当皇帝后,问李阳为何不来见他,并对父老说:“李阳,壮士也,何以不来?沤麻是布衣之恨,孤方崇信于天下,宁仇匹夫乎!”小竖,即小子,对他人的蔑称。《晋书·阮籍传》:“尝登广武,观楚汉战处,叹曰:‘世无英雄,使竖子成名!’”偶解:偶然间。东门长啸:据《晋书》记载:“石勒年十四,随邑人行贩洛阳,倚啸上东门,王衍见而

异之，顾谓左右曰：‘向者胡雏，吾观其声视有奇志，恐将为天下之患。’驰遣收之，会勒已去。”取次论韩彭：即随便评论韩信与彭越。指石勒与徐光的对话。石勒因飨高句丽、宇文屋孤使，酒酣，谓徐光曰：“朕方自古开基何等主也?”对曰：“陛下神武筹略迈于高皇，雄艺卓荦超绝魏祖，自三王以来无可比也，其轩辕之亚乎！”勒笑曰：“人岂不自知，卿言亦已太过。朕若逢高皇，当北面而事之，与韩彭竞鞭而争先耳。朕遇光武，当并驱于中原，未知鹿死谁手。大丈夫行事当磊磊落落，如日月皎然，终不能如曹孟德、司马仲达父子，欺他孤儿寡妇，狐媚以取天下也。朕当在二刘之间耳，轩辕岂所拟乎！”韩彭，指助刘邦取天下的开国功臣韩信与彭越。 ⑩胸次：即胸怀；胸中。若为平：怎么平静得了呢！

【品评】

这是一首怀古讽今之词。词的上阕，写登临汜水故城远眺，遥想当年楚汉相争，令人毛发上指，刘邦朱旗回指，威震天下。下阕则写出身微贱的石勒，胸怀大志，终创大业。作者在颂扬刘邦与石勒开创伟业的同时，讽刺金廷不奋起反抗，而是幻想偏安一隅，从而抒发了生不逢时，壮志难酬的忧愤。全词将写景与议论相结合，运词豪放，心情激荡。

水调歌头①

缑山夜饮②

石坛洗秋露，乔木拥苍烟。③缑山七月笙鹤，曾此上宾天。④为问云间嵩少，老眼无穷今古，夜乐几人传。[5]宇宙一丘土，城郭又千年。[6]　　一襟风，一片月，酒尊前。[7]王乔为汝轰饮，留看醉时颠。[8]杳杳白云青嶂，荡荡银河碧落，长袖得回旋。[9]举手谢浮世，我是饮中仙。[10]

【注释】

①此词作于金宣宗元光二年癸未（1223），作者闲居嵩山。《中州集》卷六冯璧诗题序："元光间，予在上龙潭，每春、秋二仲月，往往与元、雷游历嵩，少诸蓝。禅师汴公方事参访，每相遇，辄挥毫赋诗以道闲适之乐。"作者《缑山置酒》诗题注："同内翰冯丈叔献、雷兄希颜赋诗，分韵得宾字。"诗与词作于同时。　②缑山：即缑氏山。在今河南偃师南，少室山西北。相传王子乔骑鹤升仙即在此山，山上有升仙太子庙和武则天御制碑。　③石坛：用石筑的高台，古代多为祭祀之用。据《太平寰宇记》载："王子乔坛，在缑氏县东南六里。"　④"缑山"句：指王子乔升仙事。据《列仙传》载：王子乔为周灵王太子晋。好吹笙作凤鸣，游于伊洛间，道士浮丘公接他上嵩山。三十余年后，在山上寻他，见桓良，说："告我家，七月七日，待我于缑氏山顶。"到时，果乘白鹤驻山头。望之不得到，举手谢时人，数日而去。宾天：在天上作客。古代称帝王之死的婉词，因王子乔是太子，故云。　⑤嵩少：嵩山和少室山。夜乐：夜间宴饮取乐。　⑥"城郭"句：指丁令威学道成仙化鹤归乡。据《搜神记》载：丁令威，本辽东人，学道于灵虚山，后化鹤归辽，集城门华表柱上。时有少年举弓欲射之。鹤乃飞，徘徊空中而言曰："有鸟有鸟丁令威，去家千年今始归，城郭如故人民非，何不学仙冢累累。"随后便冲天高飞。城，指内城墙；郭为内城墙。城郭，泛指城市。　⑦襟：上衣

的前幅。尊:酒杯。 ⑧轰饮:痛饮。颠:连蹦带跳。 ⑨杳杳:远。青嶂:青山。荡荡:飘荡。银河:天空中由无数恒星组成的一条光带,形似一条银白色的河,古人称之为银河或天河。碧落:道教用语,称天空为碧落。 ⑩浮世:虚浮无定的人间。饮中仙:饮酒中的神仙。杜甫《饮中八仙歌》:“李白一斗诗百篇,长安市中酒家眠。天子呼来不上船,自称臣是酒中仙。”

【品评】

词的上阕,先写秋天的景色,石坛秋露,乔木苍烟。继而联想王子乔、丁令威骑鹤升仙与成仙化鹤事,感慨人生无常;下阕写在清风明月中纵酒颠狂,遥望青山白云、银河碧落,欲超脱浮世,以饮中仙自许。全词着笔由近及远,由今溯古,联想丰富,借酒浇愁,不满现实,向往自由的情怀溢于笔端。

木兰花慢①

对西山摇落,又匹马,过并州。② 恨秋雁年年,长空滲滲,事往情留。③ 白头。几回南北,竟何人、谈笑得封侯。④ 愁里狂歌浊酒,梦中锦带吴钩。⑤ 严城笳鼓动高秋。⑥ 万灶拥貔貅。⑦ 觉全晋山河,风声习气,未减风流。⑧ 风流。故家人物,慨中宵、拊枕忆同游。⑨ 不用闻鸡起舞,且须乘月登楼。⑩

【注释】

①这首词作于蒙古太宗十一年己亥(1239)秋。是年遗

山自山东冠县挈家返山西忻州家乡居住。当他途经太原时，有感而填是词。 ②西山：指太原西面的吕梁山脉，或泛指太原西面之山。摇落：即凋谢；零落。《楚辞·九辩》："悲哉秋之为气也，萧琴兮草木摇落而变衰。"又匹马，过并州：两年前元遗山也曾因获准回迁家乡，只身返乡经过并州。故云"又"。在《太原昭禅师语录引》中云："岁丁酉(1237)八月，予自大名还太原。"是时作《太原》诗："梦里乡关春复秋，眼明今得见并州。古来全晋非无策，乱后清汾空自流。南渡衣冠几人在，西山薇蕨此生休。十年弄笔文昌府，争信中朝有楚囚。"匹马，单人独马。并州，古代九州之一，又为太原的简称。 ③恨秋雁年年：元遗山自贞祐丙子(1216)南渡之后，直至金亡羁管聊城，有家不能回。因而妬嫉鸿雁年年秋季南飞，而次年春暖北返，故云。他在《八月并州雁》中云："八月并州雁，清汾照旅群。一声惊晚笛，数点入秋云。灭没楼中见，哀劳枕畔闻。南来还北去，无计得随君。"其意同。"长空"与"事往"二句：万里长空轻薄的云彩飘浮不回，而事情已成既往，感情却留心中无法消逝。 ④"谈笑"句：在谈笑之中都是获得挂印出征，立功封侯的美事。杜甫《复愁十二首》之六云："胡虏何曾盛，干戈不肯休。闾阎听小子，谈笑觅封侯。"作者用其意。 ⑤"愁里"句：忧愁时，纵酒放歌，暂解胸中苦闷。杜甫《赠李白》："秋来相顾尚飘蓬，未就丹砂愧葛洪。痛饮狂歌空度日，飞扬跋扈为谁雄。""梦中"句：指在睡梦中也披甲佩剑，驰骋沙场。锦带，锦制的佩带。吴钩，古兵器名，似剑而曲。遗山《望归吟》有云："少年锦带佩吴钩，独骑匹马觅封侯。去时只道从军乐，不道关山空白头。" ⑥严城：深沟壁垒，戒备森严的城池。杜甫《水宿遣兴奉呈群公》有云："高枕翻星月，严城叠鼓鞞。风号闻虎豹，水宿伴凫鼙。"笳鼓:笳声和战鼓。笳,胡笳,管乐器名。　⑦万灶:形容兵员众多。灶,行军作战时用作煮饭烧水的设备。古代兵制,以十人为一灶。貔貅:本为猛兽名,诗里指军旗,因将貔貅画于旗帜之上,以示雄壮威武。　⑧"觉全晋"与"未减"三句:感觉全晋尚武豪侠的流风遗俗,仍不减古代。　⑨故家:即故国,指被灭亡的金国。中宵:即半夜。拊枕:抚模枕头。刘越石《重赠卢谌一首》有云:"中夜抚枕叹,想与数子游。"数子,指太公望吕尚、邓禹、张良、陈平、晋文公、齐桓公等历代英杰。作者引刘越石为喻。　⑩"不用"与"且须"二句:用祖逖与刘琨闻荒鸡起舞典,以及刘琨被胡骑所围,乘月登楼清啸退敌的传说。相传,刘琨为胡骑所围数重,城中窘迫无计,刘始夕乘月,登楼清啸。胡贼闻之,皆凄然长叹。中夜次奏胡笳,贼皆流涕。人有怀土之切,向晓又吹,贼并起围奔走。

【品评】

这是一首触景生情、怀古伤今之词。词的上阕,写重过并州,天高云淡,北雁南飞,忆往昔谈笑封侯,锦带吴钩,已成梦幻。而今只能纵酒狂歌,借以消忧而已。下阕写全晋山河依旧,豪侠尚武遗风犹存。回顾故国同游中夜闻起舞的豪情不复回来,唯有登楼哀叹罢了。全词运用写景与议论相结合的手法,抒发了山河异主的悲哀。

木兰花慢[1]

拥都门冠盖,瑶圃秀,转春晖。[2]怅华屋生存,山丘零落,事往人非。[3]追随,旧家谁在?但千年、辽鹤去还归！[4] 系马凤凰楼柱，倚弓玉女窗扉。[5]　江头花落乱莺飞，南望重依依。[6] 渺天际归舟，云间汀树，水绕山围。[7] 相期，更当何处？[8] 算古来、相接眼中稀。[9] 寄与兰成新赋，也应沾我衣。[10]

【注释】

①这首词作于晚年，蒙古宪宗五年乙卯(1255)二月，作者自汴梁北归。其诗题《乙卯二月二十一日归自汴梁二十五日夜久旱而雨偶记内乡诗追录于此今三十年矣》。词似作于是年，好问66岁。　②都门：金汴京城门。冠盖：泛指旧时官员的礼帽服饰和车辆。瑶圃：产玉的园圃，指仙境。喻汴京林苑之秀美。春晖：春天的阳光。　③"怅华屋"与"事往"三句：慨叹壮丽的高楼大厦化为丘墟，喻人世的兴衰无常。曹植《箜篌引》："盛时不再来，百年忽我遒。生存华屋处，零落归山丘。先民谁不死，知命复何忧？"，词作者化用其意。怅，失意。华屋，壮丽的建筑物。　④追随：跟随踪迹寻访。旧家：从前的友人之家。喻金亡之后，遗民重返汴京，已物事人非。　⑤"系马"与"倚弓"二句：指蒙古兵对金宫室的践踏毁坏。凤凰楼，宫内华丽的楼阁。玉女，美女，指宫女。庾信《哀江南赋》："倚弓于玉女窗扉，系马于凤凰楼柱。"作者仿用其意。　⑥南望重依依：向南望着一步一回头，恋恋不舍。指宫女们被押往漠北时的情景。　⑦"渺天际"与"水绕"三句：遥望古都山水不忍离去。谢朓《之宣城郡出新林浦向板桥》："天际识归舟，云中辨江树。"　⑧相期：期待。　⑨"算古来"与"相接"二句：自古以来，相聚稀少而离散多。李白《金陵城西楼月下吟》："月下沉吟久不归，古来相接眼中稀。"⑩兰成新赋：即庾信《哀江南赋》："王子滨洛之岁，兰成射策

之年。”庾信，小字兰成。新赋，即《哀江南赋》。

【品评】

这首词是作者在金亡二十余年之后，重返故都汴梁，触景伤怀而发，表达一个遗民对故国难以忘怀的情结。词的上阕，写故都昔日繁华秀美与今日残破零落，事往人非，叹人世变化无常。下阕写在春日花落莺飞的景色中，南望故都，不忍离去而又不能不去的悲情。作者善于化用曹植、庾信、李白等名家诗句，不仅确切地表达了自己的情绪，而且蕴藉丰富，引人思考。

水龙吟①

从商帅国器猎于南阳，同仲泽、鼎玉赋此。②

少年射虎名豪，等闲赤羽千夫膳。③金铃锦领，平原千骑，星流电转。④路断飞潜，雾随腾沸，长围高卷。⑤看川空谷静，旌旗动色，得意似、平生战。⑥

城月迢迢鼓角，夜如何、军中高宴。⑦江淮草木，中原狐兔，先声自远。⑧盖世韩彭，可能自办，寻常鹰犬。⑨问元戎早晚，鸣鞭径去，解天山箭。⑩

【注释】

①这首词作于正大三年丙戌(1226)。作者在《良佐镜铭》中云：“丙戌夏，予过氾南，良佐请铭其镜。”良佐，即完颜彝，小字陈和尚。此时随其兄商帅国器在军中。《金史·忠义传》(三)：“完颜陈和尚名彝，字良佐，世以小字行……正大

二年，斜烈落帅职，例为总领，屯方城。陈和尚随以往，凡兄军中事皆预知之。"作者《三奠子》(上商城置酒)注："同国器帅、良佐、仲泽置酒南阳故城。"说明正大三年，作者从商帅在南阳军中射猎。　②商帅国器：即完颜斜烈，《金史·完颜陈和尚传》："斜烈名鼎，字国器，毕里海世袭猛安。年二十，以善战知名。自寿、泗元帅转安平都尉，镇商州，威望甚重，敬贤下士，有贤将之风。初至商州，一日搜伏，于大竹林中得欧阳修子孙，问而知之，并其族属乡里三千余人皆纵遣之。"仲泽：王渥字仲泽，兴定二年进士。调管州司候不赴。寿州防御使邦献、商州防御使国器、武胜节度庭玉爱其才，连辟三府经历官，在军中凡十年。见《中州集·王渥传》。鼎玉：王铉，燕人。是好问同年进士。　③射虎名豪：射虎的著名豪杰。指汉代李广。这里喻商帅。等闲：轻而易举。赤羽：羽箭名，即将箭羽染红。《六韬·虎韬》："飞凫、赤茎、白羽，以铜为首。电影、青茎、赤羽，以铁为首。"千夫：军士。膳：饭食。以上喻商帅箭不虚发。　④金铃锦领：金色的铃，系于坐骑或猎犬脖下；锦制的佩带，猎人的装束。"平原"二句：言射猎者之多、坐骑奔驰之快。　⑤"路断"三句：飞禽走兽等猎物无路可逃。飞潜，即飞鸟和潜藏在丛林洞穴中的狐兔等。雾，烟尘。高卷，围猎由高而低如同席卷地缩小圈子。　⑥"看川空"四句：形容山谷中的猎物被捕杀一空，猎人们挥动旗帜，欢呼雀跃，像打了胜仗那样得意。　⑦鼓角：指城上的战鼓和号角，军队用来报时、警众和发号令的两种乐器。高宴：音乐节奏的激越与舒缓。　⑧"江淮"句：以草木皆兵喻南宋军队闻商帅威名不战自退。《晋书·苻坚载记》(下)："谢石等以既败梁成，水陆继进。坚与苻融登城而望王师，见布阵齐整，将士精锐。又北望八公山上草木，皆类人形，顾谓融曰：'此亦勍敌也，何谓少乎？'怃然有惧色。""中原"二句：原野中的狐狸、兔子等猎物听见人欢马叫猎犬狂吠之声便逃出丛林和洞穴。先声，即事前虚张声势、制造紧张气氛，有意让对方惊恐。⑨"盖世"三句：世上无与伦比的韩信与彭越，只能像捕猎的鹰犬一样，扮演被人嗾使的角色。刘邦战败项羽之后，论功行赏，萧何居首，群臣不服。刘邦问："诸君知猎乎？曰：'知之。'知猎狗乎？曰：'知之。'商帝曰：夫猎，追杀兽兔者狗也，而发踪指示兽处者人也。今诸君徒能得走兽耳，功狗也。至如萧何，发踪指示，功人也。"（《史记·萧相国世家》）韩、彭是辅佐刘邦战胜项羽的开国功臣。⑩"问元戎"三句：试问统帅何时扬鞭北指，踏平敌军老巢。元戎，军队统帅，指商帅。鸣鞭：即挥鞭策马。天山箭，指薛仁贵领兵击九姓突厥于天山，军中歌曰："将军三箭定天山，战士长歌入汉关。"天山，今天新疆境内的天山。

【品评】

这首词借围猎为题，抒发驱逐北敌，重整河山的深切愿望。词的上阕，写围猎的壮观场面，以及猎取之后的欢乐气氛。下阕写月下城楼鼓角，称许商帅治军整肃，激励他重振军威，挥师北击敌人，收复失地，让国家安宁。全词写景与议论联系自然。词语奔放，气概豪迈，将围猎的境况写得有声有色。

满江红[①]

再过水南[②]

问柳寻花，津桥路，年年寒节。[③]佳丽地，梁园池馆，洛阳城阙。[④]白鹤重来人换世，凄凉一树梅花发。[⑤]记水南、昨暮赏春回，今华发。[⑥] 金缕唱，龙香拨。[⑦]云液暖，琼杯滑。[⑧]料羁愁千种，不禁掀豁。[⑨]老眼只供他日泪，春风竟是谁家物。[⑩]恨马头、明月更多情，寻常缺。[⑪]

【注释】

①这首词作于蒙古乃马真后三年(1244)。是年秋，曾往洛阳，冬过洛西。 ②水南：即洛水之南，今河南洛阳。③问柳寻花：观赏春景。津桥：洛阳城南的天津桥。寒节：即寒食节，每年清明节前一日或二日。相传春秋时晋文公有负功臣介之推，之推隐于绵山，文公焚山逼其出仕，之推抱树被烧死。人们为了悼念他，相约于其忌日禁火冷食，以后相沿成俗，称为寒食。 ④佳丽地：指风光优美、文物荟萃的地方，即帝王之都。梁园池馆：西汉梁孝王在开封兴建的豪华林苑的池沼馆舍，喻洛阳亦然。洛阳城阙：洛阳曾是东周、东汉、三国魏、西晋、北魏等朝的京都，后来又是隋、唐、五代、北宋的陪都。金朝迁都汴梁后，又升洛阳为西京，城阙屡有扩建，是悠久的古都之一。城阙，即城楼宫殿。 ⑤"白鹤"句：用丁令威学道成仙，化鹤归乡事。"凄凉"句：似在冬季腊月过洛阳，因有"一树梅花发"语。喻寂寞冷清。 ⑥"记水南"

以下三句：追忆当年曾在洛阳观赏春景风华正茂，仿佛是在昨天傍晚，光阴易逝，而今是华发满头。 ⑦金缕唱：即《金缕曲》词牌名，也作曲调名。龙香拨：用龙香木料制成的拨子。用以弹奏月琴、琵琶等弦乐器。唐郑嵎《津阳门诗》："玉奴琵琶龙香拨，倚歌促酒声娇悲。"《注》云："上皇善吹笛，常宝一紫玉管。贵妃妙弹琵琶，其乐器闻于人间者，有逻逤檀为槽，龙香柏为拨者。上每执酒卮，必令迎娘歌《水调曲遍》，而太真则弹弦倚歌，为上送酒。内中皆以上为三郎，玉奴乃太真小字也。" ⑧云液：对酒的美称。琼杯：美玉制作的酒杯。 ⑨羁愁：受压抑的愁思。掀豁：揭开，喻开朗；显豁。⑩他日：从前的日子。春风：称心愉悦的事情。 ⑪"恨马头"以下三句：写自己孤独无依，单人匹马，与明月为伴，月儿缺了又圆，圆了又缺。

【品评】

这是一首忆旧伤今之作。词的上阕，将当年风光秀丽与风流人物荟萃的洛阳，与今天江山易主物换星移的洛阳相比较，由热闹繁华的景象变为冷落凄凉。当年游春赏景，仿佛昨日，而今已满头华发。下阕则写那些吹弹歌舞、纵酒欢歌的人已改变了族姓，而我内心却充满了忧愁，怎么也开朗不起来，眼泪已经流尽，只有多情的明月与我为伴。全词将叙事与议论相结合，其中蕴含着对故国的无比思念。

满江红①

三泉醉饮②

桃李漫山，风日暖，朝来开彻。③东溪上，落花流水，暮春三月。一片花飞春意减，有花堪折君须折。④恨百年，春事短长亭，匆匆别。⑤

金缕唱，金蕉拍。⑥休直待，芳华歇。⑦到绿阴青子，只供愁绝。⑧坐上常看尊有酒，镜中英管头如雪。⑨料酒来，人说次公狂，从渠说。⑩

【注释】

①这首词作于蒙古定宗二年丁未(1247)春。作者有《丁未寒食归自三泉》诗："青山晴暖紫生烟，山下分流百汊泉。未放小桃装野景，已看茅屋映秋千。饥乌得食争相唤，醉叟行歌只自颠。寒食明年定何许，故人尊酒且留连。" ②三泉：地名，即滹沱河之源头，在今山西繁峙秦戏山。作者在《创开滹水渠堰记》中云："滹水之源，出于雁门东山之三泉，过繁峙，遂为大川。"又《山西通志》："滹沱河，源出繁峙县东秦戏山，即孤山。列如品字，名三泉。西南流三里，至故福都，合玉斗泉，亦名青龙泉。西流数里，合三泉，都之三泉，其亦列如品字。" ③开彻：开遍。 ④"一片"句：花飘落了，春天正在消逝。"有花"句：引用唐人诗"有花堪折直须折，莫待无花空折枝。"指即时行乐，莫错过时光。 ⑤短长亭：古时在城郊或村镇路旁，五里和十里，分别建置短亭、长亭，供行人饯别或歇脚之用。以上三句，感叹青春短促易逝。 ⑥金

缕唱:曲调名,亦作词牌名。金蕉:指金蕉叶,酒杯名,借指酒。 ⑦"休直待"二句:休要等到美好的年华停止了。芳华,青春年少。 ⑧绿阴青子:指花落了绿叶掩映青青的果子。杜牧《叹花》诗:"如今风摆花狼藉,绿叶成阴子满枝。" ⑨尊:酒杯。头如雪:形容发白如雪。 ⑩次公狂:指汉之盖宽饶字次公。为官廉正不阿,刺举无所回避。平恩侯许伯治第新成,权贵均往贺,宽饶不行,请而后往,自尊无所屈。许伯亲为酌酒,宽饶曰:"无多酌我,我乃酒狂。"丞相魏侯笑曰:"次公醒而狂,何必酒也。"见《汉书·盖宽饶传》。从渠说:任凭他去评头品足。

【品评】

这首词作于垂暮之年。时年作者已58岁,少怀经世济民之志,从苦读到四处奔波,为的是寻求施展才干的机会。可惜时运不济,金廷不思进取,幻想偏安一隅,最后被蒙古国灭亡。作者不仅壮志未酬,而且沦为亡金遗民,内心非常压抑,故一有机会就向外倾泻。词的上阕,写踏春之感。漫山遍野的桃李,到暮春三月已落英缤纷,随水漂流而去。眼前景象,感悟青春来去匆匆,悔恨为追求虚名而白费光阴,有花堪折而未曾折。下阕则放言,趁青春年少,到歌楼酒馆去纵情享乐吧,别等到芳华逝去再来发愁绝望。只要有酒就醉,不要去管满头白发或别人评头品足吧!作者触景感发,意到笔随,在即时行乐、洒脱颠狂,消极的词意中,充满了痛苦与绝望。

江城子[①]

醉来长袖舞鸡鸣，短歌行，壮心惊。[②]西北神州，依旧一新亭。三十六峰长剑在，星斗气，郁峥嵘。[③]

古来豪侠数幽并，鬓星星，竟何成？[④]他日封侯，编简为谁青。[⑤]一掬钓鱼坛上泪，风浩浩，雨冥冥。[⑥]

【注释】

①这首词约作于贞祐丙子(1216)从秀容南渡避兵之后，至正大甲申(1224)五月应宏词科，就选国史院编修官之前。

②长袖舞鸡鸣：用祖逖闻鸡起舞，欲报效国家的典故。《晋书·祖逖传》：祖逖与司空刘琨俱为司州主簿，情好绸缪，共被同寝。中夜闻荒鸡鸣，蹴琨觉曰："此非恶声也"。因起舞。祖逖并有英气，每语世事，或中宵起坐，相谓曰："若四海鼎沸，豪杰并起，吾与足下当相避于中原耳。""短歌"二句：曹操在《短歌行》中云："对酒当歌，人生几何！譬如朝露，去日苦多。慨当以慷，忧思难忘。何以解忧，唯有杜康。"又《步出夏门行》："老骥伏枥，志在千里；烈士暮年，壮心不已。" ③"三十"句：少室山有三十六峰，其峰之一名"卓剑"。故云"长剑"。星斗气：即气冲星斗。星斗，指天空的星星。郁峥嵘：显露出异常的景象。以上二句，指晋时有龙泉、太阿二宝剑被深埋于丰城狱基下，而星空有紫气。张华问雷焕为何？雷说"宝剑之精上彻于天"。张令雷掘出二宝剑。这里以三十六峰长剑指向天空，喻金朝真正的英雄豪杰被闲置于无用武之地。 ④幽并：古幽州、并州，指河北、山西一代地方，多出

慷慨豪侠之士。“鬓星星”二句：指两鬓已经斑白，却一事无成，即未被重用。　⑤他日封侯：将来为国建功立业，拜将封侯。“编简”句：谁留名青史。简，竹简，即史册。青，古代将史事写于竹简上，为防虫蛀，用火将水分烤去，名“杀青”或“汗青”。　⑥钓鱼坛：作者自注“见严光传”。《后汉书·严光传》：严光字子陵，一名遵。会稽余姚人。少有高名。与光武同游学。及光武即位。光乃变名姓，隐身不见。帝思其贤，乃令以物色访之。齐国上言，有一男子披羊裘钓草泽中。后人名其钓处为严陵濑焉。风浩浩：狂风怒号。雨冥冥：细雨濛濛。

【品评】

这首词是作者对豪侠欲为国效力，却被埋没的慨叹。词的上阕，以祖逖、曹操自励，本有一颗壮烈之心，但西北神州仍在敌手，只能像新亭诸君慨叹流泪。为什么让长剑埋没地下，不去杀敌而气冲斗牛呢！下阕则议论古来幽、并多出武勇豪侠之士，我等却鬓发斑白而一事无成。既然青史留名无望，那就钓坛流泪了此残生吧。作者善用比喻与议论结合，抒写自己的情怀。词气雄豪，情绪苍凉。

江城子①

嵩山中作

众人皆醉屈原醒。②笑刘伶，酒为名。③不道刘伶，久矣笑螟蛉。④死葬糟丘殊不恶，缘底事，赴清泠。⑤

醉乡千古一升平。⑥物忘情，我忘形。⑦相去羲皇，不到一牛鸣。[⑧]若见三闾凭寄语，尊有酒，可同倾。[⑨]

【注释】

①这首词作于金哀宗正大二年乙酉(1225)。是年夏，元遗山辞国史院编修，归嵩山后作。 ②“众人”句：引屈原语意。《楚辞·渔父》：“屈原既放，游于江潭，行吟泽畔，颜色憔悴，形容枯槁，渔父见而问之曰：‘子非三闾大夫与？何故至于斯？’屈原曰：‘举世皆浊我独清，众人皆醉我独醒，是以见放。’”以屈原为喻，表示对当时的黑暗现实不满，故而辞官归隐。 ③笑刘伶：即屈原耻笑刘伶。也指人们讥笑刘伶嗜酒放诞。刘伶与阮籍、嵇康友善，为“竹林七贤”之一。任纵放达，以宇宙为狭，或酣饮脱衣裸体在屋中。人见讥之，伶曰：“我以天地为栋宇，屋室为裈，诸军何以入我裈中？”酒为名：《世说新语·任诞》：“刘伶病酒，渴甚，从妇来酒。妇捐酒毁器，涕泣曰：‘君饮太过，非摄生之道，必宜断之！’伶曰：‘甚善。我不能自禁，唯当祝鬼神，自誓断之耳！便可具酒肉。’妇曰：‘敬闻命。’供酒肉于神前，请伶祝誓。伶跪而祝曰：‘天生刘伶，以酒为名，一饮一斛，五斗解酲。妇人之言，慎不可听。’便引酒进肉，隗然已醉矣。” ④“不道”与“久已”二句：即不要去说刘伶早已将螟蛉和豪士等量齐观，二者无多大区别。《世说新语·文学》：“刘伶著《酒德颂》，意气所寄。”其文曰：“有大人先生者，以天地为一朝，万期为须臾，日月为扃牖，八方为庭衢。行无辙迹，居无室庐，幕天席地，纵意所如。止则操卮执瓢，动则挈榼提壶，唯酒是务，焉知其馀。有贵介公子，缙绅处士，闻吾风声，议其所以。乃奋袂攘襟，怒目切齿，陈说礼法，是非锋起。先生于是方奉罂承槽，衔杯漱醪，奋髯箕踞，枕曲藉糟。无思无虑，其乐陶陶。兀尔而醉，慌尔

而醒，静听不闻雷霆之声，熟视不见泰山之形，不觉寒暑之切肌，利欲之感情。俯观万物之扰扰，如江汉之载浮萍。二豪侍侧，焉如螺蠃之与螟蛉。”螟蛉，一种绿色小虫。 ⑤“死葬”句：死后葬在酒糟堆积的山丘上，并不是坏事。缘底事：到底为了什么事。赴清泠：跳进清澈的水里去呢？指屈原沉汨罗江而死。 ⑥“醉乡”句：即只有在醉乡里，才永远是太平世界。醉乡，即沉醉中的境界。 ⑦物忘情：即无喜怒哀乐之情。《世说新语·伤逝》：“王戎丧儿万子，山简往省之，王悲不自胜。简曰：‘孩抱中物，何至于此！’王曰：‘圣人忘情，最下不及情；情之所钟，正在我辈。’简服其言，更为之恸。”我忘形：即超然物外而忘却自己之形体。《庄子·让王》：“故养志者忘形，养形者忘利，致道者忘心矣。” ⑧“相去”与“不到”二句：在沉醉之中距离远古时代与近在咫尺都是一样的。羲皇，即传说远古的伏羲氏。一牛鸣，即牛鸣声可传到之地，指距离近。 ⑨三闾：即三闾大夫，官名，指屈原。屈原在楚怀王时，曾任三闾大夫。

【品评】

这首词是元遗山对当时官场的险恶表示不满，辞官回归嵩山后，借酒为议题，并将两位时代相去甚远，为人处世极不相同的屈原和刘伶放在一起议论，抒发了对现实社会的极端不满。词的上阕，写屈原笑刘伶嗜酒而无所追求，而刘伶则认为醉生梦死并不坏，你为什么要执著追求，且达不到目的去沉江而死呢？下阕写一醉解千愁，到醉乡则千古升平，物我两忘。作者请刘伶捎话，让屈原来与他举杯，同诉衷肠。全词寄情于议论之中，语言诙谐幽默。读之饶有余味。

江城子①

二更轰饮四更回。②宴繁台，尽邹枚。③谁念梁园，回首变成灰。④今古废兴浑一梦，凭底物，寄悲哀。⑤

青天荡荡镜奁开。⑥月光来，且徘徊。⑦何用东生、西没苦相催！⑧世事悠悠吾老矣，歌一曲，尽馀杯。⑨

【注释】

①这首词作于天兴二年癸巳（1233）四月之后。是年正月，哀宗出逃归德之后。汴京西为元帅崔立与其党羽叛变投降蒙古，其间他暂握大权，除任意诛杀之外，还封了一批官。连元好问也由尚书省掾迁为左右司员外郎。四月，崔立将金诸宫室五百馀人押送至青城蒙古军中，全被杀害。两宫送往蒙古。同时，亡金官员也被送到青城，随后解往山东聊城羁管，好问也在羁押的囚徒之列，词应作于此时。　②轰饮：狂饮；痛饮。　③繁台：古台名。相传为春秋时师旷吹台，西汉梁孝王增筑。后有繁姓居其侧，时间久远，故名。《旧五代史·梁书·太祖纪第四》："甲午，以高明门外繁台为讲武台。是台西汉梁孝王之时，尝按歌阅乐于此，当时因名曰吹台。其后有繁氏居于其侧，里人乃以姓呼之，时代绵寝，虽官吏亦从俗焉。"在今河南开封市东南禹王台公园内。邹枚：指邹阳、枚乘二人，山东游士，梁孝王招引的宾客。两人皆以才辩名当时。　④梁园：即梁苑，又名兔园，西汉梁孝王筑，是招引宾客游赏之所。在今河南开封东南。《史记·梁孝王世家》："孝王筑东苑，方三百余里。广睢阳城七十里。大治宫

室，为复道，自宫连属于平台三十余里。”宋、金屡有增建。变成灰：梁园被蒙古兵焚毁。 ⑤“今古”三句：往古来今兴盛衰亡完全像一场噩梦，凭什么东西寄托悲哀呢？浑，完全；几乎。底物，什么物品。 ⑥镜奁：装镜的匣子。喻天空。以小比大。 ⑦“月光”二句：月光暂且多停一会儿。 ⑧“何用”二句：何必东升西落，苦苦追赶呢？ ⑨世事悠悠：人世间的事纷繁复杂没有穷尽。

【品评】

这首词是作者目睹梁园被蒙古兵化为灰烬，情动于中，抒写亡国之臣的无限悲哀。词的上阕，先从与朋友曾彻夜畅饮繁台，继而追溯梁园的几度兴衰，这都仿佛是一场噩梦，最后自问凭什么要悲哀。下阕写站在清冷的月光下，不忍离去，埋怨日月追逼太快，无穷无尽的人间事催人老，还是放歌饮酒聊度残年吧！全词语调平淡洒脱，其中蕴藉着悲愤的波澜。

江城子[1]

梅梅柳柳闹新晴。[2]趁清明，凤山行。画出灵泉，三月晋兰亭。[3]细马金鞍红袖客，能从我，出重城。[4]

赏心乐事古难并，玉双瓶，为冠倾。[5]一曲清歌，休作断肠声。[6]头上花枝如解语，应笑我，未忘情。[7]

【注释】

①这首词作于蒙古宪宗三年癸丑(1253)寒食节。作者

在《寒食灵泉宴集诗序》中云:出天平北门三十里而近,是为凤山之东麓。有寺曰灵泉。寺已废于兵,而石楼之典型故在。昭阳荐岁,维莫之春,诸君以仆燕路言归,东藩应聘,困鞍马风沙之役,渝树林水鸟之盟,千里相思,一杯为寿。谪仙所谓"酒尽花柳,赏穷江山"者,于是张本。不有兰亭绝唱,留故事以传之,其在白云。老兄负古人者多矣!五言古诗任用韵,共九首,以《寒食灵泉宴集》命篇,而某为之序。诸公可共和之。德华、周卿、德昭、英儒、文伯、元某。期而不至者:圣与、子中。不期而至者:德谦、梦符。 ②闹新晴:在春光明媚之时,梅花竞放,柳絮纷飞。 ③画出灵泉:装点了一个灵泉寺。三月晋兰亭:指东晋永和九年(353)农历三月三日,王羲之与其友人孙绰、谢安等四十一人,在浙江省绍兴市西南的兰亭聚会,畅饮赋诗。王羲之作了有名的《兰亭集序》。作者将"灵泉宴集"与"兰亭聚会"相比。 ④细马:小马。红袖客:即歌、舞女。作者在"灵泉宴集序"中云:兵厨之良醖踵来,京洛之名讴自献。重城:战略要地,指东平,当时为万户府治所。 ⑤"赏心"句:谢灵运《拟魏太子邺中诗集序》:"天下良辰美景,赏心乐事,四者难并,今昆弟友朋,二三诸彦,共尽之矣。"指良辰、美景、赏心、乐事这四件事,很难共享。玉双瓶:盛酒器。为冠倾:为诸君干杯。 ⑥清歌:不用乐器伴奏的清唱。 ⑦"头上"句:花枝如果会说话。五代王仁裕《开元天宝遗事·解语花》:"明皇秋八月,太液池有千叶白莲数枝盛开,帝与贵戚宴赏焉。左右皆叹羡,久之,帝指贵妃示于左右曰:'争如我解语花?'"

【品评】

作者在这首词中抒发的畅快心情,在金亡之后是少有的。词的上阕，写在梅花怒放，杨柳依依的清明时节，与朋友到灵泉宴集，有如当年兰亭盛宴。下阕写赏心乐事，自古很难都如愿以偿、大家尽情畅饮欢歌，不要提及伤心事。如果花能说话，都会笑我老来颠狂。笔调轻松，心情欢娱。

浣溪沙①

宿孟津官舍

一夜春寒满下厅，独眠人起候明星。②娟娟山月入疏棂。③　　万古风云双短鬓，百年身世几长亭。④浩歌聊且慰飘零。⑤

【注释】

①这首词作于元光元年(1222)。　②明星：即启明星，拂晓前升于东方。　③娟娟：非常秀丽。棂：窗户的格子。④风云：历代动荡不安的局势。短鬓：短发，人老了，头发掉光了。“百年”句：指人的一生四处飘零。长亭，古时在路旁置亭，供行人饯别或休息之用。秦、汉十里置亭，亦称长亭。庾信《哀江南赋》：“十里五里，长亭短亭。”　⑤浩歌：放声唱歌。

【品评】

这首词是作者在仕途奔波中，屡屡受挫之后，向知己倾诉生不逢时、四处飘泊的痛楚。词的上阕，写官舍的清冷与孤独，夜不能寐；下阕，就自己的遭遇大发感慨。全词运笔便意，寓情于景，即景抒情，心绪烦闷，形象生动。

浣溪沙①

史院得告归西山②

万顷风烟入酒壶，西山归去一狂夫。③皇家结网未曾疏。④　　性情本宜闲处著，文章自忖用时无。⑤醉来聊为鼓咙胡。⑥

【注释】

①作者于正大元年甲申(1224)五月应宏词科，权国史院编修官。官场的现实使他大失所望，便借口辞官。正大二年夏获准，故有感而作这首词。　②西山：即嵩山，作者寓居登封。　③“万顷”句：是说战争的硝烟像大海中的巨浪席卷神州大地，让人惶恐。只有一饮而醉，则万事皆休。风烟：社会动荡不安。狂夫：豪放不羁之人，作者自许。　④“皇家”句：朝廷网罗贤才没有疏漏。应从反面理解，指不选拔于国有用的人才。　⑤“性情”句：自己性好散漫不拘，不过问世事。“文章”句：自己思量于时有用之文没有。忖，思量；推测。《东轩笔录》曰：“陶谷久在翰林，意希大用，乃俾其党，因事荐引，言谷在词禁，宣力实多，微伺上旨，太祖笑曰：‘翰林草制，皆检前人旧本，改换词语，所谓依样画葫芦耳，何宣力之有？’谷闻之，作诗曰：‘官职须由生处有，文章不管用时无。堪笑翰林陶学士，年年依样画葫芦。’太祖薄其怨望，遂决意不用矣。”诗人化用陶谷“文章不管用时无”意。　⑥咙胡：即喉咙。《后汉书·五行志》：“桓帝之初，天下童谣曰：‘小麦青青大麦枯，谁当获者妇与姑，丈人何在西击胡。吏买马、君具

车，请为诸君鼓咙胡。’”所谓“鼓咙胡”者，指有话不敢公开表达，只能往喉咙里咽。作者意为：只能借醉酒说几句真话。

【品评】

这首词是作者得辞国史院编修，有如鸟脱樊笼，即信笔挥洒。自认自己适合闲散居处，并非皇家遗漏贤才。自己的文章是虚有其名，于国无补。全词通俗顺口，内含则是对官场的黑暗与险恶深感厌恶。因而既不能兼济天下，便只能独善其身，尽快脱离险境。这便是旧时正直善良的读书人，诵读圣贤经典，怀经世济民之志。一旦跻入官场，才明白现实与经典宣扬的相去十万八千里，既不愿随波逐流，又不能力挽狂澜，只能逃避，元好问也不例外。

浣溪沙[1]

日射云间五色芝，鸳鸯宫瓦碧参差。[2]西山晴雪入新诗。　　焦土已经三月火，残花犹发万年枝。[3]他年江令独来时。[4]

往年宏辞御题有《西山晴雪》诗。[5]

【注释】

①这首词作于金亡之后，作者重游故都汴京有感而作。②五色芝：即祥瑞的灵芝，古称仙草。五色，指彩云，写祥瑞的气象。“鸳鸯”句：指宫殿上的琉璃瓦，仰为沟，俯为脊，脊上雨水往沟里流下。因俯仰之边相扣，故喻鸳鸯。差参，高低错落叠放。　③三月火：指项羽烧秦宫室，大火三月不灭，

见《史记·项羽本纪》。这里指蒙古军攻汴京，放火焚毁宫室。当年，金灭北宋时，亦然。汴京屡建屡遭浩劫。万年枝：指年代久远的大树。 ④江令：指南朝陈国之江总，字总持。好学，能文。尤善五七言诗。陈后主即位，授尚书令。大权在握，伤于浮艳，不持政务，但日与后主游宴后庭。陈亡入隋。后来诗文中以江令喻有文才之人。作者以江令自喻，慨叹沦为遗民的伤痛。 ⑤宏词：金章宗明昌初年，为选拔超常人才，特设的制试科目，又叫博学宏词科。御题：即皇帝的命题。此为作者自注。

【品评】

这首词，是作者在金亡之后，重游汴京，触景生情，抒发了一个遗民的悲哀。词的上阕，回忆二十年前，汴京的灿烂与辉煌，以及御题赋诗的憧憬。下阕则写遭劫后的破败荒凉，以及亡国之臣的失落。作者运用简明对比的手法，给读者留下丰富的想像余地。

鹧鸪天①

薄命妾三首②

其　一

复幕重帘十二楼，而今尘土是西州。③香云已失金钿翠，小景犹残画扇秋。④　天也老，水空流，春山供得几多愁。⑤桃花一簇开无主，尽著风吹雨打休。⑥

其 二

颜色如花画不成，命如叶薄可怜生。[7]浮萍自合无根蒂，杨柳谁教管送迎？[8] 云聚散，月亏盈，海枯石烂古今情。[9]鸳鸯只影江南岸，肠断枯荷夜雨声。[10]

其 三

一日春光一日深，眼看芳树绿成荫。[11]娉婷卢女娇无奈，流落秋娘瘦不禁。[12] 霜塞阔，海烟沉，燕鸿何地更相寻？[13]早教会得琴心了，醉尽长门买赋金。[14]

【注释】

①这组词作于金亡之后，有感于两宫被掳掠往北而作。②薄命妾：即妾薄命。李白《妾薄命》，清王琦题解："《乐府古题要解》：《妾薄命》，曹植'日月既逝西藏'，盖恨宴私之欢不久。如梁简文帝'名都多丽质'，伤良人不返，王嫱远聘，卢姬嫁迟。"《妾薄命》为乐府古题，内容多写妇女的哀怨。这里是作者借薄命妾之口，写自己内心的悲哀。薄命妾，即命浅福薄的侍妾（宫女）。三首：有的本为"五首"。 ③复幕重帘：重重叠叠的帘幕。十二楼：指华美的高楼。言住在高大的楼阁深闺之中。西州：泛指沙尘滚滚的塞外之地。 ④香云：形容女子像云朵一样喷着香水的发髻。金钿翠：镶嵌着金花与翠玉的首饰。"小景"句：残破的画扇里留有秋天的景物。小景，即小幅的山水风光。 ⑤天也老：用李贺《金铜仙人辞汉歌》中"天若有情天亦老"句意。上天若有感情，看此悲惨的情景也会痛苦衰老的。水空流：物是人非，故人不能再来

观赏流水了。春山:喻妇人姣好的眉毛。李商隐《代董秀才却扇》:"莫将画扇出帷来,遮掩春山滞上才。" ⑥"桃花"以下二句:一簇簇桃花开放后无人爱护,任狂风暴雨吹打。喻鲜艳的美女遭人蹂躏。 ⑦"颜色"句:形容女子花容月貌,神态之美,难描绘。"命如"句:即红颜薄命,让人怜悯。白居易《陵园妾》:"陵园妾,颜色如花命如叶,命如叶薄将奈何?" ⑧浮萍:水草名,生在水面上,无根,随水漂浮。喻任人摆弄。"杨柳"句:古时送别时,折柳枝相送。故云是谁规定杨柳管送往迎来的,任人攀折。喻女子受人折磨。 ⑨"云聚"与"月亏"二句:形容团聚与分离,像云的聚散与月的圆缺是常有的事。这里指离合悲欢。"海枯"句:喻爱情始终不渝,永不变心。 ⑩"鸳鸯"句:鸳鸯鸟本来是雌雄相伴不分离,而今却形只影单,天南地北,孤独无依。"肠断"句:荷花已飘零,只留枯叶听夜雨打击声,喻寂寞凄清。 ⑪"一日"与"眼看"二句:指春光消逝了,花落了,叶变绿。喻女子芳华已去。⑫娉婷:形容女子姿态美好。卢女:《乐府诗集》有《卢女曲》,引《乐府解题》:"卢女者,魏武帝时宫人也。故将军阴升之姊。七岁入汉宫,善鼓琴。至明帝崩后出嫁,为尹更生妻。梁简文帝《妾薄命》曰:'卢姬嫁日晚,非复少年时。'盖伤其嫁迟也。"娇无奈:柔美艳丽无比。秋娘:即杜秋娘。杜牧《杜秋娘》:"京江水清滑,生女白如脂。其间杜秋者,不劳朱粉施。"其诗序云:杜秋,金陵女也。年十五,为李锜妾。后锜叛灭,籍之入宫,有宠于景陵。穆宗即位,命秋为皇子傅姆。皇子壮,封漳郑注,用事诬丞相,欲去。已者指王为根,被罪废削,秋因赐归故乡。予过金陵,感其穷且老,为之赋。全句为:像秋娘那样美丽的女子,因漂泊外地而面容枯槁弱不禁风。⑬霜塞阔:冷冻而茫无边际的塞北荒漠。海烟沉:沙尘滚滚像大海的浓雾笼罩四野。“燕鸿”句：燕子与鸿雁天各一方，互相间是永远也寻不着踪影的。 ⑭“早教”句：用司马相如以琴中音挑动卓文君，向她表达爱恋之意。《史记·司马相如传》：“是时卓王孙有女文君新寡，好音，故相如缪与令相重，而以琴心挑之。”长门买赋金：指陈皇后被冷落在长门宫后，用黄金向司马相如买赋，借以感动汉武帝而再得宠。司马相如为之写《长门赋》，其序云：孝武皇帝陈皇后时得幸，颇妬。别在长门宫，愁闷悲思。闻蜀郡成都司马相如天下二为文，奉黄金百斤为相如、文君取酒，因于解悲愁之辞。而相如为文以悟主上，陈皇后复得亲幸。

【品评】

这组词有的本子为5首。作者既是对金两宫妃嫔被掳为奴隶的哀怜，也寓亡金遗民的失落与痛苦。其一，上阕用对比的笔触，写昔日身居高阁，穿金戴玉，受人娇宠。而今被掳到西州的狼狈模样。下阕议论加比喻，写薄命妾遭遇的摧残与无限愁苦。其二，连用几个比喻，写鲜丽娇美的薄命妾对恋爱始终不渝，以及佳人命薄，任人攀折而肝肠寸断。其三，仍用比喻写侍妾容颜仪态之美丽无比，而且多才多艺，不幸却受人残侮，致使形容憔悴而追悔莫及。

永遇乐①

梦中有以王正之乐府相示者。②予但记其末云：“莫嫌满镜，星星白发，中有名利千丈。待明朝有酒如川，自歌自放。”然正之未曾有此作也。明日以示友人希颜、钦叔，谓可作《永遇乐》补成之。因为赋此。二公亦曾同作。

绝壁孤云，冷泉高竹，茅舍相忘。③留滞三年，相思千里，归梦风烟上。④天公老大，依然儿戏，困我世间羁鞅。⑤此身似，扁舟一叶，浩浩拍天风浪。⑥　中台黄散，官仓红腐，换得尘容俗状。⑦枕上哦诗，梦中得句，笑了还惆怅。⑧可怜满镜，星星白发，中有名利千丈。⑨问何时，有酒如川，自歌自放。⑩

【注释】

①这首词作于正大二年（1225）初，当时好问与希颜、钦叔同在汴京为史馆官。　②王正之：《中州集》诗人小传：王特起字正之，代州崞县（今山西原平）人。泰和三年进士甲科。智识精深，好学善议论，音乐技艺，无所不能。长于辞赋。　③“绝壁”三句：指作者在嵩山居住的环境。相忘：他本作“相望”。　④“滞留”三句：元光元年壬午（1222），作者曾赴召至汴京，正大元年甲申（1224），五月应宏词科，就选权国史院编修，到赋词时前后三个年头。　⑤羁鞅：羁，马笼头；鞅，牛缰绳。喻牵制和束缚。　⑥“此身似”三句：自己犹如一叶小舟颠簸在滔天的风浪之中。喻宦海的险恶。⑦中台：中书省。黄散：黄门侍郎与散骑常侍。二者同为门下省官员。晋以后，合掌尚书省事，故合称“黄散”。官仓红腐：即国家仓库里的谷米发霉腐烂。尘容俗状：尘凡俗人的容颜和举止状态。即谄媚迎合他人。　⑧惆怅：感伤；不得意。　⑨“可怜”三句：叹息自己受功名利禄的引诱，而愁白

了头发。 ⑩“问何时”三句：什么时候才能不愁温饱而畅饮放歌自适呢？

【品评】

这首词是作者在汴京任国史院编修期间，不甚得意，借梦中得句而大发牢骚。词的上阕，写对家乡的思念与受老天爷戏弄而卷入惊涛骇浪之中。下阕，写用尘容俗状去换取升斗陈腐之粮及被名利所累，从而对躬耕自适的向往。全词运用夸张的笔调，以及形象生动的比喻，烘托出官场的险恶，充分表达了失望与悔恨的心情。

最高楼①

商於鲁县北山②

商於路，山远客来稀，鸡犬静柴扉。③东家欢饮姜芽脆，西家留宿芋魁肥。④觉重来，猿与鹤、总忘机。⑤

问华屋高赀谁不恋？问美食大官谁不羡？⑥风浪里，竟安归？⑦云山既无求吾是，林泉又不责吾非。⑧任年年，藜藿饭，芰荷衣。⑨

【注释】

①这首词作于正大二年乙酉（1225）。从词的主旨看，与《寄希颜二首》之一同。诗云：“僵卧嵩丘七年春，商馀归计一廛新。悠悠华屋高赀意，兀兀田夫野老身。动色云山如有喜，忘机鸥鸟亦相亲。粗疏潦倒今如此，楼上元龙莫笑人。”

从词和诗的内容看，是好问进入仕途之后才有所感而发。“偃卧嵩丘七见春”，点出在“嵩丘”住了七年。好问正大元年，五月应宏词科，就选国史院编修。其间并不甚遂意，于正大二年夏告归嵩山。好问由内乡移居嵩山，至正大二年，正好7年。 ②商於：古地区名，在今陕西商南、河南淅川、内乡县一带。鲁县：古县名，即今河南鲁山。北山：泛称鲁县北面之山。 ③柴扉：用柴禾等编制的门，言山居人家的居处简陋。 ④姜芽：姜的嫩芽。芋魁：芋头。含淀粉丰富，可供食用。 ⑤“觉重来”三句：指猿、鹤与人相处和谐，不惧怕人们伤害它们。机，古代为捕鸟兽设置的机关。 ⑥“问华屋”二句：意即富丽堂皇的房屋和万贯财富谁人不迷恋？珍馐美味和高官厚禄谁人不羡慕呢？赀，与资同，即钱财。 ⑦风浪：喻官场上的艰难险阻。竟安归：究竟怎样才能愉快地荣归故里呢？ ⑧“云山”二句：山林泉石是不会过问我的对与不对的。 ⑨藜藿饭：指粗劣的饭菜。藜，植物名，嫩叶可食。又名灰菜。藿，豆类的叶。芰荷衣：用芰叶、荷叶缝制的衣服。以上言其过贫苦的生活。芰，即菱，草本植物，通称菱角。

【品评】

这首词是作者弃国史院编修官后所作。只有在此时，他才能将官场的风浪与山村的古朴相对比。他生于官宦之家，受经世教育，走科举之道。在经受多年的挫折之后，终于应试就选。从而发现官场与经典上宣扬的相去甚远。同时，避兵南渡之后，对山村居民有了接触和了解，故而才有比较和选择。词的上阕是山居人家的生活处境和淳厚的风尚，连禽、兽也与他亲近。下阕是议论人们对生活的追求和向往，点出追求过程中的风险。最后是自我选择，宁愿以野菜充饥、以芰荷蔽体、与猿、鹤为伴。词意简洁易晓，心境消沉，是作者的真实写照。

玉漏迟①

壬辰围城中，有怀淅江别业。②

淅江归路杳，西南仰羡，投林高鸟。③升斗微官，世累苦相萦绕。④不入麒麟画里，又不与、巢由同调。⑤时自笑，虚名负我，平生吟啸。⑥　扰扰马足车尘，被岁月无情，暗消年少。⑦钟鼎山林，一事几时曾了？⑧四壁秋虫夜语，更一点，残灯斜照。⑨青镜晓，白发又添多少？⑩

【注释】

①这首词作于金哀宗天兴元年壬辰(1232)秋。据金、元史料载：是年三月，蒙古速不台围汴京，金派使臣奉金帛乞和，并派曹王讹入质。许和解严。七月，蒙古派唐庆使金谕降，被杀，议和遂绝。后汴京粮尽援绝，哀宗出逃归德。此时好问任尚书省掾，欲持“实录”随行，未成。　②淅江：即淅水，流经内乡县。正大四年丁亥，元好问曾任内乡令。次年，因母丧守孝，罢官居白鹿原长寿村，建新居，名“长寿新斋”，即“别业”。别业：别墅。他本在“别业”后有“为钦用弟赋”五字。　③归路杳：回淅江遥遥无期。杳，远得没有踪影。西南：作者在汴京，内乡正好在西南方向。仰羡：仰慕，钦羡。这里指抬头远望和思念。“投林”句：高飞的鸟，傍晚总要到林中投宿，喻自己想回家。　④“升斗”句：俸禄微薄，官职卑

贱。升斗，容量单位，十合为升，十升为斗。古时薪俸以粮谷，按容量单位计算。世累：世俗观念的束缚。 ⑤“不入”二句：既不能进入为国建立特殊功勋者的行列，又不能学超凡脱俗的巢父和许由。麒麟画，指汉宣帝刘洵为了表彰辅佐汉室有功之臣，于甘露三年(前51)，将霍光、张安世、韩增、赵充国、魏相、丙吉、杜延年、刘德、梁丘贺、萧望之、苏武等十一人的肖像画于麒麟阁中。后世因用图画麒麟阁比喻为对国家有特殊贡献之人。巢由，巢父、许由二人的合称，相传为上古唐尧时代的隐士。后世诗文中常作隐居不仕的典故。《庄子》的《逍遥游》、《让王》、《徐无鬼》等篇都提及许由事。唐张守节在《史记正义》中引皇甫谧《高士传》：许由洗耳于颍水之滨，巢父牵犊欲饮，问其故。许由说尧欲让位，而逃于颍水之阳，又欲召为九州长，恶闻其声，故洗耳。巢父责怪他为什么不到人迹不通的高岸深谷。而四处浮游，是为了名誉。并认为洗耳之水汙犊口，改到上游饮之。 ⑥“时自笑”三句：自己时刻感到好笑，一生被空虚的名声诱骗，只好长吁短叹而已。吟啸，高声吟唱。 ⑦扰扰：烦乱。马足车尘：被马足和车轮卷起的尘土，为求得一官半职而忙忙碌碌地四处奔波。“暗消”：不知不觉地把青春年华消磨掉。 ⑧钟鼎：钟和鼎，两种古青铜器，上面铸有记事表功文字。指钟鸣鼎食，喻富贵荣华。山林：深山密林，喻隐居之处。钟鼎山林，喻富贵和隐逸。 ⑨“四壁”三句：贫寒凄凉的处境。 ⑩青镜晓：早晨照镜子。

【品评】

这首词作于金南都汴梁即将沦陷，而自己生死未卜之时。按蒙古初期令，每攻城，遇抵抗，城破，必屠灭之。而汴梁顽强抵抗而久攻不下。词的上阕，由欲回浙江而“路杳”下笔，从而回想一生被虚名困扰，既不能为国立功，又不能超凡脱俗，整天长吁短叹。下阕，则进一步写为仕途东奔西走，白白地耗费时光，到头来家徒四壁，残灯斜照。作者向知己倾吐寂寥无望的心情。

清平乐[①]

罢镇平归西山草堂[②]

乘杨小渡，处处归鞍驻。[③]八十田翁良愧汝，把酒千言万语。[④]　　细侯竹马相从，笑渠奔走儿童。[⑤]十里村箫社鼓，依然傀儡棚中。[⑥]

【注释】

①这首词作于正大三年丙戌(1226)。是年夏，作者在南阳，秋归松下，旋除镇平令，不久即罢去。　②镇平：今河南镇平。　③归鞍：回家所乘的鞍马。　④八十田翁：八十岁的老农民。翁，指老年男子。　⑤“细侯”与“笑渠”二句：像勤政爱民的郭伋那样受到老百姓的爱戴自己感到好笑。《后汉书·郭伋传》：“郭伋，字细侯，扶风茂陵人也……伋少有志行，哀、平间辟大司空府。三迁为渔阳都慰。王莽时，为上谷大尹，迁并州牧……伋前在并州，素结恩德，及后入界，所到县邑，老幼相携，逢迎道路。所过问民疾苦，聘求耆德雄俊。设几杖之礼，朝夕与参政事。始至行部。到西河美稷，有童儿数百，各骑竹马，于道次迎拜。伋问儿曹何自远来。对曰：‘闻使君到喜，故来奉迎。’伋辞谢之。及事讫，诸儿复送至郭

外，问使君何日当还。伋问别驾从事，计日当告之。行部既还，先期一日。伋为违信于诸儿，遂止于野亭，须期乃入。"竹马，儿童游戏时，将竹竿夹在两腿间当马来骑。渠，相当于第三人称他。 ⑥村箫社鼓：民间的鼓乐。傀儡棚中：表演木偶的场地。傀儡，即被人操纵的木偶。喻受人控制，不能自作主张。

【品评】

这首词是作者由镇平县令任上罢归西山草堂时，受到父老乡亲们的送迎有感而发。上阕写与百姓把酒话别，感到惭愧；下阕，则写受到迎接，而不觉失笑。全词抒发了有心为民而不能自主的心情。用语平易简洁，感情深沉。

声声慢[1]

内乡淅江上作[2]

林间鸡犬，江上树墟，扁舟处处经过。[3]袖里新诗，买断古木苍波。[4]山中一花一草、也留教、老子婆娑。[5]任人笑，甚风云气少，儿女情多。[6]　不待求田问舍，被朝吟暮醉，惯得蹉跎。[7]百尺高楼，更问平地如何？[8]朝来斜风细雨，喜红尘、不到渔蓑。[9]一尊酒，唤元龙，来听浩歌。[10]

【注释】

①这首词作于正大五年戊子（1218），作者时因为母服孝，闲居内乡白鹿原。 ②淅江：即淅水，流经内乡。

③“林间”三句:写内乡清幽美丽的田园景色。　④“袖里”二句:自夸“新诗”值钱。买断:独占;占尽。苍波:灰白色的波涛。白居易《见尹公党新诗偶赠绝句》:“袖里新诗十首余,吟看句句是琼琚”。　⑤老子:老年人的自称,即老夫。婆娑:盘旋;留恋。　⑥风云气少:缺少英雄豪侠气概。儿女情多:指男女之间恋情缠绵。诗里指沉醉在花草之中。以上三句,即任凭他人嘲笑自己吧。因元好问在《论诗三十首》之三中自注:“钟嵘评张华诗:‘恨其儿女情多,风云气少。’”即同意钟嵘对张华的批评。而今自相矛盾,会引他人嘲笑,故云。⑦求田问舍:指专门经营家产,置田买房舍,喻目光短浅,胸无大志。朝吟暮醉:整天不问世事,醉饮放歌。蹉跎:让时光白白地消失掉。　⑧“百尺”二句:是说高楼与平地又怎么样呢?即言有远大志向与目光短浅又有何区别呢!　⑨“朝来”二句:指幸喜还不受世俗的干扰和影响。化用唐张致和《渔歌子》之诗意:“青箬笠,绿蓑衣,斜风细雨不须归。”红尘:佛、道二家称人世为红尘。渔蓑:即捕鱼人用来遮风挡雨,用蓑草编制的雨衣。　⑩“一尊酒”以下三句:我准备好酒菜,将具有湖海之气,鄙视求田问舍的陈元龙叫来,听我醉酒欢歌吧!

【品评】

这首词述说他躬耕垂钓,热爱内乡古木苍波、一花一草的愉悦心情。上阕,写自己陶醉于淅川山光水色与鸡鸣犬吠声中,任凭他人嘲笑风云气少,儿女情多。下阕则说自己既不学许汜那样求田问舍,也不学陈元龙那样豪气满怀,而要过隐逸自适,远离尘世干扰,狂饮高歌。表面看来洒脱,认为百尺高楼与平地并无多大区别,实则是自己雄豪之志无法施展，从而牢骚满腹。即是诗人的苦闷与无奈反映罢了。

江月晃重山

初到嵩山时作①

塞上秋风鼓角，城头落日旌旗。②少年鞍马适相宜。③从军乐，莫问所从谁。　候骑才通蓟北，先声已动辽西。④归期犹及柳依依。⑤春闺月，红袖不须啼。⑥

【注释】

①这首词作于金宣宗兴定二年戊寅(1218)。是年，元好问由福昌之三乡镇移居登封。　②塞上：北方边境地区的险要关口。鼓角：即战鼓和号角，指军用乐器。旌旗：即旗帜。③“少年”句：指正是年少气盛，驰骋沙场杀敌立功的好时期。适相宜，正是时候。　④候骑：担任侦察巡逻的骑兵。蓟北：泛指今北京市以北地区，即金中都，是时已被蒙军占领。先声：为震慑敌人，事先张扬声威。辽西：即辽河以西，指今辽宁中部。　⑤“归期”句：用《诗·小雅·采薇》中“昔我往矣，杨柳依依。”之意。即明年春。　⑥春闺：闺房中的美女。红袖：红色衣袖，喻美女。

【品评】

这首词是作者于贞祐丙子(1216)为避兵南渡之后而作。当时金朝的山东、河北、河东诸郡已被蒙古兵来回扫荡，殆无完土。但元好问对金军收复失地仍抱有希望，故在词中显示出凯旋而归的乐观气概。词的上阕，写边塞战斗场景以及年青勇士乐于奔赴沙场杀敌立功。下阕，写抗敌军队，先声夺人，凯旋定在杨柳依依之时。全词笔调轻快，豪情满怀，洗却以往边塞诗词中的忧伤。

南乡子[①]

少日负虚名，问舍求田意未平。[②]南去北来今老矣，何成？一线微官误半生。[③]　　孤影伴残更，万里灯前骨肉情。[④]短发抓来看欲尽，天明，能是青青得几茎。[⑤]

【注释】

①这首词作于金亡之后，羁管聊城之时。　②负虚名：名不副实。指贞祐丙子(1216)南渡之后，到汴京以《箕山》等诗谒见文坛盟主赵秉文受赞誉，一时名震京师，号为“元才子”。问舍求田：只追求买田土，建房屋等家业，胸无为国建功立业的远大目标。语出《三国志·陈登传》中刘备与许汜的对话。　③南去北来：即贞祐丙子，为避兵乱，携家离忻州，南渡黄河到福昌三乡镇寓居，这是南去。天兴三年(1333)正月，崔立作乱，以汴京献给蒙军，好问等先押至汴京南面青城，五月三日又北渡黄河送到山东聊城羁管。这便是北来。一线微官：指官职卑微。好问大半生四处奔走，最终不过为左司都事而已。所谓左右司员外郎，还是叛将崔立授予的伪职。　④残更：指夜深天快亮了。“万里”句：指自己

的叔父、兄弟、侄儿等远在他乡，只能在孤灯前悬念。⑤“短发”以下三句：因忧愁而头发都被抓光了，所剩的也没几根黑发了。

【注释】

此词，作者未标明写作时间，但从内容看，应作于金哀宗天兴三年甲午(1234)，被羁管于聊城之时。他在《南冠录引》中云：“岁在甲午，羁管聊城，益之兄邈在襄汉，遂有被疆此界之限。侄抟俘挚之平阳，存亡未可知。伯男子叔仪、侄孙伯安尚幼，未可告语。予年四十有五，残息奄奄朝夕待尽。”又说：“予自四岁读书，八岁学作诗，作诗今四十年矣。十八，先府君教之民政。从仕十年，出死以为民。自少日，有志于世，雅以气节自许，不甘落人后。四十五年之间，与世合者不一二数。得名为多，而谤亦不少。举天下四方知己之友，唯吾益之兄一人。人生一世间，业已不为世所知，又将不为吾子孙所知，何负于天地鬼神而自然耶?”词之内容，与引言所述吻合。词的上阕，以自我问答的语气，将少时壮志凌云，与老来一事无成，且被虚名所累；下阕，则活画自我形只影单，独守孤灯，叹老嗟卑的生动形象。全词为上阕议论，下阕描绘，言简意赅，细腻生动。

鹊桥仙

乙未三月，冠氏紫微观桃符上开花一枝，予与杨焕然共叹，以为此亦当却一春耶？因取此意，作此以自喻云。①

槐根梦觉，瓜田岁暮，白发新来无数。[②]长安迁客望朱崖，未唤得、烟霄失路。[③]　　西州芍药，南州琼树，香满云窗月户。[④]蒺藜沙上野花开，也算却、春风一度。[⑤]

【注释】

①这首词作于蒙古太宗七年乙未(1235)三月。是时作者羁管于冠氏(今山东冠氏)。紫微观：全真道观，在冠氏县，原名洞清庵。因东平副元帅赵天锡之母弃家为全真师，求丘楚机改名为紫微观。见《紫微观记》。桃符：古代挂在大门上的两块画着神图、郁垒二神的桃木板，古人以为能压邪。这里指桃树。杨焕然：杨奂字焕然，金乾州奉天(今陕西乾县)人，号紫阳先生。金末应试不中。金亡，投冠氏赵天锡门下。蒙古太宗九年(1237)，应试东平，赋论第一，耶律楚材荐为河南路征收课税所长官兼廉访使。任官十年，告老辞职。②"槐根"句：即槐安梦，喻人生如梦。唐李公佐《南柯太守传》：淳于棼饮酒古槐树下，醉后入梦，见一城楼题大槐安国。槐安国王招其为驸马，任南村太守三十年，享尽荣华富贵。醒后见槐下有一大蚁穴，南枝又有一小穴，即梦中的槐安国和南柯郡。　③"长安"句：长安，指古都长安，今陕西西安，喻汴京。迁客，指遭贬斥放逐之人。作者自喻，他是亡金官员被蒙古军羁管。朱崖，唐李德裕的别称。字文饶，李吉甫子。自幼苦学，善为文，不赴科举。以荫补校书郎，河东节度使张弘靖聘为从事。元和十四年(819)入为监察御史。穆宗时，擢翰林学士，拜中书舍人、知制诰，重大诏诰，皆出其手。长庆二年(822)遭李逢吉排挤，出为浙西观察使。领治六州凡八年，改革弊政，整顿开支，端正民俗，奏罢度僧侣，废谣祠

千余所。敬宗即位，诏浙西献织缭绫千匹，拒不奉诏，又上《丹扆六箴》以规谏敬宗。文宗立，召为兵部侍郎。被李宗闵排斥，出为郑、滑节度使，徙剑南西川节度。缮甲厉兵，以农战守蜀，移风易俗，颇有政绩。大和五年(831)，奏纳吐蕃维州守将归附，执政牛僧儒拒之，迫令还维州及其守将于吐蕃，牛李党争日炽。次年，文宗悔维州之失，召入朝，以兵部尚书同平章事，牛僧儒、李宗闵相继罢相。此后为朋党事，又三度镇浙西。开成二年(837)，为淮南节度使。武宗立，召为门下侍郎、同平章事。主张以公卿子弟为朝廷大臣，削弱蕃镇，并佐武宗讨平泽潞刘稹，以功拜太尉，进封卫国公。又罢郡县见官二千余员，打击牛僧儒、李宗闵，流之岭南。宣宗即位，罢相，贬潮州司马，再贬崖州司户，卒于任所。故人称朱崖。烟霄失路：喻仕受到阻塞。烟霄，本指云霄和高山，这里喻地位显赫。 ④芍药：草本植物，五月开花，花大而艳丽，有紫红、粉红、白等多种颜色，可供人观赏。琼树：传说中的仙树，这里是对树的一种美称，泛指。云窗月户：指华美幽静的居住地，喻高官显宦之家。 ⑤蒺藜：一年生草本植物，蒺、藜分别为两种植物，这里泛指野草。

【品评】

作者在序言中注明了写词的年月和为什么而作。金国已被蒙古军灭亡两年，作者本是故国之臣，而今沦为囚徒。虽有东平副元帅的多方关照，但亡国的悲痛是难以平复的。故借桃树开花一枝，大发感慨。词的上阕，用了三个故实，表达自己如梦初醒，成为亡国奴的绝望。下阕将香满云窗月户的芍药、琼树与生长在荒沙野地的小花相比，喻写自己寂寞潦倒的处境。全词真实地反映了作者的无比悲苦心情。

临江仙[①]

赠答飞卿弟[②]

壮岁论交今晚岁，只君知我平生。[③]六年相望若为情。[④]吕安思叔夜，残月配长庚。[⑤] 济上买田堪共隐，嵩丘朝暮阴晴。[⑥]紫云仙季白云兄[⑦]风流成二老，林下看升平。[⑧]

【注释】

①这首词似作于蒙古太宗十年戊戌(1238)，是年夏，作者过东平，秋八月挈家还太原。作者在《范炼师真赞》和《伤寒会要引》中均有说明。"六年相望若为情"，自癸巳由青城北渡，羁管聊城，移后冠氏，至戊戌始得北归太原，正好六年。②飞卿：杨鹏，一名云鹏，字飞卿，少有诗名。作者为其诗集作序云：贞祐南渡，诗学为盛。其死生于诗者，汝海杨飞卿一人而已。客居东平将二十年，有诗近二千首，号《陶然集》。岁庚戌，东平好事者求此集刊布之。飞卿每作诗，必以示予，相去千余里，亦以见寄。其所得，予亦颇能知之。飞卿于海内诗人，独以予为知己，故以集引见记。 ③"壮岁"句：壮年相交，今天已到晚年。因贞祐丙子(1216)南渡之后相交，那时作者未到三十，正是壮年，而今年已近五十，故云。"只君"句：一生中只有您理解我。飞卿也视他为唯一知己。 ④六年相望：指癸巳(1233)至戊戌(1238)同在东平。 ⑤吕安：三国时东平(治所在今山东东平西)人，字仲悌。叔夜：嵇康，字叔夜，三国时谯国铚县(今安徽宿州西南)人。吕安与嵇

康、山涛、向秀等友善。《晋书·嵇康传》:“乐平吕安,服安高致,每一相思,辄千里命驾,康友而善之。”后安为兄枉诉系狱,株连收康。钟会与康有隙,便谮于司马昭,说安、康等言论放荡,非毁典谟,帝王所不容。二人同遇害。向秀曾写《思旧赋》悼念他们。作者以吕安自喻。“残月”句:残月,将要落的月亮。长庚,傍晚出现在西方的金星。亦名太白星、明星。日出为启明,日落为长庚。喻二人形影不离。 ⑥济上:指济源(今河南济源)。嵩丘:即嵩山。以上二句言济源与嵩山相望而近。 ⑦紫云仙季:《金史·地理志》:“汝洲,上,刺史……梁有霍阳山、崆峒山、紫逻山、汝水……”飞卿为汝梁人,号紫罗道人。白云兄:白云,为少室山三十六峰之一,指代作者。 ⑧风流成二老:两个不拘礼法的老人。“林下”句:指隐居山林,冷眼观察世界太平。

【品评】

这首词是作者与患难与共的知己,在分别前的赠答之作。词的上阕,写与飞卿是互为知己,是生死与共的兄弟,以吕安、嵇康及残月、长庚为喻。下阕则写到济上买田共隐,放眼世界太平。词语简明流畅,想像丰富,比喻贴切。但结语“看升平”则是言不由衷的,但又不得不如是言。

朝中措[①]

卢沟河上度旃车,行路看宫娃。[②]古殿吴时花草,奚琴塞外风沙。[③] 天荒地老,池台何处,罗绮谁家?[④]梦里数行灯火,皇州依旧繁华。[⑤]

【注释】

①这首词作于蒙古乃马真后二年癸卯(1243)八月或冬天,是年元好问曾两次到燕京。 ②卢沟河:即今北京西南之永定河(辽、金后通称卢沟河)。旃车:用毡毯做围篷的车。宫娃:皇宫内的妃嫔,即宫女。 ③“古殿”句:用李白《登金陵凤凰台歌》中“吴宫花草埋幽径,晋代衣冠成古丘”句意。喻金国的中都燕京已变为丘墟,那些死去的王公旧臣埋于古墓之中。“奚琴”句:那些拨拉琴弦的宫女们被掳掠到塞外荒漠去为蒙古贵族们演奏了。奚琴,弦索乐器。 ④“天荒”三句:永远地不知到何处亭台池沼,也不知为谁娱乐。罗绮,绣有花纹图案的丝织品,指宫女穿的华美衣服,喻宫女。⑤“梦里”二句:梦中见到时隐时现的灯火,皇都仿佛仍旧繁华。这是故国遗民对过去的思念。皇州,既是指中都燕京,也是指南京汴梁。

【品评】

这首词是作者重游故国之都有感而发。三十一年前,作为金朝的士子,曾往燕京赴试,那时燕京雄伟壮丽,而今江山易主,化为一片丘墟。蒙古乃马真氏二年癸卯(1243)秋、冬好问奉耶律楚材父子之邀,曾两至燕京。一个亡金遗民,不禁有麦秀黍离的哀思。词的上阕写站在卢沟河渡口,遥想燕京、汴京两宫被掳往漠北,眼见昔辉煌壮丽的古殿杂草丛生的景象。下阕写金的灭亡是永远改变不了的事实,只能在梦里去追忆依稀的繁华。在直白易晓的词语中,蕴含着无法忍受而又不得不忍受的悲哀与伤痛。

定风波[1]

三乡光武庙怀故人刘公景玄[2]

熊耳东原汉故宫，登临犹忆往年同。[3]底事爱君诗句好？解道，河山浮动酒杯中。[4]　　存没悠悠三十载，谁会？白头孤客坐书空。[5]黄土英雄何处在？须待，醉寻萧寺哭春风。[6]

【注释】

①这首词作于蒙古乃马真后三年甲辰(1244)。是年冬，作者过洛西，为至河南迁其母张太夫人遗骨回山西忻州安葬。　②三乡：金福昌(今河南宜阳)之三乡镇，好问贞祐丙子携家南渡在此避兵。光武庙：即祀东汉光武皇帝刘秀的庙。刘公景玄：刘景玄，名昂霄，别字季房、陵川人。学无所不窥，且过目不忘。评者以为，承安、泰和以来，王汤成论人物，李之纯玄谈，号为独步，景玄则兼众人之所独，愈叩而无穷。善恶太明，黑白太分则亦坐是而穷。初举进士不中，以荫补官。调监庆阳军器库，非其好也。元光二年(1223)六月十三日，年三十八，卒于河南永宁(今洛宁)之寓居。见好问为其作《中州集·刘昂霄传》和《刘景玄墓铭》。　③熊耳：即熊耳山，在今河南宜阳县西和卢氏县东南。汉故宫：即光武庙所在。“登临”句：回忆兴定元年丁丑(1217)中秋日与刘景玄等友人燕集赋诗事。刘景玄题为《中秋日同辛敬之魏邦彦马伯善麻信之元祐之燕集三乡光武庙诸君有诗昂霄亦继作》：“积甲原头汉阏宫，登临还喜故人同。迢迢万里乾坤眼，

凛凛千年草木风。今古消沉诗句里，河山浮动酒杯中。极知胜日须轰饮，更待银盘上海东。”好问作《秋日载酒光武庙》：“美酒良辰邂逅同，赤眉城北汉王宫。百年星斗归天上，万古旌旗在眼中。草木暗随秋气老，河山长为昔人雄。一杯径醉风云地，莫放银盘上海东。” ④“底事”三句：指刘景玄诗。⑤三十载：指（1217，丁丑——1244，甲辰）其间相距27年，这里举其整数。“白头”句：作者自指，时年五十有五，头发已白。坐书空，坐着用手在虚空中写字。《世说新语·黜免》：“殷中军废后，在信安，终日恒书空作字。扬州吏民寻义逐之，窃视，唯作‘咄咄怪事’四字而已。” ⑥“黄土”句：指刘景玄。其人才华横溢，对于世谱官制地理与兵家所以成败者无所不通，惜其带入黄土未为世用。现在他的灵魂在何处安息？“醉寻”句：等我喝醉后到寺庙去寻访和痛哭吧。萧寺，即佛寺。因南朝梁武帝造寺，令萧子云飞白大书“萧”字，故人称佛寺为萧寺。

【品评】

这首词是作者重游三乡光武庙，睹物生情，忆起三十年前与知己燕集赋诗，而今孤身一人至此，不禁悲从中来，故作此词，以兹缅怀。词的上阕，写汉故宫之所在，当年登临畅饮酬答，记忆犹新，对友人诗句尚能背诵，以示对知交的赞誉与思念。下阕是白头孤客的自白，未曾想到，三十年来，时过境迁，物换星移。故人已入黄土，英灵不知何处找寻。我只能仰望虚空比划，或在醉梦里相会，或到萧寺痛哭。情真意切，令人感佩。

萨都剌诗选

醉歌行①

草生金谷韩信饿，古来不独诗人穷。②
今朝有酒且共醉，明日一饮由天公。③
红楼弟子年二十，饮酒食肉书不识。④
嗟予识字事转多，家口相煎百忧集。⑤
乃知聪明能误身，不如愚鲁全天真。⑥
百年简宪曾何畏，一日礼法能杀人。⑦
贤愚千载同一朽，我为君歌君拍手。⑧
留芳遗兴不必论，且尽樽前一壶酒。⑨

【注释】

①《醉歌行》选自明宪宗成化二十一年(1485)八卷本《雁门集》卷一(以下简称成化本《雁门集》),作于元成宗大德六年壬寅(1302)。萨都剌的祖父和父亲都以膂力起家,而他却改辕易辙,弃武学文,欲走科举入仕之路。但元代前期,废除科举制,时间长达四十余年,使大批的读书人失去入仕的阶梯,萨都剌就是其中的一员。他的家境十分窘迫,他在《溪行中秋玩月》中是这样说的:“吾乃萨氏子,田无田,囊无储。”他又是家中长子,已经到了成年,一家老小的温饱都需要他去

料理，为了改变“家口相煎百忧集”的局面，他带领兄弟萨天与由雁门出发，到江南各地经商谋生。他在《芒鞋》中云：“严霜烈日太行坡，斜风猛雨瓜洲渡。南人求多往北都，北人徇利往南趋。”虽不避严寒酷暑，来往于斜风猛雨之中，其结果是弄得身无分文，处境狼狈。他在《客中九日二首》中云：“寥落天涯岁月赊，每逢佳节每思家。无钱沽得邻家酒，不敢开窗看菊花。”又云：“佳节相逢作远商，菊花不异故人乡。无钱沽得邻家酒，一度孤吟一断肠。”这是他出外经商的真实写照。再看那些富豪子弟，不仅不愁吃穿，而且终日悠游于歌楼妓馆之中，寻欢作乐，穷奢极侈。他对现实社会的不公，非常不满，故发而为诗，进行揭露和讽刺，暂解胸中之愤懑。歌行：乐府体裁之一，这是仿效。宋王灼《碧鸡漫志》卷一：“古诗或名曰乐府，谓诗之可歌也。故乐府中有歌有谣，有吟有引，有行有曲。”宋姜夔《白石诗话》：“体如行书曰行，放情曰歌，兼之曰歌行。” ②金谷：指金谷园，即西晋石崇所建的林园，在河南洛阳东北之金谷涧中。据北魏郦道元《水经注》卷十六《谷水》：“谷水又东，左会金谷水，水出太白原，东北流历金谷，谓之金水，东南流，径卫尉石崇之故居也，石季伦《金谷诗集叙》曰：‘余以元康七年(297)从太仆出为征虏将军，有别庐在河南界金谷涧中，有清泉茂树，众果竹柏，药草蔽翳。’”后在诗词中以金谷喻贵族林园。韩信饿：指韩信为布衣时，不会谋生，曾受饥饿。《史记·淮阴侯列传》：“淮阴侯韩信者，淮阴人也。始为布衣时，贫无行，不得推择为吏，又不能治生商贾，常从人寄食饮，人多厌之者。常数从其下乡南昌亭长寄食，数月，亭长妻患之，乃晨炊蓐食，食时信往，不为具食。信亦知其意，怒，竟绝去。信钓于城下，诸母漂，有一母见信饥，饭信，竟漂数十日。信喜，谓漂母曰：‘吾必有以重报母。'母怒曰:'大丈夫不能自食,吾哀王孙而进食,岂望报乎!'"后来韩信从刘邦,屡建战功,并败项羽于垓下,是西汉开国功臣。"古来"句:是接上句,从古以来,英雄豪杰不遇时,也曾忍饥挨饿,不只是诗人才穷困潦倒。诗人借以慰藉。③"今朝"与"明日"二句:意为及时纵酒行乐,得过且过。至于明天有没有酒饮,那由天公决定,愁也无用。 ④"红楼"与"饮酒"二句:写富家子弟在歌楼妓馆,纵酒行乐,享用不尽的美酒佳肴,却不知道读书识字,以求进取。 ⑤"嗟予"与"家口"二句:大发感慨。自己可说饱读诗书,满腹经纶,不仅没有机会为官,反带来许多麻烦,家小嗷嗷待哺,自己百忧丛集。 ⑥"乃知"与"不如"二句:是说从现实中才真正懂得聪明贻害自身,愚笨安乐无虞的道理。这是愤世嫉俗之词。杜甫《奉赠卫左丞二十二韵》:"纨袴不饿死,儒冠多误身。"苏轼《洗儿》诗云:"人皆养子望聪明,我为聪明误一身,惟愿孩儿愚且鲁,无灾无难到公卿。"愚鲁,即愚昧鲁莽。天真,诗里指头脑简单,听凭统治者愚弄的人。 ⑦简宪:指记载法律典章的文书。《隋书·刑法志序》:"岁布平典,年垂简宪,昭然若日月,望之者不迷,旷乎如大路,行之者不惑。"曾何畏:即历代典章并不可怕。礼法:礼仪法度。即现时法令。《商君书·更法》:"及至文武,各当时而立法,因事而制礼,礼法以时而定,制令各顺其宜。"能杀人:指元初废除科举入仕的法令,断送了读书人的前途,是杀人不见血的刀子。 ⑧贤愚:指才德超群出众和蠢笨浅陋的两种人。朽:腐烂。 ⑨流芳:流传美名于千秋万代。遣兴:抒发情怀,消愁解闷。论:论辩。即争论建功立业,流芳千古,或挥毫赋诗,以抒情怀。"且尽"句:暂且开怀畅饮,有酒皆醉。樽,古代盛酒器,也指酒杯。

【品评】

此诗仿效乐府体裁，针对元代废除科举制而发，是一首揭露和讽刺社会现实的诗篇。诗的前四句，以金谷、韩信起兴，指出古往今来，许多英雄豪俊，因未得知遇时，也曾食不果腹，穷困潦倒的并不只是骚人墨客，因而有酒共醉，至于明日则听天由命，不要多费心思。“红楼”以下四句：将自己与红楼弟子比较，感慨系之，是对现实的极大讽刺。“乃知”以下四句：是说原来不信，而今有了切身体会，才懂得聪明误身，愚鲁无虞的道理，而更为可怕的是扼杀人才的现行法令。最后四句：表明自己的态度，纵酒放歌，以消愁闷。看似洒脱，实则无奈。全诗主旨明确，层次清楚，从头至尾紧扣一个“醉”字，诗人运词平易直切，对比鲜明突出，讽刺意味浓郁，抒发抑郁不平之情。

练湖曲[1]

练湖七月凉雨通，白水荡荡芙蓉红。[2]
芙蓉红尽早霜下，鸳鸯飞去何匆匆。[3]
茜塘儿女弄清碧，鸣榔声断无消息。[4]
清波小藻出银鱼，落日吴山秋欲滴。[5]
望湖楼上云茫茫，鸟飞不尽青天长。[6]
丹阳使者坐白日，小吏开罂官酒香。[7]
倚栏半醉风吹醒，万顷湖光落天影。[8]
挂冠何日老江南，短褐纶中上鱼艇。[9]

【注释】

①选自成化本《雁门集》卷一，作于天历二年（1329）七月。练湖：又名练塘，在今江苏丹阳西北。晋惠帝时，陈敏据有江东，遏马林溪（即辰溪下游），受高骊、长山八十四派之水（合流为辰溪）蓄为湖，周四十里，灌溉农田数百顷，下通运河。唐代近湖居民筑堤横截十四里，开渎口泄水，耕湖为田，遂分上、下两湖，湖窖水泄。永泰元年（765）重新修治，蓄水以济漕运和灌溉。南唐、宋、元至明屡经疏浚。后因长期淤积，多围退为田。又《元史·河渠志·练湖》："练湖在镇江。元有江南之后，豪势之家于湖中筑堤围田耕种，侵田广，不足受水，遂致泛溢。世祖末年，参政暗都剌奏请依宋例，委人提调疏治，其侵占者，验田收赋。至治三年（1323）十二月，省臣奏：'江浙行省言，镇江运河全藉练湖之水为上源，官司漕运，供亿京师，及商贾贩载，农民来往，其舟楫莫不由此。宋时专设人夫，以时修浚。练湖诸蓄潦水，若运河浅阻，开放湖水一寸，则可添河水一尺。近年淤浅，舟楫不通，凡有官物，差民运递，甚为不便。委官相视，疏治运河，自镇江路至吕城坝，长百三十里，计役夫万五百十三人，六十日可毕。又用三千馀人浚涤练湖，九十日可完。'"疏浚练湖之役，实于泰定元年（1324）三月破土动工，九十日完工。曲：即乐府体裁之一。②芙蓉：荷花的别名。　③鸳鸯：水鸟名，雌雄常形影不离。④茜塘：喻练湖水面为红色。茜草的根可作红色染料。芙蓉凋谢，湖面浮着红色的花瓣，故云。榔：捕鱼时用来敲击船沿惊鱼的棍。　⑤吴山：泛指吴地的山。　⑥望湖楼：建在练湖畔观景的楼台。　⑦丹阳：今江苏丹阳。使者：即奉命出使的官员。萨都剌泰定丁卯进士及第后，任镇江路录事司达鲁花赤，丹阳是镇江属县之一。萨都剌有《送王御史时巡历

河道解舟金陵》诗云："安得追随柁船尾，斗槎风急不辞遥。"在《宿丹阳普照寺》中又云："明日新晴练湖去，藕花无数落红衣。"说明他到练湖是有公事。罂(yīng)：大腹小口的盛酒器。⑧万顷：嘉庆丁卯本《雁门集》作"万里"。 ⑨挂冠：指挂上官帽，喻辞官归隐。短褐：嘉庆丁卯本《雁门集》作"裋褐"，泛指平民所穿的粗布衣服。明末毛晋汲古阁藏本《天锡集外诗》(以下简称毛晋本)作"纶巾"，古时用青丝带编制的头巾，相传为三国诸葛亮创制。

【品评】

此诗作于天历二年初秋，诗人去练湖巡视，沉迷于练湖的山光水色之中，流连忘返，故有是作。诗的前八句，描写练湖的山光水色以及生灵的活动，声色相兼，活灵活现，令人心驰神往。"望湖"以下八句，写诗人的醉态和神思。全诗充分体现了作亲临其境，观察细微，捕捉准确，着色淡雅，自然清丽，可谓情景交融之作。

鬻女谣①

扬州袅袅红楼女，玉笋银筝响风雨。②
绣衣貂帽白面郎，七宝雕笼呼翠羽。③
冷官傲兀苏与黄，提笔鼓吻趋文场。④
平生睥睨纨裤习，不入歌舞春风乡。⑤
道逢鬻女弃如土，惨淡悲风起天宇。⑥
荒村白日逢野狐，破屋黄昏闻啸鬼。⑦
闭门爱惜冰雪肤，春风绣出花大株。⑧

人夸颜色重金璧，今日饥饿啼长途。⑨
悲啼泪尽黄河干，县官县官何尔颜！⑩
金带紫衣郡太守，醉饱不问民食艰。⑪
传闻关陕尤可忧，旱荒不独东南州。⑫
枯鱼吐沫泽雁叫，嗷嗷待食何时休。⑬
汉宫有女出天然，青鸟飞下神书传。⑭
芙蓉帐暖春云晓，玉楼梳洗银鱼悬。⑮
承恩又上紫云车，那知鬻女长欷歔。⑯
愿逢昭代民富腴，儿童拍手歌康衢。⑰

【注释】

①选自成化本《雁门集》卷一。鬻(yù)女:即卖女。谣:乐府体裁之一,反映下层人民生活,民间传唱的歌谣。作于天历元年(1329),是时萨都剌任镇江录事司达鲁花赤。据《元史·文宗本纪》:泰定:年(1325)至天历元年无雨,大饥,民相食。杭州、嘉兴、平江、湖州、建德、池州、太平广德等路,水没民田万四千馀顷。天历二年夏河南廉访司言:旱民饥,食人肉事觉者五十一人,饿死者千九百五十人,饥者,二万七千四百余人。浙江行省言:池州……及江阳州饥民六十余万户。大都……徐、邳诸州,饥民六十七万六千户。陕西行省言:凤翔府饥民十九万七千九百人。与此同时,文宗对为他篡位的燕铁木儿等人大加赏赐。为皇后受册宝,赐公主汤沐之资。大兴佛事,营建大承天护圣寺于大都,建龙翔集庆寺于建康(今江苏南京),建崇禧万寿于蒋山(今南京钟山)等等,大肆搜刮民脂民膏,加重人民的负担。这就是《鬻女谣》创作的大背景。 ②扬州:今江苏扬州。据《扬州府志》载:

天历二年，扬州宝应、兴化县水没民田。红楼女：指华丽楼房中的歌妓。玉笋：形容女人洁白细嫩的手指。银筝：古代一种弦乐器名。 ③绣衣貂帽：绣衣，彩绣的丝绸衣服。貂帽：貂皮毛做的帽。言其衣帽贵重。白面郎：指游手好闲，生活奢靡的富贵人家子弟。七宝雕笼：镶嵌有七种珠宝的鸟笼。翠羽：翠色的鸟羽，指代鹦鹉一类的鸟。 ④冷官：职位低而被冷落的官。苏轼《九月二十日微雪怀子由》："短日送寒砧杵急，冷官无事屋庐深。"陆游《登塔》："冷官无一事，日日得闲游。"傲兀：高傲。韩愈《寄崔二十六立之》："傲兀坐试席，深丛见孤罴。"苏与黄：宋代苏轼与黄庭坚。诗人以苏黄自喻。鼓吻：掀动嘴唇。形容大发议论。陶宗仪《辍耕录·论秦蜀》："不然，如两生、四皓、伏生之流，鸿飞冥冥，弋人何慕，肯摇唇鼓吻，自投于陷阱哉。"文场：即文坛；文学界。 ⑤睥睨：斜视。意即厌恶。纨裤：贵族子弟穿的细绢裤，这里指代富家子弟。歌舞春风乡：指歌楼妓馆等寻欢作乐之所。 ⑥天宇：天空。指水旱等天灾。 ⑦"荒村"二句：形容农村的破败景象。白日野兽出入，黄昏鬼哭狼嚎。 ⑧冰雪肤：形容肌肤洁白滑润。《庄子·逍遥游》："藐姑射之山，有神人居焉，肌肤若冰雪，绰约如处子，不食五谷，吸风饮露。"六株：另本作"六铢"，即轻而薄的六铢衣。而诗里指春风送暖，百花绽放。 ⑨金璧：黄金、白璧。句意为女子容颜比黄金、白璧更贵重。 ⑩"悲啼"句：语言双关，既有长期旱情而使黄河断流，又有受灾人民欲哭无泪。何尔颜：你还有什么颜面？意为不知羞耻！ ⑪金带紫衣：泛指高官。太守：官名，秦为郡守，汉为太守，汉以后也称知府为太守。诗里指各路总管府、宣府司等官员。"醉饱"句：只顾自己酒足饭饱，不关心人民的艰难困苦。 ⑫"传闻"二句：指陕西、河南、山东、江苏、浙江等地灾荒。 ⑬“枯鱼”二句：喻陷入长年饥荒的灾民急需救济。枯鱼，即干鱼。语出《庄子·外物篇》：庄周家贫，找监河侯贷粟。侯曰：我将得邑金，将贷子三百金，可乎？周忿然作色曰：周昨来，有中道而呼者。周顾视车辙中，有鲋鱼焉。周问之曰：子何为者邪？对曰：我，东海之波臣也。君岂有斗升之水活我哉？周曰：诺。我且南游吴越之土，激江西之水而迎子，可乎？鲋鱼忿然作色曰：吾失我常与，我无常处。吾得斗升水之然活耳，君乃言此，曾不如早索我于枯鱼之肆！ ⑭汉宫：即汉代宫廷。“青鸟”句：青鸟，传说中西王母的神鸟。《汉武故事》：“七月七日，忽有青鸟飞集殿前，东方朔曰：‘此西王母即来’。有顷，王母至，三青鸟侠侍王母旁。”后人以青鸟代称使者。 ⑮芙蓉帐：指绣有芙蓉花的锦缎床帐，言其华美。银鱼悬：悬挂的镜子是鱼形用银装饰，指其贵重。 ⑯“承恩”句：《元史·后妃传》：文宗卜答失里皇后，弘吉剌氏，天历元年文宗即位立为后。二年受册宝。紫云车，即皇后乘坐的宫车。欷歔：抽泣；哽噎。 ⑰昭代：政治清明，繁荣昌盛的时代。民富腴：即人民丰衣足食之意。歌康衢：即在四通八达的大道上唱歌。《列子·仲尼》：“尧治天下五十年，不知天下治欤，不治欤；不知亿兆之民愿戴已欤，不愿戴已欤……尧乃微服游于康衢，闻儿童谣曰：‘立我蒸民，莫非尔极，不识不知，顺帝之则。’尧喜问曰：‘谁教尔为此言？’童儿曰：‘我闻之大夫。’问大夫，大夫曰：‘古诗也。’”后世称太平盛世之歌为《康衢谣》，这是诗人表达的美好愿望。

【品评】

萨都剌不仅是一个接近下层人民，关心他们艰难困苦的诗人，而且还是一个扶危济困的下层官吏。据《镇江府志》记载："萨都剌，天历元年授录事司达鲁花赤。始至……岁大祲，白太守发粟以赈，全活数十万人。"但由于官小而言微，除镇之外的广大灾民则无能为力。故用手中之笔，发为歌谣，为灾民呼号。《鬻女谣》，是为沦为流离失所、卖儿鬻女的广大灾民而发。诗的开头四句：以扬州的"红楼女"与"白面郎"起兴，他们只知道卖弄风情，声色狗马，纸醉金迷，玩物丧志，不知道人间尚有饥肠辘辘的人；继而"冷官"以下四句，表明对纨裤气习的藐视，只去高雅之地，不去下流之所；"道逢"以下八句：是写鬻女们的悲惨遭遇，以及农村的凋零与破败，人们啼饥号寒，四处逃荒。并指出是由天灾所致。"悲啼"以下四句：是对县官、郡太守们的斥责和批判。他们只知压榨和搜刮，在酒足饭饱之后，却不过问人民的死活。"传闻"以下四句：说明灾情的严重性。受灾的面积很广，不仅是东南，而还有西北等各地，人们嗷嗷待哺的日子，将无休无止。诗的最后八句：婉言批判最高统治者穷奢极侈，不去关心人民苦难。希望他们学习尧舜施惠于民，从而出现人民安居乐业的太平盛世。全诗运用了对比与夹叙夹议的手法，联想丰富，用语平易晓畅，态度鲜明，批判尖锐，内容深刻。充分体现了"感于哀乐，缘事而发"的现实主义精神。

燕姬曲①

燕京儿女十六七，颜如花红眼如漆。②
兰香满路马尘飞，翠袖笼鞭娇欲滴。③
春风淡荡摇春心，锦筝银烛高堂深。④

绣衾不暖锦鸳梦，紫帘垂雾天沉沉。⑤
芳年谁惜去流水，春困着人倦梳洗。⑥
夜来小雨润天街，满院杨花飞不起。⑦

【注释】

①选自成化本《雁门集》卷一。弘治本作《杨花》。作于元文宗至顺二年辛未(1331)。燕姬：即燕京的美女。　②燕京：即元大都(今北京)。北京，古为燕国京都，简称燕。颜：即面容。漆：形容眼珠黑白分明，炯炯有神。　③兰香：本指兰花的清香，诗里形容少女身上散发出迷人的脂粉味。马尘飞：马蹄扬起的尘土。翠袖：青绿色的衣袖。鞭：马鞭。娇欲滴：形容少女柔美娇羞的姿态。　④春心：形容少女恋少男而情思涌动。锦筝：筝上的绘文似锦，故称。筝，一种弦乐器名。银烛：银制的烛台。高堂深：喻深闺或内宫。　⑤“绣衾”与“紫帘”二句：写少女紧锁高堂，日夜孤寂，春梦难圆。衾，被子。　⑥芳年：喻美好的年华，即青春年少。　⑦天街：喻京都的街道。杨花：即柳絮。喻怀春少女，不得自由。

【品评】

此诗为闭锁深闺、芳年易逝的少女而发。诗的前四句，写少女的容颜与风姿，娇美可爱；“春风”以下四句，写少女春心荡漾，美梦难以实现；最后四句，写少女们的芳华无人怜惜，困守闺房，似水流年。诗人对二八燕姬之心揣度细致入微，对外貌的描绘，美丽动人。正如瞿佑云：“萨天锡以宫词得名，其诗清新绮丽，自成一家。”又如顾嗣立云：“云石海牙、马伯庸以绮丽清新之派振起于前，而天锡继之，清而不佻，丽而不缛，真能于袁、赵、虞、杨之外别开生面也。”全诗充满了对燕姬的处境表示深切的怜惜。

鼎湖哀[①]

荆门一日雷电飞，平地竖起天王旗。[②]
翠华摇摇照江汉，八表响应风云随。[③]
千乘万骑到阙下，京师亦觏龙凤姿。[④]
三军卵破虎北口，一矢血洗潼关尸。[⑤]
五年晏然草不动，百谷穲稏风雨时。[⑥]
修文偃武法古道，天阔万丈奎光垂。[⑦]
年年北狩循典礼，所有雨露天恩施。[⑧]
宫官留守扫禁阙，日望照夜随金羁。[⑨]
西风忽涌鼎湖浪，天下草木生号悲。[⑩]
吾皇骑龙上天去，地下赤子将安依。[⑪]
吾皇想亦有遗诏，国有社稷燕太师。[⑫]
太师既受生死托，始终肝胆天地知。[⑬]
汉家一线系九鼎，安肯半路生狐疑。[⑭]
孤儿寡妇前日事，光复将军亲见之。
况复将军亲见之。[⑮]

【注释】

①选自成化本《雁门集》卷一，作于元文宗至顺三年壬申(1232)。鼎湖：相传黄帝曾在荆山下铸鼎，鼎成，有龙垂胡髯迎黄帝上天。后世便将铸鼎处称作鼎湖，并把鼎湖作为皇帝死亡的代称。此诗为文宗之死，宁宗未立而作。 ②荆门：

即荆门山，在湖北荆州府宜都县西北五十里大江南，与虎牙山相对，故云。诗里借用黄帝铸鼎于荆山的传说。实指江陵府，因文宗自江陵入正大统，天历二年，改江陵为中兴路。雷电飞：如迅雷闪电，声势浩大，消息传得非常之快。天王：即帝王，指元文宗。致和元年(1328)七月，泰定帝崩于上都，留守大都的签枢密院事燕铁木儿，密谋政变，派人迎武宗次子怀王图帖木儿于江陵，入大都篡位。九月十三日，即位于大明殿，是为文宗。　③翠华：即在旗竿顶上用翠羽作装饰。摇摇：弘治本作"遥遥"。两用均可通。照江、汉：即仪仗队的旗帜，映照在长江、汉水之中。江，即长江；汉，指汉水。自江陵入大都，必经长江和汉水。八表：指八方之外的地方。响应：即支持文宗当皇帝。风云随：喻跟变化的政治形势很快，像云随风动。　④阙下：指京都，即元大都北京。阙，弘治、毛晋本作"关"。亦觐：嘉庆本作"复觐"。龙凤姿：对皇帝仪表的美誉。　⑤"三军"句：指上都军进攻大都是以卵击石，大都军在虎北口(亦作古北口)击退上都军。虎北口，在今北京密云东北，地处燕山山脉天然峡谷，两旁峻崖夹峙，一线中穿，为燕京通往山北的险要之道。嘉庆本作"古北口"。"一矢"句：指支持上都的靖安王阔不花，率陕西兵攻入潼关，燕铁木儿调江浙兵西御潼关。也速台儿等将兵增援西击潼关。一矢，弘治、毛晋本作"一箭"。　⑥"五年"与"百谷"二句：元文宗于致和元年(1328)十月即位，至顺三年(1332)八月崩于上都，在位五年，国家安定，天下太平，出现了风调雨顺、百谷丰登的繁荣景象。晏然，安定貌；平安貌。即国家没有出现动乱的局面。稏稏，各种谷物长势茂盛，随风摇来摆去。风雨时，风雨按禾物生长的季节到来，天从人愿。　⑦修文偃武：修明文教，停止备战。《书·武成》："王来自商，至于丰，乃偃武修文，归马于华山之阳，放牛于桃林之野。”《隋书·杨素传》：“我有隋之御天下也，于今二十有四年，虽复外夷侵叛，而内难不作，修文偃武，四海晏然。”法古道：效法古圣先王施行的制度、学术、思想、风尚等。天阔：嘉庆本作“天阁”。万丈奎光垂：指奎宿之光芒万丈，旧时称奎宿耀光为文运昌盛，是开科取士之兆。诗中指文宗诏令建奎章阁学士院，搜集古器物和图书典籍藏于其中，并聚集文人学士，以备皇帝咨询。文宗于万机之暇，常到阁中观书怡神。 ⑧北狩：指每年四月，漠北草青，皇帝驾幸上都避暑，颁赐于其宋戚，马亦就水草。八月，草将枯，则銮驾南回大都。岁岁都如此。循典礼：嘉庆本作“巡典礼”。所有：弘治、毛晋本作“所在”。雨露：喻皇帝施惠于民。 ⑨“宫官”与“日望”二句：指留守大都的宫官，打扫宫殿，盼望文宗回大都。禁阙，指皇宫。随金羁：弘治、毛晋本作“回金羁”。金羁，金饰的马络头，喻皇帝车驾。 ⑩“西风”与“天下”二句：写文宗驾崩的噩耗传出，如同汹涌翻滚的波浪，不仅是百姓，连草木都感到悲痛和哀号。 ⑪吾皇：指元文宗。骑龙上天去：喻文宗之死。《史记·孝武本纪》：“黄帝采首山铜，铸鼎于荆山下。鼎既成，有龙垂胡髯下迎黄帝。黄帝上骑，群臣后宫从上龙七十馀人，龙乃上去。”后以“骑龙”为皇帝去世的典故。赤子：本来指刚出生的婴儿，诗里泛指子民百姓。将安依：去依靠谁呢？弘治、毛晋本作“焉安依”。 ⑫遗诏：皇帝临终前的嘱托。燕太师：即燕铁木儿。至顺元年五月，授以仪同三司、上柱国、太师。 ⑬既受：弘治、毛晋本作“既有”。生死托：即遗诏。⑭汉家：以汉喻元。一线系九鼎：即九鼎一丝，或曰一发千钧之意，喻形势非常危急。指文宗驾崩，皇后导扬未命，申固让初志，传位于明宗之子，不从燕铁木儿立皇子燕帖古思之请，皇位虚悬，朝野人心疑惧，社稷安危悬于一线。九鼎，喻皇权事关重大。狐疑：以狐性多疑喻人的猜忌多，迟迟未作决断。指燕铁木儿，怕立明宗之子，遭到报复。　⑮孤儿寡妇：即泰定帝子阿速吉八和皇后宏吉剌民，分别被燕铁木儿杀害和流放到东安州。"况复"二句：婉言警告。意即泰定帝崩于上都，而倒剌沙专权自用，逾月不立君，朝野疑惧，才使你的图谋得逞啊？你不怕别人也会以你之道，还治于你吗？语婉而切。弘治、毛晋本只作一句，未重复。将军，作"先生"。

【品评】

此诗作于文宗驾崩，宁宗未立之前。萨都剌因自己不被重用，大志无法施展，牢骚不断。但他总希望国家长治久安，不愿再见皇宫内因争夺皇位而产生仇杀和动乱。故援笔赋诗，以表赤子之心。诗分五层：其一，前六句，写文宗自江陵入大都即位；其二，紧接六句，写文宗夺皇位以武，治国家用文。萨都剌对文宗依靠燕铁木儿篡位，害死阿速吉八皇子，弑兄明宗，屡有讥刺，但对文宗在位五年修文偃武的治绩却予以充分肯定，足见其尊重事实，不偏执一隅。其三，"年年"以下六句，写文宗依照祖制，每年夏季驾幸上都，秋季回銮大都。而今则宫官扫禁阙以待，而驾不回却噩耗至。其四，"吾皇"以下六句，劝告燕铁木儿，遵奉遗诏，拥戴新君。最后五句，用婉切之语，警告燕铁木儿，让他别忘自己是怎样扶植文宗上台的，别人也会利用皇位虚悬而有他图。诗的立意清楚，层次分明，用语婉切，关心国家安危的忧虑心情表露无余。

伤思曲哀故将军燕公

曲，即如梦令调也。[1]

芙蓉花，为谁好，洞房昨夜将军老。[2]将军老去空铁衣，漆灯照坟人未归。[3]宫锦袍，毡帐高，将军夜酌凉葡萄。[4]葡萄力重醉不醒，美人犹在珊瑚枕。[5]海子头，谁家楼？绣帘半卷，风悠悠。[6]行人谓是将军府，将军不来罢歌舞。[7]将军容，丹砂红，威风凛凛盖世雄。[8]出门千骑塞行路，今日萧萧去何处？[9]平村曲，春水绿，将军猎回曾此宿。[10]将军一去成荒丘，依旧平村春水绿。[11]皂雕鹰，紫驼马，将军猎罢平沙野。[12]朔风萧萧吹野寒，将军战马游不还。[13]将军功，世莫比，皇都甲第连云起。[14]将军一去空锁门，上马台前无一人。[15]皓齿歌，细腰舞，绿纱朱户将军府。[16]将军老去无少年，半为野草为荒田。[17]如花人，樱桃唇，傍人近前丞相嗔。[18]繁华日日笙歌送，世事悠悠总如梦。[19]朝作乐，暮作乐，朝暮杯盘金错落。[20]月落日出东方明，欢乐未已悲歌生。[21]

【注释】

①选自成化本《雁门集》卷一。弘治、毛晋本作《如梦曲哀燕将》，嘉庆本作《伤思曲哀燕将军》，并均分为十首。伤思：悲伤悼念。故将军燕公：指已死之燕铁木儿。据《元史·燕铁木儿传》记载：燕铁木儿，钦察氏，床兀儿（历成宗、武宗

三朝，为荣禄大夫、同知枢密院事，钦察左卫指挥、太仆少卿，累封杨王)第三子。武宗镇朔方，备宿卫十馀年，特爱幸之。及即位，拜正奉大夫、同知宣徽院事。仁宗皇庆元年(1312)，袭左卫亲军都指挥使。泰定二年(1325)，加太仆卿。三年，迁同佥枢密院事。致和元年(1328)，进迁书枢密院事。七月，泰定帝崩于上都，丞相倒剌沙专政，宗王脱脱、王禅附之，利于立幼。燕铁木儿时总环卫事，留大都，发动政变，迎武宗次子怀王于中兴(今湖北江陵)，入大都篡位。并先后战败上都来攻的各路军队，且以固让为名，诱骗怀王之兄周王南归，害之于行在，怀王再于上都即真，是为文宗。因其拥戴之功，文宗封其曾祖父班都察溧阳王，曾祖妣玉龙徹溧阳王夫人，祖父土土哈升王，祖妣太塔你升王夫人，父床兀儿杨王，母也先帖你、公主察吉儿并为扬王夫人。文宗欲昭其动，诏命礼部尚书马祖常制文立石于北郊。至顺元年(1330)五月乙丑，又以屡颁宠数未足以报大勋，文宗下诏命独为丞相以尊异之。略曰“燕铁木儿勋劳为旧，忠勇多谋，奋大义以成功，致治平于期月，宜专独运，以重秉钧。授以开府仪同三司、上柱国、太师、太平王、答剌罕、中书右丞相、录军国重事、监修国史、提调燕王宫相府事、大都督、领龙翊亲军都指挥使司事。凡号令、刑名、选法、钱粮、造作，一切中书政务，悉听总裁。诸王、公主、驸王、近侍人员，大小诸衙官员人等，敢有隔越闻奏，以违制论。”故而燕铁木儿，权倾朝野，富甲天下。挟震主之威，肆意无忌。一宴或宰十三马，取泰定后为夫人，前后尚宗室之女四十人，或有交礼三日遽遣归者，而后房充斥不能尽识。一日宴赵世延家，男女列坐，名鸳鸯会。见座隅一妇色甚丽，问曰：“此为谁?”意欲与俱归。左右曰：“此太师家人也。”至是荒淫日甚，体羸溺血而死。曲，即如梦令调也：此七字为作者注，其他本无。如梦令，词牌名。宋苏轼词序："此曲本唐庄宗制，名忆仙姿，嫌其名不雅，故改为如梦令。庄宗作此词，卒章云：'如梦如梦，和泪出门相送。'因取以为名。"又名不见、比梅、古记、如意令、宴桃源、无梦令、忆仙姿。此诗作于元顺帝元统元年癸酉(1333)。 ②芙蓉：荷花的别名，诗以芙蓉起兴，用芙蓉花喻美女。洞房：新婚之夜所居的房屋。指燕铁木儿荒淫无度。老：即死了。 ③铁衣：即灰甲。漆灯：黑夜里的灯。 ④宫锦袍：皇宫特制锦缎做的袍带。毡帐：用毛毡围盖的帐幕，形似蒙古包。酌：指饮酒作乐。 ⑤葡萄力重：指葡萄酒精浓度高。醉不醒：言其纵酒行乐而死。珊瑚枕：即用珊瑚树制作的靠枕，形容其奢侈。唐李绅《长门怨》："珊瑚枕上千行泪，不是思君是恨君。" ⑥海子头：即海子岸。元时，大都人称积水潭为海子，在今北京市德胜内西侧，后海北边。《元史·河渠志》："海子岸，上接龙王堂，以石甃其四周。海子一名积水潭，聚西北诸泉之水，流行入都都城而渠于此。汪洋如海，都人因各焉。"风悠悠：风吹绣帘飘来荡去。 ⑦将军府：指燕铁木儿府第之一。罢歌舞：是说将军死了，载歌载舞的热烈场面烟消云散了。⑧丹砂：即朱砂，矿物名，颜色鲜红。丹砂红，形容其满面红光，精神焕发。威风凛凛：形容其威严可怕，气势逼人。盖世雄：世上无与伦比的英雄。 ⑨"出门"句：指其生前出门排场大，千骑跟随，前呼后拥，堵塞道路。"今日"句：言其埋在萧索冷落的荒野。 ⑩"平村曲"以下三句：泛指生前射猎的林园和别墅。文宗于致和元年入大都后，除赏赐黄金白银、锦缎外，还有海东白鹘、青鹘等猎鸟猎豹，平江官地五百顷。天历二年三月，赐鹰坊百人。十一月辛酉，赐龙庆州之流杯园池水硙土田。又赐平江、松江、江阴芦场、荡山、沙涂、沙田等地。 ⑫皂雕鹰:即羽毛黑褐色的凶猛猎鹰。紫驼马:赤栗色的骆驼,紫红色的马。均为优良品种。驼,嘉庆本作“骝”。平沙野:平原沙丘。 ⑬朔风:即北风。“战马”句:喻将军已死,再不会回来。 ⑭“皇都”句:指燕铁木儿的府第高入云端。天历二年二月,文宗为其建第于兴圣宫之西南。皇都,即元大都。甲第,指豪门贵族的宅第。 ⑮上马台:古时,高官门前建有上马时垫脚的石台。 ⑯皓齿:洁白的牙齿。皓齿歌,指歌女们唱歌时,露出雪白的牙齿。细腰舞:舞名,指美女们扭动纤细的腰身,轻盈起舞。绿纱朱户:绿色的窗帘,红漆大门。 ⑰“将军”以下二句:燕铁木儿死后,其子唐其势图谋篡弑,被伯颜所杀。意为燕铁木儿绝后,高耸入云的府第变为荒芜的田野。 ⑱“如花人”以下二句:形容如花似玉的面容、红润如樱桃的嘴唇的美女们,被其占有,还不准别人近前。嗔,生气;嗔怒。 ⑲“繁华”以下二句:即人生短暂,哪怕笙箫鼓乐不断,享尽富贵荣华,也不过是一场梦幻。笙,管乐器名。大笙十九簧,小笙十三簧。 ⑳“朝作乐”以下三句:即从早到晚寻欢作乐。使用的杯盘都是名贵的。金错落,指在杯盘上镀金,或刻上文字和花文等。㉑“月落”以下二句:指乐极生悲,与开头对应。

【品评】

此曲是为燕铁木儿唱挽歌,不仅标题明确,而且在题下加注曰:“曲,即如梦令调也。”因唐庄宗在他词的卒章云:“如梦如梦,和泪出门相送。”足见诗人再加提示,惟恐读者不知其意,用心可谓良苦矣。其实在燕公死前,萨都剌就曾写了有关他的三首诗:《鼎湖哀》、《赓覆字韵》、《威武曲》。其一,《鼎湖哀》是为文宗之死、宁宗未立而发。至顺三年八月,文宗遗命立明宗之子以表固让之心。但文宗崩，燕铁木儿便请立文宗子燕帖古思，文宗后坚持遗命，因而皇位虚悬，朝野疑惧，故诗人在《鼎湖哀》中云："吾皇想亦有遗诏，国有社稷燕太师。太师既受生死托，始终肝胆天地知。汉家一线系九鼎，安肯半路生狐疑。孤儿寡母前日事。况复将军亲见之，况复将军亲见之。"警示将军不能太忘形，导演篡位，放逐泰定皇后，害死太子阿速吉八，毒杀明宗之事，朝野心知肚明啊！其间，文宗后与大臣们商定，立年仅七岁的明宗次子鄜王懿璘质班。十月庚子日即位，是为宁宗，而十一月壬辰日夭折，在位仅四十余日。其二，宁宗死后，燕铁木儿再请立燕帖古思。文宗后不听，并说："天位至重，吾子尚幼，明宗长子妥欢帖睦尔在广西，今十三岁矣，理当立之。"燕铁木儿本传云："于是奉太后命，召还京师，至良乡，具卤簿迎之。燕铁木儿与之并马而行，于马上举鞭指画，告以国家多难遣使奉迎之故。而妥欢帖睦尔卒无一语酬之。燕铁木儿疑其意不可测，且明宗之崩，实与逆谋，恐其即位之后追举前事，故宿留数月。"即有意拖延，迟迟不举行即位典礼，从而又引起朝野惶恐。其间萨都刺写了《汉宫早春曲》，讽谏文宗后宜早作决断，因宁宗即位后，尊其为太皇太后，临朝称制。而《赓覆字韵》则是呼吁燕将军，吸取历史教训，即早举行登极大典，以安社稷民心。故云："朔风吹帐灭前烛，将军夜拥貂裘宿。玉关飞雪入紫宫，白发孤臣守金屋。近思往事良可悲，世事樗蒲多反覆。古来宫殿说咸阳，落日猿啼挂枯木。"继而在《威武曲》中，语意更为直切："桓桓燕将军，威武天下一……桓桓燕将军，威武何可量。熹微日色出东方，早令一出照八荒，毋使三月人皇皇，毋使三月人皇皇。"但燕将军却一意孤行，不管你什么太皇太后，还是什么人的劝告，都置若罔闻，仍迟迟不举行即位典礼，直到至顺四年六月，燕铁木儿荒淫致死，妥欢帖睦尔才得以即位，是为惠宗。此曲是萨都剌对燕公的“哀思”。全曲分为十节：一、二节，写将军之死及其死因：纵酒行欲，荒淫无度，死于洞房之中；第三节，写将军的府第，生前是醉生梦死、歌舞升平之地，而死后则冷落寂寥；第四节，写将军生前的威风与排场，及死后的萧索与悄无声息；第五、六节，写将军有自己的林园别墅，宝马良驹，雕鹰猎犬，应有尽有，比于皇帝；第七节，写将军之功，无与伦比，赏赐无以复加，权势登峰造极，而死后甲第连云紧锁，空无一人；第八、九节，写将军生前欲占有天下美色为之献媚，而死后同样埋没荒田野草之中，人生如同梦幻；第十节，尾声。写将军朝朝暮暮，纸醉金迷，穷奢极欲，乐极生悲。全曲仿效乐府形式，采用对比手法，语词通俗晓畅，韵律抑扬顿挫。诗人情绪平和，倾向鲜明，反复咏叹，是一首别具风味的哀悼之词，饶有余味。

征妇怨[1]

有柳切勿栽长亭，有女切无归征人。[2]
长亭杨柳自春色，岁岁年年送行客。[3]
一朝羽檄风吹烟，征人远戍居塞边。[4]
辚辚车马去如箭，锦衾袖枕难留恋。[5]
黄昏寂寞守长门，花落无心理针线。[6]
新仇暗恨人不知，欲语不语颦双眉。[7]
妾身非无泪，　　有泪空自垂。[8]

云山烟水隔吴越，望君不见心愁绝。[9]
梦魂暗逐蝴蝶飞，觉来羞对窗前月。[10]
窗前月色照人寒，迟迟钟鼓夜未阑。[11]
灯阑有恨花不结，妆台麈惨恨斑斑。[12]
半生应得一锦字，道是前年战时苦。[13]
一朝血杵烟薮除，腰间斜挂三珠虎。[14]
妾身自喜还自惊，门前忽闻凯歌声。[15]
锦衣绣服归故里，不思昔日别离情。[16]
别离之情几青草，镜里容颜为君老。[17]
黄金白璧买娇娥，洞房只道新人好。[18]

【注释】

①选自嘉庆本《雁门集》卷七，作于元顺帝元统二年甲戌(1334)。 ②“有柳”句：在古代送别时，常折柳枝相送，柳枝很快就被抛弃在路旁。长亭：在秦、汉时代，在路旁置亭，为行人休息和至爱亲朋送别的场所。相距五里置短亭、十里置长亭。归征人：嫁给从军打仗的人。归，女子出嫁。征，用武力讨伐。 ③“长亭”与“岁岁”二句：是说杨柳春天自然发芽变成绿色，年复一年地在长亭边送路过的客人。 ④一朝：一天。羽檄：紧急军令。檄，写在木简上调集军队的命令，羽，鸟羽。在军令上插鸟羽，以示情况危急，必须迅速行动。烟：古时传递战争信息的烽火狼烟。风吹烟，形容信息传得快。戍：守卫。塞边：要塞边关。 ⑤辚辚：形容众多车轮辇路发出的声响。衾：被子。 ⑥黄昏：日落以后天黑之前的时候。守长门：喻征妇寡居，独守空房。长门，指长门宫，陈皇后被汉武帝冷落后，独居长门宫，后用“守长门”为妇女寡

居的典故。 ⑦颦：皱眉头。 ⑧“妾身”与“有泪”二句：写征妇暗自伤心流泪，不愿让别人看见。 ⑨吴越：泛指古代的吴、越地区，即江苏、浙江等地。据《成化续通鉴纲目》载：至顺元年(1330)云南罗罗诸蛮相继作乱，平章帖木儿不花被害，诏诸王云都思帖木儿将江浙、河南、江西三省兵二万，与湖广省脱欢并讨之。二年四月，乌蒙、东川诸夷皆教服，遣使献捷。诗中似指此役。 ⑩“梦魂”句：写征妇日夜思念征人。《庄子·齐物论》：昔者庄周梦为蝴蝶，栩栩然蝴蝶也。俄然觉，则蘧蘧然周也。不知周之梦为蝴蝶与，蝴蝶之梦为庄周与？后来称梦为“蝴蝶梦”。“觉来”句：写征妇梦醒之后，对月感到羞怯，真实地反映了封建时代妇女受压抑的心里。 ⑪“窗前”与“迟迟”二句：写在漫长的寒夜里，征妇的寂寞与期盼。阑，即将尽之意，诗里指迟迟天未亮，长夜难熬。 ⑫“灯阑”句：征妇恨灯芯余烬不结花，得不到征夫的喜讯。“妆台”句：写征妇无心梳妆打扮，梳妆台已积满尘土。⑬锦字：本是妻寄给丈夫的书信，诗里是征妇收到征夫寄回的信。东晋前秦的秦州刺史窦滔被调往流沙，其妻苏蕙念夫心切，织锦回文旋玑图诗寄给他，共340字，可宛转循环以读，词甚悽惋。唐骆宾王《代郭氏答卢照邻》：“锦字回文欲赠君，剑壁层峰自纠纷。”前年：指至顺元年征讨云南叛乱之事。⑭血杵：即血流漂杵。杵，古代兵器名。烟蔹除：指战争的硝烟已经消散，即战争已经平息。三珠虎：元代制度，统领一万兵称万户，佩带金虎符，虎头上嵌有明珠，分为上、中、下三级，有三珠、二珠、一珠之别。三珠虎，指征妇之夫，已升为统兵万户。 ⑮凯歌：军队打胜仗后所奏的乐曲。诗里指征夫荣归家乡。 ⑯“锦衣”与“不思”二句：指征夫衣锦还乡，荣归故里，不念旧情，抛弃其妻。 ⑰“别离”与“镜里”二句：写征妇为征夫忧愁而容颜衰老。 ⑱“黄金”句：指征夫升官发财，用黄金和璧玉，买了年青貌美的女子。“洞房”句：指征夫再度新欢，忘记旧情。洞房，新婚之夜居住之房屋。

【品评】

此诗是为被遗弃的征妇而作，表示诗人对征妇的同情。诗的开头四句，以柳村起兴，借柳树喻少女，并说明原因，以启下文；紧接着的四句，写征人奉命，远赴边关，不能与娇妻共枕同衾；从“黄昏”至“妆台”十四句，写征妇独守长门，思念征夫，魂牵梦绕；“半生”至“门前”六句：写战火平息，征夫凯旋，征妇惊喜；最后六句，写征夫喜新厌旧，征妇绝望哀怨。诗人善于捕捉征妇的特点，运用通俗语言，将征妇的外貌与内心活动，描绘得栩栩如生。使人如见其黄昏守长门，双眉紧皱，满脸泪痕，独对孤灯的形象；如听其绝望的哀怨倾诉。真实感人，现实性强。

蕊珠曲[1]

芙蓉城里白玉楼，冰帘倒挂珊瑚钩。[2]
玉人晏坐太清殿，蛾眉不锁人间愁。[3]
彩桥东畔杨花转，飞入三天紫清殿。[4]
仙裳日暖藕丝香，燕语莺啼动幽怨。[5]
天风泠泠吹佩环，霞冠不振偏云鬟。[6]
萧郎冰骨何可得，紫箫赤凤游云间。[7]
瑶台午夜霜华莹，罗袜生寒冰一寸。[8]

锦屏甲帐蕊珠新，云房火鼎丹芽嫩。[9]
天台仙子淡淡妆，桃花洞口逢刘郎。[10]
巫山神女弄云雨，人去楚台空断肠。[11]
步虚声断阑干外，春去秋来颜色改。[12]
东风吹老碧桃花，深院无人夜如海。[13]

【注释】

①选自明乙巳本《雁门集》卷八，弘治、康熙本作《蕊珠宫》，作于元顺帝后至元二年丙子(1336)。蕊珠：即蕊珠宫，传说道家在天上上清宫中有蕊中宫，为神仙所居。简称"蕊珠"或"蕊宫"。在诗文中泛指道观。诗里喻吴山紫阳庵。唐元稹《清都春霁寄胡三吴十一》："蕊珠宫殿经微雨，草树无尘耀眼光。" ②芙蓉城：传说神仙居住的地方。宋苏轼《芙蓉城》："芙蓉城中花冥冥，谁其主者石与丁。"即石延年与丁度。《芙蓉城诗序》：世传王迥子高与仙人周瑶英游芙蓉城。元丰三年(1080)三月，余始识子高，问之信然，乃作此诗。冰帘：形容帘幕白色透明。珊瑚钩：《孝经援神契》曰：珊瑚钩，瑞宝也。神灵滋液，百珍宝用则见。诗里指帘钩用珊瑚制作而成，形容神仙境界冰清玉洁。 ③玉人：嘉庆本作"美人"。太清殿：道家所指的三清殿之一，即神仙居住地。殿，嘉庆本作"室"。蛾眉：蚕蛾触须细长而弯曲，因以比喻女子美丽的眉毛。《诗·卫风·硕人》："螓首蛾眉，巧笑倩兮。" ④飞入：弘治、毛晋本作"飞到"。三天：即道家所称的清微天、禹余天、大赤天。紫清殿：即三天之中神仙居住的殿堂。
⑤藕丝：莲藕中的丝，取藕断丝仍相连，喻情感未断。幽怨：郁结于心的愁恨。唐李颀《古从军行》："行人刁斗风沙暗，公主琵琶幽怨多。" ⑥佩环：妇女身上戴的圆形玉饰。霞冠：

形容头饰上的珠宝闪耀如同彩霞。云鬟:妇女头上梳理的环状发式。 ⑦萧郎:指萧衍。梁武帝萧衍任祭酒时,王俭初见时就深相器异,并对庐江何宪说:“此萧郎三十内当作侍中,出此则贵不可言。”后来诗文中用作情郎和夫君的代称。诗中喻丁野鹤。冰骨:洁白纯净的骨架。喻人的精神气质。嘉庆本作“风骨”。“紫箫”句:《列仙传》:箫史者秦缪公时人也,善吹箫,能致孔雀白鹤,缪公女弄玉好之,以妻焉。其后随凤去。故秦人作凤女祠于雍宫,代有箫声。又《搜神记》:十月十五日,以豚酒入灵女庙,击筑奏曲,联臂踏地为节,歌赤凤来。唐皮日休《病孔雀》:“强听紫箫如欲舞,困眠红树似依屏。”唐李商隐《可歌》:“梁家宅里秦宫入,赵后楼中赤凤来。” ⑧瑶台:神话传说中为神仙居住之地。台,弘治、毛晋本作“坛”。霜华莹:莹,弘治、毛晋本作“重”。冰一寸:冰,弘治、毛晋本作“红”。 ⑨锦屏:指妇女居处,闺阁。喻王守素居室。甲帐:汉武帝所造的帐幕。据《汉武帝故事》:“上以琉璃珠玉、明月夜光杂错天下珍宝为甲帐,次为乙帐。甲以居神,乙以自居。”南朝齐谢朓《三日侍华光殿曲水宴代人应诏》诗之八:“高悬甲帐,周褰黼帷。”云房:僧道或隐者所居之房。唐韦应物《游琅琊山寺》诗:“填壑跻花界,叠石构云房。”火鼎:炼丹炉。丹芽:炼丹时,药物在鼎中熔化而凝成芽状。芽,弘治、毛晋本作“砂”。 ⑩“天台”与“桃花”二句:东汉时,刘晨、阮肇到天台山采药,遇仙女,留居半年,等归家时,世上已过七世。仙女对刘阮二人以“刘郎”、“阮郎”相呼。天台仙子,弘治、毛晋本作“天宫仙女”。 ⑪“巫山”与“人去”二句:用宋玉《高唐赋》描写楚王与神女在阳台欢会的典故。《高唐赋序》云:昔者楚襄王与宋玉游于云梦之台,望高唐之观,其上独有云气。崒兮直上,忽兮改容,须臾之间,变化无穷。王问玉曰:此何气也?玉对曰:所谓朝云者也。王曰:何谓朝云?玉曰:昔者先王尝游高唐,怠而昼寝。梦见一妇人曰:妾巫山之女也,王因幸之。去而辞曰:妾在巫山之阳,高丘之岨,旦为朝云,暮为行雨,朝朝暮暮,阳台之下。旦朝视之,如言。人去楚台,弘治本作"楚台人去"。楚台,即阳台。⑫步虚声:道士诵经的声音。全句意为丁野鹤已逝。"春去"句:喻王守素人老色衰。　⑬碧桃花:弘治、毛晋本作"碧桃枝"。

【品评】

此诗作于元顺帝至元二年,萨都剌赴福州任闽海道廉访知事,路过钱塘时,曾游吴山紫阳庵,并即兴赋诗。除《蕊珠曲》外,还有《游吴山紫阳庵》、《赠吴山紫阳庵女道士》等诗。此诗为女道士王守素而发。关于王守素,诗人在《赠吴山紫阳庵女道士诗序》中云:"武林吴山,紫阳庵浙民有丁姓者,弃俗为全真。一日,忽召其妻入山,书诗四句云:'懒散六十三,妙用无人识。顺逆两相忘,虚空镇长寂。'坐抱一膝而逝。俗有之骑鹤化。其妻束发簪冠为女道士,奉其夫尸二十年不下山,几于得道,神仙渺茫,姑不暇论。其妇一节,乃可尚也。妇年七十三,王其姓,讳守素,亦浙人云。登览之馀,因为赋诗。"又《瑞石山志》云:"王守素入山修道,途中拾得树一株,持归,植于山中,祝曰:我若功成,顾沙成林。后二十年树已成林,守素即化去。相传葬于元天殿之台前,树名成道树。"清萨龙光谨按:"此诗亦为王守素作,盖以讽世之入道不终者。首四句言野鹤方弃俗,而守素亦不牵于俗情。次四句言其召入山,始动幽怨,盖痛野鹤之将死也。"天风"八句,言野鹤既死,守素亦随即入道。"天台"、"巫山"四句,以比世人之入道不终，正起下四句见守素矢节之坚，而今亦已老矣。”诗人在真人真事的基础上，运用丰富的想像和生动的比喻，将冰清玉洁的蕊珠仙境，以及玉人和天台仙子的风姿呈现在读者面前，亦真亦幻，亦人亦仙，引人入胜。

百禽歌①

汉密将军开大府，门前纷纷客如雨。②
繁弦急管耳厌闻，要听山中百禽语。③
购求走马东海头，海头百禽声啾啾。④
疾飞苦走亦不免，能言有色贻身忧。⑤
将军纵使花作屋，不似山林有真乐。⑥
江南白苎细于丝，紫竹方笼作青幕。⑦
鸾凤在野麟在郊，太平将军胡不招。⑧
箫韶一奏百兽舞，玉帛万国皆来朝。⑨
嗟嗟百鸟何足乐，日食将军太仓粟。⑩
色衰身死蝼蚁分，不补将军一脔肉。⑪
笛中鹦鹉最能言，不说舆夫行路难。⑫
万山雨暗泥滑滑，不如归去声亦干。⑬
行不得也哥哥！　九关虎豹高嵯峨，
行不得也哥哥！⑭

【注释】

①选自嘉庆本《雁门集》卷十一，作于元顺帝至元四年戊寅(1338)。百禽：百兽和众鸟的总称，诗里指众鸟。　②汉

密：即汉置密县，原为春秋郑国属地新密邑，西汉置县，治所在今河南密县东南，元属河南江北道钧州。《元史·地理志》："河南江北道钧州，元至元二年(1274)，又割郑州密县来属，领县：阳翟、新郑、密县。"将军：指蒙古军万户。《元史·百官志》："河南淮北蒙古军都万户府，秩正三品。"大府：高级官府。 ③繁弦急管：指弦乐器和管乐器的繁杂音响。耳厌闻：听厌烦了。 ④东海头：指东海之滨。 ⑤能言有色：即能模仿人语而羽毛又漂亮的鸟。贻身忧：为自身留下祸患。贻，留下。 ⑥"将军"与"不似"二句：是说将军府第，虽然花团锦簇，也没有深山野林那样有自然乐趣。 ⑦白苎：细而白的夏布。紫竹方笼：指鸟笼是由紫竹制成，方形。青幕：以青色绸缎作鸟笼外罩。 ⑧鸾凤：传说中的神鸟。麟：麒麟，传说中的仁兽。全句喻贤才不受重视。"太平"句：对将军责问，意即你不去聘请于国有大用的贤才，却去玩物丧志。 ⑨箫韶：箫，管乐器名；韶，相传为舜乐名。《书·益稷》："箫韶九成，凤凰来仪。"即奏箫韶之乐，不仅万民欢乐，而且百兽也随之起舞，喻圣明时代，国家繁荣昌盛，人民安居乐业。玉帛：贡品。玉，各色玉器；帛，各种绫罗绸缎。万国皆来朝：即天下所有国家都来臣服朝拜。 ⑩嗟嗟：表示感慨。何足乐：有什么值得快乐呢！乐，弘治、毛晋、康熙本作"录"。太仓：京城储粮的仓库。诗里泛指国家粮仓。 ⑪蝼蚁：蝼蛄和蚂蚁一类昆虫。一脔：即一块。 ⑫箇中：此中，这当中。宋陆游《春残》诗："箇中有佳处，袖手看人忙。"舆夫：轿夫或车夫。 ⑬泥滑滑：竹鸡的别名。宋梅尧臣《禽言竹鸡》："泥滑滑，苦竹冈。雨萧萧，马上郎。"诗里有双关意，既指鸟，又指道路泥泞，行走艰难。不如归去：杜鹃鸟叫的谐音。宋梅尧臣《杜鹃》："不如归去语，亦自古来传。"宋范仲淹《越上闻子规》:“春山无限好,犹道不如归。” ⑭行不得也哥哥:鹧鸪鸟鸣叫的谐音。《本草纲目·禽·鹧鸪》:“鹧鸪性畏霜露,早晚稀出。夜栖以木叶蔽身。多对啼,今俗谓其鸣曰:行不得也哥哥。”喻国家形势危急,不要再玩物丧志了。邱濬《禽言》:“行不得也哥哥,十八滩头乱石多。”九关虎豹:比喻凶残的权臣。《楚辞·招魂》:“虎豹九关,啄害下人些。”嵯峨:坎坷不平。高嵯峨,喻朝中形势危险。喻伯颜专权自姿,势焰薰灼,图谋不轨。

【品评】

后至元四年,萨都剌除河南江北道廉访司经历,此诗作于是时,为封疆大吏们只顾享乐,不问时局危急而发。元顺帝即位后,嘉伯颜翊戴之功,封赏无以复加。《元史·伯颜传》称:然自诛唐其势之后,独秉国钧,专权自恣,变乱祖宗成宪,虐害天下,渐有奸谋。自领诸工精兵,以燕者不花为屏蔽,导从之盛,填溢街衢。而帝侧仪卫反落落如晨星。势焰薰灼,天下之人唯知有伯颜而已。且益逞凶虐,构陷郯王徹徹笃,奏赐死,帝未允,辄传旨行刑。复奏贬宣让王帖木儿不花、威顺王宽徹普化,辞色愤厉,不待旨而行。并日益立威,锻炼诸狱延及无辜。诗人在《百禽歌》前,曾写《北风行送王君实并寄宪副顺子昌》:“北风日日吹浮云,西南一星光射门。出门见客箝口坐,打马送君收泪吞。箝口只自知,吞泪竟何益。木叶下玄霜,日日北风急。北风吹浅淮水波,坐见白日浮云多。九关虎豹卧不动,奈尔狐狸燕雀何!”这是为伯颜而发。诗人有搏击云天之志,虽不得施展的机会,但仍时时关心国家安危。在《百禽歌》中,警告封疆大吏们,不要再沉迷于声色犬马之中,应重视国家的长治久安,看清朝中隐藏的危局，对即将出现的重大变故，有所准备。全诗主旨明确，态度鲜明，用语直白恳切。

芙蓉曲[①]

秋江渺渺芙蓉芳，秋江女儿将断肠。[②]
绛袍春浅护云暖，翠袖日暮迎风凉。[③]
鲤鱼吹浪江波白，霜落洞庭飞木叶。[④]
荡舟何处采莲人，爱惜芙蓉好颜色。[⑤]

【注释】

①选自成化本《雁门集》卷一。弘治、毛晋本，题下有“兼善状元御史”6字。作于顺帝至元四年戊寅(1338)，诗人时任河南江北道经历。　②秋江渺渺：秋天的江面浩大无边，看不到尽头。芙蓉芳：荷花散发芳香。断肠：形容极度的思念和悲痛。即秋霜将至，芙蓉凋零，采莲女们无比怜惜。喻对贤良受挫而深表同情。　③绛袍：即绛纱袍，古代常用着朝服。翠袖：绿色的长袖，即女人所穿。　④鲤鱼：即鲤鱼风，通常称九月风或秋风。唐李商隐《河内诗》之二：“后溪暗起鲤鱼风，船旗闪断芙蓉干。”冯浩笺注引《提要录》：“鲤鱼风，乃九月风也。”“霜落”句：喻黑暗的社会邪恶势力。洞庭：即洞庭湖，在湖南省东北部，汇入湖南诸水，于岳阳与长江相通。原为我国第一大淡水湖。　⑤“荡舟”二句：名写不要伤害芙蓉，实喻希望爱惜贤才。

【品评】

从萨都剌同时所作的另外二首诗看，此曲是为友人张子寿而发。其人是当年皇帝钦点状元，原任湖广佥宪。因为官清廉，弹劾权贵，受到排斥，被贬到陕西诸道行御史台，后又恢复原职。张子寿赴湖南就任，路过河南与诗人相遇，诗人赋诗颂赞张的高贵品质，并进行勉励。又如《黄河夜送西台御史》云："爱君足迹遍天下，白简清霜秋气多。帆影东南湖上去，马蹄西北日边落。风波玉露仙人掌，文彩云机织女梭。自笑追随远游客，斗槎星夜下黄河。"而《芙蓉曲》则学习和运用《国风》和《离骚》的比兴手法，以荷花出污泥而不染，濯清涟而不妖的芬芳高洁，喻为官清正廉洁；以鲤鱼吹浪、霜落木叶，喻权贵横行无忌；以秋江女儿断肠，喻善良的人们对有高贵品格官员的渴求与思念。全曲感情真挚，立意深远，语言清丽，达到思想与艺术的完美统一。曾受到萨都剌同年进士杨维桢的推崇。他说："虽王建、张籍，无以过矣。"

兰皋曲①

溪水长涵幽草芳，春溪露滴兰叶光。②
美人日暮采兰去，风吹露湿芙蓉裳。③
芙蓉为裳兰结佩，玉立亭亭临水际。④
天寒袖薄人不知，疏雨兰苕鸣翡翠。⑤
幽兰日日吹古香，美人不来溪水长。⑥

【注释】

①选自成化本《燕门集》卷一。作于元顺帝至正四年甲

申(1334)。兰皋:指生长兰草的迂曲水边。屈原《离骚》:“步余马于兰皋兮,驰椒丘且焉止息。”这里指浙江省兰溪的岸边。 ②溪水:指兰溪,因溪畔多长兰芷得名。长涵幽草芳:长涵,长时间保持足够水分,即涵养。弘治、毛晋本“长涵幽草”作“润兰长幽”。幽草,生长溪谷中的草,即兰草。芳,即香。 ③采兰:摘兰花。芙蓉裳:用荷花缝制的衣裳。屈原《离骚》:“制芰荷以为衣兮,集芙蓉以为裳。” ④兰结佩:把兰花结成的环,系在衣带上。屈原《离骚》:“纫秋兰以为佩”。玉立亭亭:形容身材修长而姿态美好。 ⑤苕:草名。又名凌霄花或紫葳。翡翠:鸟名,又叫翠鸟。羽分蓝、绿、赤、棕等色。宋陆佃《埤雅·释鸟》:“翠鸟或谓之翡翠。雄赤曰翡,雌青曰翠。”即雄为赤色羽毛,雌为青色羽毛。 ⑥幽兰:生长溪谷僻静处的兰草花。溪水长:即溪水长流没有止息。

【品评】

萨都剌于至正三年(1333),擢江浙行中书省郎中,到杭州赴任。次年春末,曾到金华(今浙江金华)等地。在乘舟游兰溪时,即兴赋诗数首。如《兰溪舟中》云:“水底霞天鱼尾赤,青波绿占白鸥汀。越船一叶兰溪上,载得金华一半青。”又如《泊江家步……小酌溪上》二首之二云:“兰溪春水似葡萄,越女如花压小槽。今夜共君溪上醉,直须溪月照宫袍。”《兰皋曲》即作于此时。他驰骋丰富的想像,运用象征性的手法,描绘了一个优美动人的美人形象,她又是那么爱惜芙蓉和兰苕,表现了她的高洁情操,这就是诗人对美好理想的渴望和追求。词调优美和谐,意境极佳,回味无穷。

过 洪①

奔流激长川，百折怒未已。②
长年与水争，退尺进才咫。③
艰哉力舟子，观可悟至理。④

【注释】

①选自成化本《雁门集》卷二，作于元文宗至顺三年壬申(1332)。洪：指百步、吕梁洪。据《江南通志》卷十四载："百步洪在徐州府东南二里，一名徐州洪，泗水所经也。水中乱石巉岩，与惊湍相激，舟行病之，凡数里。洪形如'川'字，中曰中洪，西曰外洪，东曰里洪；亦曰月河。相传唐尉迟敬德所凿。又吕梁洪在徐州府东南五十里，有上下二二洪，相去七里，巨石虫列，波涛汹涌。《庄子》所谓'吕梁悬水三十仞，流沫四十里'是也，尉迟敬德尝疏凿以杀水势。今尉城其遗迹。"苏轼《百步洪》诗云："长洪斗落生跳波，轻舟南下如投梭。水师绝叫凫雁起，乱石一线争磋磨。有如兔走鹰隼落，骏马下注千丈坡。断弦离柱箭脱手，飞电过隙珠翻荷。四山眩转风掠耳，但见流沫生千涡。险中得乐虽一快，何异水伯夸秋河？我生乘化日夜逝，坐觉一念逾新罗。纷纷争夺醉梦里，岂信荆棘埋铜驼。觉来俯仰失千劫，回视此水殊委蛇。君看岸边苍石山，古来篙眼如蜂窠。但因此心无所住，造物虽驶如吾何？回船上马各归去，多言浇浇师所呵。" ②"奔流"与"百折"二句：形容水势湍急，河道曲折多变，水激巉岩乱石，怒吼之声不停。 ③"长年"与"退尺"二句：指船工们，

长年与激流乱石斗争的处境。咫,古代长度单位,按周制,一尺为八咫。　④力舟子:奋力划船的人,即船夫。悟至理:领会到最根本的道理。

【品评】

至顺三年,萨都剌赴江南诸道行御史台任掾史,当他路过百步洪与吕梁洪时,眼见船工们为了生存,长年与激流乱石巉岩斗争的情景,即兴赋诗。全诗六句,主题明确。既表示对力舟子们的同情,也联系到仕途的坎坷与过洪无异。

宿台城山绝顶①

江白潮已来,山黑月未出。②
树杪一灯明,云间独人宿。③
近水星动摇,河汉下垂屋。④
四月夜寒深,繁露在修竹。⑤

【注释】

①选自成化本《雁门集》卷二。弘治、毛晋本作《宿台山寺绝顶》。作于元文宗至顺三年壬申(1332)四月。台城山:在江宁府上元县(今属江苏南京)东北。据《明一统志》载:台城,在江宁府上元县治东北五里,本吴后苑城,即晋建康宫城。又《龙川集》称:台城在钟阜侧,其地据高以临下,东环平冈以为安,西城石头以为重,带玄武湖以为险,拥秦淮、清溪以为阻。　②江白:江水浪花呈现白色。潮:指潮水。海洋以及沿海地区的江河中受潮汐影响而定期涨落的水,这里指

南京长江中的潮水。 ③树杪(miǎo):树梢。云间:指绝顶僧人或道士住的房间。“间”,嘉庆本作“房”。 ④“近水”句:形容星星的倒影随水波荡漾。河汉:即人们通称天河。下垂屋:接近房顶。 ⑤夜寒深:嘉庆本作“夜深寒”。繁露:即露水。修竹:长长的竹子。唐杜甫“天寒翠袖薄,日暮依修竹。”

【品评】

此诗是萨都剌到台城山寻幽访胜,夜宿绝顶,即兴挥毫。他将台城山在四月一个从黄昏到深夜的景色与气象,形象而生动地描绘出来,从中可看出诗人观察细致入微,运词简洁准确,是一首清新淡雅之作。

过池阳怀李翰林①

我思李太白,有如云中龙。②
垂光紫皇案,御笔生青红。③
群臣不敢视,射目目尽盲。④
脱靴手污袜,蹴踏将军雄。⑤
沉香走白兔,玉环失颜容。⑥
春风不成雨,殿阁悬妖虹。⑦
长啸拂紫髯,手撚青芙蓉。⑧
挂席天万里,遨游江之东。⑨
濯足五湖水,脱巾九华峰。⑩
放舟玉镜潭,弄月秋浦中。⑪

羁怀正浩荡，行乐未及终。[12]
白石齿烂烂，貂裘泪濛濛。[13]
神光走霹雳，水底鞭雷公。[14]
采石波浪急，青山云雾重。[15]
我有一杯酒，和泪洒天风。[16]

【注释】

①选自成化本《雁门集》卷二，弘治、毛晋本作《过池阳有怀唐李翰林》，嘉庆本作《过池阳怀李白》。作于元文宗至顺三年壬申(1332)。是年夏，萨都剌由集庆路(今江苏南京)溯江而西，沿江访古探幽，从当涂到池阳，现存《雁门集》中的诗篇就有十三首。池阳：今安徽池州，元至元十四年升为路，辖区有贵池(今池州)、青阳、建德(今东至)、铜陵(今铜陵)、石埭(今石台)、东流等六县，辖境比今池州范围大。李翰林：李白，字太白，唐玄宗天宝元年(742)，太白游会稽，与好友道士吴筠共居剡中(今浙江嵊州)，恰逢吴筠被召入朝，吴筠向玄宗举荐李白，才被召到长安，又由于受到太子宾客贺知章的赞扬，称他为“谪仙人”，并言于玄宗，召见金銮殿，论当世务，革答蕃书，辩若悬河，笔不停辍，又上《宣唐鸿猷》一篇，受到玄宗的嘉奖。以七宝床赐食，御手调羹以饭之，命为供奉翰林，但假其名而无所职。故人称李翰林。李白常游于贵池一带。明《一统志》云：池州府李白书堂在五松山，唐李白来游，乐其山水之胜，建堂读书于此。又云：李白书院有四：一在贵池县华竹岭；一在青阳县九华山化成寺西，断碑存焉；一在铜陵县五松山；一在石埭县杉山。晚年至当涂，依族人李阳冰，居青山之麓，死后先葬龙山，后移葬青山。　②云中龙：形容李白有如传说中的神异之物，能兴云布雨，逍遥于云天的龙。

《易》曰:“云从龙”。又曰:“飞龙在天”。 ③垂光:指光芒由上往下俯射。形容李白文彩焕发。紫皇案:指玄宗的御案。紫皇,道家传说中的神仙,唐代崇尚道教,诗里以紫皇喻玄宗。案,即今言办公桌;写字台。御笔:皇帝用的笔。御,旧时指与皇帝有关的。生青红:呈现出七彩霞光,喻李白的文彩。《唐书·文艺列传》载:玄宗度曲,欲造乐府新词,亟召白,自己卧于酒肆矣。召入,以水洒面,即秉笔,顷之成十余章,帝颇嘉之。 ④群臣不敢视:指李白傲视权贵,不向他们低眉折腰,权贵们不敢对他正面相视。射目目尽盲:形容李白的目光像阳光那样刺眼,夸张之说。 ⑤“脱靴”与“蹴踏”二句:指李白鄙视和侮辱所谓的“将军”“英雄”宦官高力士。据《唐书·文艺列传》云:李白“尝沉醉殿上,引足令高力士脱靴,由是斥去。”将军雄,指高力士。《旧唐书·宦官传》云:天宝初,加高力士冠军大将军、右监门卫大将军,进勃海郡公。七载,加骠骑大将军。故云。 ⑥沉香:指沉香亭,是唐都长安兴庆宫的内亭,位于兴庆池东北。据传因亭的结构用沉香、檀香等贵重木材建成,又以麝香、乳香等名贵香料涂饰,因此得名。白兔:喻月亮,神话传说月中有兔。唐杜甫《八月十五夜月》:“此时瞻白兔,直欲数秋毫。”玉环:杨贵妃,小字玉环,又号太真。姿质丰艳,善歌舞,通音律,聪明过人。初为玄宗子寿王李瑁妃。开元时入宫,深受玄宗宠爱,天宝四年(745),封为贵妃。又推思及其家族,母亲、姐姐皆封为国夫人,叔叔、从兄皆为卿、从祖兄杨国忠为宰相。杨氏一族势倾朝野,连边将安禄山为巩固权势,也与之结交。天宝十四年,安禄起兵叛乱,进攻长安。次年随玄宗逃四川,行至马嵬驿(今陕西兴平西),禁军大将陈玄礼发动兵变,逼其自缢。 ⑦春风:春天的风。诗里喻恩泽。曹植《上责躬应诏诗表》:

“伏惟陛下德象天地，恩隆父母，施畅春风，泽如时雨。”不成雨：未成为雨露以滋润禾苗。即指玄宗曾三次授李白以官，都被贵妃阻拦而止。原因起于玄宗与贵妃在沉香亭欣赏牡丹盛开，特选梨园弟子中尤者，得乐十六部，曲乐师李龟年指挥，将奏乐歌舞，玄宗说：“赏名花，对妃子，焉用旧乐词为！”于是便令龟年持金花笺宣赐翰林供奉李白立进《清平调》三章，白欣然领旨，但仍在沉醉之中，便援笔赋诗，其辞曰：“云想衣裳花想容，春风拂槛露华浓。若非群玉山头见，会向瑶台月下逢。”“一枝红艳露凝香，云雨巫山往断肠。借问汉宫谁得似，可怜飞燕倚新妆。”“名花倾国两相欢，长得君王带笑看。解释春风无限恨，沉香亭北倚栏干。”龟年迅速将辞呈递玄宗，玄宗促龟年速指挥演唱。玄宗与贵妃都非常欣赏李白的才气。自是玄宗对李白另眼相看，尤异其他学士。贵妃亦时唱前词，而高力士终以为李白脱靴之耻恨李白。便戏曰：“比以妃子怨李白深入骨髓，何反拳拳如是？”贵妃惊曰：“何翰林学士能辱人如斯！”力士曰：“以飞燕指妃子，是贱之甚矣！”贵妃深以为然。故再三竭力阻止授官予李白。妖虹：艳丽的七色彩虹，喻不吉祥的云气，诗里指杨贵妃是唐宫中的祸害。旧时将国家的败亡都归咎于绝色妃子，如夏桀以妺喜，商纣以妲己，周幽以褒姒等。萨都剌也沿袭这一观念，认为杨贵妃是祸乱唐王乾的妖孽。 ⑧长啸：大声呼叫。紫髯：紫色的胡子。髯，两颊上的胡子。青芙蓉：即青色的莲花。荷花的一个品种。唐长安宫内有芙蓉苑。唐杜牧《长安杂题长句》：“六飞南幸芙蓉苑，十里飘香入夹城。” ⑨挂席：即乘船挂帆。谢灵运《游赤石进帆海》诗云：“扬帆采石华，挂席拾海月。”李善注曰：“扬帆、挂席，其义一也。”天万里：形容乘长风破万里浪，走遍天涯海角。遨游江之东：即漫游大江以东地区，概而言之。实为浪迹南北西东的名山大川。⑩濯足五湖水：洗足于五湖之中。《楚辞·渔父》："沧浪之水清兮，可以濯吾缨，沧浪之水浊兮，可以濯吾足。"五湖，泛指名山胜水、天下大江大湖。九华峰：指安徽青阳县西南的九华山。李白《改九子山为九华山联句并序》："青阳县南有九子山，山高有数千丈，上有九峰如莲花。按图征名，无所依据。太史公南游，略而不书。事绝古老之口，复缺名贤之纪，虽灵仙往复，而赋咏罕闻。予乃削其旧号，加以九华之目。时访道江、汉，憩于夏侯回之堂，开簷岸帻，坐眺松雪，因与二三子联句，传之将来。"诗云："妙有分二气，灵山开九华。(李白)层标遏迟日，半壁明朝霞。(高霁)积雪曜阴壑，飞流喷阳崖。(韦权兴)青荧玉树色，缥乡羽人家。(李白)"山中有李白书堂旧址。序云：开簷岸帻，是说脱露额。故云"脱中九华峰"。 ⑪放舟：即解缆行船。玉镜潭：地名，在池州市西南。李白在《与周刚清溪玉镜潭宴别》原注云："潭在秋浦桃胡陂下，予新名此潭。"诗云："回作玉镜潭，澄明洗心魂。此中得佳境，可以绝嚣喧。"弄月：即赏月。秋浦：即秋浦河。李白在秋浦常与朋友泛舟于秋浦河中，且有不少诗篇。如《秋浦歌十七首》、《游秋浦白笴陂二首》、《秋夜清溪雪夜对酒》等等。⑫羁怀：即寄旅情怀。喻远大抱负。浩荡：形容水势波浪壮阔，喻李白雄心勃发、壮志凌云。行乐：尽情地享乐。⑬"白石"句：指春秋时，宁戚不遇时，饭牛扣角而歌，齐桓公闻之举以为相的故事。《艺文类聚》：《琴操》曰：宁戚饭牛车下，叩角而商歌曰："南山矸，白石烂，生不逢尧与舜禅。短布单衣裁至干，长夜冥冥何时旦？""貂裘"句：指战国时，苏秦从洛阳到咸阳，以合纵之策说秦惠王，十次上书，未被采纳，旅费花光，身穿的黑貂皮大衣已破烂的故事。《战国策》：苏秦始将连横，说秦惠王。说秦王书十上而说不行。黑貂之裘敝，黄金百斤尽，资用乏绝，去秦而归。羸縢履跻，负书担橐，形容枯槁，面目犁黑，状有归色。归至家，妻不下纴，嫂不为炊，父母不与言，苏秦喟叹曰："妻不以我为夫，嫂不以我为叔，父母不以我为子，是皆秦之罪也。"李白《秋浦歌十七首》之七："醉上山公马，寒歌宁戚牛。空吟白石烂，泪满黑貂裘。"萨都剌化用其意。 ⑭"神光"与"水底"二句：写李白之死。据传，李白着宫锦袍，游采石江中，傲然自得，旁若无人，因醉入水中捉月而死。霹雳：突然发出的巨响，指雷声。鞭雷公：鞭挞雷神，神化李白对待恶势力的风采。 ⑮采石波浪急：《一统志》：采石山，在太平府（今安徽当涂）城北二十里牛渚北，昔人于此采石，因名。临江有矶曰采石矶。唐李白尝乘月，与崔宗之自采石至金陵，著宫锦袍坐舟中，即此。又云：捉月亭，在采石山，世传李白过采石，酒狂水中捉月，后人因以名亭。青山云雾重：《一统志》：李白墓在太平府城东青山之北，白尝依族人李阳冰，悦谢家青山欲终焉。及卒，葬采石之龙山，后改葬青山。以上二指李之死，及其墓地的风光。⑯最后二句：表达诗人对李白的怀念。

【品评】

此诗是为追悼李白而作。全诗可分为三层：其一，前十二句，写李白才气绝伦、光芒四射，即其蔑视权贵、践踏将军雄的气势；其二，中间八句：写李白啸傲漫游五湖四海的风采；其三，写李白壮志未酬，寂寞于九泉之下，以及诗人的感慨。萨都剌善于抓住李白的精神特质及其狂傲行为所导致的结果，驰骋他丰富的想像，运用夸张的语言与形象而生动的比喻，用典贴切，气势豪放，感情真挚，令人感佩。

宿乌石驿①

云起乌石峰，雨洒紫溪岭。②
孤馆入深山，愁人觉宵永。③
灯花剪复开，风竹乱不整。④
清晨度闽关，南斗落高顶。⑤
好写度关诗，点笔题竹笋。⑥

【注释】

①此诗选自成化本《雁门集》卷二。作于元文宗后至元二年(1336)。乌石驿:驿站名,在今江西铅山与上饶之间的乌石山。据《江西通志》:乌石山在广信府(今江西上饶)城南七十里,形势巉岩,如累黑玉,山半有一穴,横深十馀丈。②紫溪岭:山名,在铅山南四十里许。 ③孤馆:孤寂的客舍。唐许浑《瓜州留别李诩》:"孤馆宿时风带雨,远帆归处水连云。"深山:与山外距离远,人们不常到的山岭。宵永:夜很长。 ④灯花:灯芯燃烧时结成的花状物。 ⑤闽关:在江西铅山县东南和福建崇安(今武夷山市)西北之间的分水关。南斗:星名。即斗宿,有六颗星。在北斗以南,形似斗,故称。高顶:高山之顶。有的本作"衣领"。 ⑥度关:越过关山隘口。这里指闽关。

【品评】

此诗是萨都剌由江西铅山将要度越闽关,宿于孤馆之内,夜长不能寝,愁苦忧思,故有是作。抒发了孤独寂寞的心情。词语简明，意到笔随。

度闽关二首①

其 一

晓度分水岭，身在云雾中。②
手扣天上关，声落山下风。③
雷霆走涧壑，神人过虚空。④
既讶奔丰隆，亦可招祝融。⑤
顷刻开万象，赤乌飞岭东。⑥

其 二

白云下千峰，尽入怀袖里。⑦
振衣过闽关，洒作山下水。⑧
仰天无天梯，俯视井无底。⑨
古来守关人，豪杰存有几。⑩
寒食百草青，春风吹不起。⑪

【注释】

①选自成化本《雁门集》卷二。作于元惠宗后至元二年(1336)。闽关：即分水关，又名分水岭。 ②分水岭：山名。即分水关，是位于江西、福建两省之间的界山，有二水发源于其下，一入江西，一入福建，古时入闽必经此关。《明一统志》、《江西通志》等均有记载。 ③手扣：用手敲击关门。天上关：言其高，夸张的写法。"声落"句：因扣门声振荡山间生风。 ④雷霆：猛烈的雷声。喻溪水撞击岩石发出的轰鸣。

洞壑：洞，小水沟。壑，大水坑。洞壑，即水沟。神人：传说中的神仙。虚空：即天空。 ⑤讶：迎接。丰隆：雷公，即雷神。因其声隆隆，故云。祝融：火神。《淮南子·时则训》："南方之极，自北户孙之外，贯颛顼之国，南至委火炎风之野，赤帝（炎帝）、祝融之所司者万二千里。" ⑥赤乌：即金乌，指代太阳。唐白居易《劝酒》："天地迢迢自长久，白兔赤乌相趁走。" ⑦"白云"与"尽入"二句：形容自己行进在云雾之中。因在拂晓，浓雾罩着分水岭。 ⑧振衣：抖掉衣上的雾水。 ⑨天梯：古人想像中登天的阶梯。这里喻山高路险。井：指山谷深不见底。 ⑩豪杰存有几：有的本作"尽作山下鬼"。都指无一尚存。 ⑪寒食：指农历二十四节气清明前一天或二天为寒食节。相传春秋时，晋文公早年逃亡在外，介子推跟随。文公饥，曾割股以食文公。文公返晋为君，遍赏出亡之臣而不及他，遂携母出走，隐居于绵上（今山西介休东南）。文公派人寻求不得，便放火烧山逼他出来，之推抱树而亡。文公为了纪念他，禁止在之推死日生火煮食，只吃冷饭。后相沿成俗，称寒食禁火。"春风"句：指草刚开始发青，风吹不能摆动，故云。

【品评】

此二首诗，有的本将二首并为一首。是萨都剌春日的一个拂晓，度越闽关而作。诗人运用夸张的笔调，把闽关描绘得高入云天，身在云雾之中，手扣天门，脚踏虚空。可以迎来雷公，招手祝融，气象万变，感慨无限。充满浪漫的色彩，感染力强。

过岭至崇安方命棹之建溪[1]

人生天地间，驰马历大块。[2]
行乐须及时，流光逝难再。[3]
役役功名羁，历历山水债。[4]
伟哉东南区，奇险闽粤最。[5]
车书四海同，风气一岭界。[6]
肩舆度层霄，手棹下急濑。[7]
四山抱回流，环合如束带。[8]
玉井莲叶飘，仰高天作盖。[9]
倏驰丹峰前，却在紫岭背。[10]
微云间烟霞，疏雨洒松桧。[11]
深林樵牧归，落日山鬼会。[12]
雪瀑挂冰帘，林风响天籁。[13]
石梯驾仙岩，往往遗骨在。[14]
瑶草石上生，丹药市中卖。[15]
巍巍考亭祠，过客下祠拜。[16]
溪水自成文，上接洙泗派。[17]
唤渡云门僧，貌古清可爱。[18]
手把青松枝，趺坐溪石罅。[19]
悬岩虹栈危，插竹渔网晒。[20]
山高人蚁旋，下视舟一芥。[21]
轻舫类飞鳅，宛转乱石隘。[22]

峥嵘龙角尖，磊砢鼋首癞。㉓
槎牙激颓波，出没如水怪。㉔
万古槌地雷，三峡泻泙湃。㉕
峰峦争送迎，奔走如马快。㉖
箭过耳生风，口开不暇咳。㉗
峭壁走冲流，洸若巨鳌戴。㉘
山有旧题名，岁月字刻坏。㉙
岂无姓名存，仿佛年月载。㉚
览此前人踪，徒为后人慨。㉛
天气易寒暄，光阴倏明晦。㉜
浩荡二日程，应接千万态。㉝
会登天柱峰，一览宇宙大。㉞
少吐胸中豪，神游八方外。㉟
题诗赠山灵，清气留胜概。㊱

【注释】

①此诗选自成化本《雁门集》卷二。嘉庆本作《度岭舆至崇安命棹建溪》。岭：即江西铅山与福建崇安（今武夷山市）之间的分水岭（现名分水关）。建溪：闽江上游建瓯至南平一段为建溪，诗中所指为上游流经崇安一段的九曲溪。此诗作于后至元二年（1336）春夏之交。是年四月，萨都剌由京师到福建闽海道肃政廉访司任知事。当他路过崇安时，乘舟览胜，即兴赋诗。 ②历：经过；游历。大块：大地。《庄子·齐物论》："夫大块噫气，其名为风。"俞樾云："大块者地也。" ③行乐：消遣娱乐。流光：如流水般逝去的时光。喻岁月。 ④役役：劳苦不息的样子。《庄子·齐物论》："终身役役，而

不见其成功。”功名羁：因追逐功名利禄而劳碌奔波，身心不得自由。羁，《元诗选》本作“徒”。羁，束缚。历历：清晰。债：喻欠游览山水的情。债，嘉庆本作“迈”。 ⑤奇险：奇特险怪。闽粤：古族名，或称闽越。古代越人的一支。秦汉时分布在今福建北部、浙江南部的部分地区。秦以其地为闽中郡。其首领无诸，相传为越王勾践的后裔，汉初受封为闽越王。治东冶（今福建福州）。故以“闽粤”称浙江南部和福建北部一带。 ⑥“车书”句：形容国家的统一。即车同轨，书同文字。《史记·秦始皇本纪》：“一法度衡石丈尺。车同轨。书同文字。”又《礼记·中庸》：“今天下车同轨，书同文，行同伦。”风气：风尚习俗。指风气分界各异。 ⑦肩舆：用肩扛抬的代步工具，如竹轿、滑竿等。度：越过。层霄：天空。霄，嘉庆本作“云”。手棹：用手来划桨开船。濑：湍急的水。棹，嘉庆本作“掉”。 ⑧“四山”与“环合”二句：形容溪水在曲曲回环的山谷中流，仿佛山像人用双手拥抱溪流，而溪水环绕山谷流，好似一条带子系在山腰上。 ⑨玉井莲：指溪水池中的莲花。唐韩愈《古意》诗：“太华峰头玉井莲，开花十丈藕入盘。”玉：飘，嘉庆本作“石、漂”。“仰高”句：形容在深谷中，四面环山，仰望高空仿佛一个盖子。 ⑩倏：极快。丹峰：红色的山峰。崇安境内的武夷山水，世人称为“丹山碧水”。紫岭：即紫芝岭，武夷山名胜之一。 ⑪微云：薄雾。云，嘉庆本作“阴”。烟霞：彩霞。嘉庆本作“云雾”。松桧：松树和桧树。嘉庆本作“杉桧”。 ⑫樵牧：指在深山林中砍柴和放牧的人。山鬼：山中的物怪，指各种野兽。 ⑬雪瀑：悬崖上的瀑布，飞溅的水珠形似雪花，故云。冰帘：下流的水如透明的垂帘。嘉庆本作“水帘”。天籁：自然界的声响，这里指林中发出的风声。响，嘉庆本作“奏”。 ⑭仙岩：指溪流两岸悬崖上的岩洞。据《方舆胜览》卷十一:溪流两岸武夷山崖有"仙堂学岩""仙掌岩"、"仙机岩"、"换骨岩"等等。遗骨在:指岩洞中的枯骨。《方舆胜览》卷十一:武夷山东南,即崇安县南溪岸石壁上有室,名升仙洞,洞中有神仙蜕骨无数。洞前有黄心木栈,又有四木船两两相覆,亦成仙骸,半枕石栈,不坠不坏。 ⑮瑶草:仙草名。这里指生在岩石上的草。丹药:精炼的丸药。市中:嘉庆本作"市曹"。 ⑯考亭祠:祠堂名。在建瓯县西三桂里。唐御史黄端为祀其先而建,故名。宋朱熹在此建沧海精舍,在此讲学,其学派称"闽学"。或考亭学派。下祠拜:嘉庆本作"祠下拜"。 ⑰自成文:自成文化学术系统。洙泗派:以孔子为代表的儒家学派。古时洙水和泗水在山东泗水县北合一西下,至曲阜北又一分为二,洙水北,泗水南。春秋时,其地为鲁国,孔子讲学于洙、泗之间。后人便以洙、泗指代儒家学派。诗里指朱熹学派与儒学的历史渊源。 ⑱云门:急流的出口。因水气状如云雾,故称。唐杜甫《陪郑广文游何将军山林》:"风磴吹阴雪,云门吼瀑泉。"僧:佛教徒中出家修行的男性。 ⑲跌坐:身体迅速跌落坐下。嘉庆本作"趺坐"。石鏬(xià):石缝。鏬,缝隙。嘉庆本作"待"。 ⑳虹栈:悬崖峭壁上的栈阁,因高而拱起,状如虹霓,故云。危:高耸。 ㉑"山高"句:人往高山盘旋而上,远看形似蚂蚁爬坡。舟一芥:由山上往深谷里看,行船像小草漂浮在水面上。嘉庆本作"舟立芥"。 ㉒轻舫:小船。嘉庆本作"轻狂"。鳅:泥鳅。宛转:曲折。 ㉓"峥嵘"句:形容高峻的岩石,形同龙角那么尖利。峥嵘,高峻的形状。"磊砢"句:指耸立的怪石如大鳖。鼋头癞,指大鳖,俗名"癞头鼋"。磊砢(kē),岩石高耸貌。 ㉔槎牙:指两岸岩石错落杂乱。颓波:向下流的水势。 ㉕"万古"句:形容万古千秋以来，溪水撞击岩石的响声如擂万鼓。古，嘉庆本作“鼓”。泙湃：波浪冲击的响声。 ㉖“峰峦”与“奔走”二句：水流急，舟行快，眼前峰峦叠嶂一闪而过。如马：嘉庆本作“万马”。 ㉗箭过：形容船速如飞箭。口开：嘉庆本作“开口”。咳：表示惊讶。 ㉘洸：水波动荡闪光。嘉庆本作“恍”。巨鳌戴：《列子·汤问》：五山（岱舆、员峤、方壶、瀛洲、蓬莱）之根无所连著，常随潮波上下往还，不得暂峙焉。仙圣毒之，诉之于帝。帝恐流于两极，失群圣之居，乃命禺彊使巨鳌十五，举首而戴之，迭为三番，六万岁一交焉，五山始峙。诗人将峭壁形状视作巨鳌。 ㉙山：嘉庆本作“上”。旧题名：过去游客在石壁上留下的诗作或题字。岁月字刻坏：记载年月日的刻字已被损毁了。岁月，嘉庆本作“岁久”。 ㉚“仿佛”句：指前人题刻落款的时间还依稀可见。年月载：嘉庆本作“年年载”。 ㉛前人踪：前人留下的遗迹。徒：仅仅。慨：感叹。 ㉜寒暄：冷、暖。光阴：景象。宋苏轼《二月三日点灯会客》：“蚕市光阴非故国，马行灯火记当年。”嘉庆本作“光景”。晦：昏暗。 ㉝浩荡：形容水势大。这里既指水势，也喻心潮起伏。二日：嘉庆本作“三日”。应接：应付接待。指对奇峰险峻的景致看不过来。 ㉞天柱峰：山峰名。在崇安县南武山东南角，九曲溪的第一曲处。又名大王峰。 ㉟胸中豪：雄心壮志。神游：形体不动，而心驰神往。八方：嘉庆本作“八荒”。 ㊱山灵：山中的神灵。清气：本指天空中的清明之气。喻光明正大的浩然正气。胜概：美好的自然境界。

【品评】

萨都剌去福州肃政廉访司就任，经江西铅山与福建崇安交界的分水岭，一直到福州，留下多首山水诗作。这首五古长篇，是到崇安后，乘船览胜，有感而发。他驰骋丰富奇妙的想像，运用挥洒自如的笔墨，将他在闽粤奇险瑰丽的丹崖碧水之间所见的千姿万态，所听的天籁所感气象变化，都进行生动的描绘。同时登临天柱峰顶，一览宇宙之大，吐纳浩然之气，神游八方之外，一泻胸中豪情。其境其情，令人神往，不似登临，胜似登临。

早发黄河即事①

晨发大河上，曙色满船头。②
依依树林出，惨惨烟雾收。③
村墟杂鸡犬，门巷出羊牛。④
炊烟绕茅屋，秋稻上陇丘。⑤
尝新未及试，官租急征收。⑥
两河水平堤，夜有盗贼忧。⑦
长安里中儿，生长不识愁。⑧
朝驰五花马，莫脱千金裘。⑨
斗鸡五坊市，酣歌醉高楼。⑩
绣被夜中酒，玉人坐更筹。⑪
岂知农家子，力穑望有秋。⑫
短褐长不完，粝食长不周。⑬
丑妇有女子，鸣机事耕畴。⑭
上以充国税，下以祀松楸。⑮
去年筑河防，驱夫如驱囚。⑯
人家废耕织，嗷嗷齐东州。⑰

饥饿半欲死，驱之长河流。[18]
河源天上来，趋下性所由。[19]
古人有善备，鄙夫无良谋。[20]
我歌西河曲，庶达公与侯。[21]
凄风振枯槁，短发凉飕飕。[22]

【注释】

①选自成化本《雁门集》卷二。作于至正十二年壬辰(1352)，诗云："去年筑河防，驱夫如驱囚。"据《元史·顺帝本纪》："(十一年)夏四月壬午，诏开黄河故道，命贾鲁以工部尚书为总治河防使，发汴梁、大名十三路民十五万，庐州等戍十八翼军二万，自黄陵冈南达白茅，放于黄固、哈只等口，又自黄陵西至阳青村，合于故道，凡二百八十里有奇，仍命中书右丞玉枢虎儿吐华、同知枢密事黑厮以兵镇之。"即事：以眼前事物为题材而作诗。是时，萨都剌在淮西江北道廉访司任经历，治所在庐州(今安徽合肥)。 ②晨发：弘治、毛晋本作"晨牵"。大河：即黄河。曙色：黎明的天色。 ③依依：形容树枝柔弱而随风摇摆。惨惨：极其昏暗、 ④村墟：即村庄。门巷：门庭里巷。 ⑤炊烟：烧火做饭时冒出的烟。绕：弘治、毛晋本作"动"。陇丘：田块与土丘。陇，用同"垄"。⑥尝新：吃应时的新鲜食物。官租：政府征收的租税。唐白居易《杜陵叟》："典桑卖田纳官租，明日衣食将何如?"征收：嘉庆本作"征求"。 ⑦两河：黄河与淮河。 ⑧长安：古都城，旧址在今陕西西安。这里喻元大都北京。里中儿：喻贵族子弟。 ⑨五花马：五种毛色相杂的马，言其名贵。莫：日落的时候。今写作"暮"。千金裘：指价格昂贵的皮衣。⑩五坊市：唐代皇帝在长安饲养鹰犬的地方，有鹰坊、雕坊、

鹞坊、狗坊等等。元大都比唐长安有过之而无不及。“酣歌”句，到歌楼妓院寻欢作乐，醉生梦死。醉，《元诗选》本作“最”。 ⑪玉人：美女。更筹：古代用作计时报更的竹签。⑫力穑：竭力收割。秋：收成。《尚书·盘庚上》：“若农服田力穑，乃亦有秋。”即通常说“麦秋”。 ⑬“短褐”句：连短的粗布衣也穿不上。嘉庆本作“裋褐”。长不完，毛晋本作“常不充”。“粝食”句：糙米饭吃不饱肚子。 ⑭鸣机：开机织布。耕畴：下地耕作。畴，田地。 ⑮国税：与“官租”同，见前注⑥。弘治、毛晋本作“国赋”。祀松楸：祭祀祖先。古代常在祖坟周围种上松树和楸树，故以“松楸”指代祖先坟墓。⑯筑河防：修筑黄河大堤。防，即堤。驱夫：驱赶农夫去修堤。囚，犯人。全句意为将农夫当作牢狱中的犯人一样驱使。 ⑰废耕织：废弃了耕田织布，都去修堤。嗷嗷：人们因饥饿难忍而哀声四起。齐东州：指山东一带地方。山东为古齐国所在地，故云。 ⑱长河：黄河。唐王维《使塞上》诗云：“大漠孤烟直，长河落日圆。”。 ⑲“河源”与“趋下”二句：指黄河发源于高原，水由高而低往下流是其属性。必须因势疏浚河道。唐李白《将进酒》：“君不见，黄河之水天上来，奔流到海不复回。” ⑳善备：事先有周密的计划和切实的安排，应对不测灾害的发生。鄙夫：见识肤浅。喻饱食终日而无所用心的达官贵人们。 ㉑西河：即黄河。古代称黄河南北流向的部分为西河。在同一首诗中为避免重复，故将黄河分别称为“大河”、“长河”、“西河”。康熙本作“两河”。河，弘治、毛晋本作“岸”。庶达：希望告知。公与侯：指在朝廷居高位、掌大权的王公侯爷们。清代萨龙光据此二句，判定此诗作修河未作定议之前，他说：“公诗作于脱脱未定议之先，故云我歌两河曲，庶达公与侯，盖亦同于成遵之见也。”将写作时间定为至正十年。这与诗的内容不符。名为赞颂其远祖有先见之时,实则否定了诗的真实性,不可取。 ㉒枯槁:指禾苗、树木已枯萎。末二句,喻自己年老力衰,心情非常凄凉。

【品评】

这首诗触及当时朝内外十分关注的一件大事,即修筑溃决的黄河大堤,并把批判的矛头指向最高统治集团的权势者。在《元史·顺帝纪》以及贾鲁、成遵本传和河渠志中,都记载了有关的情况和激烈争论。至正四年(1343)夏五月,大雨二十余日,黄河暴溢,平地水深二丈许,北决白茅堤(今山东曹县西白茅集一带),六月,又北决金堤(今河南濮阳至台前一带)。河水泛滥遍及今河南东南、山东西南地区,并殃及会通河、运河、北清河沿线府、州、县。受灾范围大,人们四处逃荒。漕运和盐场将受到极大破坏,国家经济受到极大损失。所以元顺帝诏令大臣制订治河方略,但久拖不决。直到至正九年(1349)冬,脱脱复为丞相,急于事功,论及河决,主动请命。在廷议中,意见分歧很大,唯都漕运使贾鲁昌言河必当治,并提出两条方案:其一,筑北堤,以制横溃,用工省;其二,疏塞并举,挽河东行复故道,工费甚大。廷议未能决。便派成遵偕大司农秃鲁前去调查。二人到实地进行了勘察,并遍翻史籍,博采舆论,力陈河之故道不可得复。在廷议中,成遵说:"济宁、曹、郓,连岁饥荒,民不聊生,若聚二十万人于此地,恐后日之忧,又有重于河患者。"脱脱怒曰:"汝谓民将反耶!"从辰时辩论到酉时,仍不统一。次日,有当权者对成遵说:"修河之役,丞相意已定,且有人任其责矣,公毋多言,幸为两可之议。"成遵仍坚持说:"腕可断,议不可易也。"之后,顺帝采纳脱脱的主张,于十一年四月初四日,下诏中外,命贾鲁为总治河防使，进秩二品，受以银印。一切从事大小军民，咸受节度，便宜兴缮。是月二十二日鸠工，七月疏凿成，八月决水故河，九月舟楫通行，十一月水土工毕，诸埽诸堤成。贾鲁被召回京师，超拜荣禄大夫，集贤大学士。赐脱脱世袭答剌罕之号。特命欧阳玄写河平碑文以旌功绩。可见朝廷把筑河防作为永垂不朽的大功德进行宣扬，而萨都剌在诗中反映的却是两岸农民遭受的一场浩劫。本来他于至正九年，因在江南诸道行御史台侍御史任上弹劾权贵之不法，被贬到淮西江北道廉访司任经历。但眼见不平仍大声疾呼，为民请命。诗的前十二句，描绘黄河两岸受灾村庄的惨象；紧接着是议论长安里中儿们，奢侈腐败，纸醉金迷的另一种生活场景。二十一至二十八句，笔头又回到农村，男耕女织，望有一个好收成，但却衣不蔽体，食不果腹。而更为严重的是筑河防带来的灾难，即二十九至三十四句。继而三十五至三十八句，是对最高当权者的斥责。最后四句，是诗人的呼吁和悲哀。全诗主题明确，层层铺垫，对比鲜明，真实地反映了黄河两岸农民的痛苦生活，具有以诗补史的价值。

寒夜闻角[1]

野人卧病不得眠，呜呜画角声凄然。[2]
黄云隔断塞北月，白雁叫破江南烟。[3]
山城地冷迫岁暮，野梅雪落溪峰颠。[4]
长门美人怨春老，新丰逆旅惜年少。[5]
夜深悲壮声摇天，万瓦月白霜花鲜。[6]
野人一夜梦入塞，走马手提铁节鞭。[7]

髑髅饮尽雪一丈，壮士起舞毡帐前。[⑧]

五更梦醒气如霓，将军何人知在边。[⑨]

【注释】

①选自成化本《雁门集》卷三，作于致和元年（1328）冬天。角：古乐器名，出西北游牧民族，鸣角以示晨昏。军中多用作军号。诗里指号角，即军号。 ②野人：山野之人，诗人借以自喻。画角：即号角。角形似竹筒，用竹木或皮革制成，外加彩绘，故云。全句意为：上都兵进逼大都，大都反击，双方激战，凄厉的号角声响彻夜空，使人心惊胆颤，不能入睡。③黄云：喻硝烟弥漫，战争激烈。塞北：指长城以北，喻上都，即元代夏宫，在今内蒙古正蓝旗东面，与大都（今北京）并称"两都"。江南烟：指怀王图帖睦尔由江陵（今湖北江陵）入大都篡位，从而爆发"两都"争夺皇位的内战。 ④山城：依山固守的营垒。《六韬·乌云山兵》："衢道通谷，绝以武车，高置旌旗，谨勅三军，无使敌人知吾之情，是谓山城。"指居庸关、虎北口等两军对垒的阵地。迫岁暮：逼近年终。 ⑤"长门"句：指陈皇后被汉武帝冷落，贬居长门宫而哀怨。《汉书·孝武皇后传》：擅宠娇贵，十余年无子，闻卫子夫得幸，几死者数焉。上愈怒，使有司赐皇后策曰："皇后失序，惑于巫祝，不可以承天命。其上玺绶，罢退长门宫。"长门，汉代宫殿名。美人，指陈皇后。"新丰"句：指唐代马周不遇时，寄居中郎将常何家事。新丰，古县名，在陕西临潼东北。刘邦建都长安，其父思乡，欲东归丰里，故置新丰。《汉书·地理志》：京兆尹新丰，秦曰骊邑。应劭曰：太上皇思东归。于是高祖改筑城寺街里以象丰，徙丰民以实之，故号新丰。逆旅惜年少，弘治、毛晋本作"还惜少年好"。年少者，即指马周之事，

马周，字宾王，博州茌平（今山东茌平）人。少孤平好学。武德年间，补州助教，辞而西游长安，客居中郎将何常家。贞观三年(629)，太宗令百官言时政得失，常何不能文，马周代拟疏论二十余事，皆切时弊。太宗惊问，常何以实告。太宗召见马周，令置门下省。官至中书令，兼太子右庶子。劝太宗省徭役、恤民力，慎选官吏，对诸王勿过优厚，勿令功臣世守封土，多被采纳。太宗待之甚厚。以上二句，诗人自喻有不遇而受冷落。 ⑥“夜深”句：指战场上悲惨而又壮烈之声震天动场、响彻夜空。“万瓦”句：形容深秋之夜，月光照着霜花，格外鲜亮，言其寒冷。 ⑦“野人”与“走马”二句：表达诗人的心情，连梦中也到塞北参加厮杀。铁节鞭，仿竹节而制作的马鞭。 ⑧髑髅：死人的头盖骨。指取战死者的髑髅饮酒，以壮胆驱寒。壮士：身体强壮而又勇猛的战士。毡帐：用油毛毡搭建的帐篷。 ⑨“五更”句：有的本作“三更”。指一夜怒气未消。“将军”句：即不知是哪位将军指挥战斗，是战胜还是失败呢？放心不下。

【品评】

此诗是为怀王图帖睦尔与太子阿速吉八争夺皇位引发内战而作。萨龙光云：“此诗当是寓京邸作，为泰定帝太子阿速吉八而发，太子时方九岁。致和元年(1328)七月，帝崩于上都，逾月不立君。至八月太子始即位上都，改元天顺，而燕铁木儿先遣使迎怀王图帖睦尔于江陵，袭位大都，改元天历。公诗‘黄云隔断塞北月’谓太子远在上都，‘白雁叫破江南烟’谓怀王入至江陵也。‘美人逆旅’借陈后、马周以自喻，谓愤懑莫泄也。‘野人一夜梦入塞’六句激昂慷慨，忧君侧之无人，思士气之一奋，盖已知梁王禅非制将之才，倒剌沙失托孤之任矣。曰‘将军何人知在边’，斥之也。其后十月，梁王禅与燕铁木儿战，果屡败，遁走。倒剌沙等奉皇帝宝玺出降，阿速吉八不知所终。邱浚曰：‘泰定帝乃裕宗之嫡孙、甘麻剌之长子，于属为宗子，非不当立也。英宗为铁失所弑，诸王迎立之，初不与其谋。武宗二子次虽当立，然既为英宗所据，则非其有矣。泰定初立之年，即立阿速吉八为太子，至是五年，名分已定。燕铁木儿遣兵攻之，以致于死地，史不明言其所以致死之由。然所以致之死地者，图帖木尔也。律以《春秋》之法，非弑而何？’”诗人的倾向很明确，同情上都，很不能奔赴塞北，驰骋沙场。运用了慷慨激昂的词语，抒发了抑郁悲愤的情怀。

过居庸关①

居庸关，山苍苍，关南暑多关北凉。②
天门晓开虎豹卧，石鼓昼击云雷张。③
吴门铸铁半空倚，古来几多壮士死。④
草根白骨弃不收，冷雨零风哭山鬼。⑤
道旁老人八十余，短衣白发扶犁锄。⑥
路人立马问前事，犹能历历言丘墟。⑦
夜来芟豆得戈铁，雨蚀风吹半棱折。⑧
色消唯带土花腥，犹是将军战时血。⑨
前年又复铁作门，貔貅万灶如云屯。⑩
生者有功挂六印，死者谁复招孤魂。⑪
居庸关，何峥嵘！⑫

上天胡不呼六丁，驱之海外消甲兵。⑬

男耕女织天下平，千古万古无战争。⑭

【注释】

①选自成化本《雁门集》卷三。原注：至顺癸酉岁。《日下旧闻·边塞下》载，此诗作《至顺癸酉岁过居庸关》，《畿辅通志》作《度居庸即事有感》。作于元惠宗元统元年（1333）。居庸关：古关名。在北京昌平西北的南口镇和延庆东南的八达岭之间。《吕氏春秋·有始》称：山有九塞，居庸为其中之一。东汉时称军都关，也叫蓟门关。北齐改为纳款关。关门南北之间，相距四十里。两山夹峙，巨涧中流，悬崖峭壁，称为绝险。是北京西北咽喉，历来兵家必争之地。元睿宗拖雷在此设南北口，屯军以巡检盗贼。　②山苍苍：指居庸山上的苍松翠柏。据有关史籍描绘：两山夹峙，一水旁流，关跨南北四十里，悬岩峭壁，最为险要。关之南，重峦叠嶂，吐奇吞秀，苍翠可爱，为京师八景之一，名曰“居庸叠翠”。“关南”句：指塞内外，即南北气候变化各异。　③“天门”句：形容拂晓时野兽出没。天门，指天刚发白，好似天宫开门透出亮光。“石鼓”句：形容白天听见涧水冲击巨石发出的响声，犹如擂鼓与雷鸣一般。　④倚：斜靠着。几多：数不清。壮士：强壮而勇猛的战士。　⑤“草根”句：形容尸骨遍野，死人很多，掩埋不完。几多，弘治、毛晋本作“几度”。“冷雨”句：形容在寒凉阴冷的风雨中有野鬼在哭泣。嘉庆本作“冷雨阴风泣山鬼”。全句喻阴冷杀伐的气氛。　⑥“道旁”与“短衣”：隐含战争的灾难，青壮年已战死，而八十余岁的老人，衣不蔽体还来耕地除草。老人，嘉庆本作“老翁”。犁，用作耕地的农具。锄，用作除草松地的农具。　⑦路人：行路经过此地之人。

历历:清清楚楚。丘墟:荒废的土地。 ⑧芟:割。戈铁:古代用的一种兵器,即平头戟。弘治、毛晋本作“锄”。半稜折:康熙本作“失颜色”。 ⑨色消:嘉庆本作“铁腥”。土花腥:因戈铁在地里受风吹雨蚀,不仅折断,还锈迹斑斑,带有血腥气味。腥,嘉庆本作“青”。 ⑩前年:即前些年之意。指致和元年(1328),七月,泰定帝死于上都,月馀不立君。八月,太子阿速吉八在上都即位,改元天顺。而燕铁木儿在大都发动政变,迎立怀王(元文宗)于大都,改元天历。于是上都发兵攻大都,曾在居庸关激战。貔貅:古籍中指两种猛兽。《史记·五帝本纪》云:轩辕帝驱貔貅等猛兽与炎帝战于阪泉之野 。后来,将貔貅喻为勇猛的将士。灶:行军作战时,在战地挖坑或垒石用来烧水做饭的设备。云屯:如云聚集,形容军队盛多。 ⑪生者:弘治、毛晋本作“生存”。挂六印:借用六国相印或六将军印讽喻燕铁木儿,在此督战,取胜后封侯挂印,赏赐无以复加。《史记·苏秦列传》:于是六国从合而并力焉。苏秦为从约长,并相六国,佩六国相印。又《史记·封禅书》:是时,上方忧河决,黄金不就,乃拜大(栾大)为五利将军。居月余,得四印,佩天士将军、地士将军、大通将军印。大见数月,佩六印,贵震天下。嘉庆本作“玉印”。孤魂:即孤独无依的灵魂。指无数战死而又无人埋葬和祭祀的亡魂。 ⑫峥嵘:高峻;雄伟。 ⑬六丁:供天地驱使的阴神。即丁卯、丁已、丁未、丁酉、丁亥、丁丑。消:弘治、毛晋本作“休”。甲兵:铠甲和兵械。泛指兵器。诗里喻战争。 ⑭天下平:即天下太平。全句意为男有耕,女有织,人民安居乐业。

【品评】

元顺帝元统元年春,萨都剌奉命到上都迎接马伯庸除南台中丞，当他路过居庸关时，即兴赋诗。诗从开头至“哭山鬼”，写居庸关的险要，历来许多壮士在此流血折腰；“道旁”至“死者”十二句，写诗人与老翁的对话，讽刺封侯挂印者，对无数战死的孤魂野鬼深表同情。最后六句，是诗人的反呼吁。此诗主旨明确，态度鲜明，词语豪壮，气势磅礴，批判有力。特别是对蒙元统治者，他们不仅靠杀伐取得天下，在灭宋建元之后，或争夺皇位发动内战，或镇压人民反抗，战争连年不断，给人民带来无穷无尽的灾难，故此诗具有重要的现实意义。

回风坡吊孔明先生[1]

大江东流日夜白，已矣英雄不堪说。[2]
朔风挟雨过江来，犹向矶头溅腥血。[3]
汉家神气四海摇，奸雄贱子相贪饕。[4]
二龙雌雄尚未决，将军战骨如山高。[5]
先生谋略满怀抱，坐视腥膻不为扫。[6]
若非蜀主三顾贤，终只如龙卧南亩。[7]
仰天一出摧奸锋，纶巾羽扇生清风。[8]
许君义气肝胆裂，兵枢尽在掌握中。[9]
赤壁楼船满江夏，仗剑登坛喑叱咤。[10]
忠心耿耿天必从，烈火回风山亦赭。[11]
可怜一炬功未城，将星已坠西南营。[12]
力吹汉水灰未醒，呜呼天命向不平。[13]
伫立矶头盼吴越，感慨今人生白发。[14]

先生虽死仪表存，大义皛皛明日月。[15]

【注释】

①选自成化本《雁门集》卷三。回风坡：指江西九江东北长江中的回风矶。据《江西通志》载：回风矶，在九江府东北四十里，舟行至此，俱转篷避风。吊：追怀古人。孔明：诸葛亮字孔明，三国时琅邪阳都（今山东沂南）人。少孤。后从叔父玄，赴荆州依刘表。玄死，亮躬耕陇亩，好为《梁父吟》。每自比管仲、乐毅，时人莫之许也。惟好友崔州平、徐庶信以为然。刘备屯新野（今属河南），由徐庶推荐，亲去拜访孔明，凡三次乃见。刘备便问以成就霸业、兴复汉室的良策。诸葛亮便分析群雄割据之势，天时地利人和之优劣，提出完成大业的战略和步骤。刘备悦服并依计而行。刘表死后，刘琮献荆州降曹操，追刘备至夏口（今武汉蛇山东北），孔明出使东吴说服孙权并力击败曹操于赤壁。后与关羽镇荆州，与张飞、赵云进川助刘备破成都。刘备即位后，以孔明为丞相录尚书事，假节。蜀汉章武二年（222）刘备征吴败退白帝（今重庆奉节）城，次年病笃，授以托孤之重。随后率众南征，其秋悉平。五年率诸军北驻汉中。六年春，亲率诸军攻祁山。冬，出散关，围陈仓。七年，遣陈式攻武都、阴平。九年，复出祁山。粮尽军退，射杀魏将张郃。十二年春，率大军出斜谷，据武功五仗原（今陕西岐山南），与司马懿对于渭南，相持百余日，其年八月，卒于军。时年五十四。他受刘备知遇之恩，受托孤之重，实践了"鞠躬尽瘁，死而后已"的诺言。被后世奉为忠臣的楷模。萨都剌于顺帝元统二年（1334），从金陵（今江苏南京）溯江往江西临川，船至回风矶，有感而发。　②大江：即长江。　③朔风：北风。矶头：指回风矶。溅腥血：浪花飞

溅血腥的气味，喻战争没有停息。 ④汉家：指东汉末年，刘氏宗室。神器摇：帝位摇摇欲坠。神器，喻皇权；帝位。奸雄贼子：图谋篡夺皇位而弄权欺世惑主的人。指董卓、曹操等等。饕（tāo）：传说中一种凶恶贪食的野兽。贪饕，喻凶恶贪婪争夺皇位的野心家。 ⑤二龙：似指汉少帝刘辩与汉献帝刘协。昭宁元年（189），董卓领兵进洛阳，废少帝立献帝。自为相国，专擅朝政。初平元年（190），袁绍联合关东州郡起兵讨伐董卓，进而群雄并争，天下大乱。雌雄尚未决：喻争战未定胜负。雌雄，即雌性和雄性，喻胜负。"将军"句：形容战死的人多，尸骨堆积如山。 ⑥"先生"句：形容孔明善于出谋划策，神思妙算甚多。腥膻：血腥味，喻战争流血。不为扫：不去扫除，指孔明躬耕于南阳隆中（今湖北襄樊西）。⑦"若非"句：指刘备三次到南阳草庐中去拜访孔明，诚心请他出来帮助自己。孔明《出师表》云："先帝不以臣卑鄙，猥自枉屈，三顾臣于草庐之中。"蜀主，即刘备。龙卧南亩：指孔明隐居隆中，时人号为卧龙。 ⑧仰天：昂首望天，意气高扬的样子。摧奸锋：挫败奸雄贼子们的锐气。指赤壁之战，击败曹操。"纶巾"句：头上戴着纶巾，手中摇着羽毛扇，形容神情自若，风度翩翩。纶巾，用丝带编制的头巾，相传为孔明所制。 ⑨"许君"句：称颂孔明忠肝义胆，为刘备呕心沥血。兵枢：军事最高指挥权限。 ⑩赤壁：指赤壁之战的战场所在地。楼船：高大的战船。江夏：即江夏郡，三国吴治武昌（今湖北鄂州）。吴于赤壁战场，其地说法不一，作者用江夏之说。"仗剑"句：传说周瑜在赤壁焚烧曹操战船之前，孔明登祭风坛借东风。 ⑪天必从：即说上天被孔明的忠心感动，送来了东风。"烈火"句：指风助火势，把山也烧红了。赭，红褐色。 ⑫"可怜"句：用传说孔明在上方谷，计烧司马懿父子，当司马氏父子绝望时，天突降大雨脱险。“将星”句：指孔明病逝于五丈原军营之中。《三国志·蜀书·诸葛亮传》注引《晋阳秋》曰：“有星赤而芒角，自东北西南流，投于亮营，三投再还，往大还小。俄而亮卒。” ⑬汉水：又称汉江。源于陕西宁强县的嶓冢山，流经湖北，由武汉市入长江，是长江最长的支流。 ⑭吴越：指古代吴国、越国地面或天空。⑮仪表：指人的外表，即孔明画像与雕塑等。“大义”句：形容孔明的精神可与日月同辉。

【品评】

此诗是为悼念孔明而作。诗的前八句，是写自己站立回风矶前，注视滚滚东流的江水，遥想东汉末年，群雄争霸，胜负未分的形势；从“先生”至“呜呼”十六句，写刘备三顾茅庐，孔明为报效知遇之恩，施展雄才大略，为刘备三分天下，赤胆忠心，功败垂成，鞠躬尽瘁；最后四句：写对孔明的敬仰和歌颂。全诗想像丰富，运词豪迈，情绪悲壮。既抒发了对“孔明先生”文韬武略、耿耿忠心，其精神有如日月经天、江河行地的无限崇敬，同时也透露了自己韶华已逝，大志不能得伸的悲凉。

高邮阻风①

离家十日得顺水，不卸蒲帆一千里。②
忽然今日风打头，寸波寸水逆上流。③
小儿造物不可恻，昨日南风今日北。④
黄郎束手篷下眠，尽日闲看顺水船。⑤

顺船得势如马走，相望招呼不回首。⑥
长风硫浪我亦曾，顺逆偶尔非人能。⑦

【注释】

①选自成化本《雁门集》卷三。高邮：今江苏高邮。元至元十四(1277)年升为高邮路总管府，二十年，改路为府，属扬州路。后至元二年(1336)，萨都剌由大都沿运河南渡，行至高邮湖为风所阻，心有所感而作。　②不卸蒲帆：船上的蒲帆未伸张开。喻船行顺风。蒲帆，用蒲草编制的帆。　③风打头：船逆风而行，风扑面而来，俗称打头风。“寸波”句：形容船行很困难。　④小儿：小孩子，这里为轻蔑之语。将自然拟人化。造物：指大自然可生万物。恻：误。嘉庆本作“测”是。即猜度；预料。全句语意双关，除对大自然风云变幻不可预知外，也有在官场翻手为云、覆手为雨的政治风云难于应对之意。　⑤黄郎：即黄头郎的简称，指船夫，因头戴黄帽而得名。篷：即船的帆篷。　⑥“顺船”与“相望”二句：言顺风船飞快，连与顺风船上的人，打个招呼都来不及回应。⑦“长风”与“顺逆”二句：是说自己也曾有过乘长风、破万里浪的远大目标，如今却领悟到，成功与否要有机遇，这是个人难以把握住的。李白《行路难》：“长风破浪会有时，直挂云帆济沧海。”

【品评】

诗人借行船被逆风所阻，自己从中有所感悟而借题抒怀，对自己的才能未能得以施展，不被当权者重用，而表不满。寓情于景，自然贴切。

过嘉兴①

三山云海几千里，十幅蒲帆挂烟水。②
吴中过客莫思家，江南画船如屋里。③
芦芽短短穿碧沙，船头鲤鱼吹浪花。④
吴姬荡桨入城去，细雨小寒生绿沙。⑤
我歌《水调》无人续，江上月凉吹紫竹。⑥
春风一曲《鹧鸪吟》，花落莺啼满城绿。⑦

【注释】

①选自成化本《雁门集》卷三。嘉兴：今浙江嘉兴，元为嘉兴路，属江南浙西道。后至元二年(1336)春，萨都刺由大都赴福州赴任，路过嘉兴时，被江南春光所吸引，故作此诗。②三山：福州的三座山，即于山、乌石山和越山，这里指代福州。蒲帆：用蒲草编制的船帆。烟水：烟波，即云雾和波涛。弘治、毛晋本作“秋水”。　③吴中：今江苏苏州，古称吴中。江南：指长江下游南岸江苏一带地区。画船：装饰华美的游船。宋范仲淹《献巨花洲图上陈州宴相公》诗云：“步随芳草远，歌逐画船移。”　④芦芽：芦苇刚冒出土的嫩芽。碧沙：碧绿的沙滩，因芦芽穿沙而出，一眼望去似芽又是沙。鲤鱼吹浪花：春夏之交的风，称鲤鱼风，故云。　⑤吴姬：古代吴地对美女的称呼。这里泛指划船的妇女。桨：划船的工具。⑥《水调》：曲调名，即《水调歌头》。声调最为怨切。续：接续，唱和。吹紫竹：指吹笛子或箫。因紫竹可做箫、笛、笙等管乐器。　⑦《鹧鸪吟》：词牌名。嘉庆本作《鹧鸪词》。莺：

即黄鹂鸟。

【品评】

诗人乘华美的游船，穿行于迷人的江南水乡，淡淡烟波，芦芽绿沙，吴姬荡桨，鲤鱼浪花，目不暇接；还有那忧怨的笛声，黄鹂的鸣唱，禁不住勾起了游子思乡的情怀。运笔自如，着色淡雅。可谓心与景会，再现了江南水乡春末景色。

游吴山紫阳庵[1]

天风吹我登鳌峰，大山小山石玲珑。[2]
赤霞日烘紫玛瑙，白露夜滴青芙蓉。[3]
飘绡云起穿石屋，石上凉风吹紫竹。[4]
挂冠何日赋归来，煮茗篝灯洞中宿。[5]

【注释】

①选自成化本《雁门集》卷三，弘治、毛晋本作《偕卞敬之游吴山驼峰紫阳洞》。吴山：在杭州西湖东南，又名城隍山。据《杭州府志》：吴山，杭之镇山也，在府城西南。春秋时为吴南界，故曰吴山，或以伍子胥故，讹“伍”为吴，故亦称胥山。紫阳庵：据《西湖游览志》云：紫阳庵，宋嘉定间，邑人胡杰居此，建集庆堂。元至元间，道士徐洞阳得之，改为紫阳庵。其徒丁野鹤弃俗全真，一日召其妻王守素入山，付偈云：“懒散六十年，妙用无人识。顺逆两俱忘，虚空镇长寂。”抱膝而逝。守素遂奉其尸而漆之，端坐如生。守素亦束发为女冠，不下山者二十年。萨天锡谱之诗云……此诗作于后至元二年

(1336),萨都剌由大都赴福州任廉访知事,经杭州,游吴山紫阳庵而作。同时还作有《赠吴山紫阳庵女道士并序》,即前“萨天锡谱之诗云”。《西湖志·碑碣部》:萨都剌游紫阳洞诗在瑞石山紫阳庵。题“紫阳胜境,元肃政廉访知事雁门萨天锡行书。” ②“天风”与“大山”二句:田汝成《西湖游览志》:瑞石山秀石玲珑,岩窦窈窱,寒泉涓沥,汇为澄泓者往往而有,清幽澈骨,空翠扑肌。湖山奥区,罕与伦比。橐驼峰背削凌空。雪风洞,谽谺曲径,履舄所涉,栩栩然觉有仙风焉。《钱塘县志》:其胜迹有鳌峰、青芙蓉、紫玛瑙、紫竹林、归云洞、瑞石洞、迎真洞诸胜。鳌峰:弘治、毛晋本作“驼峰”。玲珑:精巧细致。 ③赤霞:红霞,太阳光。烘:烤干。弘治、毛晋本作“射”。紫玛瑙,青芙蓉:皆为山上胜境。 ④飘绡:飘在空中的薄纱,形容淡淡的云彩。绡,用生丝织成的薄绸。云起:嘉庆本作“云气”。绡,嘉庆本作“飙”。石屋:石洞。屋,弘治、毛晋本作“室”。紫竹:即紫竹林。 ⑤挂冠:脱去官帽。喻罢官归隐。《归来》:指陶渊明《归去来辞》,喻隐居。茗:即茶。煮茗,弘治、毛晋本作“扫石”。篝灯:灯笼。篝,竹笼。

【品评】

诗题是《游吴山紫阳庵》,但诗写的是山,诗人巧妙地将天造地成的鳌峰、青芙蓉、紫玛瑙、紫竹林等诸名胜,编织成为一首诗,显得那么自然,且寄寓着眷恋何日来此归隐的情怀。

走笔赠燕会初①

别君金陵城，　　遇君钱塘驿。②
落魄江湖懒折腰，笑傲公卿但长揖。③
柳花吹香扑酒缸，酒波滟滟如春江。④
西湖天镜碧堕地，吴山娥眉青入窗。⑤
驿楼把酒歌别离，醉听林间莺送啼。⑥

【注释】

①选自成化本《雁门集》卷三。走笔：挥毫疾书。燕会初：嘉庆本作燕孟初。据杨维桢《西湖竹枝词》注云：燕不花，字孟初，张掖（今甘肃张掖）人。此诗作于后至元二年(1336)。　②金陵城：今江苏南京，元改为集庆路。钱塘：也作钱唐，古县名，今杭州。驿：驿站。因萨都剌去福州赴任，路经杭州，在驿站休息，与旧友重逢。　③落魄：穷困不得意。江湖：泛指五湖四海，即全国各地。懒折腰：不愿意向权贵低头献媚。即不屈志于人。“笑傲”句：指他在王公卿相之间，嬉笑游玩，潇洒自如。长揖：拱手行礼。即打躬作揖。④滟滟：形容酒在杯中浮动闪光。唐张若虚《春江花月夜》：“滟滟随波千万里，何处春江无月明。”　⑤西湖：即今杭州西湖。天镜碧堕地：碧色的天空倒映西湖水面，犹如天镜坠落地上。嘉庆本在“吴山”与“驿楼”二句之间有“平生豪气如虹吐，馀子纷纷何足数”二句。　⑥“驿楼”与“醉听”二句：指在驿舍纵饮饯别时，赋诗唱和，以抒愤懑，还在沉醉中听见林间传来黄莺参与送别的鸣叫。嘉庆本作“驿亭把酒歌别离，醉

听江湖鸣万鼓。”

【品评】

此诗是萨都剌在钱塘驿馆与老友重逢，且又将分别时，酒兴正酣，即席挥毫。诗中由衷地称颂燕会初的大丈夫气概：人虽穷而志不移，不低眉折腰去巴结权贵，笑傲于王公卿相之间。感情真挚，语言生动，耐人寻味。

画　马[1]

汉水扬波洗龙骨，房星堕地天马出。[2]
四蹄蹀躞若流星，两耳尖修如削笔。[3]
天闲十二连青云，生长出入黄金门。[4]
鼓鬃振尾恣偃仰，食粟何以酬主恩。[5]
岂堪碌碌同凡马，长鸣喷沫奚官怕。[6]
入为君王驾鼓车，出为将军净边野。[7]
将军与你同死生，要令四海无战争，
千古万古歌太平。[8]

【注释】

①选自成化本《雁门集》卷三。嘉庆本作《题画马图》。作于后至元二年(1336)，萨都剌在福州任廉访知事。　②汉水：水名。有东西二源之说。《水经注笺》卷二十云：东源出自武都氐道县(今甘肃西和县与礼县)漾山，为漾水。西源出陇西(今甘肃陇西县)嶓冢山，会入葭萌(今甘肃、四川交界的

白水江)入汉水。洗龙骨:指龙马。房星:星宿名,即苍龙七宿。天马出:《水经注笺》卷二十云:今西和县嶓冢山,西汉水所导也。西流与马池水合,谓之龙渊水,言神马出水。《开山图》曰:陇西神马山有渊池,龙马所生,即是水也。其水西流,谓之马池川。又西流,流入西汉水。萨都剌采用此说为诗。③蹀躞:步小而快。流星:指宇宙中的流星体飞入地球发光一闪而过,形容马速快。尖修:马耳又尖又长。削笔,嘉庆本作"削竹"。 ④天闲:皇帝养马的地方。宋陆游《感秋》诗:"古来真龙驹,未必置天闲。"青云:本指高空之云。这里喻高官显爵。汉扬雄《解嘲》云:"当途者升青云,失路者委沟渠。"黄金门:即宫廷之门。 ⑤鼓鬃:晃动颈上的鬃毛。振尾:摇动马尾。恣偃仰:骄横无忌。恣,毫无顾忌。粟:一年生草本植物,通称谷子,去壳后称小米。这里泛指粮食。酬:感谢;补报。 ⑥碌碌:平庸,没有特殊能力。奚官:负责养马的官。 ⑦鼓车:宫廷内的轻便小车。净边野:肃清敢于侵犯边关的敌寇。净,弘治、毛晋本作"静"。 ⑧"将军"以下三句:是诗人大志未能得伸的慨叹。要与神马驰骋边关去扫除盗寇。让天下人,千秋万代共享太平。

【品评】

这是一首题画诗,萨都剌在福州肃政廉访司任职时,应邀到长官寿监司家去欣赏名画时,借为画题诗以抒胸怀,除此首外,还有《题寿监司瘦马图》云:"沙场日暖春草肥,瘦马不受黄金羁。天生神骏天所爱,它容过市人无知。郎君并坐芙蓉幕,喜见马图天上落。人生相遇贵相知,孰谓世间无伯乐。"《画马》一诗,不仅再现了天马的生动形象,而且通过天马的神情,而大发议论,不愿再碌碌无为地消磨时光。而长鸣喷沫，欲求奔驰到边关去扫灭盗寇。将军也与龙马神情相通，愿与马去出生入死，平息战乱，让天下共庆太平。这就是作者的抱负和胸怀。迫切地希望“伯乐”出现在面前。情真意切，慷慨激昂。

寄舍弟天与①

鸿雁飞南北，关河隔弟兄。②
水通郧子国，舟泊汉阳城。③
落木风霜下，高秋鼓角声。④
故人如问讯，为我道乡情。⑤

【注释】

①选自清嘉庆本《雁门集》卷一。作于大德六年(1302)。天与：萨都剌之弟。萨龙光注：“《家谱》：天与公，讳野芝，阿鲁赤公次子，官江西建昌路总管。子讳仲礼公，登元元统元年癸酉进士，授福建行中书省检校，因籍闽。” ②鸿雁：候鸟名，又名大雁。群居水边，飞行时，一般排成行。《诗·小雅·鸿雁》：“鸿雁于飞，肃肃其羽。”《传》曰：“大曰鸿，小曰雁。”关河：泛山关山界河。 ③郧子国：春秋时国名，在今湖北安陆市一带，元为德安府。汉阳城：今湖北武汉汉阳。皆春秋时郧子国也。 ④落木：即树木落叶。高秋：深秋。鼓角声：鼓声和号角声。 ⑤故人：父老乡亲或老朋友。乡情：思念家乡的心情。

【品评】

这首诗是萨都剌早期之作，为了解决家中生活，曾带着二弟天与到江南经商。是年清明时节，兄弟二人尚在江苏淮安同舟共济，而到了深秋，兄弟先回老家雁北，自己却溯西到湖北汉阳。眼见落木萧萧，耳闻鸿雁哀鸣，孤独之感，不禁袭来。便信手挥笔，寄诗兄弟，抒发思乡之情。语言质朴，感情真挚。

花山寺投壶①

落日花山寺，秋风铁瓮城。②
野人欢讼简，稚子说官清。③
系马岩花落，投壶山鸟惊。④
兴阑山下路，相送晚钟鸣。⑤

【注释】

①选自成化本《雁门集》卷四。作于天历二年(1329)。是时萨都剌在镇江录事司任达鲁花赤。花山寺：寺名。花山，在镇江城东。据《明一统治》：花山在镇江府城东三里，一名东山。因产牡丹，故名。唐皇甫冉诗："北固多陈迹，东山复胜游。"宋苏舜钦诗："寺里山因花得名，花今不见草纵横。"据苏诗，说明宋时已有花山寺。投壶：古人在宴饮时的一种游戏。设置特制的酒壶，宾主依次投矢其中，中多者胜，负者饮酒。　②铁瓮城：三国吴孙权以镇江为京城，又筑子城，以砖加固，号铁瓮城。宋范仲淹诗："金山寺近尘埃绝，铁瓮城高气象雄。"　③野人：山野或田野之人，指百姓。"野"，毛晋

本作“居”。讼简：即诉讼案情少。喻无冤狱。稚子：小孩子。官清：当官的清正廉明。④“系马”与“投壶”二句：指在幽静的环境中娱乐。⑤兴阑：即尽兴，没有兴趣继续玩了。晚钟：寺里敲钟焚香敬供斋饭了。

【品评】

这是诗人在公事之馀暇，到花山寺游乐即兴挥毫，抒发了志得意满、乐民之乐的情思。情景融合，平易自然。

谩　兴①

去岁干戈险，今年蝗旱忧。②
关西归战马，海内卖耕牛。③
元老知谁在，孤臣为尔愁。④
凄风吹短发，落日倦登楼。⑤

【注释】

①选自成化本《雁门集》卷四。谩，用与“漫”通。谩兴：即胡乱地随意而写。此诗作于天历二年(1329)，是时，萨都剌仍在镇江录事司任达鲁花赤。　②“去岁”：指致和元年(1328)，上都与大都之间因夺皇位，而进行的内战。即致和元年七月，泰定帝崩于上都，太子阿速吉八未即位，大都燕铁木儿便发动政变，迎立图帖木尔。于是拥护上都的诸王各路军队，进攻大都。大都便进行反击，最后攻陷上都，上都奉皇帝玉玺投降。干戈，泛指兵器，喻战争。干，即盾牌。戈，一种兵器。　③“关西”句：指陕西的靖安王拥护上都出兵潼

关，直逼河南虎牢关，随后又退兵一事，故云。“海内”句：指战争给农民带来的灾害，连种地的耕牛也卖了，再无法生活。海内，指全国。　④元老：指为建立国家而功绩卓著的老臣。孤臣：孤立无援的臣子，诗人自喻。　⑤凄风：阴冷的风。“落日”句：表明无闲情去登楼观赏景致，而为国家面临的灾难忧心。

【品评】

此诗题曰《谩兴》，实则是针对全国严重的天灾人祸而发。所谓天灾：据《元史·文宗本纪、五行志》云：陕西自泰定二年(1325)至是(即天历二年)不雨，岁大饥，人相食。三月旱蝗。河南北、山东、两浙居民毋虑百馀万户。又云：天历二年夏，真定、河间、大名、广平等四州四十一县旱，峡州二县旱。八月，浙西湖州、江东池州、饶州旱。十二月，冀宁路旱。陕西饥民百二十三万四千馀口。河南饿死者二千馀人，山东饥民六十七万六千户。是时，萨都剌仍在镇江任达鲁花赤，据《镇江府志》云：萨都剌请求路府开仓赈济饥民，全活数十万。所谓人祸：即致和元年(1328)，怀王由江陵入大都篡位，封燕铁木儿为太平王，是年与上都诸王、陕西行省等交战，使人民陷入更深的灾难之中。此诗就是针对全国的险恶形势而发，抒发了对人民痛苦的同情、对国家局势的忧虑。主旨明确，运词直白，意到笔随，情感率真而低沉。

次韵答奎章虞阁老伯生见寄[1]

衰职须公称，江波属我闲。[2]

宦情鱼鸟畔，德誉董韩间。③
黄阁论思地，金焦放浪山。④
尽操舟泛泛，空忆佩珊珊。⑤

【注释】

①选自成化本《雁门集》卷四。萨都剌将《花山寺投壶》诗寄赠虞伯生后，虞便写《寄丁卯进士萨都剌天锡》诗："江上新诗好，亦知公事闲。投壶深竹里，系马古松间。夜月多临海，秋风或在山。玉堂萧爽地，思尔佩珊珊。"萨都剌即依此诗之韵而答。答诗不仅要按原诗的体裁和押韵，而且要与原诗的句意相呼应。故云次韵。奎章阁：元代殿阁名。在兴圣殿西廊。文宗天历二年(1329)，立奎章阁学士院。阁内收藏古器物及图书甚多，聚集文人学士，鉴赏文籍，兼备皇帝咨询。顺帝后至元六年(1340)罢。故宫现存古代书画，不少曾经奎章阁收藏，钤有"奎章阁宝"、"天历之宝"印。虞阁老伯生：虞集字伯生，号道园，世称邹庵先生。崇仁(今属江西)人。元大德初，入京师为大都路儒学教授，国学助教。仁宗时为集贤修撰。泰定初为秘书少监，与王约从泰定帝去上都，用蒙、汉语讲解经书，升翰林直学士兼国子祭酒。文宗时任奎章阁侍书学士，受命与平章赵世延等修《经世大典》。诗文负有盛名，被誉为"元诗四大家"和"儒林四杰"之首。为当时文坛盟主。阁老，因当时虞为奎章阁侍书学士，诗人给以敬称。此诗作于至顺元年庚午(1330)。萨龙光按：顾侠君《元诗选》未及订讹，而以此诗入李季和集中。考《元史》本传，李无官镇江事迹，而情事亦绝不相侔，故特驳正于此。
②衮职：即国家三公之职。称：合适。闲：清闲，无事可作。
③宦情：做官的志趣。鱼鸟畔：池畔钓鱼，林间赏鸟，喻冷官

无可作之事，即大才小用。自指。德誉：美好的声誉。董韩间：与董韩并列。董，即董仲舒、西汉今文经学大师，广川（今河北枣强）人。专治《春秋公羊传》，曾任博士，江都相和胶西王相。汉武帝采纳了他“独尊儒术”的建议。韩，即唐韩愈字退之，唐河内南阳（今河南孟州西）人。著名的唐代文学家。自称郡望昌黎，世称韩昌黎。贞元进士，任监察御史，几经贬谪。后为吏部侍郎。政治上反对藩镇割据，思想上尊儒排佛。竭力反对六朝以来的骈体文风，提倡散体，与柳宗元同为古文运动的倡导者。　④黄阁：本为汉代丞相听事阁。汉以后三公官署亦称黄阁。诗里指奎章阁、虞集为侍书学士，为皇帝讲经。论思地：特指皇帝与臣子、学士讨论学问的地方。金焦：即金、焦二山。分别在镇江东北和西北，两山相对。放浪山：即在金焦二山放浪形骸。　⑤“尽操”句：一天只管在江中泛舟度日。“空忆”句：白白地回忆黄阁论思地佩王的响声。

【品评】

萨龙光云：“前诗（《和学士伯生虞先生寄韵》）是和，此诗是答。和者不必拘所寄之诗之意，答则必就其诗意应之。虞之寄诗为公《花山寺投壶》一首而寄也，故首一句云‘江上新诗好’，指花山寺之诗而言，虞诗中即用其语。今公此答，一句属虞，一句属己，两两相形，见一忙一闲之大不相类。盖由其官清讼简所致，而亦自寓下僚之恨也。少陵云‘能者操舟急若风’，而公则操舟泛泛矣。”全诗既是对虞阁老的称颂，又有同声相应，同气相求之慨叹。

题高秋泉诗卷①

美矣高夫子，能文武亦全。②
横琴弹夜月，洗剑动秋泉。③
酒熟春如海，诗闲日似年。④
纶巾北窗下，倦可枕书眠。⑤

【注释】

①选自成化本《雁门集》卷四。作于至顺元年(1330)。高秋泉:高克礼,字敬臣,号秋泉,河北河间(今河间)人。官至庆元(今属浙江)理官。 ②夫子:古代对男子的敬称。"能文"句:赞扬高秋泉文武兼备。 ③横琴:抚琴;弹琴。既言其多才多艺,又喻悠闲自得。唐羊士谔《书楼怀古》:"远目穷巴汉,闲情阅古今。忘言意不极,日暮但横琴。"洗剑:将剑擦拭干净收藏起来,喻埋没人才。 ④"酒熟"句:即酿制出来的酒汁,到了春天像海水那么多,夸张语。熟,嘉庆本作"热"。"诗闲"句:每天无事,作诗遣兴,消磨光阴。 ⑤纶巾:古时用青丝带编制的头巾,又名诸葛巾,相传为诸葛亮所创。枕书眠:把书当枕头睡觉。言其无事可作。

【品评】

此诗的标题很明确,为高秋泉的诗卷而作。全诗未评高的诗作,而是夸说高夫子其人,文武兼备,弹琴赋诗,无所不能。可惜宝剑未试锋芒,只能纵酒赋诗,窗下翻书。诗人对高的才识被埋没,有惺惺相惜之叹。

宿因胜庄[1]

薄莫雨初作，客愁行路难。[2]
长风吹短发，平地走惊湍。[3]
云气千山暝，松声五月寒。[4]
小窗僧话久，亦学坐蒲团。[5]

竹院亦幽雅，参禅愧未能。[6]
梦回僧枕雨，花落佛龛灯。[7]
风响过墙竹，窗摇挂树藤。[8]
裁诗题素壁，聊尔记吾曾。[9]

【注释】

①选自成化本《雁门集》卷四。作于天历三年（1330）。是年五月，诗人在镇江录事司达鲁花赤满职，授翰林国史院应奉文字。因胜庄：据《嘉定镇江志》卷八云："因胜报恩院在府治之南三里，唐大中六年（852）建，曰：妙喜寺。南唐曰：慈云。宋朝改因胜。元祐中苏颂拜尚书左丞，请为功得院，乞以因胜报恩禅院为额，壁间有集贤学士黄庭坚开堂疏。石刻云：因胜得名久矣，报亲自天锡之。又云：瓶水炉香，终惜松楸之润。晓猿夜鹤，将从杖屦之游。礼部郎米芾跋。"又《江南通志》卷四五：在镇江府城西二十五里五州山。梁武帝常游此。辇道犹存。宋熙宁中为显慈寺，元祐中为因胜报亲院，后废。清萨龙谨按："因胜庄即寺中之庄也。"　②薄莫：

傍晚。莫，同“暮”。行路难：因下雨，道路泥泞难走。也喻人生坎坷不平。 ③长风：大风。惊湍：奔腾的急流。全句意为平地起风波。喻突然发生不测事故。 ④瞑：昏暗不明。松声：松涛声。宋王安石《欹眠》诗：“松声悲永夜，荷气馥初凉。” ⑤蒲团：用蒲草或稻草制的圆垫，僧人在跪拜或坐禅时用。蒲团，喻坐禅。 ⑥幽雅：既幽静又雅致。参禅：佛教术语。即参究禅宗修行之道，求得“明心见性”。唐玄觉《永嘉证道歌》：“游江海，涉山川，寻师访道为参禅。” ⑦僧枕：喻在因胜寺中住宿。花：即灯花，指灯芯余烬。佛龛：供奉佛像的小阁。 ⑧“风响”与“窗摇”二句：风吹墙外的竹子发出响声，从窗中看见挂在树上的藤萝被风摇动着。 ⑨裁诗：即作诗。唐杜甫《江亭》：“故林归未得，排闷强作诗。”“聊尔”句：意为你暂时还能记住我吗？萨龙光云：“裁诗题素壁”二句，盖惓惓有留别意。

【品评】

此二诗，是萨都剌在镇江录事司职满，将离任赴京师，到因胜庄与友人道别而作。他在镇江期间，与僧人了即休等来往甚密，倡和也多。萨龙光云：“此诗当是公将赴都，与鹤林主人(了即休)留别之作。”第一首，写傍晚去因胜庄的情景；第二首，写夜不能寐，素壁题诗。二诗用词简洁，声色相兼。抒发了留恋不舍之情。

登山亭①

山上新亭好，红尘不可侵。②

雨阶幽草合，风径落花深。③
野水浮晴色，平田下夕阴。④
城中公子少，日日就登临。⑤

【注释】

①选自成化本《雁门集》卷四。作于至顺三年(1332)。山亭:即新亭,亦名劳劳亭和中兴亭,又称临沧观。据《景定建康志》载:南宋留守史正志于乾道五年(1169),在吴故基处重建,并自为记:“西南去城十二里有冈,突然起于丘墟陇庙间,其势迴环险阻,意古之为壁叠老。或曰此六朝所谓新亭是也。予考之地志信然。方六朝时,上流奔冲,用兵战争,无不抱此相拒,先据者胜。亭之名,始见于东晋,至宋王僧达更为中兴亭。其后干戈相寻,鞠为榛莽,不知几年矣。予因送客过之,裴回顾眂,怆然有感,乃即其地稍南为亭,榜以旧名。其制崇广袤,虽未必反于旧,而山川形势登览之胜,焕然如新,则世之相后,累数百岁,未偿有改也。初,元帝过江人士,暇日相邀出新亭,周颢中坐兴叹,谓风景不殊,举目有江河之异,因相与流涕,独王导变色,以楚囚对泣责之,且有戮力王室,克复神州之言。导可谓有其志矣。” ②红尘:飞扬的尘土。 ③幽草:幽深地方的草丛。落花深:形容正是春夏之交的季节。 ④野水:泛指野外的水流。夕阴:傍晚阴晦的景象。 ⑤公子少:即公子少爷,富贵人家子弟。登临:登山临水,即游览。

【品评】

此诗是诗人春夏之交,到新亭览胜,信笔写下所见的自然景色,清新淡雅。

赠欣笑隐长老[1]

佛宫天上有，人世见应稀。[2]
客遇钟鸣饭，僧披御赐衣。[3]
青春忘蝶梦，白日说龙飞。[4]
遥忆宸游处，金莲照夜归。[5]

【注释】

①选自清嘉庆本《雁门集》卷五。欣笑隐：佛名释大欣，字笑隐，江西南昌人，俗姓陈。从释元熙学，初主湖州鸟回寺，迁杭州报国寺，移中天竺。天历元年(1328)诏以金陵潜邸为大龙翔集庆寺，特选大欣主之。虞集《大龙翔集庆寺碑》：钦天统圣至德诚功大文孝皇帝，自金陵入正大统，建元天历。以金陵为集庆路，使传旨行御史台大夫阿思兰海牙，命以潜龙之旧，作龙翔集庆寺云。明年召中天竺住持禅师大欣于杭州，授太中大夫主持事。设官隶之。画工为图，授吏部尚书王僧家奴住董其役。斥广其地，为民居者，悉出金购之。期以明年甲子之吉，乃建立焉。其大殿曰大觉之殿，后殿曰无量寿佛之殿，居僧以致道者曰禅宗会海，居其师以尊道者曰传法正宗之堂，师弟子警法辩证者曰雷音之堂，法宝之储回龙藏，治食之处曰香积。鼓钟之宣，金谷之委各有其所。缭以垣庑，阈以三门，而佛菩萨天人之象设，缨幢盖座严饰之具，华灯香乐之奉，与凡所宜有者精备，以称上意焉。赐姑苏腴田，以饭其众。上在奎章阁，亲诏臣集制文，立石以志之。又《元史·文宗本纪》：天历二年(1329)四月，给钞万锭，

为集庆大龙翔寺置永业。长老：佛教称谓，对寺院住持的尊称。在《百丈清规》中云："始奉其师为住持，而尊之曰长老。"此诗作于至顺三年壬申(1332)。 ②佛宫：天上神仙居住的宫殿，这里喻供奉佛像的殿堂，指大龙翔集庆寺。"人世"句：意即这里是人间的佛宫，世上稀有。 ③客：诗人自指，因是外来拜访之人，故称客。僧：佛教徒中出家修行的男性。御赐衣：《尧三堂外纪》：欣住杭州中天竺，有学行，研穷经典，旁贯百家。文宗召赴阙，特赐三品文阶。僧旧著黑衣，文宗宠爱笑隐，赐以黄衣，其徒后衣黄。欧阳玄功《赠僧墨菊》诗："苾刍元是黑衣郎，当代深仁始赐黄。今日黄花翻泼墨，本来面目见馨香。" ④"青春"句：化用庄子之意，本为迷离恍惚的梦境。这里则意为青春年少的僧人，忘却了男女追慕之梦。《庄子·齐物论》："昔者庄周梦为蝴蝶，栩栩然蝴蝶也，自喻适志与不知周也。俄然觉，则蘧蘧然周也。"龙飞：喻皇帝兴起或即位。诗里指元文宗，因他曾在这里居住过，故即位诏令重新修建，且命名龙翔。 ⑤宸游处：皇帝游玩过的地方，喻文宗。金莲：即金莲烛，古时宫廷内照明用的蜡烛。

【品评】

元文宗至顺三年三月，萨都剌由翰林国史院，出为江南诸道行御史台掾史。四月，便到龙翔寺参观，拜访欣笑隐。早在两年前，当文宗诏欣笑隐为龙翔寺住持时，他曾作《送欣上人笑隐住龙翔寺》，诗中称笑隐因得文宗知遇而声名动九重，并表示"何日相从陪杖履，秋风江上采芙蓉。"此时既来南京，便前去拜访。此诗是即兴之作。诗的前二句，写佛寺之辉煌壮丽，人间罕见；三四句，写僧人们受到文宗的恩宠；五六句，青春年少的僧人，为皇帝歌功颂德，没有时间去想男女迷恋之情;最后两句,写文宗在宫中的享乐。诗中祝贺欣长老受皇帝恩宠的同时,寄寓了对元统治者大兴佛寺的不满。全诗意在言外。

访石城白岩上人①

石头城上暝,红叶雨纷纷。②
半日不见路,四山都是云。③
鱼龙随水上,钟磬隔林闻。④
遥想南峰叟,天寒布衲裙。⑤

【注释】

①选自成化本《雁门集》卷四。弘治、毛晋本作《秋日雨中登石头城访长老珪白岩不遇》。作于至顺三年(1332)。萨都剌在江南诸道行御史台为掾史。石城:即石头城,在今江苏南京西清凉山。本为战国楚金陵邑。东汉建安十七年(212),吴孙权重建改名。时尚为土坞,东晋义熙初,加砖累石,依山为城,因江为池。唐以前,长江主流逼近山麓,城负山百江,控扼江险,南临秦淮河口,当水陆交通要冲,形势险固,故有"石城虎踞"之称。唐以后,此城已废。北宋以后,长江主流向西北徙移,城西一带淤为平地。石城早已荡然无存,今有残垣是明初扩建应天府城时修筑。白岩上人:即清凉广惠寺主持珪白岩。上人,佛教称谓。指持戒严格,精于义学的僧人。《释氏要览》卷上:"内有智德,外有胜行,在人之上,名上人。" ②"石头"句:指石头城上浓雾弥漫而昏暗不清。暝,嘉庆本作"去"。红叶:泛指秋天变红的树叶。

③"半日"与"四山"二句：山上被乌云笼罩而能见度很小。④鱼龙：即鱼和龙，泛指鱼类。唐杜甫《秋兴》诗之四："鱼龙寂寞秋江冷，故国平居有所思。"钟磬：钟，用金属制成的响器，敲击时发声。磬，佛教铜制的钵形打击乐器。隔林闻：嘉庆本作"隔江闻"。　⑤南峰：嘉庆本作"南庄"。叟：老者。衲裙：僧人的衣裳。

【品评】

此诗描绘诗人去石头城访清凉寺长老时，所见的景象。石头城上乌云密布，红叶飘零。只听见林中传来钟磬声，却未见寂寂寒冷中的南峰叟，表露对所访之人的关切和思念。色调阴冷，情绪低沉。

铁塔寺寓怀①

萧条冶城寺，杖屦日登临。②
古木凉风急，空山落叶深。③
夜灯明铁塔，秋雨暗松林。④
衲子清游处，闲来独自吟。⑤

【注释】

①选自成化本《雁门集》卷四。作于至顺三年(1332)。铁塔寺：据《江南通志》卷四三：铁塔寺在江宁府(今南京)西北冶城后冈。刘宋泰和中建，名延祚寺。唐有灵智禅师，无目能通晓经论，时人称有天眼，为建塔。寓怀：寄托情怀。毛晋本作"写怀"。　②萧条：寂寞冷落，毫无生气。冶城：据

《江南通志》卷四三：冶城，本吴冶铁之所，因以为名。《寰宇记》：晋元帝大兴初，以王导疾久，方士戴洋云，君本命在申，而申地有冶金火相烁，不利，遂移冶城于石头城。因即此也。杖屦：扶杖漫步。唐杜甫《祠南夕望》："兴来犹杖屦，目断更云沙。" ③"古木"与"空山"二句：形容其荒凉。 ④"铁塔"：嘉庆本作"铁岭"。寺早废而独塔存。 ⑤衲子：即僧人。清游：清雅游赏。晋潘岳《萤火赋》："翔太阴之玄昧，抱夜光以清游。"

【品评】

这是一首吊古之作。登临冶城铁塔寺，眼见萧条荒凉的景象，寄寓人世沧桑之慨。

秋日钟山晓行①

楼阁笼云气，苍茫第几峰。②
长林万松雨，落日半山钟。③
石磴盘空险，僧廊落叶重。④
先王曾驻跸，千古说游龙。⑤

【注释】

①选自成化本《雁门集》卷四，嘉庆本作《钟山晓行》。作于元文宗至顺三年(1333)深秋。钟山：山名，在今南京东北。又名紫金山、蒋山、北山等。晓行：即拂晓登临游览。 ②笼云气：笼罩着雾气，即大雾弥漫。笼，毛晋本作"龙"。苍茫：没有边际。 ③长林：茂密高大的森林。嘉庆本作"长风"。

落日:毛晋本作“落月”。 ④石磴:即石梯;台阶。盘空:随山形盘旋而上。僧廊:寺院的廊庑。落叶重:深秋时节,树叶飘落在地上重重叠叠。 ⑤先王:前代君王,指元文宗。嘉庆本作“吾皇”。驻跸:古时帝王出行暂住地。千古:弘治、毛晋本作“千载”。游龙:即云游四海之龙,喻文宗,在即位前,先后到过海南、琼州、建康、江陵等地。嘉庆作“蟠龙”,那就指钟山而言。据传诸葛亮曾言:“钟阜龙盘,石城虎踞。”

【品评】

此诗似在元文宗死后不久而作。据《元史·文宗本纪》:至顺三年(1333),八月己酉,陇西地震,帝崩,寿二十有九,在位五年。文宗为表固让初衷,遗命传位于其兄明宗之子。而太师、太平王燕铁木儿则别有他图,欲立文宗幼子燕帖古思,遭皇后的反对,双方坚持不下,致使皇位虚悬,朝野疑惧。萨都剌非常关心宫廷中的斗争,心情怅惘,故而借景抒怀。全诗用语自然平淡,色彩阴冷,情绪低沉。

夜宿升龙观①

旧日宸游地,朱阑护辇纹。②
龙飞九天雨,鹤梦一山云。③
神火丹炉现,仙音客枕闻。④
殷勤谢道士,月黑礼茅君。⑤

【注释】

①选自成化本《雁门集》卷四,作于元统二年(1334)。升

龙观:道观名,在江苏句容市东南之茅山(又名句容山)上。②旧日:从前。宸游地:皇帝巡游过的地方。宸,本指北极星所在,后借用帝王居住地,或引申为王位、帝王的代称。朱阑护辇纹:即红漆彩绘的车子。辇,皇帝所乘的车。 ③龙飞:喻皇帝即位。《易·乾》:“飞龙在天,利见大人。”孔颖达疏:“若圣人有龙德,飞腾而居天位。”唐刘知几《史通·叙事》:“邦国初基,皆云草昧;帝王兆迹,必号龙飞。”九天:指天的最高处。这里与龙飞并用,是指宫禁。唐杨巨源《圣寿无疆词》之九:“晴光五云叠,春色九天深。”鹤梦:超凡脱俗之梦。即梦见仙鹤来迎,得道成仙。一山:弘治,毛晋本作“一龛”。④神火:即灵火,对炼丹炉火的美称。丹炉:即炼丹炉灶。指道家以炉火烧炼药石。仙音:仙人所奏的美妙音乐,指道士们诵经吟唱的声音。客枕:旅途中过夜所用之枕,指夜宿升龙观。 ⑤殷勤:情意深厚,服务周到。谢道士:指升龙观主持谢舜咨,诗人的好友。月黑:嘉庆本作“深夜”。茅君:指传说中有汉时茅盈、茅衷、茅固三兄弟在句曲山中修炼,均得道成仙,人称三茅君,且将句曲山也改称茅山。

【品评】

升龙观,顾名思义,是龙飞之地,因而将住宿三夜的感受记写下来。诗的前二句,是遥想皇帝来游的场景;三四句是写个人的幻觉,平步青云,仙鹤来迎;五六句是写观中的情景;最后二句是写谢道士虔诚礼拜茅君。全诗将梦幻与真情巧妙相结合,平易自然,富有情趣。

三月八日偕张御史游钟山值雨①

游乐有清趣，岂知行路难。②
山风吹马倒，松雨滴衣寒。③
幽壑篮舆转，楼台石磴盘。④
吾皇千载寿，曾此驻金銮。⑤

台上多骢马，清游有几人。⑥
山灵飞白雨，朝士洗红尘。⑦
云起钟楼暝，桃开野寺春。⑧
泥途归太急，谁主复谁宾。⑨

【注释】

①选自成化本《雁门集》卷四。弘治、毛晋本作《钟山遇风雨》。作于元统二年(1334)。御史：官名。其职权，汉以后，专管纠察弹劾。钟山：山名，在今南京东北。值雨：正遇到下雨。 ②清趣：清新雅致的情趣。弘治、毛晋本作"深处"。 ③山风吹马倒：形容风势很大。滴衣：弘治、毛晋本作"滴花"。 ④幽壑：深沟。篮舆：竹轿、滑干等用肩扛抬的代步工具。楼台：嘉庆本作"花台"。石磴：石头台阶。盘：环绕。全句意为楼台和台阶，都依盘环上升的山形而修建。 ⑤吾皇：指元文宗。驻金銮：君王的车驾在这里停住过。喻文宗未即位前被放金陵时，曾到钟山游览。 ⑥台上：有本作"城市"。骢马：毛色青白相杂的马。喻骏马。清游：清雅

游赏。 ⑦山灵：即山上的神灵，人们想像中的。白雨：暴雨。朝士：朝廷作官之人。洗：康熙本作“说”。红尘：道教用语，称人世为红尘，诗里借用。喻争权夺利、贪赃枉法的行为。 ⑧暝：昏暗。 ⑨泥涂：泥泞的道路。弘治、毛晋本作“上人”。归太急：游客急于往家里赶。嘉庆本作“归太晚”。谁主复谁宾：喻争先恐后地往回赶路，也不分宾主先后，职位高低了，指其狼狈情状。嘉庆本作“法席为谁宾”。

【品评】

这是萨都剌记述陪张御史游钟山遇雨的情景。诗的第一首，写本为一次富有情趣的游乐而登钟山，谁知天公并不作美，突遇狂风大作、暴雨倾盆，行路艰难；第二首，写到山上游览的，都是朝中的高官，山神突降白雨是为了把官员们身上的红尘洗净。诗人描绘了在“山风吹马倒，松雨滴衣寒。”之中，盘环登山，行路艰难的情景，曲折地反映了对黑暗现实的不满，以及对贪赃枉法者的讽刺和批判。运词随意自然，寓情于景，生动幽默。

经宋故宫楼①

昔日繁华地，而今有旧楼。②
暮云连海溆，明月满芦洲。③
归鸟如风过，飞星坠瓦流。④
城头秋水里，寂寞采莲舟。⑤

【注释】

①《经宋故宫楼》选自成化本《雁门集》卷四。嘉庆本作《元统乙亥余录囚至沧州坐清风楼》。宋故宫楼：指清风楼，在沧州官署内，建于西晋永康年间。此诗作于元统乙亥(1335)。 ②昔日：过去；从前。嘉庆本作“晋代”。而今：嘉庆本作“如今”。旧楼：嘉庆作“此楼”。 ③暮云：傍晚的云。海溆：即海边。溆，《名胜志》作“岱”。芦洲：芦苇生长的沙洲。嘉庆本作“沧洲”。 ④风过：嘉庆本作“云过”。飞星：流星。坠瓦：嘉庆本作“拂瓦”。 ⑤城头：嘉庆本作“城南”。秋水里：嘉庆本作“秋水尽”。采莲舟：即划着小舟采摘莲子。

【品评】

这是一首吊古伤怀之作。元统乙亥秋，萨都刺在燕南廉访司任照磨，曾到沧州讯视囚徒罪状，当他经过清风楼时，有感而发。全诗将昔日繁华与今日寂寞的对比，抒发人世沧桑与兴衰更迭的感慨。

挽金坛李竹操[1]

进士如公少，何期与死邻。[2]
青山归葬骨，白发未相亲。[3]
已矣官三郡，哀哉子一人。[4]
送君螺水上，呜咽泪沾巾。[5]

此去成长别，频将两泪挥。[6]
空山片帆远，落日乱鸦飞。[7]

白纸招魂葬，青山携梦归。⑧
双亲头似雪，尘暗老莱衣。⑨

【注释】

①选自成化本《雁门集》卷四。弘治、毛晋本作《哭同年进士李竹操经历》。作于后至元三年(1337)。金坛：今江苏金坛。李竹操：李质，字竹操，金坛人，泰定丁卯进士，与诗人是同年。　②进士：按科举制，凡进京参加殿试考取者为进士。公：诗人对同年李竹操的敬称。何期：什么时候。③相亲：似指尚未完婚。旧时男女双方亲人在议婚时安排的一次会面。宋吴自牧《梦粱录·嫁娶》："然后男家择日备酒礼诣女家，或借园圃，或湖舫内，两亲相见，谓之相亲。"嘉庆本作"封亲"。　④官三郡：曾迁转三郡为官。哀哉：悲叹。⑤螺水：在江西吉安东北。据《江西通志》：螺湖在吉安府城东北，源发城西五里冈冷水坑，经流云腾岭，下与沸泉合，北折而东，注为螺湖，通赣江。呜咽：低声哭泣。　⑥长别：永久的离别。　⑦空山：幽深少人的山林。唐韦应物《寄全椒山中道士》诗："落叶满空山，何处寻行迹。"嘉庆本作"空江"。片帆：孤舟；一只船。唐李颀《李兵曹壁画山水各赋得桂水帆》："片帆在桂水，落日天涯时。"　⑧招魂葬：指人死而不得其尸，用其生前衣冠，招其魂而葬。唐张籍《征妇怨》诗："万里无人收白骨，家家城下招魂葬。"携梦归：弘治、毛晋本作"有梦归"。　⑨"双亲"与"尘暗"二句：指父母年迈已无人侍奉孝敬了。老莱衣，指春秋时楚人老莱子，穿五彩斑斓之衣，故作婴儿状，为博得老人的欢娱。尘土昏暗，使彩衣无光，喻李竹操之死，不能再尽孝道。

【品评】

这两首诗,是为悼念同年李竹操而作。后至元丁丑秋天,萨都剌迁官出闽,路过江西,取道吉安李之墓地追悼亡灵,以表同年之情。第一首,写不知李的死期,眼见青山墓葬,追想李之孤苦而涕泪纵横;第二首,写此生永别,无限怅惘,并对李之双亲白发送黑发而深表同情。笔墨饱含悲痛之情,令人叹惋。

秋暮过吴值雨感怀①

长啸拂吴钩，篷窗起白鸥。②
江山同逆旅，风雨忽穷秋。③
乐矣陶潜酒，高哉范蠡舟。④
一簪吾有雪，道路尚悠悠。⑤

【注释】

①选自成化本《雁门集》卷四。作于后至元三年(1337)。②长啸:大声呼叫。宋岳飞《满江红·写怀》:"抬望眼,仰天长啸,壮怀激烈。"吴钩:古代兵器名,形似刀而弯。篷:船篷。白鸥:白色的鸥鸟。　③江山:江河与山岭。喻国家。逆旅:旅舍。风雨:喻政治风云。穷秋:晚秋;深秋。指农历九月。唐韩愈《鸣雁》诗:"嗷嗷鸣雁鸣且飞,穷秋南去春北归。"④陶潜酒:陶潜曾于农历九月九日在宅边赏菊,获江州刺史王弘遣人送酒,得以醉饮。后用作咏重阳醉饮的典故。陶潜字渊明,或曰陶渊明字元亮,世号靖节先生。东晋浔阳(今江西九江)人,曾任彭泽令,因不愿为五斗米折腰,辞官归田。以嗜酒和田园诗著称。范蠡舟:《史记·越王勾践世家》附

《范蠡传》:"范蠡事越王勾践,既苦身戮力,与勾践深谋二十余年,竟灭吴……勾践以霸,而范蠡称将军。还反国,范蠡以为大名之下,难以久居,且勾践为人可与同患,难与处安……乃装其轻宝珠玉,自与其私徒属乘舟浮海以行。"全句赞叹范蠡在功成之后,乘舟远离勾践以保全自己。 ⑤"一簪"句:指自己年迈,头发已白。以"雪"喻白发。"道路"句:即自己的道路还很遥远,祸福难料。

【品评】

这首诗是萨都剌于至元丁丑岁秋天,由福建闽海道廉访司迁官出闽,北返大都。当他路过江苏吴江时,想起春秋时越国范蠡曾由此三江口乘舟出海,心有所感,即兴抒怀。诗的前二句,是写曾有过的雄心壮志;三四句是写自己的感悟,政治风云变幻莫测,国家兴衰无常;五六句是对陶、范二位前贤能全身避祸的叹羡;最后二句是感怀,表现对时局变化莫测的忧虑。全诗意象寥廓,词气豪迈,思绪茫然。

泊舟黄河口登岸试弓①

舟泊黄河口,登岸试长弓。②
控弦满明月,脱箭出秋风。③
旋拂衣上露,仰射天边鸿。④
词人多胆气,谁许万夫雄。⑤

【注释】

①选自嘉庆本《雁门集》卷十一。黄河口:指河南开封以

北的黄河渡口。试弓:试验张弓射箭。作于后至元四年(1338)。 ②舟泊:船停靠在码头。登岸:上到黄河岸边。长弓,有本作“张弓”。 ③控弦:拉开弓弦。脱箭:放箭。④“旋拂”句:写岸边雾气太大,衣上凝结露珠了。鸿:大雁。⑤词人:擅长文辞之人,作者自指。多胆气:胆量和气魄都很大。“谁许”句:谁来承认你是万马军中不可抵挡的英雄呢?

【品评】

萨都剌不仅文能赋诗,而武能张弓射箭。后至元四年,他出任河南江北道廉访司经历,便到黄河岸边开弓射天边飞鸿,试试自己的膂力,能驰骋沙场。虽已年迈古稀,自己勇力不减,但无人赏识,心有所感,挥毫抒愤。全诗气概豪迈,语言奔放。既表达了他雄心不已的气派,也透露了他大志未能得伸的愤懑。

大别山①

落日在平地,苍茫吴楚秋。②
人随孤鹤远,天共九江流。③
风物吞淮海,楼船下鄂洲。④
凭高一远眺,不尽古今愁。⑤

【注释】

①选自清嘉庆本《雁门集》卷十一。作于后至元五年(1339)。大别山:山名。据《明一统志》:在汉阳府城东北,《禹贡》“内方至于大别”,即此,一名翼际山。上有鲁肃祠,又

名鲁山。山之阴有锁穴，即孙皓以铁锁截江处。即今湖北武汉市汉阳一侧的龟山。非河南、湖北、安徽交界的大别山。②苍茫：没有边际。吴楚：指古代吴国和楚国。即今江苏、安徽、江西、湖北、湖南、河南等有关地方。 ③孤鹤：即离群的孤单之鹤。自喻。九江流：九条江河，泛指流经吴楚之地的大江大河之多。关于九江、九派，历来解说不一，通常指长江在湖北、江西一带分为九个支派，故曰九派、九江、九道、九路等。这是诗句，概而言之，不必落实。 ④风物：风光景物。即自然景象。吞淮海：包揽了从长江、淮河直达大海。言其广阔。楼船：大船；战船。鄂州：今湖北鄂州市，元为鄂州路。全句指曹操与周瑜战于鄂州之赤壁。诗人在《回风坡吊孔明先生》中有"赤壁楼船满江夏"之句。此外，忽必烈也曾率军攻鄂州。 ⑤"凭高"句：站在大别山峰顶往远处一看。"不尽"句：从古至今有说不完的感慨。

【品评】

这是一首吊古感怀之作，诗中"楼船下鄂州"不仅指曹操与周瑜赤壁之战，而且有南宋开庆元年(1259)，蒙古忽必烈(后之元世祖)率兵进攻鄂州，宋国舅贾似道领兵出援，私自向忽必烈纳币称臣，北兵引还，诈称大捷之史实。因而诗人登临远眺，古往今来之事涌上心头，援笔赋诗，以抒忧愤。全诗运用了夸张的手法，奔放的词语，描绘出吴楚大地的苍茫景象。气势恢宏，意境辽阔，引人思索。

过贾似道废宅①

贾生亦何者，此地起楼台。②
社稷无人物，湖山构祸胎。③
前朝亡国恨，遗迹后人哀。④
落日空江上，王宫亦草莱。⑤

【注释】

①选自成化本《雁门集》卷四。贾似道：宋台州天台(今属浙江)人，字师宪。少时游博无行。姊为理宗宠妃，遂得赴廷对。淳祐中为京湖安抚制置大使，旋移镇两淮。开庆元年(1259)，蒙古攻鄂州(今湖北鄂州)时，领兵出援，私向忽必烈称臣纳币。北兵引还，诈称大捷。以右丞相入朝，逐吴潜，行“公田”、“推排”诸法，民多破产。度宗时，封太师，平章军国重事，专恣日盛，朝政决于葛岭私宅中。襄阳(今湖北襄樊)被围数年，隐匿军情不报，亦不出援，终以陷没。咸淳十年(1274)元兵破鄂州。不得已出师，以黄柑、荔枝赠伯颜，乞如开庆约，不许。及战，兵败鲁港(今安徽芜湖西南)，奔扬州。旋被革职，贬徙婺州(今浙江金华)，为婺人所逐，后安置循州(今广东惠州)，至漳州(今福建漳州)木绵庵，为监送者郑虎臣所杀。贾似道废宅：宋度宗咸淳二年(1266)赐贾似道建第于西湖葛岭。《武林旧事》：集芳园在葛岭，元系张婉仪园，后归太后。殿内有古梅老松甚多。理宗赐贾平章，旧有清胜堂、望江亭、雪看亭等。又《杭州府志》：后乐园即集芳园故址，淳祐间理宗赐贾似道。此诗作于至正三年(1343)。是

时，萨都剌在杭州任江浙行中书省郎中。 ②贾生，嘉庆本作“平章”。楼台：即贾似道原宅第。 ③社稷：社，土神。稷，谷神。历代封建王朝必先立社稷坛，祭祀土神和谷神。后来以社稷为国家的代名词。湖山：即江山；河山。喻国家。构祸胎：结成祸根。喻宋亡国的原因。弘治、毛晋本作“养祸胎”。 ④前朝：即宋朝。遗迹：旧时代事物遗留下来的痕迹。指贾似道废宅。 ⑤王宫：帝王宫殿。草莱：杂草。

【品评】

萨都剌每到一地，性喜寻幽访胜。这是他登临葛岭，观览集芳园旧址。遥想昔日一派繁华的景象已渺无踪影，眼前呈现的是杂草丛生的废墟，不禁感慨万端。全诗立意鲜明，运词通俗晓畅。是借古讽今之作，要后来者引为鉴戒。

野潜堂①

高隐有深意，情闲值万金。②
溪鱼鲜作脍，竹笋长成林。③
鹤有还巢梦，云无出岫心。④
读书风雨夜，灯火野堂深。⑤

【注释】

①选自成化本《雁门集》卷四。野潜堂：据清萨龙光云：杨载《仲宏集》有《题青田叶叔至野清堂》诗云：“为堂殊显敞，在野兴尤浓。白水流千折，青山绕百重。树麻行旆旆，莳木倚童童。相对渔樵话，终朝亦罕逢。”又按：野清堂即野潜堂，

考黄溍撰《杨仲宏墓志铭》云：父起潜，宁时补京学诸生，因家于杭。然则《仲宏集》作野清堂者，盖因家讳而改潜为清也。现从萨都剌另一诗《寄野堂》内容看，萨龙光之说可采信。此诗作于至正四年(1344)。 ②高隐：隐居。唐皮日休《通玄子栖宾亭记》："古者有高隐殊逸，未被爵命，敬之者以具德业，号而称之，玄德玄晏是也。"情闲：心情闲散，无所拘束。 ③脍：切得很细的鱼或肉。竹笋：竹子的嫩芽。 ④"鹤有"句：仙鹤有飞回窝中的意念。"云无"句：化用陶渊明《归去来辞》中"云无心以出岫，鸟倦飞而知还。"之意。岫，岩穴。以上二句，喻超凡脱俗归隐山林。 ⑤"读书"与"灯火"二句：写自己在野潜堂中过夜的情景。

【品评】

萨都剌在杭州江浙行省任郎中时，暮春之际，曾到绍兴、金华、处州、衢州等地游览。此诗是他寻幽到青田野潜堂时，即兴命笔。他运用议论与描绘相结合的手法，抒发了对高隐的羡慕，同时也透露了倦于宦游，归隐自适的梦想。有景有情，生动自然。

贺丘郡博持敬新修镇江儒学①

孔门新壮观，化雨过南徐。②
紫殿风鸣铎，青灯夜读书。③
杏坛翔彩凤，芹沼跃银鱼。④
馆下诸生意，如游小石渠。⑤

【注释】

①选自成化本《雁门集》卷四。作于至正六年。是时，萨都剌在金陵任江南诸道行御史台侍御史。丘郡博持敬：郡博官名。丘公佐，字以敬（一作持敬），濮州（今山东鄄城和河南濮阳一带）人，任镇江淮海书院山长。儒学：元代在名府、州、县设立传授儒家经典的学校。据《江南通志》载：镇江儒学在府东南，宋太平兴国八年（983），知府柳开创建于朱开门内。宝元初，范仲淹守郡，乃拓而新之。元祐、宣和间，知府林希、毛友相继修葺。绍兴九年（1139），毁于火，知府程迈复营治，刘子羽继之，大为兴复。元至正间修葺。　②孔门：即孔子门下。喻儒家学派。壮观：景象雄伟，指镇江儒学。嘉庆本作“壮丽”。化雨：滋润万物的时雨。喻循循善诱、潜移默化的教育。《孟子·尽心上》：“君子之所以教育者五：有如时雨之者，有成德者，有达财者，有答问者，有私淑艾者。”南徐：指南徐州。即镇江。东晋咸和四年（329），侨置徐州于淮南，南朝宋永初二年（421）改为南徐州，元嘉八年（431）以江南为南徐州，割扬州之晋陵郡、南兖州之九郡侨在江南者属之，治郯县（京口，今江苏镇江，元为镇江路）。隋开皇九年（589）平陈废。诗人用旧名。　③紫殿：即帝王宫殿，诗里指孔庙中祭祀孔子的大成殿。孔子被历代王朝累封为文宣素王，故云。铎：殿阁屋檐上挂的铎铃。青灯：即油灯。　④杏坛：在山东曲阜孔庙殿前，相传孔子聚徒授业讲学处。《庄子·渔父》：“孔子游乎缁帷之林，休坐乎杏坛之上，弟子读书，孔子弦歌鼓琴。”后人因庄子寓言，在山东省曲阜市孔庙大成殿前，为之筑坛、建亭、书碑、植杏。北宋时孔子四十五代孙，孔道辅监修曲阜祖庙，将大殿北移，于其旧基筑坛，环植杏树，即以“杏坛”名之。坛上有石碑，碑篆“杏坛”二字，为金翰林学士

党怀英所书。亦泛指授徒讲学之所为杏坛。诗里喻镇江儒学。彩凤:即凤凰。喻儒学中受业的学生们。芹沼:《诗·鲁颂·泮水》:“思乐泮水,薄采其芹。”“思乐泮水,薄采其藻。”《诗序》曰:“颂僖公能修泮宫也。”后以泮宫喻教化之所,芹藻喻才学之士。镇江儒学除建大成殿外,还建有先贤祠、育德堂、藏书阁、采芹亭、泮水井等,可谓一应俱全。诗人以“沼”代“藻”,化用其意。银鱼:鱼名,俗名面条鱼,体细长,光滑无鳞,白色,微透明。栖息于近海、河口或淡水湖泊。跃银鱼,喻活跃于儒学中的学生们。 ⑤馆:指学馆,即学宫;学庙。诗里指镇江儒学。石渠:指石渠阁,西汉皇室藏书之处。在长安未央宫殿北。《三辅黄图·阁》:“石渠阁,萧何造。其下跳石为渠以导水,若今御沟,因为阁名。所藏入关所得秦之图籍。至于成帝,又于此藏秘书焉。”《汉书·儒林传·施雠》:“甘露中,与五经诸儒,杂论同异于石渠阁。”因镇江儒学不能与中央馆阁比,故云“小石渠”。

【品评】

此诗是为镇江淮海书院山长新修镇江儒学而发。全诗运词用典,紧扣题意,自然贴切,有景有情,蕴含丰富。

题蜀山驿①

荒山孤馆静,老树冻云低。②
马识来时路,诗存旧日题。③
邮亭一尊酒,客枕五更鸡。④
到晓征鞍发,村村雪涨溪。⑤

【注释】

①选自成化本《雁门集》卷四。作于元顺帝至正十年(1350)。据《明一统志》:"庐州(今安徽合肥)府,大蜀山在府城西二十里,《尔雅》云:蜀者,独也。此山孤立卓艉,无罔阜联属,故名。宋董淳有赋。山之西又二十里,有山差小,名小蜀山。"驿:驿馆。 ②孤馆:孤寂的馆舍。冻云:严冬的阴云。 ③"马识"句:化用"老马识途"之典。《韩非子·说林上》:"管仲、隰朋从桓公伐孤竹,春往冬反,迷惑失道。管仲曰:'老马之志可用也。'用放老马而随之,遂得道。"存,康熙本作"藏"。 ④邮亭:驿馆传递文书者投止之处。客枕:喻在驿馆中住宿。五更鸡:古时把一夜时间分为五段,一段为一更,五更天快亮了,雄鸡打鸣报晓,故云。 ⑤征鞍:远行的马车。唐张九龄《初入湘中有喜》:"征鞍穷郢路,归棹如湘流。"

【品评】

萨都剌在江南诸道行御史台任侍御史期间,因弹劾权贵之不法,于至正九年,被贬职返京。于次年赴庐州(今安徽合肥)淮西江北道任经历。此诗是他赴任时,夜宿蜀山驿馆,即兴抒怀。全诗运用白描的手法,勾画出一幅荒山野岭的寂寞景象,衬托出一个年近八旬老人倍受冷落的凄楚的心情,令人感慨。

崔镇阻风有感①

逆风吹河河倒行,阻风时节近清明。②

南人北人俱上冢，桃花杏花飞满城。[③]
虽云少年惯作客，便觉此日难为情。[④]
河鱼村酒不足醉，赖有同舟好弟兄。[⑤]

【注释】

①选自嘉庆本《雁门集》卷一。作于元成宗大德六年(1302)。崔镇:地名。《江南通志》载:崔镇在淮安府(今江苏淮安)桃源县西三十里,崔镇渡在县西北三十里。　②逆风:即与河水流方向相反吹的风。阻风:行船被逆风所阻挡,不能行进。清明:农历每年二十四节气之一。在公历四月四日或五日。　③南人北人:南方人和北方人,泛指全国各地。上冢:到已故亲人坟上去祭奠和清扫。冢,即坟墓。　④少年惯作客:人在少年时,通常喜欢到他乡游历。少年,弘治、毛晋本作"年少"。难为情:在面子上过不去,即羞愧难当。⑤河鱼村酒不足醉:意为连价廉的河鱼村酒都买不起。弘治、毛晋本作"河鱼春酒亦足醉"。赖:依靠;仗恃。同舟:弘治、毛晋本作"同船"。句意为因有兄弟同舟感到慰藉。

【品评】

萨都剌领着兄弟到江南经商,船至崔镇渡被逆风所阻,正遇清明时节,人们纷纷到亲人墓地祭扫,他有感而赋此诗。诗的前四句,写行船被逆风所阻,正接近清明时节,桃花杏花纷纷落地,人们都往坟地祭扫;后四句,写在旅途中的困难和愧疚。全诗简洁明了,情景真实。

述 怀①

客身去住与心违，误掷渔竿下钓矶。②
好容不来门户俗，老亲相别信音稀。③
青春背我堂堂去，黄叶无情片片飞。④
遥望家山搔短发，故园酒熟蟹螯肥。⑤

【注释】

①选自成化本《雁门集》卷六。作于元成宗大德六年(1302)。述怀，即陈述自己的胸怀和志向。 ②客身：指身居异乡的人。唐杜甫《春日红村》诗之二云："迢递来三蜀，蹉跎有六年。客身逢故旧，发兴自林泉。"弘治、毛晋本作"客程"。与心违：违背了自己的心愿。弘治、毛晋本作"与身违"。钓矶：矶，水边突出的石头或沙滩，可在上面垂竿钓鱼。 ③好客：即嘉宾。弘治、毛晋本作"远客"。门户俗：门户，即门第，指社会地位。俗，一般人，百姓。全句意为家庭在社会上的地位等级低微。老亲：称年老的父母。唐岑参《送张子尉南海》："不择南州尉，高堂有老亲。"弘治、毛晋本作"远亲"。相别：弘治、毛晋本作"相弃"。 ④"青春"句：青春年少的时光已经消逝了。背我，离开我。堂堂，光明正大。 ⑤遥望家山：在离家乡很远的地方，向家乡张望。家山，故乡的山和水。蟹螯，螃蟹的第一对脚。

【品评】

此诗是萨都剌在未进士及第以前，为了解决家庭生活困境，曾到南方经商，不仅未能获利，而且弄得身无分文。时逢深秋，眼见黄叶飘零，自觉韶华已逝，因而挥笔抒怀。述说自己离家经商是错误之举，心情十分苦恼。倾诉了遥望家山，思念故国老亲之情。运词平白如话，且形象生动，感情真切。

安　分①

心求安乐少思钱，无荣无辱本自然。②
春日赏花惟贯酒，冬天踏雪旋添绵。③
频将棋局消长日，时爇香薰篆细烟。④
万事皆由天理定，何愁衣禄不周全。⑤

【注释】

①选自嘉庆本《雁门集》卷一。作于元成宗大德六年壬寅(1302)，是年诗人出游吴、楚等地经商。安分：规矩老实，安守本分。　②安乐：安逸，快乐。《孟子·告子下》："入则无法家拂士，出则无敌国外患者，国恒亡；然后知生于忧患，而死于安乐也。"　③贯：赊欠。旋：立刻。　④棋局：指弈棋。爇：焚烧。　⑤天理：天道，自然法则。《庄子·天运》："夫自乐者，先应之以人事，顺之以天理。"衣禄：衣食福分。周全：周到；齐全。

【品评】

此诗与《述怀》作于同时，是诗人欲改变家庭穷困状况，从雁北到江南经商。经过南北奔波而求利不得的情况下，有所感悟，故作是诗。从诗题到内容，阐明一个人的富贵与贫贱、荣华与屈辱，都是由天命所定，只能是安分守己，听其自然，不必去奋斗追求。抒发了诗人在仕途无门、求利无路的情况下，一种无可奈何的消极情绪，从而曲折地反映了对废除科举的不满。运笔自然，看似洒脱，实则抑郁。

丁卯及第谢恩奉天门①

禁柳青青白玉桥，无端春色上宫袍。②
卿云五彩中天见，圣泽千年此日遭。③
虎榜姓名书勅纸，羽林冠盖竖旌旄。④
承恩朝罢频回首，午漏花深紫殿高。⑤

【注释】

①选自成化本《雁门集》卷五。弘治、毛晋本作《丁卯年及第谢恩崇天门》。丁卯及第：即泰定四年丁卯(1327)萨都剌考取进士。因榜上题名有甲乙次第，故曰及第。谢恩：对别人的恩惠表示感谢，诗里指殿试公布名次之日，皇帝到殿宣布，进士们到殿门谢恩。据《元史·选举志》：前一日，礼部告谕中选进士，以次日诣阙前，所司具香案，侍从舍人唱名，谢恩。泰定四年(1327)三月，廷试阿察赤、李黼等 86 人。萨都剌是其中之一。又据元选举制规定：蒙古、色目人作一榜，汉人、南人作一榜。第一名赐进士及第，从六品；第二名以下并第二甲，皆正七品；三甲以下，皆正八品，两榜并同。萨都剌为三甲。奉天门：应为崇天门，奉天门是明时奉天殿门名门。萨龙光谨按：《元史·礼乐志》：朝贺册封诸仪屡言崇天门。宋褧《燕石集》：泰定元年(1324)甲子登第，有《崇天门唱

名诗》。欧阳玄《圭斋集》载：泰定丁卯八月十二日，崇天门传胪，赐进士。张起岩《华峰漫录题乃贤金台集》诗云："崇天门下听传胪，台阁翩翩四十年。"据此，崇天门为是。　②禁柳：皇宫中的柳树。禁，旧时称帝王居住的地方。白玉桥：用白玉石建的桥。陶宗仪《南村辍耕录》："直崇天门，有白玉石桥三虹。上分三道，中为御道，镌百花蟠龙。"无端：没有来由。宫袍：宫中穿的官服。　③卿云五彩：祥瑞的五彩云霞，象征吉祥和好运。中天：天空。见：出现；显现。圣泽：即中进士蒙受了皇帝的恩惠。泽，润泽。喻恩惠。千年：即千载难逢的日子。遭：遇到。　④虎榜：科举时代，参加会试后，中选的人称作登龙虎榜。勅纸：康熙本作"彩纸"。皇帝诏令用来书写进士名张榜的彩纸。《元史・选举志》："进士纳卷毕，出院。监试官同读卷官，以所对策第其高下，分为三甲进奏。作二榜，用勅黄纸书，揭于内前红门之左右。"羽林：即羽林军，指皇帝的近卫军。冠盖：古代官吏坐的车子。弘治本作"冠带"。旌旄：旗竿顶上装饰牛尾或鸟羽的旗。诗里指羽林军的旗帜。　⑤承恩朝罢：承受皇帝的恩赐，跪拜完毕。《元诗选》本作"朝回龙尾"。频回首：接连不断地看皇帝，不愿离开。午漏：计时器。《元诗选》本作"玉漏"。紫殿：即皇帝坐的金銮殿，指皇宫。

【品评】

这是一首感恩戴德之作。萨都剌的祖父和父亲，都以膂力起家，留镇雁门。他却弃武学文，欲走科举入仕之道，接受儒家学术思想教育。但元初废除科举四十来年，像他这样的读书人，则失去了入仕的阶梯。因而在他诗歌中对此牢骚不断。直到泰定四年丁卯(1327)，他参加廷试，才三甲及第，可谓如愿以偿,时年已五十六矣。故在放榜之日,赋诗以谢皇恩。全诗描绘了祥云中天、春色满袍、杨柳青青、羽林冠盖竖旌旆的热烈喜庆场面,抒发了一生中难以抑止的激动与喜悦心情。运词夸美、景色靓丽、心潮澎湃,情景交融。

赐恩荣宴[①]

内侍传宣下玉京，四方多士被恩荣。[②]
宫花压帽金牌重，舞妓当筵翠袖轻。[③]
银瓮春分官寺酒，玉杯相赐御厨羹。[④]
小臣涓滴皆君赐，惟有丹心答圣明。[⑤]

【注释】

①选自成化本《雁门集》卷五。弘治、毛晋本作《敕赐恩荣宴》。恩荣宴:由皇帝亲临宣布登第名次,随即设宴招待进士以示恩宠,使进士们感到无比的荣耀。《元史·选举志》:“择日赐恩荣宴于翰林国史院,押宴以中书省官,凡预试官并与宴。预宴官及进士并簪花至所居。择日恭诣殿廷,上谢恩表。” ②内侍:宫廷中侍臣。传宣:即传令宣召。玉京:京城,既元大都。四方多士:全国各地的众多进士。被恩荣:蒙受皇帝的恩宠而光荣无比。 ③宫花:参加恩荣宴的进士和官员都戴花到寓所,称为宫花。金牌:在木简上刻“御赐”字样,填上金粉,故名。舞妓:能歌善舞的歌妓。筵:酒席。翠袖:青绿色的长袖。唐杜甫《佳人》:“天寒翠袖薄,日暮倚修竹。” ④银瓮:银制的盛酒器。春分:指酒。李肇《国史补》下:“酒则有郢州之富水、鸟程之若下、荥阳之土窟春、富平之

石冻春、剑南之烧春。”官寺：即官署。玉杯：玉石制的杯子。御厨：皇宫内的厨房。 ⑤涓滴：极少量的水。句意为小臣得到的一点一滴恩惠，都是君王赏赐的。弘治、毛晋本，君赐作“君泽”，意同。丹心：赤诚的心。圣明：英明圣哲，颂扬皇帝的智慧，无所不知，无所不晓。

【品评】

这是萨都剌参加恩荣宴，向皇帝表忠心之作。全诗描述了进士们参加宴会时的穿戴，及宴会上的气氛。由衷地表达了要献丹心报答皇恩的思绪。确为当时真情实景的记述。

过孙虎臣园①

洛阳花木昔如霞，冷雨酸风尽委沙。②
金谷东风只芳草，绿窗晴日自杨花。③
莺儿老去空台树，燕子归来无主家。④
回首繁华歌舞地，景阳宫沼夜闻蛙。⑤

【注释】

①选自成化本《雁门集》卷五。弘治、毛晋本作《孙园》。孙虎臣：据《泰州旧志》：孙虎臣屡败元兵有沙。德裕二年（1276）守泰州（今江苏泰州），元人来攻，援军不至，城陷自杀。孙虎臣园：据嘉庆《仪征县志》：丽芳园在县城东水汇处，内有湖光亭。宋咸淳中，知县孙虎臣重新之。虎臣《丽芳园记》：仪征（今江苏仪征），江淮要区，多园池亭榭之胜。余未弱冠尝经游，乐其风土，为之留连。粤从王事，逾二十载，蒙

恩来戍，山川城郭，历历旧观。故老有识予于少时者，迎笑乐道，而歌鼓熙熙，不减畴昔。偶乘公馀访所谓丽芳园者，滨湖一景，水绕烟闲，浮屠祠庐，金碧差参，桥堤起伏，互相映带，实尤一郡之胜。顾其亭圮陋，弗与景称，乃撤而新之。翘栋疏棂，栏槛通爽，扁之曰“湖光”。又即旧址结数椽，杂植群卉修竹，扁以“丽芳”，因园名也。二亭既就，每与客来游，把酒赋诗，必竟日而去。客有言曰：“醉翁之醉与滁人同，喜雨之喜与扶风人同，今公政简而民安，故得以乐其乐也。不然，既欲悦目于此，宁不使花竹厚颜，鱼鸟献嘲耶?”余嘉其语，遂书以记。咸淳丁卯(1262)仲夏记。 ②洛阳：今河南洛阳。“洛阳花木昔如霞，冷雨酸风尽委沙。”弘治、毛晋本作“将军一去繁华尽，池馆长年锁暮霞。”“洛阳”与“冷雨”二句，是说昔日繁花似锦已不存在，而今变得草木凋零。喻孙虎园的破败。 ③“金谷”与“绿窗”二句：是说金谷园的昔日风光，春色宜人，芳草萋萋，杨花随风飘舞。金谷：指金谷园。晋卫尉卿石崇在洛阳西北金谷涧中建的林苑。后人在诗文中每以金谷喻贵族园林的盛衰，抒发人事沧桑之感。 ④“莺儿”句：弘治、毛晋本作“莺儿别去空歌榭”。莺：鸟名，即黄莺。台树：歌台舞榭周围的树。“燕子”句：燕子是候鸟，春天飞到北方，秋天飞到南方。常在堂上筑窝。故等飞回来时，原来的主人不见了。喻朝代更替。 ⑤“回首”与“景阳”二句：弘治、毛晋本作“王气东南已销歇，景阳宫沼夕鸣蛙。”景阳宫，南朝陈的宫殿，故址在今江苏南京玄武湖畔。宫内有井名井阳井，又名胭脂井。据《南史》记载：隋克台城，陈后主与宠妃张丽华、孔贵嫔藏入井中，被隋军俘获。

【品评】

这是一首吊古伤今之作。泰定四年(1327)春，萨都剌以三甲进士及第，秋天便奉命到江苏镇江录事司任达鲁花赤，一路之上寻幽访胜，当他到仪征时，便去孙虎臣园观光。这里本是一郡之胜，经孙虎臣重修，被誉为与民同乐之所，而今映入眼帘的却是一片荒凉，不禁心有所动，便即兴挥毫。他以金谷园的繁荣与破败，景阳宫的歌舞变蛙鸣，喻孙虎臣园的易主与改变颜色，抒发对盛景不常、人世沧桑的无限感慨。全诗善于用典，描写生动，比喻形象，引人深思。

还京口①

黄鹤山头雪未消，行人归计在今朝。②
城高铁瓮江山壮，地接金陵草木凋。③
北府市楼开旧酒，南朝官柳识归桡。④
吏人莫见参军面，水宿风餐鬓发焦。⑤

【注释】

①选自成化本《雁门集》卷五。京口：今江苏镇江。据《吴志》：建安十四年(209)，孙权谋拒曹操，始于吴，迁京口，谓之京城。十六年，徙居秣陵(今南京)，而置京口镇。又《南徐志》：京口旧名须口，即西浦也。又《明一统志》：三国吴初都于此。及迁都秣陵即置京口镇。晋属昆陵郡，东晋置徐兖二州，号为北府。刘宋以南徐州治京口，又置南东海郡，隋废州及郡，为延陵镇。宋改为镇江府，元改镇江路，属江浙行省。此诗作于致和元年(1328)。 ②黄鹤山：山名，本名黄鹄山，在镇江城西南。《明一统志》：黄鹤山在府城西南三里，一名黄鹄山。宋武帝微时，常游息于此，上有鹤林寺。行人：

即离家在外远行之人。 ③铁瓮：陈沂《南畿志》：黄鹤山在镇江府城西南三里，本名黄鹄。又云：吴时已自为京城，复筑子城，固以甓，号为铁瓮城。言其竖固。宋范仲淹诗："金山寺近尘埃绝，铁瓮城高气象雄。"金陵：即今之江苏南京。④北府：东晋建都建康（今南京），军府设在广陵（今扬州），故称北府。山谦之《南徐州记》：旧徐州都督以东为称，晋氏南迁，徐州刺史王舒加北中郎将，北府之号从此始也。又云：徐州人多劲悍，号精兵，故桓温常曰："京口酒可饮，箕可用，兵可使。"南朝：东晋以后，中国分裂为南、北两部分，占据南方的宋、齐、梁、陈四朝，历史上称为南朝。官柳：官府种植的柳树，也泛指大道上的柳树。唐杜甫《鄠城西原送李判官赴成都府》诗："野花随处发，官柳著行新。"桡：船桨，指代船。⑤参军：官名。东汉末有参谋军务之名，简称参军。晋以后军府和王府开始设置官员。有单称的，有冠以职名的，如咨议、记室、录事及诸曹参军等。这里作者自指，他为京口录事长。"水宿"句：因露宿风餐，而形容枯槁。

【品评】

这首诗作于致和元年（1328）冬天。是年九、十月间，上都和大都之间，为争夺皇位而发动大规模内战，当时萨都剌正在大都，写了《寒夜闻角》表达了自己的心情。这诗是大都取胜，文宗再次登极之后，他返回京口，借题发挥。眼见黄鹤山的雪景，遥想铁瓮城的变迁，金陵的兴盛与凋零、北府的过去和现在，以及刚过去的大都皇位争夺战。弄得他焦头烂额，在恩荣宴上要为圣皇献丹心的思绪没有了，而他抒发的是决计归隐，表露对现实的不满。

记 事①

当年铁马游沙漠，万里归来会二龙。②
周氏君臣空守信，汉家兄弟不相容。③
只知奉玺传三让，岂料游魂隔九重。④
天上武皇亦洒泪，世间骨肉可相逢。⑤

【注释】

①选自嘉庆本《雁门集》卷二。记事：记录君王行为，即元文宗弑兄篡位之事。瞿佑在《归田诗话》中云：萨天锡以宫词得名，其诗清绮丽，自成一家。惟《记事》一首，直言时事不讳。“当年铁马……世间骨肉可相逢。”盖泰定帝崩于上都，文宗自江陵入据大都，大兄周王远在沙漠，乃权摄位，而遣使迎之，下诏四方云：“谨俟大兄之至，以遂固让之心。”及周王至，迎见于上都，欢宴毕至，忽一夕暴卒。复下诏云：“夫何相见之顷，宫车弗驾。加谥明宗。”文宗遂即真，皆武宗子也。故天锡末句云然。又顾嗣立《读元诗》八首之一云：“黄帝哀，鼎湖，汉文迎代邸。沙漠有大兄，固让诚得体。车驾次和宁，青宫拜玉陛。须臾行帐中，仆御闻出涕。烛影斧声疑，当时被诃诋。扶玺上马驰，物议恐难洗。史氏多忌讳，纪事只大抵。独有萨经历，讽刺中肯綮。游魂洒泪诗，千载笑兄弟。”详见《元史》，《明宗本纪》、《文宗本纪》、《燕铁木儿传》。明宗、文宗为武宗之子。武宗崩，其子尚幼，传位给仁宗，并约定依次传位给武宗之子。但仁宗负约，传位予其子英宗。英宗被铁失所弑，晋王也孙铁木儿自立为皇帝，改元泰定。泰

定帝崩于上都，倒剌沙专权自用，逾月不立君，朝野疑惧。燕铁木儿留守京师，发动政变，从江陵迎怀王即位，是为文宗。文宗诏告朝野："大兄在北，以长以德，当有天下。必不得已，当明以朕志播告中外。""谨俟大兄之至，以遂固让之心。"等到战败上都之后，文宗再三派使臣前往大漠劝进，明宗即位于和宁之北。文宗派燕铁木儿送去皇帝玉玺，于是明宗便南往大都。七月文宗受皇太子宝。八月，次王忽察都之地（今河北张北）、皇太子入见，明宗暴崩。文宗与燕铁木儿驰往上都，再次即位。此诗作于天历二年（1329）。 ②铁马：披甲的战马。游沙漠：指周王和世㻋，仁宗延祐三年（1316），封周王，出镇云南。行至延安，起兵反，失败。西行至阿尔泰山，西北诸王来附，遂镇北边。故云。"万里"句：指明宗从大漠以北，万里迢迢本来为了与兄弟文宗相会。二龙，喻明宗和文宗，都是龙种，并分别都登极了。 ③"周氏"句：指周王及其臣子们，白白地相信文宗的承诺，没有丝毫怀疑。"汉家"句：指文宗不能容忍其兄当皇帝，残忍地将其毒害，揭露他的虚伪和心狠手辣。 ④"只知"句：重复写明宗对文宗的固让深信不疑，同时也写文宗伪装得很好。玺，皇帝的大印。游魂：即无家可归而游荡的鬼魂。古时迷信，认为人死后，灵魂尚存人间。九重：指天的最高层，即九重天。这里喻皇宫内的天子宝座。 ⑤天上武皇：指已死的元武宗皇帝。亦洒泪：也在掉眼泪，因看见自己的儿子为争夺皇位，将他兄长害死，怎不落泪。世间：即人世间，与天上相对。骨肉：指父母兄弟姊妹等至亲关系。相逢：彼此见面。可相逢却不相容。

【品评】

这首记事诗，萨都剌毫不顾忌地直书文宗弑兄篡位的史实，深刻地揭露了文宗的虚伪狡诈，毒辣残忍。在当时来说，无论朝野官员，或文人学士，没有人敢于批判这桩血腥的历史公案，不仅当时不敢写，连后来的史家也讳言，或语焉不详。正说萨都剌的正直与无畏，读其诗，知其人，令人叹服。《记事》以诗证史，填补了《元史》的空白。

寄同年友①

忆昔同登龙虎榜，思君一度一凄然。
三年岁月红尘里，万里开河白雁前。②
天上故人淮水隔，江南老树楚云连。③
不堪回首知何处，闻说年来海变田。④

【注释】

①选自成化本《雁门集》卷六。作于公元1329年。同年友：即同年进士及第的朋友。 ②三年岁月：萨龙光按："'三年岁月'句，自丁卯登第后，至是年己巳(1329)，历三年矣。"与诗意合。红尘：佛家指人世为红尘。诗意指登第以来的官场生活。 ③天上故人：指御史台老友。淮水：即淮河。天上，喻京师。 ④"闻说"句：喻近年来，国家世事多变。萨龙光按："末句暗指泰定帝崩，文宗逐幼主而弑其兄明宗，一年之间四更主而三改元也。"此说有据可采信。

【品评】

此诗似寄给同年索士岩的，在《雁门集》中，有《寄士岩台郎》、《留别同年索士岩经历》、《题进士索士岩诗卷士岩与余同榜又同为燕南官由翰林编为御史台椽兼经筵检讨除为燕南廉访经历》等等。在《题诗卷》中有云:“契谊同昆弟,比和鼓瑟簧。誓辞犹在耳,离思各惊肠。”说明二人交谊深厚。全诗表露了对朋友的深切怀念,向知己倾诉近年来“海变田”的不满。笔调隐晦,情绪消沉。

春日登北固多景楼录奉即休长老[①]

醉拍阑干起白鸥，登临不尽古今愁。[②]
六朝人物空流水，三国江山独倚楼。[③]
秃发凉风吹木叶，孤城落日下帘钩。[④]
海门不管兴亡事，犹送春潮打石头。[⑤]

东风吹树散晴岚，独上层楼酒半酣。[⑥]
拍岸潮声来海外，满江山色入淮南。[⑦]
当时霸王分三国，此日吴禅老一龛。[⑧]
惟有楼前旧时柳，年年三月色如蓝。[⑨]

【注释】

①选自成化本《雁门集》卷五。弘治、毛晋本作《登北固城楼》。北固:即北固山。多景楼:在北固山甘露寺内。宋太守陈天麟建,唐临江亭故址。宋曾巩诗:“欲收佳景此楼中,徙倚栏干四望通,云乱水光浮紫翠,天含山气入青红。”宋米芾诗:“两州城郭青烟起,千里江山白鹭飞。海近云涛惊夜梦,天低月露湿秋衣。”即休长老:指僧人了即休,诗人的好

友。长老,对出家年岁长而德高僧人的尊称。此诗作于至顺元年(1330)。 ②白鸥:白色的鸥鸟。"登临"句:登上多景楼台,古往今来的许多与此有关的人和事引起了无尽的忧思和愁苦。不尽:弘治、毛晋本作"忍"。 ③六朝:指曾在金陵(今南京)建都的六个朝代:吴、东晋、宋、齐、梁、陈等。三国:即魏、蜀、吴。人物空:弘治、毛晋本作"文物随"。 ④秃发:头发脱落。宋沈辽《寄庆复允中》诗:"坐想故人应见忆,如今秃发不胜斑。"嘉庆本作"短发"。孤城:边远孤立的城镇,指镇江。 ⑤海门:指焦山旁的海门山。兴亡:即国家兴盛与败亡。弘治、毛晋本作"前朝"。春潮:春天的潮水。石头:指石头城,即今南京市。 ⑥晴岚:晴天山中蒸发的雾气。层楼:高楼。 ⑦淮南:泛指淮河以南和江苏北部一带。⑧霸主:指曹操、刘备、孙权。吴禅:吴地的禅师。龛:供有神、佛像的小阁子。 ⑨"惟有"与"年年"二句:喻山河依旧,物是人非。

【品评】

这两首诗,是作者于元文宗天历三年,登临北固山甘露寺内多景楼,想起了历代兴盛衰亡之事,便感慨系之。两首诗运词慷慨悲凉,抒发了人世沧桑的无限愁思。

季子庙①

公子不来春草绿,故宫禾黍亦离离。②
沸泉尚有千年井,古篆犹存十字碑。③
去国一身轻似叶,归家两鬓细如丝。④

李家兄弟满朝血，莫过延陵季子祠。⑤

【注释】

①选自成化本《雁门集》卷五。季子庙：祀吴国公子季札之庙。据《明一统志》：在丹阳县（今江苏丹阳）南延陵镇西北九里，祀吴季札。庙内有碑，唐刺史殷仲容刻，孔子所书："呜呼有吴延陵季子之墓。"十字。《史记·吴太伯世家》载：吴王寿梦有子四人：诸樊、馀祭、馀昧、季札。季札贤，寿梦欲立之，季札让不可，便立长子诸樊，摄行事当国。寿梦卒，诸樊已除丧，让位季札。季札守节不受。吴人固立季札，季札弃其室而耕，乃舍之。诸樊卒，有命授弟余祭，欲传以次，必致国于季札而止，兄弟皆欲致国，令以渐焉。季札封于延陵，故号曰延陵季子。后曾受命出访鲁国，观赏周代诗歌和乐舞时，进行了分析，借以评论周朝盛衰及其诸侯国存亡之趋势。随后又至齐、郑、卫、晋等国，并对晏婴、蘧伯玉、子严、叔向等人进行劝勉。此诗作于至顺元年（1330）。 ②公子：即季札。故宫：吴国宫殿的遗址。禾黍亦离离：《诗·王风·黍离序》："《黍离》，闵宗周也。周大夫行役至于宗周，过故宗庙宫室，尽为禾黍。闵周室之颠覆，彷徨不忍去而作是诗也。"宗周，即周王城镐京。后遂用咏亡国感慨之词。禾黍：谷子和黍子。离离：谷子、黍子的穗往下垂。 ③沸泉：《明一统志》：沸井在丹阳县南四十四里，井有四，二清二浊，腾沸滚沸，昼夜不绝。弘治、毛晋本作"沸原"。"古篆"句：《七修类稿》：《延陵季子碑》在镇江，其文曰："有吴延陵君子之墓"，世传为孔子书。《学古编》以为古法帖，止云"呜呼有吴君子"而已，篆法敦古，似乎可信。 ④"去国"与"归家"二句：指季札守节让国不受位，当诸樊、余祭、余昧依次相传，余昧卒，季札

为让位而逃，吴人便立余昧子为王。归家，弘治、毛晋本作“归田”。　⑤“李家”句：语意双关。明指唐高祖武德九年(626)夏，李世民在长安太极宫玄武门发动政变，杀死其兄太子李建成及其弟李元吉，夺取太子位，并逼其父退位。这里影射文宗毒杀其兄周王和世𤥨(lā)。满朝血，嘉庆本作“一朝暮”。“莫过”句：作者斥责李世民等不守节义，骨肉相残之人。说他们没有资格到季子庙进行拜祭。莫过。弘治、毛晋本作“羞见”。

【品评】

这首诗是吊古伤今之作。萨都刺于至顺元年到季子庙瞻仰，被季札始终如一地坚守节义，让国不受，且一再出逃躬耕于野的情操所感染。赋诗颂扬季札的崇高品德，批判李世民兄弟血染朝廷的凶残，讽刺文宗以固让为名、诱杀为实的阴险行为。

李遵道竹木图①

风流未识生前面，翰墨不空身后名。②
凤尾拂云秋有影，龙头出水夜无声。③
半生清节江南梦，万里灵槎水上行。④
应逐锦袍弄明月，倒骑赤鲤对吹笙。⑤

【注释】

①选自成化本《雁门集》卷六。嘉庆本作《题李遵道画竹木图》，作于元文宗至顺元年庚午(1330)。李遵道：苏天爵

《李遵道墓志铭》:君讳士文,字遵道,姓李氏,故集贤大学士蓟文简公之子。聪敏过人,少从文简公官吴越,及见故国遗老,而吴兴赵公孟頫、渔阳鲜于公枢,则从学朝夕者也,故其歌诗、字画悉有前人风致。于时公卿大夫喜尚吏能,不乐儒士,君年壮无所遇,乃游名山从释氏学,究竟大有所悟。久之,娱意翰墨,泛舟江湖,见疏篁老木,断渚崩崖,辄推篷舣棹,临观游衍,心与境会,愉愉然而乐其乐也。仁庙在御,崇尚艺文,近臣以君名荐,遣使召之。君以所画《大明宫图》入见,上嘉其能,命中书与五品官,偕集贤侍读商公琦同在近列。文简公归老维杨,特命君为泗州守侍行,再调知黄岩州。时都久旱,君祷于寒坑,辄雨,岁用长稔。省檄录囚闽中,岁余方归,适接部者至郡,务为苛刻,君不乐,移疾去。闻文皇潜在建业,善接纳文士,将往见焉,行至上元县界卒,年四十七,天历元年六月一日也,葬江都县某乡某原。又朱谋垔《画史会要》:李衎子士行,字遵道,官至黄岩知州,竹石得家法而妙过之,尤妙山水。 ②风流:赞誉李遵道才华横溢。翰墨:指李留下的歌诗字画。不空身后名:嘉庆本作"空遗列后名"。 ③凤尾:指竹枝。龙头:喻竹根。两句写李遵道所画《竹木图》的形状之妙。 ④半生:指其为官时间短。清节:清正廉明的高尚情操。灵槎:亦名灵查。能乘往天河的船筏。晋《博物志》卷十:"近世有人居海渚者,年年八月有浮槎去来,不失期,人有奇志,立飞阁于查上,多赍粮,乘槎而去。"宋辛弃疾《西江月·为范南伯寿》:"灵槎准拟泛银河,剩摘天星几个。"水上行:嘉庆本作"海上行"。 ⑤"应逐"与"倒骑"二句:诗意为李遵道与李白虽生不同时,但死后应去追赶李白,骑鲤吹笙同游仙境。锦袍:指代李白。相传李白着宫锦袍与崔宗之月夜乘舟由采石到金陵。又传,李白狂饮醉后,到江中骑鲸捉月。蔡珪、程钜夫作有《太白捉月图》和《谪仙捉月图》等诗。后人在采石矶上建有捉月亭。赤鲤:传说中仙人所骑的赤色鲤鱼。

【品评】

萨都剌于文宗至顺元年五月,在镇江录事司任达鲁花赤职满之后,授翰林国史院应奉文宁。故能在奎章阁里欣赏珍藏的古玩字画精品。《李遵道竹木图》,是他题画之作。他同时还作了《题李蓟丘画松》、《题明皇击梧图》、《题四时宫人图四首》等。此诗赞誉李遵道的才华,仰慕他的崇高品格,生前未能识而感到非常遗憾。对其生不逢时寄于深切的同情,希望他去追赶李白同在仙境遨游吹笙。全诗运笔自然,描写形象生动,内容丰富,感情真挚。

四时宫词①

御沟涨暖绿潺潺,风细时闻响佩环。②
芳草宫门金锁闭,柳花帘幕玉钩闲。③
梦回绣枕闻黄鸟,闲倚雕阑看白鹇。④
落尽海棠天不管,修眉凝恨锁春山。⑤

日长缝就郁金衣,高柳风清拂翠丝。⑥
闲倚小楼拂画扇,但闻别院笑弹棋。⑦
主家恩爱有时尽,贱妾心情无限思。⑧
又拟晚凉新浴罢,琵琶自拨断肠词。⑨

宫沟水浅不通潮，凉露瑶阶湿翠翘。[10]
天远不闻青玉佩，月明偷弄紫云箫。[11]
正宫夜短羊车近，别院秋高鹤驾遥。[12]
却把闺情望牛女，银河乌鹊早成桥。[13]

悄悄深宫不见人，倚阑惟觑石麒麟。[14]
芙蓉帐冷愁长夜，翡翠帘垂隔小春。[15]
天远难通青鸟信，风寒似动玉龙鳞。[16]
更深怕有羊车过，自起笼灯照雪尘。[17]

【注释】

①选自成化本《雁门集》卷六。此诗作于至顺元年(1330)。　②御沟：流经皇宫内的河道。涨暖：春暖冰消雪化，河水上涨。绿潺潺：绿色的春水缓慢地流。佩环：宫女们系在衣带上的珠宝玉器等饰物。　③金锁闭：春天，宫门禁闭，宫女们不能出外观赏百花芬芳的景色。玉钩：玉制的帘钩。　④闻，嘉庆本作“听”。黄鸟：黄莺。闲，嘉庆本作“困”。雕阑：雕花的阑干。白鹇：鸟名，亦名银雉。形似山鸡而羽毛呈白色。　⑤海棠：落叶小乔木，花呈白色或粉红色。喻宫女们红颜凋谢无人爱怜。凝恨，嘉庆本作“惭恨”。春山：春天山色黛青，因喻指妇人姣好的眉毛。　⑥郁金衣：即帝王穿的黄袍。唐许浑《骊山》诗：“闻说先皇醉碧桃，日华浮动郁金袍。”嘉庆本作“缕金衣”。风清，毛晋本作“风轻”。翠丝：翠绿的柳条。嘉庆本作“翠眉”。　⑦拂画扇：掸去画扇的灰尘。弹棋：古代博红之一。《西杂记》卷二：“成帝好蹴踘，群臣以蹴踘为劳体，非至尊所宜。帝曰：‘朕好之，可择似

而不劳者奏之。'家君作弹棋以献。帝大悦。"《世说新语·巧艺》:"弹棋始自魏宫内,用妆奁戏。文帝于此戏特妙,用手中角拂之,无不中。有客自云能,帝使为。客著葛巾角,低头拂棋,妙逾于帝。"即两人对局,黑白棋各六枚,到魏增至十六枚,唐又增至二十四枚。 ⑧主家:喻皇帝。贱妾:指宫女。⑨又拟,嘉庆本作"又向"。琵琶:弦乐器名,有四弦和六弦之分。断肠词:极度思念和悲伤的曲调。 ⑩瑶阶:用玉石砌成的台阶。翠翘:古代妇女的头饰,像翠鸟尾之长毛。⑪天远,嘉庆本作"天晚"。青玉佩:用青玉制成的佩饰。紫云箫:管乐器名。 ⑫正宫:皇后的俗称,别于东宫西宫而言。嘉庆本作"离宫"。羊车:宫中轻便的小车,由皇帝乘坐。羊车近,嘉庆本作"羊车过"。别院:正宅之外的住宅。喻妃嫔住的院落。秋高,嘉庆本作"秋深"。鹤驾:喻太子车驾。刘向《列仙传·王子乔》载:王子乔者,周灵王太子晋也。好吹笙,作凤凰鸣,游伊洛之间。道士浮丘公接他上嵩山,三十余年后,乘白鹤山头,望之不可到,举手谢时人。后称太子车驾为鹤驾。唐杜甫《洗兵马》:"鹤驾通宵凤辇备,鸡鸣问寝龙楼晓。" ⑬闺情:妇女思所爱之情。牛女:指牵牛、织女二星。"银河"句:银河,即天河。神话传说,牛郎、织女被天河隔断,每年农历七月七日夜,乌鹊衔接为桥,以渡银河,让牛郎、织女相会。 ⑭深宫:宫禁之中,指皇帝居处。倚阑惟觇:嘉庆本作"倚门惟有"。石麒麟:门前立着石雕的仁兽麒麟。 ⑮芙蓉帐:用芙蓉花染缯制成的帐子。泛指华丽的床帐。翡翠帘:用翠羽编制的帷帘。小春:即小阳春。指每年农历十月为小阳春。 ⑯青鸟:传信的神鸟。神话传说,西王母曾派青鸟向汉武帝传信。风寒似动玉龙鳞:嘉庆本作"瓦寒欲动白龙鳞"。玉龙鳞,指房上的瓦片凝冻成冰,好似玉龙身上的麟片。 ⑰更深：康熙本作“夜深”。羊车过，嘉庆作“羊车到”。笼灯：即灯笼。雪尘：地上的雪。

【品评】

这是萨都剌在翰林国史院任应奉文字时，对宫女们的生活有感而发。标题为“四时宫词”，即春夏秋冬四季。第一首，写春天繁花似锦，绿柳成荫的美好时节，而宫女们则闭锁深宫，紧皱双眉，无限哀愁；第二首，写昼长夜短的夏季，日长缝郁金衣，题画扇；晚上自拨断肠词，被冷落孤独的无限悲哀；第三首，写宫女们望眼欲穿，却得不到宠幸。牛郎织女借助乌鹊搭桥，每年七月七日，尚能渡过银河见面一次，而宫女们只能独守空房，遥望银河哀叹；第四首，写天冷夜长，静寂无声的深宫，见不着人影，眼见的只是冰冷的石麒麟，玉龙麟。夜深了还提着灯笼幻想能等待羊车到来。萨都剌善写宫词。在这四首词中，运用他丰富的想像，细腻的笔触，清新格调，描绘了深宫中的妇女形象，揭示了她们孤独寂寞的痛苦心情。寄寓了对宫女们的深切同情。

三月七日奎章进本朝经世大典呈虞伯生①

文章天子大一统，馆阁词臣日纂修。②
万丈辉光悬凤阙，九重春色满龙楼。③
厨开金锁芸香动，帘卷银钩砚影浮。④
圣览日长万机暇，墨花流出凤池头。⑤

【注释】

①选自成化本《雁门集》卷五,嘉庆本作《奎章阁观进皇朝经世大典》。作于元文宗至顺三年壬申(1332)。奎章:即奎章阁,元殿阁名。天历初年兴建,在兴圣殿西廊。天历二年(1329),文宗立奎章阁学士院。阁内收藏古代器物和图书很多,取集文人学士,鉴赏文籍,兼备皇帝咨询。至顺六年(1340)罢。《本朝经世大典》,即《元朝经世大典》,书名。赵世延、柳贯、虞伯生等在《经世大典序录》中云:“于是阚延阁以端居,守中心之至正。慨念祖宗之基业,旁观载籍之传闻;思辑典章之大成,以示治平之永则。乃天历:年冬(1329),有旨命奎章阁学士院与翰林国史院,参酌唐、宋会要之体,会粹国朝故实之文,作为成书,赐名《皇朝经世大典》。明年二月,以国史自有著述,命阁士专率其属而为之,太师丞相答剌罕、太平王臣燕铁木儿总监其事。翰林学士承旨大司徒臣阿邻帖木儿、奎章阁大学士臣忽都鲁笃尔弥实、奎章阁大学士中书右丞撒迪、奎章阁大学士太禧宗禋使臣阿荣、奎章阁承制学士佥枢密院事臣朵来,并以耆旧近臣习于国典任提调焉。中书左丞臣张友谅、御史中丞臣赵世安等,以省台之重,表率百司,简牍具来,供给无匮。至于执笔纂修,则命奎章阁大学士中书平章政事赵世延,而贰以臣虞集,与学士院艺文监官属分局修撰。又命礼部尚书臣巎巎,择文学儒士三千人,给以笔礼而缮写之。出内府之钞以充周。是年四月十六日开局,倣六典之制,分天地春夏秋冬之别,用国史之例,别置蒙古局于其上,尊国事也。其书悉取诸有司之掌故,而修饰润色之,通国语于《尔雅》,去吏牍之繁辞。上送者无不备书,遗亡者不敢擅补。于是定其篇目,凡十篇,曰君事四,臣事六。君临天下,名号最重,作《帝号》第一;祖宗勋业,具在史策,心

之精微，用言以宣，询诸故老，求诸纪载，得其一二于千万，作《帝训》第二；风动天下，莫大于制诰，作《帝制》第三；大宗其本也，藩服其支也，作《帝系》第四；皆君事也，蒙古局治之。设官用人，共理天下，治其事者宜录其成，故作《治典》第五；疆理广袤，古者未有，人民贡赋，国用系焉，作《赋典》第六；安上治民，莫重于礼，朝廷郊庙，损益可知，作《礼典》第七；肇基建业，至于混一，告成有绩，乘远有规，作《政典》第八；政刑之设，以辅礼乐，仁厚为本，明填为要，作《宪典》第九；六官之职，二居一焉，国财民力，不可不填，作《工典》第十。皆臣事也。以至顺二年五月一日，草具成书，缮写呈上……”又欧阳云《进经世大典表》：至顺三年(1332)三月进。《皇朝经世大典》八百八十卷，《目录》十二卷，《公牍》一卷，《纂修通议》一卷。《皇朝经世大典》是元代官修的重要政书，明修《元史》，志、表、列传多据此书。原书已佚。 ②“文章”与“馆阁”二句：颂扬元文宗重视礼乐教化的作用。馆阁：指奎章阁学士院与翰林国史院等。词，嘉庆本作“史”。 ③辉，嘉庆本作“奎”。凤阙：本指汉代宫阙，后泛指宫殿、朝廷。这里指奎章阁。凤阙，弘治、毛晋本作“秘阁”。九重、龙楼：喻帝王居住的宫殿楼阁。 ④厨开金锁，嘉庆本作“门开玉钥”。芸香：草本植物。花叶有浓烈气味，可作辟蠹驱虫之用。银钩，嘉庆本作“金钩”。 ⑤圣览：指皇帝常到奎章阁中阅览典籍。万机：指政务繁忙，千头万绪，时间不够用。墨花：砚台因长时间受墨渍而形成的花纹。流出：嘉庆本作“洗出”。凤池：即凤凰池的省称，唐以前指中书省，唐以后指宰相之职。凤凰池，原为禁苑中的池沼。魏晋南北朝设中书省于禁苑，掌管机要，接近皇帝，故称凤凰池。这是喻奎章阁。

【品评】

此诗是萨都剌参加进呈《皇朝经世大典》的盛典而作。由于元文宗以武攻篡位得逞，且又以“固让”为名，诱杀其长兄，因而萨都剌在诗中屡有讥刺和揭露。但文宗在文治方面有所举措时，如立奎章阁学士院，诏令纂修《皇朝经世大典》，萨都剌则给以充分的肯定和颂扬，足见其对事不对人。全诗色彩明朗，词语夸张，描写生动，感情真实。

采石怀李白①

梦断金鸡万里天，醉挥秃笔扫蛮笺。②
锦袍日进酒一斗，采石江空月满船。③
金马重门天似海，青山荒冢夜如年。④
想应风骨峨眉雪，不作天仙作地仙。⑤

【注释】

①选自成化本《雁门集》卷六。作于元文宗至顺三年壬申(1332)。 ②金鸡：喻大赦。据《新唐书·百官志》载：赦日，树金鸡于仗南，竿长七丈，鸡高四尺，黄金饰首，衔绛幡，长七尺，承以采舟，杂以绛绳。李白在《流夜郎赠辛判官》中有：“我愁远谪夜郎去，何日金鸡放赦回？”反映出李白梦里也在盼望大赦的一天。萨都剌即采用此意。“醉挥”句：相传李白到长安寓居贺知章家时，正遇番使向朝廷递交国书，朝中文武官员没有一人能识其字，更不知其内容。唐玄宗大怒，喝骂群臣，限令三日之内无人认识此书，所有官员一概停俸。贺知章得知李白能译番书，并向玄宗报告，玄宗赐李白进士

及第，着紫袍金带，纱帽象简见驾。李白译出番书，代草诏书，吓退番使。又《李白年谱》："天宝三载……李白在翰林，代草王言。然性嗜酒，多沉饮，有时召令撰述，方在醉中，不可待，左右以水沃面，稍解，即令秉笔，顷之而成。帝甚才之，数侍宴饮。"蛮笺：唐时四川所造一种彩色花纸。蛮，嘉庆本作"鸾"。 ③锦袍：参见注②。又《明一统志》：唐李白尝乘月与崔宗之自采石至金陵，著宫锦袍坐舟中，即此。 ④金马门重：即金马门。本指汉代宫门，是时要有特殊才干的人，才有资格在金马门听诏。诗里喻唐代官门，因为李白虽有奇才却未受重用。天似海：即比登天和下海还难。青山荒冢：《明一统志》："李白墓在太平府（今安徽马鞍山）城东青山之北。白尝依族人当涂令李阳冰，悦谢家青山，欲终焉。及卒，葬采石仙龙山，后改葬青山。" ⑤"想应"句：指李白品格高洁，受佞臣排斥。想应，嘉庆本作"只因"。峨眉雪：康熙本作"娥眉妬"。"峨眉雪"与"娥眉妬"解释皆通，其意各别。峨眉，有双关意。一是指四川峨眉山；一是指采石山上的峨眉亭。《明一统志》：峨眉亭在采石山，为宋郡守张环建，前有博望、梁山夹大江，对峙如眉，故云。峨眉雪，喻其高洁。天仙：天上神仙。李白《对酒忆贺监诗序》："太子宾客贺公于长安紫极宫一见余，呼余为谪仙人，因解金龟换酒为乐。"地仙：嘉庆本作"水仙"。相传李白醉酒之后，下水捞月，被淹死在采石矶，天仙和地仙均指李白。采石矶旧有谪仙楼和捉月亭。萨都剌采用传说。

【品评】

此诗是萨都剌路过采石，为凭吊李白而作。李白流放夜郎遇赦之后，曾依族人当涂令李阳冰。死后，先葬仙龙山，后为满足其生前遗愿，改葬到青山。全诗抒发了对李白的深切怀念与崇敬之情。对李白生不逢时则表示极大的同情。想像丰富、描写生动，情调凄凉。

采石漫兴[1]

谁记将军亡国时，江东父老鬓如丝。[2]
古今天堑几千里，南北楼船百万师。[3]
中国一飞传檄箭，前朝谩有渡江碑。[4]
太平到处山如画，暖日晴岚飏酒旗。[5]

【注释】

①选自成化本《雁门集》卷五，原作《章贡道中》，误。清顾嗣立云：《雁门集》误作《章贡道中》，即指成化刊本，他本均作《采石漫兴》。作于至顺三年壬申(1332)。 ②将军：指项羽兵败垓下，在乌江渡口自刎。江东：从汉初到唐代，称安徽芜湖以下的长江下游南岸地区为江东。《史记·项羽本纪》："于是项王乃欲东渡乌江。乌江亭长㰅船待，谓项王曰：'江东虽小，地方千里，众数十万人，亦足王也。愿大王急渡。今独臣有船，汉军至无以渡。'项王笑曰：'天之亡我，我何渡为！且籍与江东子弟八千人渡江而西，今无一人还，纵江东父老怜而王我，我何面目见之？纵彼而言，籍独不愧于心乎？'"乌江，《集解》注："在牛渚"。诗人采此说。 ③天堑：极险要的天然堑坑，难以越过。这里指长江。《南史·孔范传》："长江天堑，古来限隔，虏军岂能飞渡？"楼船：分层的大船，即战船。师，弘治、毛晋本作"维"。 ④传檄箭：即传递檄文的令箭，

喻情况急迫。弘治、毛晋本作“传箭檄”。渡江碑：泛指历代战胜者在此立的纪念碑。采石，又名牛堵。是历来兵家必争之地。东汉兴平二年(195)，孙策渡江攻刘徭牛堵营，后使周瑜移兵屯牛堵；晋咸宁五年(279)王浑驻师取吴；梁太清二年(549)侯景渡江逼近建康。隋开皇九年(589)韩擒虎夜渡破陈；宋开宝七年(974)曹彬渡江取南唐；绍兴三十一年(116)虞允文截击金师等，都在采石渡口。 ⑤太平：即太平路，今安徽当涂县，元为太平路治所。晴岚：晴天山中的雾气。嘉庆本作“晴风”。

【品评】

此诗是萨都剌路过采石渡口，为凭吊楚霸王项羽而发。对项羽败走垓下，乌江自刎，深表惋惜。唯有太平府的美丽景象，稍有慰藉。

次韵登凌霄台①

山势如龙去复回，闲云野望护崇台。②
离宫夜有月高下，辇路日无人往来。③
春色不随亡国尽，野花只作旧时开。④
断碑衰草荒烟里，风雨年年上绿苔。⑤

【注释】

①选自嘉庆本《雁门集》卷五。作于元文宗至顺壬申(1332)。次韵：依次按所和诗之韵作诗，亦称步韵。此诗依唐许浑诗《凌霄台》而作。许浑诗云：“宋祖凌歊乐未回，三千

歌舞宿层台。湘潭云尽晓山出，巴峡雪消春水来。行殿有基荒荠合，寝园无主野棠开。百年便作万年记，岩畔石碑生绿苔。"凌歊台：台名。《名胜志》云：黄山在当涂县西北五里，上有刘宋凌歊台，周回五里一百步，高四十丈，石碑见存。又云：黄山今属石城乡，世传浮丘翁放鹤于此，亦名浮丘山，上有宋离宫凌歊、怀古二台及誓清堂。又宋陆游《入蜀记》二：凌歊台正如凤凰、雨花之类，特因山巅名之。宋高祖所营，面势虚旷，高出氛埃之表，南望青山、龙山、九井诸峰，如在几席。凌歊：即涤除暑气之意。 ②崇台：即高台，指凌歊台。③离宫：帝王出游时暂住的便殿，指凌歊台。辇路：专为帝王修的车道。 ④"春色"与"野花"二句：意为春天年年往复，而山花烂漫依旧，这是亘古不变的。而世代的更替，国家的兴亡，那是永不复回。 ⑤"断碑"与"风雨"二句：写昔日的繁华早灰飞烟灭，而留下的只不过是荒凉的废墟而已。

【品评】

萨都剌登临凌歊台，不仅饱览凌歊台所在的景象，且浏览了前贤游此留下的墨迹。此诗为步唐诗人许浑《凌歊台》诗之韵而作。全诗词语豪放，气象辽阔，景色暗淡，心绪低沉，感慨万千。

宿青阳云松台二首①

一

九老排云独擅尊，众山拱戴似儿孙。②
石房仙去神光现，洞府龙归雨气昏。③

上古几年埋地轴，至今九柱插天根。④
何时身在层峰顶，手把丹书扣帝阍。⑤

二

县门遥楼九华山，日日天开图画看。⑥
云气晓连铜篆湿，翠光晴锁砚池寒。⑦
人间官府红尘马，天上神仙白玉盘。⑧
高卧云松定何日，仰攀北斗夜阑干。⑨

【注释】

①选自嘉庆本《雁门集》卷五。青阳：县名，在今安徽池州，元为池州所领六县之一，在池州府城东八十里许，以其地在青山之阳，故名。云松台：在九华山上。李白《望九华山赠青阳韦仲堪》诗："君为东道主，于此卧云松。"又李白《改九子山为九华山联句并序》："青阳县南有九子山，山高数十丈，上有九峰如莲花。按图征名，无所依据。太史公南游，略而不书。事绝古老之口，复阙名贤之纪，虽灵仙往复，而赋咏罕闻。予乃削其旧号，加以九华之目。"顾野王《舆地志》云：其山上有九峰，千仞壁立，周围百里，高一千丈，出碧鸡之类。刘禹锡曰：九华山在池州青阳县西南，九峰竞秀，神采奇异。昔予仰太华，以为此外无奇；爱女儿、荆山，以为此外无秀。今见九华，始悼前言之容易也。 ②九老：即九华山。它与四川峨眉山、山西五台山和浙江普陀山合称中国佛教四大名山胜地。拱戴：即众山拱手站立拥戴九华峰，将山拟人化。③石房：即岩洞，指修道之人修炼之所，又称洞天。洞府：意与石房同。 ④上古：即远古，开天辟地之时。地轴：在人们

想像中，地球旋转的中心轴。九柱：古人误以为天圆地方，天由九根柱子支撑着。诗里指九华山之九峰。 ⑤丹书：道家所说的丹书墨篆，泛指炼丹之书。亦可解为皇帝诏书。帝阍：有天门或宫门的双关意。 ⑥“县门”与“日日”二句：指青阳县府门对着九华山，山的美景展现在眼前。 ⑦铜篆：指铜制的印章，因印章多用篆刻，故称篆。砚池：指凹形砚。也指砚端蓄水处为砚池。 ⑧“人间”句：指人马来往频繁的官府，卷起红尘滚滚，永不得安宁。“天上”句：指神仙境界的清静。白玉盘：喻月亮。⑨北斗：星座名。阑干：纵横交错，指满天星斗。

【品评】

此二诗是萨都剌夜宿青阳云松台有感而作。全诗立意高远，联想丰富，用语夸张，将这座天造地成的九华奇异景象，生动地进行了描绘。抒发了意欲摆脱红尘羁绊，期望他日也能过上“高卧云松”、“仰攀北斗”的生活。表现他对现实的不满。

望金陵①

行人雨霁入金陵，萧寺钟撞人远听。②
五月潮声方汹涌，六朝王气已凋零。③
春风玉树兴歌谱，落日青山立画屏。④
千古兴亡堪一笑，买花载酒赏心亭。⑤

【注释】

①选自成化本《雁门集》卷六。作于元文宗至顺壬申(1332)五月。金陵:今江苏南京。《明一统志》:江宁府,楚名金陵,秦名秣陵,吴名建业,晋名建康,元名集庆。 ②雨霁:雨过天晴。入金陵,弘治、毛晋本作“金陵去”。萧寺:即佛寺。南朝佛教大为兴盛,梁武帝时,仅在建康一地就建佛寺700所。传说梁武帝萧衍命书法大家萧子云在寺门上大书一“萧”字。故后世亦称佛寺为“萧寺”。钟撞人,嘉庆本作“疏钟又”,弘治、毛晋本作“钟声又”。 ③六朝:指相继在南京建都的三国吴、东晋,及南朝的宋、齐、梁、陈等六个朝代。王气:旧时指象征帝王运数的祥瑞之气。嘉庆本作“文物”。凋零:零落;衰败。 ④“春风”与“落日”二句:形容国家风调雨顺人寿年丰的太平景象。《尔雅·释天》:“四时和谓之玉烛”。歌谱,嘉庆本作“歌韵”。落日,嘉庆本作“暮日”。⑤“千古”与“买花”二句:诗人对金陵古都千古兴亡、人世沧桑的慨叹。赏心亭,亭名,在江宁县西下水门城上,下临秦淮河,尽观览之胜。

【品评】

此诗是萨都刺于至顺三年五月,于安徽贵池返回金陵,时逢雨过天晴,放眼六朝古都,昔日龙腾虎跃,云蒸霞蔚的景象已不复存在。世代兴衰、人世沧桑之感涌上心头,因而表露人生苦短,及时行乐的消极情绪。

秋日登石头城①

登临未惜马蹄遥，古寺秋高万木凋。②
废馆尚传唐后主，断碑犹载晋南朝。③
年深辇路埋花径，两坏山墙出翠翘。④
六代兴亡在何许，石头依旧打寒潮。⑤

【注释】

①选自成化本《雁门集》卷六。弘治、毛晋本作《登石头》。作于元文宗至顺三年壬申(1332)。石头城:在今江苏南京清凉山。本战国楚金陵邑。 ②古寺秋高万木凋,弘治、毛晋本作“古木秋高万叶凋”。 ③唐后主:误,嘉庆本为“陈后主”,是。陈后主,即陈叔宝,字元秀,小字黄奴,南朝陈皇帝。太建十四年(582)即位。荒于酒色,不理朝政,日与宠妃、女学士,狎客后庭,共赋新声。采其尤艳者以为词曲,度以新声。使佞幸施文庆、沈客卿并掌朝政。欺上瞒下,以致众叛亲离。祯明三年(589),隋将贺若弼、韩擒虎攻入建康(今南京),他与宠妃张、孔三人匿于景阳井中,被俘。后世诗人把《后庭曲》喻为亡国之音,将陈后主喻为荒淫亡国之主。断碑,弘治、毛晋本作“新碑”。晋南朝:即东晋和南朝各代。④年深:指时间长,年代久远。辇路:专为帝王修的车道。花径:通花园的道路。翠翘:妇女头上的饰物。 ⑤六代:即以南京为都城的六个朝代:三国吴、东晋、南朝的宋、齐、梁、陈。何许,弘治、毛晋本作“何处”。

【品评】

此诗是萨都剌于深秋登临石头城上，举目四望，万木凋零，断碑残垣，一片荒凉。不禁联想到六朝兴亡的历史，因而挥毫赋诗，感慨系之。全诗意到笔随，情景交融，寓意深刻。

登凤凰台二首①

一

凤凰台上望长安，五色宫袍照水寒。②
彩笔千年留翰墨，银河半夜挂阑干。③
三山飞鸟江天暮，六代离宫草树残。④
始信人生如一梦，壮怀莫使酒杯干。⑤

二

梧桐叶落秋光老，人去台空凤不来。⑥
梁武台城芳草合，吴王宫殿野花开。⑦
石头城下春生水，燕子堂前雨长苔。⑧
莫问人间兴废事，百年相遇且衔杯。

【注释】

①选自成化本《雁门集》卷六。作于元文宗至顺壬申(1332)，是萨都剌写李孝光在台上唱和之作。凤凰台：古台名。《至正金陵新志》："凤凰里，在今保宁寺后。宋元嘉十四年(437)，大鸟二集秣陵民王觊园中李窠上，大如孔雀，头足小高，毛羽鲜明，文彩五色，声音谐和，从众鸟如山鸡者，随之行三十步，顷东南飞去。扬州刺史彭城王义康以闻，改鸟所

集永昌里为凤凰里,后于寺筑台建楼。"历代骚人墨客登台必借题发挥。 ②长安:指汉、唐古都,在今西安西北。诗里喻六朝古都南京。五色宫袍:指五颜六色的宫锦袍。似指李白。李白《登金陵凤凰台》诗云:"凤凰台上凤凰游,凤去台空江自流。吴宫花草埋幽径,晋代衣冠成古丘。三山半落青天外,二水中分白鹭洲。总为浮云能蔽日,长安不见使人愁。" ③翰墨:喻历代文章书画。银河:即天河。挂阑干:指天空星斗纵横。 ④三山:指南京西南长江东岸的山,又名护国山,因三峰排列,南北相通,故名。离宫:帝王出行时暂住的宫殿。 ⑤"始信"与"壮怀"二句:指人生短暂如同梦幻,不要被豪情壮志所牵景,应及时开怀畅饮。壮怀:豪壮的胸怀,喻志向远大。 ⑥梧桐:落叶乔木。《庄子·秋水》:"夫鹓雏发于南海而飞于北海,非梧桐不止,非练实不食,非醴泉不饮。"秋光:嘉庆本作"秋风"。 ⑦梁武:指梁武帝萧衍。台城:即吴后苑城,在南京上元县东北。晋成帝咸和年间新宫成,名建康宫,即世所谓台城。见《至正金陵新志·台城古迹图考》。吴王:指三国吴孙权,他由京口迁建业建太初宫,其后又建昭明宫。见《明一统志》卷六。野花开:弘治、毛晋本作"野桃开"。 ⑧石头城:即今南京。春生水:弘治、毛晋本作"春如水"。燕子堂:似指乌衣巷的来燕堂。《至正金陵新志》(卷十二):来燕堂在乌衣园。刘禹锡《乌衣巷》诗:"旧时王谢堂前燕,飞入寻常百姓家。"萨都剌化用其意。

【品评】

此二诗是萨都剌与友人李孝光同登凤凰台即兴唱和之作。李孝光《同萨天锡饮凤凰台》诗云:"凤凰高飞横四海,锦袍犹赋凤凰游。天随没鹘低淮树,江学巴蛇入楚流。勋业向如饮名酒，衣冠未省识神州。天涯芳草萋萋绿，王粲归来更倚楼。”而萨诗的第一首，由登临凤凰台而忆起李白在凤凰台留下的不朽诗篇，再联想到六代离宫的巨变，感到人世无常，如同梦幻，不要为什么远大抱负而四处奔波，而应及时开怀畅饮。第二首，写凤凰一去不回，六代的兴衰变化，感慨万端。两首诗的结尾，都表露出一种消极的人生态度。这是因自己虽有远大抱负，而生不逢时的愤疾之语，二诗情调抑郁低沉。

过李陵墓①

降入天骄愧将才，山头空筑望乡台。②
苏郎有节毛皆落，汉主无恩使不来。③
青草战场雕影没，黄沙鼓角雁声哀。④
那堪携手河梁别，泪洒西风骨已灰。⑤

【注释】

①选自成化本《雁门集》卷五。作于元顺帝元统癸酉(1333)。李陵：西汉名将李广之孙，武帝时拜骑都尉。天汉二年(前99)，率步兵五千击匈奴，战败被俘投降。李陵墓相传在今内蒙古自治区正南旗南。周伯琦《扈从纪行略》：“龙虎台在昌平境，距京师百里。过居庸关而北，自东路至瓮山，至车坊，入黑谷，过色泽岭，历龙门及黑石头，过黄土岭至程子头，又过磨儿岭至颉家营，历白塔儿至沙岭。自车坊、黑谷至此，凡三百一十里。历黑嘴儿至失八秃儿，至察罕脑儿，过此曰郑谷店，曰明安驿河儿，曰李陵台驿双庙儿，遂至桓州，

曰六十里店，即乌丸地，前至南坡店，去上京一舍耳，为里七百五十有奇。大抵两都相望，不满千里。” ②“降入”句：意为作汉将，战败投降，有愧于将军之名。天骄，即天之骄子，指匈奴。望乡台：遥望故乡的土台，诗里指李陵墓。 ③苏郎：即苏武，字子卿，西汉杜陵人。武帝天汉元年（前100），以中郎将身份出使匈奴，被扣留。匈奴单于胁迫他投降，苏武不屈，让他到北海放牧公羊，等公羊产子再让回。苏武历尽艰辛，吃雪食草籽，持汉节牧羊十九年，节毛尽落。汉昭帝即位后，与匈奴和亲，苏武才得以归国。诗里“节”有双关意：一为符节。古代使臣所持以作凭证。《左传·文公八年》：“司马握节以死，故书以官。”杜预注：“节，国之符信也。握之以死，誓不废命。”二为气节，节操，指苏武不屈于匈奴。汉主：指汉武帝未能将苏武营救回国，使其长期遭受凌辱。
④雕：鸟名，一种猛禽。鼓角：战鼓和号角。雁：鸟名，鸿雁一类的鸟。以上二句，联想当年的战场，而今长满青草，大雕掩没于其中。昔日鼓角喧天，而今黄沙滚滚，鸿雁哀鸣。
⑤河梁别：河梁，地名。《文选》有李陵与苏武诗：“携手上河梁，游子暮何之。”有人认为是写苏武与李陵在河梁分别。

【品评】

顺帝元统元年（1333）春，马伯庸除南行御史台中丞，萨都剌奉命由大都到上都相迎，他路过李陵台时，心有所感，作了这首怀古之作。诗中对李陵战败投降进行批评，对苏武不屈于敌国，坚守节操的崇高品格则给以赞美，褒贬分明。

半山寺值雨①

今日云林趣倍浓，清游恨未得从容。②
龙归石洞半山雨，潮卷天风十里松。③
春路泥深多滑马，晚楼烟暗只闻钟。④
荆公旧隐知何处，回首丹崖第几重。⑤

【注释】

①选自成化本《雁门集》卷六，弘治、毛晋本作《题半山寺》。作于元顺帝元统二年甲戌(1334)春。半山寺：亦名报恩禅寺。《江南通志》卷三十：半山亭在上元县城北王安石故园，元丰七年，王安石请舍为寺，赐额报恩禅寺。又《至正金陵新志》卷十一下：半山报宁禅寺在城东七里，距钟山亦七里，王荆公安石故宅也。其地曰塘，旧以地卑积水为患，自荆公卜居，乃凿渠决水通城河，元丰七年(1084)，公以病闻，神宗遣国医诊视，既愈，请以宅为寺。因赐额报宁禅寺。寺后有谢公墩，其西有土山曰培楼，乃公决渠积土之地，由城至钟山，此半道也，故亦名半山寺。公有《谢赐额表》云……

②云林趣倍浓：弘治、毛晋本作“偶成林壑趣”。云林，即隐居之所。唐王维《桃源行》：“当时只记入山深，青溪几度到云林。”清游：清雅游赏。弘治、毛晋本作“清幽”。 ③“龙归”与“潮卷”二句：写当时云雾密濛、风雨交加的景象。 ④烟暗：云雾重重，光线阴暗。弘治、毛晋本作“雾重”。 ⑤荆公：王安石封号。元丰二年(1079)复拜尚书左仆射、观文殿大学士，改封荆国公。丹崖，弘治、毛晋本作“苍茫”。

【品评】

此诗是萨都剌于元统二年春，游王安石故居半山寺，时逢风雨交加，有感而作。王安石字介甫，号半山，宋抚州临川（今江西抚州）人。是北宋的改革家。嘉祐三年，向仁宗上万言《言事书》，主张培养人才，变革新法，未被采纳。神宗即位后，又上《本朝百年无事札子》，列举北宋建国以来各项制度的弊端，阐述改革的必要，得神宗支持。熙宁二年（1069），拜参知政事，设制置三司条例司，主持变法，陆续颁行农田水利、青苗、均输、保甲、免役（募役）、市易、保马、方田等新法。史称王安石变法。三年，拜同中书门下平章事。由于新法遭到保守派的强烈反对。七年，罢相，以观文殿大学士出知江宁府（今南京）。八年，复相。九年，再罢相，出判江宁府，退居江宁半山园。十年，封舒国公。元丰二年（1079），复拜尚书左仆射、观文殿大学士，改封荆国公。七年，神宗得知王安石病重，特派国医前往诊治。王安石病愈，上表请求将他房舍改为寺庙，乞赐匾额。神宗赐匾额为“保恩禅寺”。因王安石居白下门外，离城七里，离蒋山亦七里，恰为半道，因以半山为名。全诗描写游半山寺遇雨的景象，流露了对改革家王安石，在政治改革的狂风暴雨中几经沉浮的敬仰与缅怀之情。心与境会，运笔自然，情景交融。

游长干寺[①]

秦淮河上长干寺，松柏萧萧云日鲜。[②]
故堠尚存铜雀瓦，断碑犹载晋朝年。[③]
石坛幡影风吹动，辇路砖花雨滴穿。[④]

惟有长廊旧时月，几回缺后几回圆。⑤

【注释】

①选自嘉庆本《雁门集》卷七。作于元顺帝元统二年甲戌(1334)。长干寺:《至正金陵新志》卷十五下:“天禧寺即长干寺,在府城南门外,宋天禧二年(1018)改今额。寺有阿育王舍利塔。祥符中赐号圣感,其晋高悝所施金像,隋文帝徒置长安。《丹阳记》:大长干寺,道西有张子布宅。在淮水南对瓦官寺。长干是秣陵县东里巷名。江东谓山垅之间曰干。建康南五里有山冈,其间平地民庶杂居。有大长干、小长干、东长干并是地名。小长干在瓦官寺南巷西头出大江。梁初建长干寺。塔记,在秣陵县东,今天禧寺乃大长干也。”②秦淮河:水名,在今江苏南京。《至正金陵新志》卷五下:“秦淮,旧传秦始皇时望气者言:五百年后,金陵有天子气,于是东游以厌当之,乃凿方山,断长垅为渎,入于江,故曰秦淮。按《实录注》:本名龙藏浦,其上有二源:一发自华山,经句容西南流;一发自东庐山,经西北流入江宁界。二源合自方山埭,西注大江。分派屈曲,不类人工,疑非秦皇所开。或曰方山西渎,直属土山三十里许是秦开。又凿石硊山西而疏决此浦,固名秦淮。盖未详也。”松柏萧萧:风吹松柏发出的响声。云日鲜:天高云淡,阳光明媚。 ③堠(hòu):古时用来观察敌情的土堡。铜雀瓦:据《晋书》载:成帝沿淮设航二十有四,有青溪、朱雀等名。晋建朱雀门,上用两铜雀,故朱雀航以此得名。《至顺金陵新志》卷四下:吴时南津桥,名曰朱雀航。晋《起居住》云:白舟为航,都水使者王逊立之。谢安于桥上起重楼,上置两铜雀,又以朱雀观名之。《实录》云:咸康二年(336)新立朱雀航对朱雀门,南渡淮水,亦名朱雀桥,本吴南

津大航桥也。诗里泛指残砖碎瓦。晋朝年：即东晋的年号。④石坛：用石头筑的高台，古时多用于祭祀。幡影：旗帜的影子。辇路：古时皇帝专用的车道。砖花：在铺路砖上雕刻的花卉图案。诗里泛指残破的砖块。⑤"惟有"与"几回"二句：抒发对人世沧桑多变的慨叹。

【品评】

萨都剌喜好寻幽访胜，而金陵（今南京，元为集庆路）是六朝古都，名胜古迹无处不有，他所到之处，必即兴抒怀。此诗是游长干寺的即兴之作。他放眼四望，所见为断碑残瓦，松柏萧萧的破败景象，从而对人世无常，沧桑多变，大发慨叹，引人深思。

游茅山①

天际三峰翠欲流，更于何处觅瀛洲。②
也知方外神仙乐，不识人间儿女愁。③
白犬吠云惊夜梦，朱帘卷雨入明楼。④
挂冠何日寻高隐，竹杖棕鞋绝顶游。⑤

【注释】

①选自成化本《雁门集》卷五。嘉庆本作《游茅山二首》，弘治、毛晋本作《次韵寄茅山张伯雨二首》。此诗为二首之二。作于元顺帝元统二年甲戌(1334)。茅山：山名，原名句容，今属江苏。相传东汉时，茅盈、茅固、茅衷三人在此传道，因而改名茅山。　②天际：天边。三峰：指三茅峰。按三座山峰的高低依次取名为大茅、中茅和小茅三峰。翠欲流：弘

治、毛晋本作“翠色浮”。瀛洲:传说中的海上仙岛。 ③方外:即世俗之外。神仙乐:弘治、毛晋本作“神仙好”。儿女愁:指男女之间的感情纠葛。 ④白犬:道家以为白犬是寻仙和求仙药时所携之畜。据《抱朴子·内篇·仙药》载:欲求芝草,入名山,必以三月九日,带灵宝符,牵白犬,抱白鸡,以白盐一斗,及开山药符檄,着大石上,执吴唐草一把以入,山童喜,必得芝也。后来白犬用作咏道士的典故。萨都剌采此说。吠云,弘治、毛晋本作“吠人”。夜梦,弘治、毛晋本作“夜鬼”。 ⑤挂冠:脱下官服礼帽。喻辞官归隐。高隐:即隐居。棕鞋,弘治、毛晋本作“芒鞋”。

【品评】

萨都剌与道士张伯雨过从甚密,赠答颇多。张伯雨,名天雨,内名嗣真,别号贞居,江苏吴县人。二十出家学道,遍游天台、括苍等名山古刹,后居茅山来鹤亭和鹤台。此诗是依韵寄答之作。诗中赞美茅山胜景和云游生活的乐趣,并表示将有一天,自己也辞官去遨游名山绝顶,摆脱人世间的无穷烦恼。全诗用语恰切明快,引人入胜。

吞海亭望焦山①

朱阑六曲倚高秋,元气茫茫日夜浮。②
客去客来天地老,潮生潮落古今愁。③
疏钟水国前朝寺,落日海门何处舟。④
更拟黄昏尽馀兴,却从灯火望扬州。⑤

【注释】

①选自成化本《雁门集》卷五。弘治、毛晋本作《登金山雄跨亭》。作于元顺帝元统甲戌(1334)。吞海亭:亭名,在金山寺内,又名雄跨亭,用宋高宗诗“萃然天立镇中流,雄跨江南二百州”中的“雄跨”二字。见《嘉定镇江志》卷六山川。焦山:在镇江东北的大江中,与金山相对峙。因东汉末年焦光曾于此隐居而得名。 ②朱阑六曲:红色的阑干,蜿蜒曲折。元气:古人指天地来分之前阴阳二气浑然一体。诗里指大江中的焦山与茫茫雾气犹如混沌。 ③“客去”句:意为古往今来,游客不断登临,时光流逝,山河依旧,物是人非,天地有情,也将衰老。“潮生”句:潮水天天按时起落,而人生十分短暂,无论古人或今人也只能忧愁而已。 ④疏钟:隐约的钟声。海门:指焦山之旁的海门山。 ⑤黄昏:指傍晚天色昏暗。唐李商隐《乐游原》:“夕阳无限好,只是近黄昏。”扬州:在金山寺北面,旧治在今江苏省江都市。

【品评】

萨都剌无论是年青时到镇江一带经商,或后来在镇江和金陵为官,曾多次登临金山,拜访寺中住持长老,且互为唱和。此诗是元统二年秋,登临金山吞海亭有感抒怀。全诗立意高远,气象雄豪,绘声绘色,抒发了他对吞海亭晚景的留恋,且表达他对岁月无情流逝的忧伤。是一首情与景会的佳作。

赠同年米知县恭思时任莫州①

倦客重来忆去年，荒城斜日暗炊烟。②
居民星散无官讼，里巷秋深尽水田。③
禾稼半生城郭里，槐花乱落县门前。④
路旁父老头如雪，能说文章令尹贤。⑤

【注释】

①选自成化本《雁门集》卷五。嘉庆本作《赠同年莫州县尹米思泰》。作于元顺帝元统三年乙亥(1335)。同年:在科举时代,因同时中榜的人称为同年。米知县恭思:弘治、毛晋、嘉庆本作“县尹米思泰”。莫州:西汉置鄚县。治所在今河北任丘。唐开元十三年(725)改鄚为“莫”。元初设莫州,领二县。 ②倦客:倦于宦游之人,诗人自喻。暗炊烟:暗,弘治、毛晋本作“淡”。炊烟,烧火做饭时冒出来的烟。③居民:嘉庆本作“民居”。星散:即居住分散不集中。官讼:诉讼,打官司。喻居民无冤狱。 ④禾稼:庄稼,泛指水稻、玉米等农作物。城郭:即城墙,泛指城市。槐花:落叶乔木槐树开的花。 ⑤能说:弘治、毛晋本作“共道”。令尹:县官的别名,元代称县尹,即一县之长。

【品评】

元统三年,萨都剌在真定(今河北镇定)任燕南廉访司照磨,常到外县巡察。从诗的前二句看,说明他曾来过莫州。而那时的莫州是“荒城斜日暗炊烟”。今日重来则另是一番欣欣向荣的景象：里巷城郭禾稼丰茂，稻花飘香，槐花乱落。民无冤狱，路旁父老交口称道县尹的贤能。呈现出一派人寿年丰、安居乐业的氛围。全诗夸美米知县的治绩，并寄希望于统治者能任用贤良为民造福，全诗平易自然。

平望驿道①

左带吴松右五湖，人家笑语隔菰蒲。②
风涛不动鱼龙国，烟雨翻成水墨图。③
越客卧吹船上笛，吴姬多倚水边垆。④
鉴湖道士若招隐，一曲他年得赐无。⑤

【注释】

①选自嘉庆本《雁门集》卷九。作于元顺帝后至二年丙子(1336)。平望驿：据《姑苏志》卷二六载：平望驿在吴江县(今江苏吴江)南四十五里，唐属吴兴郡，为水马驿。 ②吴松：今江苏吴松江，为太湖最大支流，自湖东北流经吴江。五湖：关于五湖的说法各不相同。《姑苏志》卷二五：太湖，周礼谓之五湖；左氏谓之笠泽，其实今天太湖也。张勃《吴录》云：周行五百里，故云。虞翻云：太湖东通松江，南通雪溪，西通荆溪，北通隔海，东通韭溪，凡五道，故谓之五湖。陆鲁望云：太湖禀咸池五车之气，故一水五名。今湖亦自有五名，自莫釐山之东，与徐厚山相值者，中为菱湖(周回三十里西口阔二里)。莫釐之西北与菱湖连者为莫湖。南连莫湖，东通胥山者为胥湖(二湖各广五六十里，西口阔二里，其东岸，即树里)，长山之西北连无锡老岸曰贡湖(周回一百九十里。《洞

庭实录》云:禹治水尝注于此,故名。)别有金鼎(吴王泛舟鼎沉于此,故名),梅梁湖(吴明进梅梁至此舟沉失梁故名)。东皋里湖,其浸则通,故谓之太湖。按此,则五湖为太湖明矣。然《周礼·职方》扬州其薮具区,其浸五湖,当五湖别有所在。而范蠡乘舟入五湖口,司马迁登姑苏而望五湖,实又指此。盖不可考。诗里即指太湖。菰:嫩茎名茭白,果实叫菰米。蒲:香蒲。叶可编制席、蒲包和扇子。菰蒲,均为生长在浅水或池沼中的草本植物。 ③风涛:狂风与巨浪。鱼龙国:喻吴松江和太湖。烟雨:细雨濛濛。水墨图:即天造地成的水墨画卷。 ④越客:越地的游客。越,古越国,即浙江一带地方。吴姬:吴地对妇女的美称。吴,古吴国,即江苏一带地方。垆(lú):旧时酒店里安放酒瓮的土台子。诗里指酒店。⑤鉴湖道士:指唐代诗人贺知章,因晚年归隐鉴湖当道士。鉴湖,又名镜湖,在浙江绍兴南面,湖面今已不存。招隐:即招人归隐。"一曲"句:指当年贺知章辞官归隐,唐玄宗赐给他鉴湖剡溪一角,供其隐居。一曲,指水流弯曲之处。

【品评】

诗人路过平望驿时,被那水乡泽国的自然风光所吸引,并将其美丽的景色和风土人情,生动地描写出来。用词清新自然,流露了他要步鉴湖道士后尘的情绪。

越台怀古①

越王故国四围山,云气犹屯虎豹关。②
铁兽暗随秋露泣,海鸦多背夕阳还。③

一时人物风尘外，千古英雄草莽间。④
日暮鹧鸪啼更急，荒台丛竹雨斑斑。⑤

【注释】

①选自成化本《雁门集》卷五。弘治、毛晋本作《台山怀古》,《名胜志》、《福建通志》作《环峰亭》,《福州府志》作《越王山》。作于元顺帝至元二年丙子(1336)。越台:即越王台。《名胜志》引《图经》云:越王山在郡城北,半蟠城外,东联冶山,闽王无诸之所都也。《三山记略》曰:冶山者,古冶铸之地。闽越王都于其前麓,而是山若屏扆,宫殿负之,故曰屏山。山有天泉池,故曰泉山。以闽越王都此,故曰越王山。其东南麓旧为左衙宣毅广节诸营,故以将军名其阜,即曰将军山。山有环峰亭,宋光宗御书。　②"越王"与"云气"二句:写闽王国都所在的地形和气象,四围群山环抱,祥云缭绕、有虎踞龙蟠之势,是名实相副的帝王之都。　③铁兽:宫门前用铁铸成的走兽一类如麒麟、狮、虎等。嘉庆本作"铜兽"。暗随秋露泣:将铸造的走兽拟人化。认为它们昔日站立宫门前是多么威武雄壮,而今却被掩没于野草荆棘之中,仿佛在暗自流泪。海鸦:水鸟名。以上二句,意为昔繁荣一时的王都,而今是破败荒凉。　④"一时"与"千古"二句:诗人对世代兴衰更迭发出的慨叹。人们生前为功名利而四处奔波,风尘仆仆;而古往今来的英雄,到头来,同样埋没在荒山野岭的草莽之中。风尘:喻旅途劳累。草莽:丛生的野草。⑤鹧鸪:鸟名,形似母鸡,头像鹑,叫声有如"行不得也哥哥"的谐音。荒台丛竹,弘治、毛晋本作"荒苔野竹"。

【品评】

此诗作于后至元二年，是时萨都剌为福建闽海廉访知事，治所在福州。此诗是他登临越王台的吊古伤今之作。放眼龙蟠虎踞的形势仍在，昔日辉煌壮丽的宫殿已早为废墟。联想到千古英雄，最终埋没于草莽之中，被人遗忘。抒发自己四处奔波却壮志难于实现的郁闷心情。全诗雄豪苍劲，抑郁悲凉。

雪　米①

万斛珠玑散大荒，六丁谁谓发天仓。②
云孙捧出南箕簸，月姊舂来北斗量。③
狼戾也知逢稔岁，贮储元不济饥肠。④
风流灞上寻诗客，千古无人说秕糠。⑤

【注释】

①选自嘉庆本《雁门集》卷十。作于后至元二年丙子(1336)。雪米：闽地俗称米雪，在下雪前或下雪中，空中降下的白色小冰粒。　②斛(hú)：古代容量单位，原为十斗，宋改为五斗。珠玑：珠宝，珍珠。诗中喻雪米。大荒：即广阔的原野。散大荒，他本作“泻大荒”。六丁：道教神名。即丁卯、丁未、丁酉、丁亥、丁丑等，是阴神，受天役使，能行风雪，制鬼神。　③云孙：诗人想像中云神的儿孙。南箕：即箕宿，因其在南，故云。诗中喻簸箕。即用于扬弃谷米中秕糠的用具。月姊：指月亮。北斗：即斗宿。喻量谷米的斗。　④狼戾：即狼藉，形容粮多。《孟子·滕文公》：“乐岁粒米狼戾，多取之

而不为虐。”稔岁：庄稼成熟的丰收之年。元不：弘治、毛晋本作“尤不”。 ⑤“风流”句：指历代才华横溢的文人墨客，常到灞上吟诵抒怀。灞上，在陕西西安灞桥地方。秕糠：指秕谷和糠皮。喻饥荒。

【品评】

此诗与《越王台》作于同时同地。时逢天降雪米，萨都剌触景生情，挥毫赋诗。他联想到上天若真能有米粮降落于大地上，广大人民则不会遭受饥荒的灾难。抒发他同情人民的苦难，希望统治者能关心人民的疾苦。但这只能是一种美好的愿望而已。全诗运用丰富的想像、夸张的词语、形象的比喻，呈现出浓烈的浪漫主义色彩。

黄河夜送西台御史张子寿时新除湖广佥宪①

爱君足迹半天下，白简清霜秋气多。②
帆影东南湖上去，马蹄西北日边过。③
风波玉露仙人掌，文彩云机织女梭。④
自笑追随远游客，斗槎星夜下黄河。⑤

【注释】

①选自成化本《雁门集》卷五。嘉庆本作《黄河夜送西台御史张子寿》，作于元顺帝后至元四年戊寅(1338)。西台：即陕西诸道行御史台。《元史百官制》：陕西诸道行御史台，设官品秩同内台。至元二十七年(1290)，始置云南诸路行御史台。大德元年(1297)，移云南行台于京兆，为陕西行台，而云

南改立廉访司。延祐元年(1314)罢。二年,复立,统汉中、陇北、四川、云南四道。御史:官名,春秋战国时期,列国皆有御史,为国君亲近之臣,掌文书记事。秦设御史大夫,为副丞相,位甚尊,并以御史监郡,遂有纠察弹劾之权。汉以后,御史职权累有变化,职责则专司弹劾。张子寿:字张益,泰定元年(1324)进士,泰定帝钦点第一名状元。《元史·选举志》:泰定帝元年春三月,廷试捌剌、张益等八十有六人。除:任命,授职。湖广:湖广行省的简称。元至元中平宋后,置湖广等处行中书省,简称湖广行省。辖境兼有宋荆湖南、北路及广南西路之地而得名。佥宪:佥都御史的美称。 ②白简:弹劾官吏的奏章。据《晋书·傅玄传》:玄为御史中丞,每有弹劾,或值日暮,捧白简,整簪带,竦诵不寐,坐而待旦。清霜:喻品格高洁。秋气:喻肃杀之气。全句意为张子寿为官清正廉明,对贪赃枉法的官吏,秉公执法,不徇私情。 ③东南湖上去:指新除湖广佥宪。西北日边过:西北,指陕西;日边,即天子所居之地,即京师。 ④"风波"句:喻受皇帝恩泽,张子寿被贬官之后,又复前职。仙人掌:西岳华山的峰名,从下往上观望峰像手掌,五指俱全;或解为铜铸仙人承露盘也可。"文彩"句:喻锦绣文章。织女,指传说中的织女星,她丢梭织成云锦天衣。 ⑤自笑追随:诗人自谦之词,表示对张子寿的仰慕,并要急起直追,与之看齐。远游客:喻张子寿赴各地宦游。斗:天空中的星斗。槎:木筏,诗里喻行驶在黄河中的船。

【品评】

萨都剌任河南江北道经历时,张子寿新除湖广佥宪,赴任路过河南开封,拜访萨都剌。此诗是赠给张子寿的。同时还作了《湖南张子寿钦点第一人弹劾权贵左迁西台御旋拜前职素有退志故举兼善劝之》。萨与张过从甚密，元统二年春，曾同游钟山，萨都剌作《三月八日偕张御史游钟山寺值雨二首》、《陪张子寿游古竹堤》等诗。此诗为赠别之作。诗人以亲切仰慕的笔调，赞美张子寿才华出众，为官清正，勇于弹劾贪赃枉法的肃杀正气。并表示要以张子寿为榜样。全诗气象辽阔，色彩明朗，联想丰富，描写生动，感情真挚。

和靖墓①

先生胜隐得孤山，小艇沿湖日往还。②
自爱烟霞居物外，岂知名姓落人间。③
鹤无过迹苔痕老，梅自开花月影闲。④
表墓有铭祠有奠，高风千载起廉顽。⑤

【注释】

①选自嘉庆本《雁门集》卷十二。作于元顺帝至正甲申(1344)。和靖：据《西湖游览志》：林逋，字君复，钱唐人。少刻志学问，放浪江淮间。归隐西湖孤山，真宗闻其名，赐号和靖处士，诏长史岁时劳问。逋善行草，为诗孤峭澄淡，多奇句，不存稿。居西湖二十年，未尝入城市。杭守玉随每与唱和，李及、薛映时往清谈。蓄二鹤，晓纵之云霄，暮入樊，时泛小舟游西湖，诸僧寺客至，童子放鹤为候，逋棹舟归。有梅花诗云："疏影横斜水清浅，暗香浮动月黄昏。"为世称道。自为墓在其庐旁。临终诗云："湖上青山对结庐，坟前修竹亦萧疏。茂林它日求遗稿，犹喜曾无封禅书。"终生未娶。又据萨

龙光注云：叶森撰《墓堂记》：和靖先生墓在孤山，宋绍兴间建四圣延祥观，诏勿徙墓。后贾似道葺祠宇，命金华王庭书“和靖先生墓”五字表墓道，林泳为记。元僧杨总统徙延祥祠，墓无预。至元己卯，江浙儒学提举余谦德扚命西湖书院山长陈泌、汝泉同森修葺之，复言于宪属以达宪副杨公翼飞，各捐俸助森。森因偕士人陈子安、王思齐、朱信甫、韩伯清、朱晋斋、莫景行、张景仁，僧本初、如志，道流王眉叟、张伯雨，作祠堂沧漏，而西湖书院特建一亭。钱唐尹赵名渊复建墓前屋。始于是年四月廿三日，成于五月十三日，是日祀以少牢，名其轩曰鹤轩，翼飞书扁。　②胜隐：环境优美的隐居之地。孤山：位于杭州西湖边，一峰独立，为湖山胜境。小艇：比较轻便的船。　③烟霞：泛指山水，山林。物外：即世俗尘凡之外。④“鹤无”与“梅自”二句：和靖生前喜好养鹤种梅，而今鹤无踪影而梅花自放，主人安在？表达诗人对林逋的追思。⑤高风：崇高风格和品节。廉顽：即清正廉明和贪赃枉法两种截然相反的人品。

【品评】

此诗是萨都剌在杭州为江浙行中书省郎中期间，曾游览杭州西湖孤山胜境，瞻仰和靖墓地，为凭吊和靖而作。诗人由衷地抒发了对和靖的高风亮节，充满了追怀之情。全诗意到笔随，清新自然。

三衢马太守昂夫索题烂柯山石桥[1]

洞口龙眠紫气多，登临聊和《采芝歌》。[2]

烂柯仙子何年去，鞭石神人此地过。[3]
乌鹊横空秋有影，银河乘地水无波。[4]
遥知题柱凌云客，天近应闻织女梭。[5]

【注释】

①选自成化本《雁门集》卷五。弘治、毛晋本作《三衢守马昂夫索题烂柯山石桥》。作于至正四年甲申(1344)。三衢:地名,即今浙江衢州。春秋时名为姑蔑。一说州有三衢山,故名。或说路通三越,称三衢。马昂夫:字九皋,回纥人,官至太平路总管,能篆书。烂柯山石桥:名为烂柯山者,不只一处。诗里指衢州城南的烂柯山,又名石室,下有石桥。《明一统志》卷四三云:山在衢州府城南二十里。一名石室,下有石桥。道书谓此地为青霞第八洞天,烂柯福地。晋樵者王质入山伐木,见二童子对弈,质置斧于坐而观。童子与质一物如枣核,食之不饥。局终,童子指视之曰:汝斧柯烂矣。质归乡间,已及百岁,无复时人矣。 ②"洞口"句:称颂高士隐居的洞府,祥云缭绕。喻为藏龙卧虎之地。古时多附会帝王、神仙或宝物出现的先兆。《采芝歌》:即《采芝操》,琴曲名,相传为汉初的商山四皓所作。后世人在诗词中,用作隐居的典故。 ③烂柯仙子:指晋樵者王质。鞭石神人:传说秦始皇要渡海去看日出的地方,先造石桥,有神人赶石下海,石走不快,用鞭抽之,石皆流血,全变红色。诗里指烂柯山。④"乌鹊"句:相传每年农历七月七日夜,乌鹊在银河上乘翼架桥,渡牛郎与织女相会。横空,弘治、毛晋本作"横桥"。银河:即天河。水无波,弘治、毛晋本作"夜无波"。 ⑤"遥知"句:指汉司马相如过升仙桥,题词于柱的故事。题曰:"不乘高车驷马,不过此桥。"唐岑参《升仙桥》诗:"长桥题柱去,犹

是未达时,及乘驷马车,却从桥上归。”凌云客,喻志气高远的人。织女梭:指织女织布时,能听见丢梭牵引纬线的声响。诗里将织女星拟人化。

【品评】

至正四年春末,萨都剌到绍兴、金华、处州、衢州等地巡游,是时他任浙江行中书省郎中。此诗是应衢州太守马昂夫的索求而作。萨、马二人是诗友,互有寄赠酬答。如至正六年和八年,萨都剌分别有《和马昂夫登楼有感》、《和马昂夫赏心亭怀古》,以及《寄马昂夫总管》等诗。此诗立意高远,气象辽阔,韵律和谐,节奏优美,对仗工整,是萨诗七律中上成佳作。

赠钦师①

随缘驻瓶锡,顶雪已差差。②
莫道禅非学,心空不废诗。③

【注释】

①选自成化本《雁门集》卷八。作于何年不可考。萨龙光按:此诗与下《画》二诗,旧本编在《浙河莫术者》二首之前。然考钦师示寂,《稽古续集》属在成宗元贞元年乙未(1295),今赠之年既无可考,因依之,编次于此。钦师:宋末元初高僧,福建漳州人。佛名释祖钦,号雪岩。历住杭州径山,表州仰山,至元二十四年(1287)卒。据《释氏稽古略》载:雪岩师讳法钦,五岁出家,十岁剃度,十八行脚,十九灵隐挂搭,移单

过净慈。一日，在天目殿上行，开眼见古柏触目省发，从此不疑生，不疑死，不疑佛，不疑祖。后住道林南明仙居，湖洲光孝道场，仰山北硎诸刹。为无淮之嗣，乃高峰之师。有《语录》行世。 ②随缘：佛教用语。即外界事物都自体感触就叫缘；应其缘而动作，叫随缘。诗里指僧人云游各地没有定止。瓶锡：瓶，盛水器，锡，锡杖。瓶锡指僧人随身携带的汲瓶和锡杖。泛指僧人食具。顶雪：喻头上的黑发变白了。差差：即参差，指长短不齐。 ③禅：佛教用语。梵文"禅那"的简称，意为思维静虑。心空：诗里作胸怀博大解。赞雪岩一生云游无定，参禅打坐的悠游生活。心，梵文音译"质多"、"质多那"、"质帝"。泛指一切精神现象。空，梵文音译"舜若"，指事物的虚幻不安。

【品评】

此诗是萨都剌早期的赠答之作。诗的前二句写法钦的一生，云游四方，居无定所，头上的青丝已变成白雪。后二句则赞美法钦不仅能参禅悟道，而且还能咏叹赋诗。运语简明生动。

画二首①

一

树色浓堪掬，痴岚扑雨秋。②
道人岩下住，屋角挂奔流。③

二

草迷苍耳子，鸟弄白头翁。④

十里湖山树，平分杳霭中。⑤

【注释】

①选自成化本《雁门集》卷八，为萨都剌早期的题画诗。作于元成宗元贞元年(1295)。萨龙光按：此二诗从旧本及毛本编次。毛本并前一首皆入集外诗。 ②岚：山中的雾气。③道人：古时对道教徒的尊称。岩：高峻的山崖。挂奔流：即瀑布。 ④苍耳子：草名，可为药用。白头翁：草名，又名野丈人、胡王使者、奈何草等，可入药。李白诗《见野草中有名曰白头翁者》："醉入田家去，行歌荒野中。如何青草里，亦有白头翁?"王琦注云："《名医别录》：白头翁处处有之。近根处有白茸，状似白头翁，故以为名。《唐本草》：白头翁其叶似芍药而大。抽一茎，茎头一花，紫色，似木槿花。实大者如鸡子，白毛寸馀，皆披下如纛。头正是白头老翁，故名焉。"⑤杳霭：深远的样子。唐韦应物《往云门郊居途径迴流作》诗："明灭泛孤景，杳霭舍夕虚。"

【品评】

这是两首题画诗，萨都剌早期作品。诗人运用了明快生动的词语，将画中的景色形象地再现在读者面前。清新自然。

病中杂咏七首①

一

十日九风雨，深秋独闭门。②

积阴须自散，倚仗望朝暾。③

二

为客家千里，思归月满楼。④
木犀开欲尽，病里过中秋。⑤

三

门系青骢马，多因问病人。⑥
小官好疏散，莫讶懒衣襟。⑦

四

病形如瘦鹤，照影向清池。⑧
自有冲霄志，游鱼莫见疑。⑨

五

风叶高下落，秋砧远近闻。⑩
天涯多病客，倚仗看孤云。⑪

六

陶令贫无酒，郎官菊也无。⑫
家僮烧柿叶，邻舍送茱萸。⑬

七

多病东厅客，深秋出幕迟。⑭
芙蓉开也未，叶上好题诗。⑮

【注释】

①选自嘉庆本《雁门集》卷五。成化本作《病中》，只选其中第四首。作于元文宗至顺三年壬申(1332)。　②“十日”与“深秋”二句：写深秋多风雨，闭门家中养病。　③积阴：指阴气聚集。《淮南子·天文训》：“积阳之热气生火，火气之精

者为日；积阴之寒气为水，水气之精者为月。”亦指酷寒之气。唐韩偓诗《火蛾》：“阳光不照临，积阴生此类。”朝暾：初升的太阳，或指早晨的阳光。唐孟郊《因上郎中二十二叔监察十五叔兼呈李益端公柳镇平事》诗：“明明三飞鸾，照物如朝暾。” ④“为客”与“思归”二句：写在镇江为官，家在京师，望见满楼的月光，而思念亲人。 ⑤木犀：即桂花。宋赵师秀《池上》诗：“一树木犀供夜雨，清香移在菊花枝。”中秋：指农历八月十五日，亦曰中秋节。宋吴自牧《梦粱录·中秋》：“八月十五中秋节，此日三秋恰半，故谓之中秋。” ⑥“门系”与“多因”二句：写到寓所来慰问病人的官员很多。青骢王：毛色青白相杂的骏马。唐杜甫《高都护骢马行》诗：“安西都护胡青骢，声价欻然来向东。” ⑦小官：自谦之词，诗人自指。疏散：闲散；放荡不羁。南朝宋谢灵运《过白岸亭》诗：“荣悴迭去来，穷通成休戚。未若长疏散，万事恒抱朴。”“莫讶”句：不要惊叹我不注意衣着容貌的整洁。 ⑧“病形”与“照影”二句：写自己病后在清澈的水池中照见影子，形体非常清瘦。⑨冲霄志：指搏击云天、气冲霄汉的远大志向。游鱼：喻不会高飞远走，目光短浅，胸无大志的人。 ⑩砧：捣衣石。诗里指捣衣声。唐许浑《晚泊七里滩》诗：“江村平见寺，山郭远闻砧。” ⑪“天涯”句：诗人自指。天涯，形容极远的地方。诗人宦游客居他乡，身体多病，故云。孤云：单独飘浮的云片。喻客居之人。宋范仲淹《送徐登山人》诗：“今日江南行，孤云系无程。” ⑫“陶令”句：因陶渊明在《饮酒二十首》中云：“采菊花篱下，悠然见南山。”又云“秋菊有佳色，裛露掇其英。汎此忘忧物，远我遗世情。”全句意为陶渊明虽穷无酒饮，但可赏菊遗情，而自己既无酒饮，又无菊可赏，比陶渊明更穷。⑬家僮：旧时指私家的奴仆，亦称童仆。柿：落叶乔木，柿子树。茱萸:植物名。香气卒烈可入药,古俗农历九月九日重阳节,佩茱萸能祛邪辟恶。三国魏曹植《浮萍篇》:"茱萸自有芳,不若桂与兰。"《西京杂记》卷三:"九月九日,佩茱萸,食蓬饵,令人长寿。" ⑭东厅客:诗人自指。 ⑮芙蓉:荷花别名。叶上好题诗:即在荷叶上题诗,别有情趣。

【品评】

至顺三年秋,萨都剌在寓所养病期间,不能出门到十里飘香的桂花丛中,更不能登高赏菊。却又不自甘寂寞,便提笔赋诗,将其间的情状记录下来。第一首,写积阴多雨,无力外出,唯独靠手杖的帮助,才能看看太阳初升的景象;第二首,写中秋本为亲人团聚,而自己远病他乡,思念故土;第三首,写来慰问的官员很多,自己却不拘小节,衣冠不整,希望友人们见谅;第四首,写自己久病形体消瘦,以及自己胸怀远大志向,却不被理解而愤懑;第五首,写秋风扫落叶,远近传来捣衣声,自己只能倚仗看孤云;第六首,写自家的贫寒,既无钱买酒,也无菊可赏玩,比陶渊明更苦;第七首,写自己闭门养病,不知荷花开了没有,想用荷叶题诗。全组诗记录了诗人养病中的真实情状,抒发了孤独、寂寞、大志无法得伸的郁闷。运笔随意,自然生动。

雪霁过青溪题道士江野舟南馆二首①

一

孤舟横野水,门外雪初晴。②
白日英放鹤,青溪闲钓鱼。

二

江南正月半，犹自有梅花。
踏雪去何处，青溪道士家。③

【注释】

①选自嘉庆本《雁门集》卷七。作于元顺帝元统二年甲戌(1334)。雪霁：即雪过天晴。青溪：水名，或为清溪。据《明一统志》：青溪在江宁(今江苏南京)府治。吴凿东渠名青溪，溪有九曲，连绵数十里，通潮沟，泄玄武湖水，发源中山，接于秦淮。旧有七桥曰东门、尹桥、鸡鸣、募士、菰首、中桥、大桥。道士江野舟：不详。 ②孤舟：单独一条小船。野水：原野上的溪水。 ③道士家：指江野舟家。

【品评】

此诗是萨都刺到江南行御史台任椽史时，农历正月中旬，踏雪游春，访求道士江野舟之作。第一首，写道士悠游自在的生活，白日放鹤。横着一叶扁舟在青溪上清闲地乘钓。第二首，交待了出访的时间是正月中旬，腊梅仍自俏丽，而自己要去的地方是江野舟道士家。信笔挥毫，寓情于境，让读者有想像的空间。

题 画①

一

绿树阴藏野寺，白云影落溪船。②
遮却青山一半，只宜僧舍茶烟。③

二

百重树湿飞瀑，千朵峰檠断霞。[④]
漫着青鞋布袜，来寻石髓胡麻。[⑤]

【注释】

①选自成化本《雁门集》卷八，嘉庆本作《题画二首》，作于元世祖至元二十六年(1289)。 ②野寺：座落在深山密林里寺庙。 ③僧舍：僧人居住的房屋。茶烟：煮茶时房顶冒出的炊烟。诗里指白云。 ④飞瀑：即瀑布。檠：灯架，喻山峰托断霞。 ⑤石髓：矿物名，呈各种物状，又名玉髓。一种半透明体，有不同的光泽和染色。可入药。《晋书·嵇康传》："康遇玉烈，共入山，烈尝得石髓如饴，即自服半，余半与康。"胡麻：植物名，又名芝麻。

【品评】

这是萨都剌早期的二首题画诗，他运用淡抹与点染相结合的手法，将野寺所在的风光及道者的形象，描绘得有声有色。词语简明，意境幽深，耐人寻味。

次韵与德明小友二首[①]

一

烟雨短篷水口，人家乱石山前。[②]
送别莫忘今日，相逢知在何年。[③]

二

莫笑风餐水宿，暂历马足车尘。④

两岸好山送客，一江细雨归人。⑤

【注释】

①选自嘉庆本《雁门集》卷十，作于元顺帝后至元丙子(1336)。小友：年长者对少年朋友的亲切称呼。 ②烟雨：蒙蒙细雨。短篷：小船，水口：驿站名。据《名胜志》载：古田县水口驿西侧有坑，坑上为桥。其坑水自县南流入江，与松溪汇，故名水口。宋太平兴国中，尝迁县治于此，今废为驿。③“送别”与“相逢”二句：写依依惜别之情。 ④“莫笑”与“暂离”二句：写不走陆路而暂行水路。 ⑤“两岸”与“一江”二句：将山水拟人化，仿佛青山、细雨也通人情，也参加好友的惜别。

【品评】

这二首诗是临别赠答之作。萨都剌离任回大都路时，受到忘年之交德明小友的热情招待，临别之际，小友赠诗，萨都剌酬答。第一首，叮嘱好友，今日一别，不知何年才能相见，不要忘记难分难舍的送别场面；第二首，写此去乘船，水宿风餐，两岸青山和一江细雨也仿佛不忍看见我们离别。全诗抒发了对德明小友的深情厚谊，真切感人。

寓栖云①

一

一尊未尽有余兴，二子不来无可人。②
满地凤仙落红雨，江南八月似残春。③

二

盆池万点浮萍草，秋雨欲来无定踪。④
好是诗人漂泊态，丹阳郭里夜闻钟。⑤

三

潇潇风雨客心孤，且尽尊前酒一壶。⑥
夜半酒醒愁又到，一声白雁下平湖。⑦

四

白面道人门不出，晚凉倚树听秋风。⑧
最怜八月江南好，老雁叫云霜叶红。⑨

【注释】

①选自成化本《雁门集》卷八，作于泰定四年丁卯(1327)。寓栖云：即寄寓于栖云阁。栖云：即栖云阁。《江南通志》卷三三：栖云阁在通州狼山西，宋咸宁中建。又《舆地图志》：阁后即望仙桥，宋王觌记谓仙人吕洞宾卧于云中腾空而去，州人翘望之，阁名以此。萨龙光谨按：公与天与公出京时当寓于此，故自宝应与天与公别后，《过江与咸居竹》则有“海门飞雁不成行”之句，《赠弹筝者》则有“海门风急雁行偏”之句。盖海门县属通州，其时公赴镇江，而天与公尚留滞在

通州也。 ②尊:酒杯,与樽同。二子:即二弟萨天与。可人:即知心人。 ③凤仙:花名,一年生草本植物,亦名指甲花。红雨:喻飘落的凤仙花瓣。残春:指春天将尽的时节。 ④盆池:圆形的水池。浮萍草:漂浮在河渠或池塘中的一年生草本植物,叶子扁平,椭圆或倒卵形,表面绿色,背面紫红色,生须根,夏天开白色小花。诗里喻行踪不定,四处漂泊的人。定踪:固定的踪迹。 ⑤丹阳郭:即丹阳城。丹阳,今江苏丹阳县。郭,城墙。 ⑥潇潇风雨:不停地刮风下雨。客心孤:诗人自指,感到孤独一人。 ⑦白雁:指白色的雁。宋彭乘《续墨客挥犀·白雁至则霜降》:"北方有白雁,似雁而小,色白,秋深到来,白雁至则霜降,河北人谓之霜信。" ⑧白面道人:戏称自己为道行浅薄的僧道之徒。 ⑨霜叶红:经霜的树叶变为红色。唐杜牧《山行》诗:"停车坐爱枫林晚,霜叶红于二月花。"

【品评】

萨都剌于泰定丁卯中进士后,于秋天赴镇江路录事司任达鲁花赤,其二弟萨天与送他前往,到通州(今江苏南通)后,天与留下,诗人独往镇江,虽为暂别,他心里却感到迟暮孤寂,故提笔赋诗,抒发对兄弟的思念。第一首,写自己独酌未能尽兴,因无知己同饮。眼见凤仙飘落,禁不住有所伤感;第二首,以浮萍喻自己四处奔波、漂泊无定的生活;第三首,写自己倍感孤独,夜里借酒消愁而愁更愁;第四首,写江南风光虽好,好无心观赏,而有孤雁不成行的感慨。全诗真实书写了孤寂漂泊的伤感,情与境合,比喻贴切。

过江后书寄成居竹①

扬州酒力四十里，睡到瓜洲始渡江。②
忽被江风吹酒醒，海门飞雁不成行。③

【注释】

①选自成化本《雁门集》卷七，作于泰定四年丁卯(1327)。成居竹：人名。《四库全书总目》云：成廷珪，字原常，一字元章，又字礼执，扬州人。为学不求仕进，唯以吟咏自娱。奉母居市廛，植竹庭院间，颇有山林意趣，故扁其燕息之所曰“居竹轩”。晚遭世乱，避地吴中，踪迹多在松江，故集中有欲卜居海上之作，后竟没于云间，其年盖七十余矣。又《兴化县志》：成廷圭，字原常，种竹数竿，号居竹，养母甚孝，博学供书。 ②扬州：今江苏扬州。瓜洲：据《明一统志》载：瓜洲镇在扬州府城南四十五里，盖扬子江之沙碛，其状如瓜，居民稠密，商贾毕集。镇有瓜洲渡以通镇江。 ③海门：《明一统志》：海门县在州东一百里，本海陵县东之东洲镇，五代置海门县，属通州(今江苏南通)，以僻在海隅，因名焉。宋、元仍旧。海门岛，在通州海中。诗中或指焦山旁的海门二山。

【品评】

此诗是寄赠之作，与友人成居竹在扬州共饮，且一醉方休。待睡到瓜洲渡江，被江风吹酒醒，便提笔赋诗，抒发孤雁离群的郁闷。用语平淡，意在言外。

扬子江送同志①

衮衮诸公立要津，一波才动总精神。②
满江风浪晚来急，谁似中流砥柱人。③

【注释】

①选自成化本《雁门集》卷七，作于泰定四年丁卯(1327)。扬子江：唐代由扬子津渡江抵京口（镇江），后来在扬子津建县。故称流经此处的大江为扬子江。 ②衮：古代帝王和上公穿的绘有卷龙的礼服。衮衮诸公，指朝中众多有权位的高官。要津：险要的渡口，诗里指扬子津。魏文帝曾到广陵（扬州）观兵，临江见波涛汹涌，叹曰：固天所以限南北也！喻朝中显要的地位。 ③中流砥柱人：即力挽狂澜，救国家于危难的人物。砥柱，山名，也称三门山，在今河南三门峡市东北的黄河中。河水至此分流，包砥柱山而过。南为鬼门，中为神门，北为人门。山映水如柱，故名。今修三门峡水库，砥柱山已被淹没。

【品评】

萨都剌在镇江任职，站立扬子江畔，眼看滚滚东流的波涛，心潮起伏，摇笔赋诗，抒发了乘长风破万里浪的壮志豪情，与志同道合者共勉。立意高远，气势雄放。

宿延陵昌国寺书于上人房[1]

一

旧日延陵客子家，只今门巷满桑麻。[2]
姑苏回首神游处，无限春风野荠花。[3]

二

东风吹水碧粼粼，雨过村村野色新。[4]
小艇延陵庙前去，荇花开尽野塘春。[5]

【注释】

①选自成化本《雁门集》卷八，作于元文宗至顺元年庚午(1330)。延陵昌国寺：据《江南通志》载：昌国寺在丹阳县南三十里延陵镇，西晋太康间建，有开元时钟。上人：《释氏要览·称谓》引古师云："内有德智，外有胜行，在人之上，名上人。"自南朝宋以后，多用着对和尚的尊称。 ②延陵客子：指春秋时吴国公子季札，他的封邑在延陵镇(旧址在今江苏常州)，他让国后避居于此。客子，离家在外之人，喻季札。门巷满桑麻：当年的街巷种满了庄稼。桑麻，桑树和麻类作物，指代庄稼，喻沧桑巨变。 ③姑苏：山名，在今江苏吴县西南。神游：形体不动而精神向往，如亲临其境。荠：荠菜。一年或多年生草本植物，叶子羽状分裂，裂片有缺刻，花白色。嫩叶可吃。全草入药。 ④东风：即春风。粼粼：形容水清澈明净。 ⑤延陵庙：即季札庙。荇花：荇菜开的花。荇菜，一种水生植物。多长于湖塘之中。

【品评】

这两首诗是萨都剌到延陵镇寻访前贤遗迹时的怀古之作。诗中描绘了延陵春天原野的景色,桑麻繁茂,生机勃发。抒发了沧桑巨变之感。词语清新,感慨无限。

端居书事答翟志道知事见寄韵[1]

一

短褐诗人瘦十分,平生不作《送穷文》。[2]
几时结屋孤山下,为觅梅花种白云。[3]

二

瘦马春城曙色分,长年奔走愧《移文》。[4]
几时黄鹤山房下,松火茶铛煮白云。[5]

【注释】

①选自成化本《雁门集》卷八,作于元文宗至顺元年庚午(1330)。翟志道:翟思忠,字志道,下邳人。解《易玄》浅书,进于朝,得授学官。泰定元年(1324)为镇江路(今江苏镇江市)知事,移常州(今江苏常州)。至正四年(1344)迁太平路(今安徽当涂)推官。年五十九以青阳(今安徽青阳)县尹致仕。知事:官名,元为正八品。 ②短褐:短的粗布衣服,喻其清贫。诗人自指。毛晋本作"裋褐"。《送穷文》:唐韩愈所作。旧时迷信,把农历正月的最后一天作为送穷神的日子。③孤山:山名,在杭州西湖畔,独立一峰,为湖山胜绝处。"为觅"句:宋处士林逋,曾隐居孤山北麓,植梅养鹤,死后葬孤山,上有林逋祠。白云:南朝齐隐士陶宏景诗有"山中何所

有，岭上多白云”之语，后以白云喻隐居之所。全句意为与梅花白云为伴。 ④曙色：黎明的天色。《移文》：即《北山移文》，是南朝齐孔稚圭所作。移文，用于责让、声讨的一种文体，与檄文类似。据六臣注《文选》吕向题注：“钟山在都北。其先，周彦伦隐于此。后应诏出为海盐县令，欲却过北山。孔生乃假山灵之意移之，使不许得至。故云‘北山移文’。”吕说虽与史实不符，但后来仍用着嘲讽先隐后宦人物的典故。诗人化用其意，自指忙于宦游而未能归隐感到惭愧。 ⑤黄鹤山：据《南畿志》：黄鹤山，在镇江府城西南三里，本名黄鹄。山上旧有黄鹤楼，山半有黄鹤仙洞。茶铛：煮茶的器具。

【品评】

这两首诗，是萨都剌回赠翟志道之作。第一首，写自己虽然十分清贫，但从不迷信送穷神之类的荒唐事；第二首，写自己长四处宦游奔波而感到惭愧。两首诗都向友人吐露了欲进不得，欲退不能的苦闷心情，只能心向往之。诗人善于用典，诗意含蓄，让读者有想像的空间。

渡淮即事①

杨花点点冲帆过，燕子双双掠水飞。②
淮上渔人闲不得，船头对结绿蓑衣。③

【注释】

①选自嘉庆本《雁门集》卷九，作于元顺帝至元二年丙子(1336)。渡淮：指淮河渡。《江南通志》：淮河在淮安府(今江

苏淮安)西南五里,自泗州龟山(今江苏盱眙东北)东流汇为洪泽,又东至青口,黄河至北来会,东北入于海。又,淮河渡在淮安府安东县坝上巡司前。②“杨花”与“燕子”二句:写淮河渡春天的景色。③渔人:以捕鱼为生的人。蓑衣:即用蓑草编结而成的披在身上的防雨工具。

【品评】

后至元二年,萨都刺赴福州任闽海道廉访知事,当他路过淮河渡口时,正值杨花点点冲帆,燕子双双在水面上飞舞,渔人们正对结蓑衣,便挥毫绘出春意盎然的景色。描写生动,富有浓郁的生活气氛。

夜过白马湖①

春水满湖芦苇青,鲤鱼吹浪水风腥。②
舟行未见初更月,一点渔灯照远汀。③

【注释】

①选自成化本《雁门集》卷七,作于元顺帝至元二年丙子(1336)。白马湖:《江南通志》:白马湖在扬州宝应县北十五里,东北会运河,北接黄浦溪。②芦苇:多年生草本植物,多生在水边。“鲤鱼”句:指鲤鱼风,古人称九月风或春夏之交的风为鲤鱼风,诗里指春夏之交。鲤鱼,淡水鱼的一种。水风腥,原作“水风醒”,据嘉庆本改。腥,即生鱼虾的气味。③初更:古时,将一夜分为五个更次,每更,约今天的两个小时。初更,即入夜开始。汀:水边的小沙洲。

【品评】

此诗与《渡淮即事》作于同时，当他夜渡白马湖时，月儿未出，夜色宁静。风浪带来鱼腥味，眼见远处沙洲上的渔灯。心有所动，信笔书来，轻快自如。不加点染，一幅白马湖初更的景色呈现在读者面前。

登姑苏台二首①

一

阊门杨柳自春风，水殿幽花泣露红。②
飞絮年年满城郭，行人不见馆娃宫。③

二

野水满城飞燕子，谁家小艇载吴姬。④
姑苏台上一尊酒，落日昏鸦无限悲。⑤

【注释】

①选自嘉庆本《雁门集》卷九，作于元顺帝至元二年(1336)。姑苏台：在今江苏苏州西姑苏山上。一名姑胥台，又名胥台。春秋时吴王就山起台。《史记·吴太白世家·集解》引《越绝书》："阖庐起姑苏台，三年聚材，五年乃成，高见三百里。"吴王夫差复加高而崇饰。"台上别立春宵宫，为长夜之饮。"吴王夫差十四年(前482)，越国伐吴，败吴太子友，遂焚其台(见《吴郡志》)。 ②阊门：吴城的西郭门，今江苏苏州旧城西门。 ③馆娃宫：吴王夫差作宫于砚石山上以馆西施，前临姑苏台。吴地人称美女为娃，因以西施得名(见

《姑苏志》)。 ④吴姬:吴地对妇女的美称。 ⑤鸦:鸟名,即乌鸦。

【品评】

这两首诗是萨都剌登临姑苏台的吊古伤今之作。站立台上,春风依旧,柳絮纷飞,燕子戏水,吴姬摇艇。遥想当年两代吴王苦心营造的姑苏台、馆娃宫早已荡然无存。仿佛水殿幽花在哭泣,落日昏鸦也在哀鸣。诗人抒发了对世代兴衰的无限感。心与境会,神情怅惘。

过浦城①

人家鸡犬隔痴岚,城郭微茫见塔尖。②
一片轻云笼马首,熟梅时节雨纤纤。③

【注释】

①选自成化本《雁门集》卷八,作于元顺帝至元二年丙子(1336)。浦城:今福建浦城。 ②痴岚:停留在山峰之间未散的雾气。微茫:雾气蒙蒙,景色迷茫。 ③熟梅时节:即黄梅成熟时,细雨纷飞,称黄梅雨,又称梅雨季节。

【品评】

萨都剌在赴闽海廉访知事途中,每过之处必即兴赋诗。当他度越江西、福建两省交界的闽关后,到了闽北古城浦城,恰逢梅雨季节。在细雨蒙蒙中,只闻鸡犬之声,却看不清城郭的面貌。塔尖隐现,轻云飘拂马首。于是便将所见描述下来。全诗随意自然，运词准确生动，将梅雨季节中浦城的景象呈现在人们面前，别有意趣。

临丹青阁①

飘然身在紫芝峰，翠壁丹崖有路通。②
杰阁凌烟欲飞去，乱山无数夕阳中。③

【注释】

①选自嘉庆本《雁门集》卷九，作于元顺帝至元二年丙子(1336)。丹青阁：在瓯宁（今福建建瓯）南紫芝峰上，宋元丰初太守石禹勤建。宣和年间赵季西命名并赋诗云："跨阁飞檐屋数盈，上横山色下溪声。等闲题作丹青阁，未必丹青画得成。"（见《方舆胜览》卷十一）。 ②紫芝峰：山峰名，据《名胜志》：紫芝山在铁狮山右，名赤芝山。山上曾产紫芝，故名。③杰阁凌烟：即高阁凌驾于云雾之中，喻丹青阁。

【品评】

这是一首借境抒情的山水诗。萨都剌登上丹青阁，放眼四望，翠壁丹崖、乱山无数映照于夕阳之中，不觉心旷神怡，飘然欲飞，禁不住挥毫抒写心中的怡悦。全诗气象高远，景色鲜丽，情境交融。

到 闽[1]

一

朔雪蛮烟总备尝，白头才到荔枝乡。[2]
浮云不阻怀贤意，得扫寒芜拜紫阳。[3]

二

潮水通城蚬蛤肥，万株红荔艳晴晖。[4]
守臣只恐山飞去，高筑闉阇锁翠微。[5]

【注释】

①选自成化本《雁门集》卷八，嘉庆本作《到闽二首》。作于元顺帝至元二年丙子(1336)。 ②朔雪：即北方的雪。蛮烟：指南方烟瘴之气。蛮，泛指南方。荔枝：果树名，生长在福建、广东等地。 ③紫阳：即紫阳书室，指宋朱熹故宅。旧址在今福建建瓯。据《建宁府志》：朱熹宅在崇安县内五夫里潭溪之上，熹父松以后事属刘子羽，子羽为筑室于里之旁，熹奉母迁居焉，扁曰"紫阳书室"。以新安(今江西婺源)有紫阳山，示不忘故土也。 ④蚬蛤：一种有介壳的软体类动物，产于江河湖海中，因闽江流经福州注入东海，故云"潮水通城蚬蛤肥"。晴晖：阳光。 ⑤"守臣"与"高筑"二句：是诗人想像之词。是说镇守福州的人，惟恐三山飞入东海，所以高筑城墙将它围起来。山，指福州城内的九仙山、乌石山、越王山。闉阇：古代城门外的重城。诗里泛指城墙或城楼。

【品评】

元顺帝至元元年冬，萨都剌由燕南廉访司照磨，迁闽海道廉访知事，心情是愉悦的，且急于前去赴任。从他赋谢许可用诗中即可看出。《元统乙亥余除闽宪知事未行立春十日参政许可用惠茶赋此以谢》诗云："春到人间才十日，东风吹到玉川家。紫薇书寄斜封印，黄阁香分上赐茶。秋露有声浮薤叶，夜窗无梦到梅花。清风两腋归何处，直上三山看海霞。"次年四月，他自大都赴福州就任。沿途或登山临水，或瞻仰古迹，或拜谒寺观，留下许多篇章。此二诗，是他到福州后所作。第一首，写他备尝朔雪蛮烟的艰辛，白头才到荔枝乡的喜悦；第二首，写福州的形胜与风物。全诗抒发了诗人对闽越梦恋已久，只恨来迟的喜悦。运用了最能体现闽南和福州特色的词语，景色鲜丽，令人神往。

钓台夜兴①

仙茶旋煮桐江水，客火遥分石壁灯。②
风露满船山月上，夜凉独对钓台僧。③

【注释】

①选自成化本《雁门集》卷八，作于元顺帝至元丁丑(1337)。钓台：即东汉隐士严子陵垂钓处，遗址在今浙江桐庐县富春山。下瞰富春渚。有东西二台，各高数十丈。《后汉书·逸民传·严光传》："严光字子陵，一名遵，会稽余姚人也。少有高名，与光武同游学。及光武即位，乃变名姓，隐身不见。帝思其贤，乃令以物色访之。后齐国上言：'有一男

子，披羊裘钓泽中。'帝疑其光，乃备安车玄纁，遣使聘之，三返而后至。""除为谏议大夫，不屈，乃耕于富春山，后人名其处为严陵濑焉。"历代骚人墨客，在钓台题诗甚多。萨都剌除此诗外，还有《夜泊钓台》、《再泊钓台次鲜于伯机韵》、《早发钓台》等，且有画，自今犹存台北故宫博物馆。 ②桐江：浙江在桐庐县与桐溪会，名桐江。客火，嘉庆本作"坐客"。③夜凉，嘉庆本作"夜深"。

【品评】

萨都剌在返大都途中，再泊钓台，夜深与僧人对饮仙茶，遥看石壁灯火，仰观月上山头，风露满船，追思前贤，感慨吟咏。全诗景色暗淡，心情凄凉。

邵伯舟中①

惊鱼时出浪花雪，短鬓凉吹水面风。②
远客行船秋色里，谁家吹笛月明中。③

【注释】

①选自嘉庆本《雁门集》卷十，作于元顺帝至元丁丑(1337)。邵伯：即邵伯湖。据《扬州府志》：邵伯湖在府城北四十五里，东接艾陵湖，西接白茅湖，南通新城，北接甓社湖。每春夏时湖水涨漫，民田淹没。晋太傅谢安出镇广陵，修筑湖堤，随时蓄泄，田始获岁，民被其泽，比之召伯甘棠，因名湖与埭焉。邵伯，亦作召伯，指周武王之弟召公姬奭，为西伯，有善政，相传他曾憩于甘棠树下，人们为怀念他而爱甘棠，并

作《甘棠》诗追怀他的美政。后来常把召伯甘棠作为咏叹美政的典故。邵伯湖即是以召伯喻谢安。 ②“惊鱼”与“短鬓”二句:写湖面的景色,风吹短鬓,凉意袭人。 ③“远客”与“谁家”:点出诗人泛舟湖中是在秋夜明月之中。

【品评】

诗人泛舟邵伯湖中,遥忆邵伯和谢安为民造福的功德。便借景寓情,抒发了自己虽有大志,却无法实现的迟暮之感。全诗淡雅含蓄。

黄河夜月①

斗杓照水半垂天,水气涨天如白烟。②
南北橹声争上下,月中闻鼓避官船。③

【注释】

①选自嘉庆本《雁门集》卷十一,作于元顺帝至元四年戊寅(1338)。是时,萨都刺在开封,任河南江北道廉访经历。②斗杓:指北斗七星中的第五至第七颗星,也称斗柄。③橹:划船用的桨。

【品评】

萨都刺乘月夜游黄河渡口,仰望满天星斗垂挂半空,河中雾气弥漫。突然响起争先恐后的划桨之声,原来是为了逃避官船的追查。他将所见所想描绘下来。揭露了官吏的横征暴敛,船民避之甚于虎狼。词语简明,画面空旷,有声有色，自然含蓄。

黄河舟中月夜[1]

十丈云帆拂斗杓，星槎风急浪花飘。[2]
夜深露冷银河近，卧听天孙织绛绡。[3]

【注释】

①选自嘉庆本《雁门集》卷十一，与《黄河夜月》作于同时。 ②云帆：高大的船帆。星槎（chā）：传说中来往于天河中的木筏。诗里指黄河中的游船。 ③银河：即天河。天孙：即织女星。绛绡：大红色的生丝织物。

【品评】

诗人于月明之夜，泛舟黄河之中，云帆擦过斗杓，耳中仿佛传来织女丢梭织绡的声响。故而心驰神往，即兴抒怀。全诗用词夸张，想像丰富，活画出黄河月夜浩茫的太空景象，呈现出浓郁的浪漫色彩。

奎章阁感兴二首[1]

一

奎章三月文章静，花落春深锁阁门。[2]
玉座不移天步远，石碑空有御书存。[3]

二

花落春生似去年，无人再到阁门前。④
当时济济夸多士，争进文章乞赐钱。⑤

【注释】

①选自成化本《雁门集》卷七，作于元顺帝至元六年庚辰(1340)。 ②“奎章”与“花落”二句：写眼前奎章阁的冷落萧条。 ③玉座：指皇帝的坐位，古人有坐玉床，处天位的说法。天步：原指天空行星的运转，诗里喻皇帝足迹。御书：指元文宗亲笔书写《奎章阁记》碑于阁中。据陶宗仪《南村辍耕录》：天历初，建奎章阁于西官兴圣殿之西廊，为屋三间，高明敞爽。南间以藏物，中间诸官入直所，北间南向设御座，左右列珍玩，命群玉内司掌之。阁官署衔，初名奎章阁，阶正三品，泰东宫属官。后文宗复位，乃升为奎章阁学士院，阶正二品，置大学士……特思创制象齿小牌五十，上书奎章阁三字，一面篆字，一面蒙古字与畏吾儿字，分散各官悬佩，出入宫门无禁……命侍书学士虞集撰记，御书刻石阁中。今上即位改奎章曰宣文。其记曰：大统既正，海内定一，乃稽古右文，崇德乐道……作奎章之阁，备燕闲之居，将以渊潜遐思，缉熙典学。乃置学士员，俾颂乎祖宗之诫训，毋忘乎创业之艰难，而守成之不易也。又俾陈夫内圣外王之道，兴亡得失之故，而以身儆焉。其为阁也，囚便殿之西庑择高明而有容……以栖图书而已。至于器玩之陈，非古制作中法者，不得在列。其为处也，跬步户庭之间，而清严邃密，非有朝会、祠享，时巡之事，几无一日而不御于斯。又黄溍《恭跋御书奎章阁记》：至顺二年春正月，御制阁记成。秋某月某甲子，大学士泰禧宗禋，使臣阿荣传旨，以刻本赐焉。臣多尔济抃蹈而退，袭藏惟

谨。以臣湣待罪太史，属记岁月于下方。臣窃闻前侍学士臣集为臣言，圣上以万机之暇，亲洒宸翰，书《奎章阁记》，刻置禁中，凡墨本，悉识以“天历之宝”，或加用“奎章阁宝”。应赐者必阁学士，画旨具成，案持诣榻前，四复奏然后予之。非文学侍从近臣为上所知遇者，未尝轻畀。又马祖常《恭赞御书奎章阁记》：至顺二年十一月七日，上遣内侍至臣祖常门，赐臣祖常御书《奎章阁记》碑本一幅者。臣祖常冗琐下品，才识浅薄，叨被光荣，待罪风纪。夙夜恐惧，无涓埃补报于聪明之万一，不得斥逐则为大幸。顾乃曲加天宠，猥赐宸翰，焕乎日月之光华，郁乎云汉之昭回。羲画八卦，禹叙九畴，虽有义有文，亦不是过也。又《书史会要》：文宗自写《阁记》，甚有晋人法度。云汉昭回，非臣庶所能及也。 ④“花落”与“无人”二句：写春去春来，花开花落，年复一年没有改变，而奎章阁则门庭冷落，无人问津。“当时”与“争进”二句：写当年的兴盛与繁荣景象。 ⑤“当时”与“争进”二句：写文宗立奎章阁学士院时，人才聚集，文事之盛。《元史·谢端传》：初，文宗建奎章阁，蒐罗中外才俊置其中，尝语阿荣曰：“当今文学之士，脱惟识谢端。”亡何，文宗崩，竟不及用端。又赵汸《邵安先生虞公行状》中有云：上方好用文学，开奎章阁，置学士员，立艺文监以治书籍，设艺林等库任摹印，将大修圣贤经传之说以为成书，知名之士多见进用。自中朝至于方外，金石之锡，承诏撰作，几无虚日。

【品评】

元顺帝至元六春，萨都剌为翰林应奉，眼见昔日欣欣向荣的奎章阁，而今冷落萧条，触景思人，挥毫赋诗，以抒胸臆。文宗至顺三年春，他曾作《奎章阁观进皇朝经世大典》，那是发自肺腑的激动与欢欣。而今阁在而景色不同，又油然而生怨叹。萨龙光谨按：“顺帝荒于游宴，溺于佛事，赖子山之言奎章阁不变，盖亦仅有存者。其临御亦罕矣。读二诗公实伤今思古，感慨系之。”诚哉是言。

夏季游杭灵隐诸峰①

佛国群山快我登，烟霞踏破几层层。②
三天竺畔全无暑，六月松阴尺五冰。③

【注释】

①选自成化本《雁门集》卷八，嘉庆本作《季夏游灵隐诸峰》。灵隐：山名，在杭州市西湖畔，本名西山，一名武林，亦名灵苑，或曰仙居。《太平寰宇记》称许由、葛洪曾隐于此。山最高处曰北高峰，与南高峰号“双峰插云”，为西湖十景之一。山东南有飞来峰，山麓有灵隐寺。东晋咸和元年(326)印度僧人慧理创建，他以为“佛在世日，多为仙灵之所隐。”因建寺名“灵隐”。唐会昌年间曾毁，五代时吴越国王钱俶命高僧王延寿主持扩建，规模宏大，盛极一时。元至正十九年(1359)毁于兵火。后历经明清六次毁、建，清康熙时，曾改名云林寺，现存大殿是清代遗物。新中国成立后又经两次大修。该寺为我国禅宗十刹之一。寺前有飞来峰、冷泉亭等胜景，为西湖游览胜地。灵隐诸峰：《西湖志余》云：峰岭有胭脂、驼岘、高峰、屏风、乌峰、石笋、杨梅、石门、西庵、石人、白猿、香炉、月桂、五峰、白云、中印、无碍、善住、稽兴、莲花、飞来等等。 ②佛国：指佛寺众多。宋耐得翁《都城纪胜·三教外地》：“凡佛寺自诸大禅刹，如灵隐、

孝光等寺……各不下百数所。”嘉庆本作“越国”，亦通。烟霞：烟雾和云霞。 ③三天竺：山峰名，在浙江杭州灵隐山飞来峰之南。分上中下三竺。三面环山，中路直通，长松夹道，相传为唐刺使袁仁敬所植。凡九里，名九里松。亦为寺名。山上有上、中、下三天竺寺。上天竺寺，五代后晋天福间建，吴越钱俶改建号天竺观音看经院；中天竺寺，宋太平兴国元年(976)吴越王建，号崇寿院；下天竺寺，隋开皇中就慧理翻经院改建。松阴：松树之阴，即幽静之地。尺五冰：即冰的厚度有一尺五寸。

【品评】

此诗是萨都剌登临灵隐诸峰的所见与所感。一二句，写佛国群山层层叠叠，笼罩在云雾和霞光之中；三四句，虽是六月酷暑季节，松阴之下，冰冻尺五，是一派清凉境界。随意自然，气象鲜明。

子昂画卧雪图①

洛阳城里三尺雪，闭户登床亦偶然。②

若使当时不相过，千年谁识二公贤。③

【注释】

①选自成化本《雁门集》卷七，作于元顺帝至正七年丁亥(1347)。嘉庆本作《题子昂画卧雪图》。子昂：赵孟頫，字子昂，号松雪道人。宋太祖子赵德芳之后。元代浙江湖州人。入元累官至翰林学士承旨。诗书画自成一家。传世作品之多，为元代之冠。《卧雪图》：以东汉孝廉袁安大雪闭门僵卧

为题材所绘之画。唐画家周昉、王维等均作有《袁安卧雪图》。《后汉书·袁安传》李贤注:汝南先贤传曰:时大雪积地丈馀,洛阳令自出案行,见人家皆除雪,出有乞食者。至袁安门,无有行路,谓安已死。令人除雪入户,见安僵卧。问何以不出?安曰:大雪人皆饿,不宜干人,令以为贤,举为孝廉。萨龙光注引冯子振《海粟集·题赵鸥波高士图》序云:唐人得意袁安《卧雪图》,宋真宗出诸内府以饯相国丁谓之守昇州(今江苏南京)。其被召也,留它赏心亭而去。后有馋太守者,窃而易之,莫知流落何许。尤物足嗟惜如此。松雪作此图极有思致,非能烹陶家冻茗者,安能味之。此可与识者道。文征明《书画题跋记》:赵松雪为袁通甫作《卧雪图》,老屋疏林,意象萧然。黄溍《袁通甫墓志铭》:吴之隐君子曰袁君,讳易,字通甫,其先家于汴,五世祖珦南渡时卒,葬于吴,因家焉,故今为平江(今江苏苏州)人。曾大父琎、大父祐之、父枢皆仕而未显,致君复不乐仕进。东平徐公持部使者节,闻君名,延见,与语大悦,将荐之于朝。君力谢不可,徐公益贤之。《子昂画卧雪图》,非东汉袁安卧雪,是画吴之隐君子表通甫不乐仕进。　②洛阳:即今之河南洛阳市。闭户登床:指袁安因大雪封门,僵卧床上。以上二句意为当年洛阳雪深三尺,袁安闭门卧床而被令尹发现,这是偶然巧合,却被荐举为孝廉。　③二公:指令尹和袁安。

【品评】

此诗是为赵子昂《卧雪图》而题。子昂于宋亡后,世祖至元二十三年(1286),行台侍御史程钜夫,奉命搜访遗逸于江南,得子昂。并荐之入朝,世祖见之才气英迈,神采焕发,如神仙中人,甚喜之。但讥之失节者有之,嫉妒构陷者有之,不仅才华不能施展，而精神上受到极大的压抑，处于欲进不能，欲退不得的两难处境，又无法向人倾诉，只能用手中之笔或赋诗或作画，寄寓入仕的悔恨心情。而萨都剌却是借题发挥，标题为《子昂画卧雪图》，而诗中点到了东汉袁安和令尹，而非子昂所画当代表通甫或徐公。抒发了对子昂的理解与同情，并对野有遗贤及对子昂的各种非议表示不满。全诗意在言外，让读者度之。

去吴留别干寿道陈子平诸友①

一

吴堤杨柳雨霏霏，四月犹寒总夹衣。②

此去孤舟无好伴，空江唯见白鸥飞。③

二

一尊判袂阖闾城，莫指青山管送行。④

芳草绿波千万里，不闻杜宇也伤情。⑤

【注释】

①选自成化本《雁门集》卷八。作于元顺帝至正八年戊子(1348)。嘉庆本在“诸友”后有“二首”二字。干寿道：人名。据《元史·干文传传》：干文传，字寿道，平江人。文传少嗜学，十岁能属文，未冠，已有声誉，用举者为吴及金坛两县学教谕、饶州慈湖书院山长。仁宗诏举进士，文传首登延祐二年(1315)乙科，授同知昌国州事，累迁长洲、乌程两县尹，升婺源知州，又知吴江州。文传长于治剧，所至俱有善政。长洲为文传乡邑，文传徙榻公署，无事未尝辄出，而亲政莫敢

通私谒。至正三年(1343)召赴阙,承诏预修《宋史》,书成,赏赉优渥,仍有旨四品以下各进一官。擢文传集贤待制。亡何,以嘉议大夫、礼部尚书致仕。卒年七十八。陈子平:人名。据《姑苏志》:陈谦,字子平,吴人。屏除世好,潜心六艺,旁览百家而守之,以约为文,驰骋上下,尤善诗赋。虞集、黄溍、张翥皆论荐,力辞乃止。所著述甚富。 ②吴堤,毛晋本作"长堤"。霏霏:纷飞;飘扬。夹衣:即双层衣服。 ③孤舟:即孤单的帆船。空江,毛晋本作"阻江"。白鸥:水鸟名。④判袂:分袂;离别。阖闾城:古吴王城,即今江苏苏州古城,相传由吴王阖闾所筑。 ⑤杜宇:鸟名,又名杜鹃,即子规鸟。传说杜鹃为战国时蜀王望帝杜宇魂魄所化。又说闻杜鹃初鸣之人,将有伤别之事。

【品评】

这二首诗是赠别之词。至正八年四月,萨都剌由苏州返金陵,干寿道、陈子平等好友送行到渡口,依依惜别,赋诗答谢。第一首,写吴堤细雨纷飞,四月犹寒,孤舟无伴,唯见白鸥翻飞,倍感孤寂冷清;第二首,写于阖闾城举杯送别,唯见两岸青山,芳草绿波,虽不闻杜宇哀鸣,却暗自伤怀。运词平淡,情景真切,令人慨叹。

独坐恭和堂①

东阁高悬如道院,人言幕府最清严。②
印封不动坐终日,满树梅花雨一帘。③

【注释】

①选自嘉庆本《雁门集》卷十四。作于元顺帝至正十年庚寅(1350)。 ②东阁:古时称宰相招贤纳士款待宾客的厅堂。诗中指廉访司接待上访者的办公处所。道院:道士居住地。五代王周《道院》诗:“白日人稀到,帘垂道院深。”幕府:指将帅等大官办事的处所。诗中指经历司。清严:清正严明。 ③“印封”句:写终日无事可干。“满树”句:写梅雨季节,细雨纷纷。

【品评】

此诗是萨都剌晚年之作。他在淮西江北道廉访司任经历,独自坐在厅堂之中,无人来访,有感而发。既表述了民无诉诵,官府清严的同时,也反映自己孤独寂寞难耐的心情。

萨都剌词选

卜算子①

泊吴江夜见孤雁②

明月丽长空，水净秋宵永。③悄无声乌鹊南飞，但见孤鸿影。④　　自离边塞路，偏耐江波静。⑤西风鸣宿梦魂单，霜落蒹葭冷。⑥

【注释】

①选自成化本《雁门集》卷八。　②吴江：今江苏吴江。孤雁：离群孤独的鸿雁。汉蔡琰《悲愤诗》之二：“胡笳动兮边马鸣，孤雁归兮声嘤嘤。”　③“明月”与“水净”二句：写秋夜很长，美丽月色洒满长空，吴江的秋水洁净清澈。　④乌鹊：鸟名，乌鸦。曹操《短歌行》之一：“月明星稀，乌鹊南飞。绕树三匝，何枝可依。”孤鸿：与孤雁同。　⑤边塞：边疆的要塞；关口。泛指边疆地区。全句意为自己由家乡雁门，像离群的孤雁来到南方。江波静：喻寂寞难耐。　⑥西风：由西方吹来的风，即秋风。宿梦魂单：在梦寐中魂魄也感孤单。蒹葭：泛指芦苇。蒹，不长穗的芦苇。葭，初生的芦苇。

【品评】

此词为萨都剌早期之作，似与《寓栖云》、《九月七日舟次宝应县雨中与天与弟别》、《过江后书与成居竹》等诗作于同时。词的上半阕写吴江漫长秋夜的景色：明月高悬、江水清澈、乌鹊南飞、离群孤鸿；下半阕则写自己由塞北到江南，宿梦魂单，孤独凄凉的心情。全词寄兴高远，情寓于景，情与景合。

法曲献仙音①

寿大司农致仕干公②

鬓未银，东风早挂冠。③侑诗图，乡称人瑞。④度蓬瀛，仙祝灵丹。⑤绕膝舞斓褊。⑥

又

天喉舌，尚书老白衣。⑦向璇穹，尝扶日出。⑧卷珠箔，闲看云飞。⑨成全古今稀。⑩

【注释】

①选自《雁门集》卷八，嘉庆本将二首合为一首。法曲：道观所奏的乐曲。唐玄宗酷爱法曲，命选三百子弟到梨园学练。到唐文宗开成二年(838)，改法曲为仙韶曲。唐法曲有《献仙音》、《献天花》、《霓裳雨衣》、《破阵乐》、《一戎大定乐》、《长生乐》等名目。 ②寿：祝贺长寿。大司农：官名。元置大司农司，掌农桑、水利、学校、救荒等事。他本作大宗伯。致仕：辞去官职。干公：即干文传。 ③鬓未银：两鬓未出现白发，指身体健康，尚未衰老。东风早挂冠：意为干寿道正春风得意时，却辞去高官，把表明品级的官帽脱下挂了起来。④侑诗图：似赋诗作画劝人饮酒，或赐钱助兴。他本作“侑词

图”。人瑞:本指人事方面的好兆头。诗里指家乡人称颂干文传高寿。 ⑤蓬瀛:指海上仙境,蓬莱和瀛洲。灵丹:即仙丹妙药。 ⑥斓斒:色彩错杂艳丽的衣服。化用老莱子行年七十,著五彩衣,学婴儿啼以取悦父母的孝子典故。 ⑦喉舌:掌握重要的机密。天喉舌,喻在朝廷地位高,权力大,一言九鼎。尚书:官名。干文传以礼部尚书致仕。老白衣:老来穿上平民的服饰,指干文传已辞官,与平民无别。 ⑧璇穹:用美玉装饰的天上宫殿。诗里指天上的星斗。 ⑨珠箔:即用珠宝装饰的帘子。 ⑩“成全”句:颂赞干文传能功成身退,善始善终,是古往今来稀有的。

【品评】

这两首词,是萨都剌为好友礼部尚书干文传辞官隐退而作。据《元史·干文传传》称:干文传,字寿道,平江人。祖宗显,宋随信郎。父雷龙,乡贡进士。宗显之先世以武弁入官,力教其子以文易武。故雷龙两举进士,宋亡,不及仕。及生文传,乃名今名以期之。仁宗诏举进士,文传首登延祐乙科。文传长于治剧,所至俱有善政。为文务雅正,不事浮藻。至正三年(1343)召赴阙,承诏预修《宋史》,书成,赏赉优渥,仍有旨四品以下各进一官。擢文传集贤待制。亡何,以嘉议大夫、礼部尚书致仕。萨都剌与干文传过从甚密,自编《雁门集》,请干为之作序。第一首,写干寿道正春风得意之时,不贪恋留权位,归隐享受天伦之乐,过神仙般的生活;第二首,写干文传自动放弃权重之地,功成身退,悠闲自适,能善始善终地保全自己,是古今稀有的。诗人由衷地对干文传的行为表示赞颂。词语简明,蕴含丰富,发人深思。

念奴娇[1]

金陵怀古[2]

六代繁华，春色去也，更无消息。[3]空怅山川形胜，已无消息。[4]王谢堂前双燕子，乌衣巷口曾相识。[5]听夜深，寂寞打空城，春潮急。[6]　思往事，愁如织。[7]怀故国，空陈迹。[8]但荒烟衰草，乱鸦红日。[9]《玉树》歌残秋露冷，胭脂井坏寒螀泣。[10]到如今，惟有蒋山青，秦淮碧。[11]

【注释】

①选自成化本《雁门集》卷八。萨龙光谨按："《词谱》，此系《满江红》调，非《念奴娇》也，旧本题下注误。"旧本"空怅"下落一"望"字，"非畴昔"作"无消息"。　②金陵：今江苏南京。　③六代：指曾在金陵建都的三国吴、东晋、南朝的宋、齐、梁、陈等六个朝代。繁华：《词综》本作"豪华"。春色：《词综》本无"色"字。春，喻欣欣向荣的时代。消息：征兆；端倪。④空怅：《词综》本作"空怅望"。空怅，白白地伤感和失望。已无消息：《词综》本作"已非畴昔"，避免与前面"更无消息"重复，为好。　⑤王谢：指王导、谢安。东晋时，王、谢二家为金陵豪门贵族。双燕子：《词综》本作"斩燕子"。乌衣巷：原金陵城内一条街巷，在秦淮河南，与朱雀桥临近。一说三国时曾在此地设军营，军士皆穿黑衣，故称乌衣巷；又一说东晋王、谢二豪门子弟皆穿乌衣，故名。唐刘禹锡《乌衣巷》诗："朱雀桥边野草花，乌衣巷口夕阳斜。旧时王谢堂前燕，飞入

寻常百姓家。”诗与词意均取后说。 ⑥空城:《词综》本作“孤城”。 ⑦思往事,愁如织:追思往古的变迁,引起千愁万绪。 ⑧怀故国,空陈迹:怀念古时曾在金陵建都的国家,白白地看着一些遗迹而已。 ⑨红日:《词综》本作“斜日”。⑩《玉树》:曲调名,即《玉树后庭花》的简称。据《陈书·后主陈皇后传》:“后主每引宾客对贵妃等游宴,则使诸贵人及女学士与狎客共赋新诗,互相赠答,采其尤艳丽者为曲词,被以新声,选宫女有容色者以千百数,令习而歌之,分部迭进,持以相乐。其曲有《玉树后庭花》、《临春乐》等。大指所归,皆美张贵妃、孔贵嫔之容色也。其略曰:‘璧玉夜夜满,琼树朝朝新。’”因后主陈叔宝荒于朝政,终日与妃嫔宴乐,直至亡国,其悦歌曲有《玉树后庭花》,后因用作荒淫亡国之音的典故。胭脂井:原名景阳井,又名辱井,在金陵台城。陈后主曾建临春、结绮、望仙三阁,极其奢华。后主与宠妃张丽华、孔贵嫔三人各居一阁。隋兵攻入台城,三人投井被俘。螀:虫名,蝉的一种。 ⑪蒋山:今南京钟山。秦淮:即秦淮河,流经金陵。

【品评】

这是怀古伤今之词。上半阕,写几经繁荣更迭的六朝古都,而今山川形胜,萧条寂寞,毫无生气,令人怅望;下半阕,写追思往古,使诗人忧愁交加。满眼是荒烟衰草、乱鸦红日,而听见的是《玉树》歌残、胭脂井中寒螀泣的声音。诗人对于斗转星移、人世多变的荒凉景象,感慨系之。全词立意高远,蕴含丰富。运笔自如,由远及近,由面到点。用典灵活。文情并茂,引人入胜。

念奴娇

登凤凰台怀古用前调并韵[①]

六朝形胜，想倚云楼阁，翠帘如雾。[②]声断玉箫明底，台上凤凰飞去。[③]天外三山，洲边一鹭，李白题诗处。[④]锦袍安在，淋漓醉墨飞雨。[⑤] 遥忆王谢功名，人间富贵，散草头朝露。[⑥]淡淡长空孤鸟没，落日招提铃语。[⑦]古往今来，人生无定，南北行人路。[⑧]浩歌一曲，莫辞别酒频注。[⑨]

【注释】

①选自成化本《雁门集》卷八。凤凰台：在今南京。 ②六朝：与"六代"同。 ③玉箫：玉制的箫，诗里是对箫的美称。 ④三山：山名，《景定建康志》：三山，在城西南五十七里，周回四里，高二十九丈。《舆地志》云：其山积石森郁，滨于大江，三峰并列，南北相连，故号"三山"。陆放翁《入蜀记》：三山，自石头及凤凰台望之，杳杳无有中耳，及过其下，则距金陵才五十馀里。洲边一鹭：指白鹭。史正志《二水亭记》云：秦淮源出句容、溧水两山，自方山合流，至建业贯城中而西，以达于江。有洲横截其间，李太白所谓"二水中分白鹭洲"是也。《一统志》云：白鹭洲，在应天府西南江中。李白题诗处：李白有《登金陵凤凰台》诗云："凤凰台上凤凰游，凤去台空江自流。吴宫花草埋幽径，晋代衣冠成古丘。三山半落青天外，一水中分白鹭洲。总为浮云能蔽日，长安不见使人愁。" ⑤锦袍：指代李白，因玄宗曾赐李白宫锦袍。淋漓：形

容湿淋淋地往下滴。指李白醉酒挥毫赋诗的情状。 ⑥王谢功名:见《金陵怀古》注⑤。散草头朝露:早晨草上的露水,散发得很快。喻权势和地位,转瞬即逝。 ⑦招提铃语:寺院簷铃之声。招提,寺院的别称。本为梵语拓斗提奢,义为四方。后省为拓提,误为招提。四方之僧称招提僧,四方僧之住处称招提僧房。 ⑧人生无定:人的一生,顺逆生死,无法从个人的愿望确定,只能顺其自然。 ⑨浩歌:放声高歌。别酒频注:分别时不要推辞,连续不断干杯。

【品评】

萨都剌登临凤凰台赋写的诗词,至今犹存的有五律《凤凰台吊进士郑复初录事》,七律《登凤凰台二首》、《凤凰台怀古》、《凤凰台同御史大夫易释董公赋》等。此词题为怀古。词的上半阕,是写作者想像中的六朝形胜,曾经是杰阁凌烟,翠帘如雾的景象,而今是玉箫声断,凤凰飞去,一派寂寥。放眼三山,不禁想像李白泼墨题诗的神态;下半阕,则写遥忆王谢二家功名显赫,也只不过是草头朝露,并悟出古往今来,人生无定,不要去功名利禄烦恼,还是别酒频注,放声高歌吧!全词想像丰富,善用比喻,画面空阔,有声有色,心情抑郁。作者看似洒脱,实则抒发了因大志不能展现的愤懑。

酹江月①

任御史有约不至②

秦淮晓发,挂云帆十丈,天风如箭。③一碧湖光三十里，落日水平天远。[4]系马维舟，买鱼沽酒，杨柳人家店。[5]轻寒袭袂，淮南春色犹浅。[6]　几度暮鼓晨钟，南来北去，游子心犹未倦。[7]芳草凄凄天际绿，怅望故人应转。[8]翠袖偎香，锦筝弹月，何处相留恋。[9]有人独自，灯前深夜频剪。[10]

【注释】

①选自成化本《雁门集》卷八。酹，成化本均错为"酬"，据嘉庆本改。　②任御史：似指任格，字正大，河南洛阳人。其父为亚中大夫、户部尚书任秉直。苏天爵《元故朝列大夫礼部员外郎任君墓志铭并序》：天爵与君三为同官，相从最久，暇则杯酒论文，继以谈笑风议。君仪容伟然，若古松柏。君初为翰林从事，及见诸老儒耆旧，按其余绪，为编修官，应奉文字，凡记载之礼，祈禳秘祝之文，亦皆有法。调汴省检校官。会文皇帝入立，乘舆经汴，擢河南省宪司经历。明年，改江西，进南行台御史，盛暑乘传诣广州，按问省臣盗海舶罪。又分行闽浙，而浙宪官相讦，持夺印章，失风宪体，皆劾去。召拜中台御史，偕同列纠浙省丞相贪墨，杖而夺其官，风节峻整。迁礼部员外郎，稽订礼文，省节浮费尤多。诏选官录囚郡国，天爵时佐右曹，以君荐宰臣。或曰："彼儒者，可乎？"某曰："正唯儒者能治狱也。"陕之诸州西南极金、洋、褒、凤，北则绥、麟、葭、丹，山川险远荒寒，君亲临之，岁余始还，果能活冤狱若干人，未始有一滥死者。君为人廉静简默，不妄进取。其为宪僚，簿书出纳，纤悉有方，吏畏服，莫敢欺诋。任格为南台御史时，萨都剌正任南台掾史。　③秦淮：即秦淮河，源出今江苏溧水东北，流经南京地区，注入长江。相传为秦始皇南巡会稽时所凿，以疏淮水，故名。唐杜牧《泊秦淮》诗云：

"烟笼寒水月笼沙,夜泊秦淮近酒家。"晓发:指拂晓出发,即游船解缆起程。云帆:白色的船帆。唐李白《行路难》诗之一:"长风破浪会有时,直挂云帆济沧海。"天风:即风,因风行天空,故称。汉蔡邕《饮马长城窟行》:"枯桑知天风,海水知天寒。"如箭:形容风速快,像射出的箭一样。 ④一碧湖光:形容青绿的山色与湖水映衬出的美丽景致。"落日"句:指日落时远望水天相接。 ⑤系马维舟:把马拴住,系船停泊。沽酒:买酒。 ⑥轻寒:即微寒。袭袂:偷偷地进入袖口中。淮南:今江苏扬州。春色犹浅:指初春时节,草木刚开始发芽。 ⑦几度:即几次。暮鼓晨钟:佛寺中晚击鼓早撞钟,以报时间,并劝人精进修持。亦作"暮鼓朝钟"。宋苏轼《书双竹湛师房》:"暮鼓朝钟自击撞,闭门孤枕对残红。"诗里喻时光的推移。游子心犹未倦:作者自指南来北往,心里并未感到厌倦。游子,离家远游之人。嘉庆本作"游人"。 ⑧芳草:即香草。凄凄:寒冷。怅望:惆怅惋惜地盼望。故人应转:老朋友应该返回来了。指任御史。 ⑨煨香:把手放在盆中炭火上取暖。嘉庆本作"偎香"。锦筝:弦乐器名。弹月:指对月弹奏吟唱。"何处"句:是说友人在什么地方留连忘返呢? ⑩"有人"以下二句:是说在深夜里独对孤灯,频繁地剪去灯芯的余烬。

【品评】

这首词,是萨都剌因任御史有约不至而发。词的上阕,写由拂晓出发,到傍晚日落所见的湖光山色,这是其一;其二,写停泊住店,买酒沽鱼;其三,写淮南初春乍暖还凉的气候。下阕,先写等了几日,游子仍未尽兴,故人应转仍未见,心情十分惆怅;继而写对故人的猜度,不知在何处留连忘返;

最后写自己独对孤灯，无人共诉衷情。抒发了急切盼望老友如约相逢而不得的失落心情。全词运用记实的手法，词语平易生动，情境逼真。

酹江月

题清溪白云图[1]

周郎幽趣，占清溪一曲，小桥横渡。[2]溪上红尘飞不到，惟有白云来去。[3]出岫无心，凌江有态，水面鱼吹絮。[4]倚门遥望，钟山一半留住。[5]　涵影淡荡悠扬，朝朝暮暮，是几番今古。[6]指点昔人行乐地，半是鹭洲鸿渚。[7]映水朱楼，踏歌画舫，寂寞知何处？[8]天涯倦客，几时归钓春雨。[9]

【注释】

①选自成化本《雁门集》卷八。清溪：吴凿东渠名清溪，发源于钟山，溪有九曲，连绵数十里。通潮沟，以泄玄武湖水，接于秦淮河。《清溪白云图》，画者为谁，不详。　②周郎：指三国吴之偏将军周瑜，字公瑾，庐江舒（今安徽舒城）人。据《三国志·周瑜传》：建安三年（198），（孙）策亲自迎瑜，授建威中郎将，即与兵二千人，骑五十匹。瑜时年二十四，吴中皆呼为周郎。幽趣：指幽雅的趣味。一曲：指清溪九曲中之一。小桥：清溪上原有七座桥，叫尹桥、鸡鸣、募士、菰首、中桥、大桥等。　③"溪上"句：形容远避尘环，幽深宁静。④出岫无心：化用陶渊明《归去来兮辞》中"云无心以出岫，鸟倦飞而知还。"之意。岫，山洞。凌江有态：指白云在溪上飘

动。鱼吹絮:指鱼儿吹起的水泡。 ⑤钟山:山名,即今南京的钟山。 ⑥“涵影”句:指天空中映照在溪中的影子,随水激荡,时而高,时而低。几番今古:即历代兴衰,多次变更。⑦行乐:消遣取乐。鹭洲鸥渚:鹭鸶、鸥鸟栖息的地方。洲、渚,水中的小块陆地,如秦淮河中的白鹭洲等。鹭洲,御选本作“鹭汀”。 ⑧朱楼:即红楼,指贵族豪门所居的楼阁。画舫:装饰华丽的船。御选本作“画船”。“寂寞”:指朱楼画舫等已经消失得无影无踪,不知到何处寻找。 ⑨天涯倦客:忙于到很远的地方宦游的人。词人自指。归钓春雨:在春雨中垂钓,喻辞官归隐。

【品评】

这是一首题画词。萨都剌在金陵任职期间,常偕友人到清溪观瞻,对清溪的自然风光和历史遗迹,了如指掌。因而《题清溪白云图》,既是再现画中之境,也是对清溪实境的描绘。词人将虚实融而为一。词的上阕,描绘周瑜所占清溪一曲的景色,是一处幽深宁静,远离尘环的隐逸之所;下阕,从美妙的涵影,联想到世代变迁,而那些在朱楼画舫中寻欢作乐的人,如今却无踪迹可寻,永远地消失了。从而抒发自己凌云之志既未能实现,归隐自适的念想自然涌出。全词清新淡雅,情在景中,怨而不怒。

酹江月

过淮阴①

短衣瘦马,望楚天空阔,碧云林杪。②野水孤城斜日里，犹忆那回曾到。[3]古木鸦啼，纸灰风起，飞入淮阴庙。[4]槌牛酾酒，英雄千古谁吊？[5]　何处漂母荒坟，清明落日，肠断王孙草。[6]鸟尽弓藏成底事，百事不如归好。[7]半夜钟声，五更鸡唱，南北行人老。[8]道旁杨柳，青青春又来了。[9]

【注释】

①选自《雁门集》成化本卷八。淮阴：今江苏淮安淮阴区，西汉开国功臣韩信的家乡。韩信先为齐王，在垓下败项羽后，刘邦夺其军权，徙为楚王。后加以谋反诱捕，并赦其罪为淮阴侯。最后又以叛乱罪，吕后用萧何计，诱杀于长安长乐宫之悬钟室，夷三族。　②短衣瘦马：短衣，古代平民或兵士所穿。瘦马，体骼瘦弱的马。全句词人自指，言其清贫。元马致远《天净沙·秋思》："枯藤老树昏鸦，小桥流水人家，古道西风瘦马。"楚天空阔：楚州天空辽阔。楚，即楚州，指淮阴县。唐天宝、至德年间，曾称淮阴一带地区为楚州，故云。碧云：碧空中的云，即青云。宋刘克庄《沁园春》："怅佳人未来，碧云冉冉；王孙去后，芳草萋萋。"林杪：树梢，林外。晋陆机《感时赋》："猿长啸于林杪，鸟高鸣于云端。"　③野水：野外的水流。唐韩愈《宿神龟招李二十八冯十七》诗："荒山野水照斜晖，啄雪寒鸦趁始飞。"孤城：边远的孤立城寨或城镇。唐王之涣《凉州词》之一："黄河远上白云间，一片孤城万仞山。"宋陆游《过广陵吊张才叔建议》诗："春风疋马过孤城，欲吊先贤泪已倾。"斜日：太阳偏西，即傍晚西斜的落日。"犹忆"句：是说从前曾经来过这里。　④古木：年代久远的树木。鸦：乌鸦。"纸灰"以下二句：是说人们祭扫祖坟，焚化纸钱，纸灰被风吹入淮阴庙里，暗示庙里无人祭奠。　⑤槌牛

釃酒：杀牛滤酒，即准备菜肴酒水，去祭祀祖先。“英雄”句：设问谁来悼念英雄呢？因韩信被吏三族，没有后人。 ⑥漂母荒坟：漂母，指漂洗棉絮的老年妇女。《史记·淮阴侯列传》：信钓于城下，诸母漂，有一母见信饥，饭信，竟漂数十日。信喜，谓漂母曰：吾必有以重报母。母怒曰：大丈夫不能自食，吾哀王孙而进食，岂望报乎？汉五年正月，徙齐王信为楚王，都下邳。信至国，召所从食漂母，赐千金。荒坟，即漂母冢，《史记集解》：张华曰漂母冢在泗口（今江苏淮阴西南）南岸。唐罗隐《漂母冢》诗：“寂寂荒坟一水滨，芦洲绝岛自相亲。青娥已落淮边月，白骨甘为泉下尘。原上荻花飘素发，道旁菰叶碎罗巾。虽然寂寞千秋魄，犹是韩侯旧主人。”清明：农历每年二十四节气之一，农历三月，公历4月4、5日或6日。民俗为扫墓之日。肠断：形容极度悲痛。晋干宝《搜神记》卷二十：“临川东兴，有人入山，得猿子，便将归。猿母自后逐自家。此人缚猿子于庭中树上，以示之。其母便搏颊向人，欲乞哀状，直谓口不能言耳。此人既不能放，竟击杀之，猿母悲唤，自掷而死。此人破肠视之，寸寸断裂。”王孙草：汉淮南小山《招隐士》：“王孙游兮不归，春草生兮萋萋。”后以“王孙草”指牵人离愁的景色。唐李颀《题少府监李丞山池》诗：“窗外王孙草，床头中散琴。清风多仰慕，吾亦尔知音。”⑦鸟尽弓藏：是说将飞鸟射杀尽后，便藏起弓来，无所使用。喻大功告成，功臣受害。《淮南子·说林训》：“狡兔得而猎犬烹，高鸟尽而强弩藏。”《史记·越王勾践世家》：“蜚鸟尽，良弓藏；狡兔死，走狗烹。”《淮阴侯列传》：“信曰：果若人言，‘狡兔死，良狗烹；高鸟尽，良弓藏；敌国破，谋臣亡。’天下已定，我固当烹。”“百事”句：是说事事都不如归金好。即不遭灾难，终其天年。《淮阴侯列传》：“蒯通复说曰：‘夫听者事之候也，计者事之机也，听过计失而能久安者，鲜矣。……故知者决之断也，疑者事之害也，审毫厘之小计，遗天下之大数，智诚知之，决不敢行者，百事之祸也。'”　⑧半夜钟声：即半夜撞钟报时。五更鸡唱：指天将明时，雄鸡打鸣报晓。“南北”句：指居无定所，南来北往，四处奔波的人，年华易逝。⑨“道旁”以下：道旁的杨柳，年复一年，春天一到发芽变青，久盛不衰。

【品评】

此词是萨都剌于清明时节，再度到淮阴庙瞻仰，为凭吊韩信而作。上阕，描述自己短衣瘦马来到楚州，所见天空和原野的景象，并忆起那回来此看到的祭扫气氛；下阕，则发表议论，天道常存，人生易老，凡事不如归好。全词抒发了悲愤交织的心情，对韩信的深切同情，对加害韩信者的无比愤慨。全词运用描绘与议论相结合的手法，以自然景色的变化，衬托人的心情。景象辽阔苍凉，心绪抑郁。蕴含丰富，令人慨叹。

酹江月

游句曲茅山①

一壶幽绿，爱松阴满地，蕊珠宫府。②老鹤一声霜衬履，隔断人间尘土。③月户云窗，石田瑶草，丹鼎飞龙虎。④荼蘼花落，东风吹散红雨。⑤　春透紫髓琼浆，玻璃杯酒，滑泻蔷薇露。⑥前度刘郎重到也，开尽碧桃无数。⑦花外琵琶，柳边莺燕，玉佩摇金缕。⑧三山何在？乘鸾便欲飞去。⑨

【注释】

①选自成化本《雁门集》卷八。句曲茅山：山名，在今江苏句容。原名句曲山。相传汉代茅盈、茅衷、茅固三兄弟于此山修道成仙，故改名茅山，或称三茅山。 ②幽绿：即深绿，喻仙人饮料，指茶水。蕊珠宫府：道家称天上的上清宫有蕊珠宫，为神仙居所。词中喻茅山道观为仙宫。 ③"老鹤一声"句：相传鹤知夜半，故夜半而鸣。词人借用其意，即夜深鹤鸣，地上已结了一层霜。"隔断"句：语意双关，既指霜将尘土冻结起来，又指茅山是超脱尘凡的境界。 ④月户：月下的门户。宋向子諲《鹧鸪天·戏韩叔夏》词："只有梅花似玉容，云窗月户几尊同。"云窗：云雾缭绕的窗户。借指僧道或隐者的居室。宋范成大《华山寺》诗："我今闲行作闲客，暂借云窗解袍具。"石田：贫瘠的田地。元王逢《赠龙虎山人郑良楚》诗之二："石田岁稔茅屋好，种气诗赓翰林。"瑶草：传说中的香草。《文选·江淹〈别赋〉》："君结绶兮千里，惜瑶草之徒芳。"李善注："《山海经》曰：'姑瑶之山，帝女死焉，名曰女尸，化为瑶草。其叶胥成，其花黄，其色如兔丝，服者媚于人。'"丹鼎：炼丹用的鼎。元元好问《游天坛杂诗》之五："同向燕家舐丹鼎，不随鸡犬上青云。"飞龙虎：指炼丹火旺而丹水蒸腾。龙虎，道家语，指水火。唐李咸用《送李遵师归临川》诗："尘外烟霞吟不尽，鼎中龙虎伏初训。"宋苏轼《和章七出守湖州》之二："鼎中龙虎黄金贱，松下龟蛇绿骨轻。"宋朱熹《〈周易参同契〉考异》："坎离水火龙虎铅汞之属，只是互换其名，其实只是精气二者而已。精，水也，坎也，龙也，汞也；气火也，离也，虎也，铅也。" ⑤荼蘼：落叶小灌木，攀缘茎，

花白色,有香气。可供观赏。东风:指春风。《礼记·月令》:“(孟春之月)东风解冻,蛰虫始振,鱼上冰。”唐李白《春日独酌》诗之一:“东风扇淑气,水木荣春晖。”红雨:喻红色的花瓣纷纷飘落。　⑥紫髓琼浆:喻仙人饮料,或美酒。紫髓,即紫色的石钟乳液,可入药。琼浆,仙人饮料。《楚辞·招魂》:“华酌既陈,有琼浆些。”“滑泻”句:指蔷薇露滑腻滋润。蔷薇露,酒名。宋陆游《老学庵笔记》卷七:“寿皇时,禁中供御酒名蔷薇露。”　⑦前度刘郎:南朝宋刘义庆《幽明录》载:东汉刘晨阮肇在天台山遇仙,归来已是晋代。后刘等重反天台山,旧踪渺然。诗文中因称去而复来的人为“前度刘郎”。亦作“刘郎前度”。唐刘禹锡《再游玄都观绝句》:“种桃道士归何处?前度刘郎今又来!”此刘禹锡自称。后因以刘郎指刘禹锡。词里是萨以刘郎自喻,因他曾数次游茅山,故云。碧桃:植物名,桃树的变种。　⑧琵琶:弦乐器名。莺燕:黄莺和燕子。玉佩:玉制的佩饰。金缕:用金属制成的穗状物。南朝梁简文帝《火法颂》:“幢号摩尼,旙悬金缕。”　⑨三山:指海上三座仙山:蓬莱、方丈、瀛洲。鸾:传说中的神鸟。

【品评】

萨都剌喜游洞天福地,曾多次到茅山,游览玄洲精舍、崇禧观、元符万宁宫、青元观、紫阳观、五云观、升龙观、华阳洞等著名宫观。与众道观住持张伯雨、刘云江、谢舜咨、林所泉、冯友直、马初阳等等,来往甚密,互有唱和,其诗至今尚存。据《江南通志》载:茅山在句容县东南,高三十里,周百五十里。《真诰·稽神枢》云:句曲山古人谓为金坛之虚台,天后之便阙,山形似已,故以句曲为名,又名已山。相传汉时茅氏兄弟三人得道于此,因名其高者曰大茅,又中茅、小茅。其他为洞为岩，为泉为涧，为冈为峪，不可胜记。道书所谓“第八洞天、第一福地，金陵地肺”是也。梁陶宏景隐居于此。故萨都剌对这座仙山情有独钟，数次登临观瞻，而兴犹未尽。词的上半阕，描绘了茅山清幽雅致的迷人景色；下半阕则抒发对洞天福地留恋，及乘鸾飞仙的向往之情。全词语言清丽淡雅，善用比喻，活用典故，意境优美，令人心驰神往。

酹江月

姑苏台怀古①

倚空台榭，爱朱阑飞瞰，百花洲渚。②云岭回廊香径，争似旧时庭户。③槛外游丝，水边垂柳，犹学宫腰舞。④繁华如梦，登临无限清古。⑤ 果见荒台落日，麋鹿来游，漫尔繁榛莽。⑥忠臣抉目挂东门，可退越家兵伍。⑦空铸干将，终为池沼，掩面归何所。⑧千载遗风，尚听侬歌《白苎》。⑨

【注释】

①选自成化本《雁门集》卷八。姑苏台：台名，又名胥台。在今江苏苏州西南的姑苏山上。相传春秋时由吴王阖庐奠基，夫差最后建成，上面建有春宵宫可作长夜饮。越国灭吴，将姑苏台焚毁。 ②台榭：建筑在台上的楼阁。朱阑：红色的阑干。百花洲渚：指太湖中的小岛。 ③回廊：即曲折环绕的走廊。传说吴王阖庐建九曲路以游姑苏台。香径：即采香径，又名箭径，溪水名。旧址在今江苏吴县西香山附近。传说吴王曾在香山种过花卉。 ④槛：栏干。游丝：蜘蛛等

昆虫牵的丝。宫腰舞:形容游丝和柳条随风摆动,仿佛像宫女们扭动腰身,翩翩起舞。《韩非子·二丙》:“楚王好细腰,而国中多饿人。”后以宫腰泛指女子的细腰。喻吴王的荒淫无度。　⑤“繁华”与“登临”二句:遥忆当年的繁华如同梦幻,再看眼前的清冷,心中却无限凄凉。　⑥麇鹿:兽名,俗称四不像。榛莽:杂乱丛生的草木。　⑦“忠臣”与“可退”二句:伍子胥劝夫差放弃争霸中原,抓住机会灭越国。夫差不仅不听忠告,却听信谗言,赐伍子胥自杀。传说伍子胥料越必灭吴,临死前遗言将他眼珠剜出来挂在吴城东门,让他看越国军队攻城入门。　⑧干将:宝剑名。喻夫差的“属镂”剑,不用去刺杀敌人,而赐给忠臣自杀。“终为”与“掩面”二句:指吴国终被越所灭,夫差求勾践像他当年对待勾践一样赦免自己,勾践不听。故云夫差在九泉之下也无面目去见伍子胥。　⑨《白苎》:吴地的一种民歌。

【品评】

此词是吊古伤今之作。萨都剌站在姑苏台上,眼见一派荒凉景象,不禁忆起往古的繁华,犹如幻想,便即兴填词。上阕,描述自己在台上的所见所想,对姑苏台的物换星移,盛衰更迭,感慨无限;下阕,由满目荒凉,联想到吴王弃忠信奸,终遭亡国。全词对伍子胥的忠肝沥胆,反遭杀害,深表同情和景仰。对吴王荒淫信谗亡国则于以谴责。全词立意高远,想像丰富,描写生动,景色苍茫,气势悲壮,心情沉郁,耐人寻味。

水龙吟①

赠　友②

王郎锦带吴钩，醉骑赤鲤银河去。③绛袍弄月，银壶吸酒，锦笺挥兔。④秃鬓西风，短篷落月，东吴西楚。⑤怅丹阳郭里，相逢较晚，共剪烛、西窗雨⑥　文彩风流俊伟，碧纱巾挂珊瑚树。⑦出门万里，掀髯一笑，青山无数。⑧扬子江头，冻沙寒雨，暮天飞鹭。⑨待明朝酒醒金山，过瓜洲渡。⑩

【注释】

①选自《雁门集》成化本卷八。　②赠友：其友为谁？不详。　③王郎：似指友人姓王。郎，表示对于青年男子的美称，且看出诗人与之关系密切。锦带：即锦缎制的袍带。吴钩：古代兵器名，形似剑而曲。诗里泛指宝剑。赤鲤：传说中为仙人所骑。银河：天河。　④绛袍：即绛纱袍，为深红色，古代用着朝服。弄月：欣赏月色。银壶：用银制的酒壶。锦笺：精致华美的纸。挥兔：即挥毫。指用兔毛为笔尖。⑤秃鬓：喻鬓发已脱光。西风：秋风。篷：指船篷或车篷。东吴西楚：地区名。泛指江苏苏州和淮北一带。　⑥丹阳：今江苏丹阳。剪烛：剪去烛芯馀烬。后二句，化用李商隐《夜雨寄北》："何当共剪西窗烛"诗意。　⑦"文彩"句：形容友人才华横溢，潇洒脱俗，体貌魁伟俊美。珊瑚树：热带海生动物，因骨骼相连，形同树枝，故名。　⑧髯：两腮的胡子。　⑨扬子江：诗里指长江流经镇江一带称扬子江，因原扬子县得名。

暮：即傍晚。鹭：鸟名。白鹭、苍鹭。 ⑩过瓜洲渡：御选本作："击楫过"、瓜洲渡。丁绍仪《听秋声馆词话》卷十三亦云：萨词之"酒醒金山过瓜洲渡"，词意欠完足，调亦不协，恐"金山"下脱落二字。瓜洲渡：在今江苏扬州邗江区。

【品评】

这首赠友之词，抒发作者对友人相逢较晚，去也匆匆，倾诉不尽衷肠的遗憾。运笔随意，想像丰富，场境虚实结合，人物描绘形象鲜明生动，情在不言之中。

百字令

登石头城①

石头城上，望天低吴楚，眼空无物。②指点六朝形胜地，惟有青山如壁。③蔽日旌旗，连云樯橹，白骨纷如雪。④一江南北，消磨多少豪杰？⑤ 寂寞避暑离宫，东风辇路，芳草年年发。⑥落日无人松径里，鬼火高低明灭。⑦歌舞尊前，繁华镜里，暗换青青发。⑧伤心千古，秦淮一片明月。⑨

【注释】

①选自嘉庆本《雁门集》附卷。石头城：旧址在今江苏南京，本战国楚金陵邑。东汉建安十七年(212)孙权重筑改名。又名"石首城"，简称"石城"。 ②吴楚：指春秋时吴、楚两国地盘。诗里泛指江苏一带。眼空无物：一眼望不到边际。③六朝：即六代，见《金陵怀古》注①。形胜地：地势优越壮

美。如壁:御选本作"半壁"。　④蔽日旌旗:指旗帜遮住了阳光。连云樯橹:高高的桅杆插入云霄。樯,桅杆。橹,划船的大桨。白骨纷如雪:白骨多如纷飞的雪片。　⑤一江:即长江。消磨:消失与磨灭。豪杰:才能超群出众的人。⑥离宫:古代皇帝出行时,在正宫之外,临时居住的行宫。东风:春风。辇路:古时帝王车驾经过的道路。芳草:香花野草。以上指六朝宫殿,已变为废墟,荒凉冷落。　⑦松径:指墓间小路。古时在墓地植松楸,后以松楸指代坟墓。鬼火高低明灭:即在夜间看见古墓燃起了磷火,忽高忽低,忽明忽暗。指古墓荒冷寂寞。鬼火,对磷火的俗称,即尸体腐烂分化出的磷化氢自燃时忽隐忽现的青绿色光,古人尚无法解释,故名。　⑧"歌舞"以下三句:意即日夜沉湎于纸醉金迷之中,在歌舞妓馆,纵酒行乐,虚度年华,不知不觉地,头上的黑女已变为白发。喻岁月易逝,人生易老。　⑨秦淮:即流经金陵的秦淮河。

【品评】

此词与《金陵怀古》同为吊古之作。《金元词纪事会评》云:其金陵怀古词尤多感慨,有"一江南北,消灭多少豪杰"之句。许昂霄《词综偶评》:萨都剌用东坡原韵(即《念奴娇·赤壁怀古》),"鬼火高低明灭"以上俱是触目生慨。"歌舞尊前"三句,略推开。"伤心千古"二句,仍收归古城。此词的上阕,前三句,写在石头城上,极目远眺,无边无际;接着二句,写六朝在此形势壮美之地,建都立业,而今只有青山壁立,其繁华早已消逝;继而"蔽日"以下四句,想像昔日战况,旌旗遮天蔽日,高大的战船,插入云霄,大江南北,尸骨遍野,消灭了多少英雄豪杰。下阕前三句,写昔日的避暑离宫,而今长满芳草;

接着“落日”以下二句，写夜间阴森恐怖的气氛；继而“歌舞”以下三句，写年华易逝。最后二句：写面对明月无限伤感。全词意象开阔，词语夸张，气势雄豪，感染力强，是萨词之佳品。

木兰花慢

彭城怀古[1]

古徐州形胜，消磨尽，几英雄。[2]想铁甲重瞳，乌骓汗血，玉帐连空。[3]楚歌八千兵散，料梦魂，应不到江东。[4]空有黄河如带，乱山回合云龙。[5]　汉家陵阙起秋风，禾黍满关中。[6]更戏马台荒，画眉人远，燕子楼空。[7]人生百年寄耳，且开怀，一饮尽千钟。[8]回首荒城斜日，倚栏目送飞鸿。[9]

【注释】

①选自嘉庆本《雁门集》附卷。彭城：本为古大彭氏国，秦置彭县，西楚霸王项羽曾建都彭城，即今江苏徐州。②形胜：指地形优越，山河壮丽。消磨尽，几英雄：即消灭了几多英雄。消，消失。磨，磨灭。几，疑问，不定数，几多。③铁甲：古代用铁片连缀而成的护身战衣。重瞳：指眼球中有双眸，即两个瞳孔。《史记·项羽本纪》：太史公曰：吾闻之周生：舜目盖重瞳子。又闻项羽亦重瞳子。乌骓汗血：骏马名，传说项羽所骑战马，名乌骓，其汗如血。乌骓，毛色青白相杂。汗血，流汗如血。《史记·大宛列传》：大宛多善马，马汗血，其先天马种也。玉帐连空：主帅的帐幕高耸入云。玉

帐,古代战时,主帅的帐幕,取如玉之坚的意思。 ④“楚歌”以下三句:指项羽在垓下被汉军重重包围,四面传来楚歌声,项羽所带的兵溃散,项羽突围到乌江渡,本有机会渡江,但他拒绝东渡,杀敌数百,自刎而亡。《项羽本纪》:项王兵壁垓下,兵少食尽,汉军及诸侯兵围之数重。夜闻汉军四面楚歌。项王乃大惊曰:汉军已得楚乎?是何其人之多也。乃欲东渡乌江。乌江亭长杈船待,谓项王曰:江东虽小,地方千里,众数十万人,亦足王也。愿大王急渡,今独臣有船,汉军至,无以渡。项王笑曰:天之亡我,我何渡为!且籍与江东子弟八千人渡江而西,今无一人还,纵江东父兄怜而王我,我何面目见之?纵彼不言,籍独不愧于心乎?乃谓亭长曰:吾知公长者。吾骑此马五岁,所当无敌,尝一日千里,不忍杀之,以赐公。并令骑下步行,持短兵接战,独籍所杀汉军数百人,身被数十余创。顾见汉骑司马吕马童,曰:若非吾故人乎?吾闻汉购我头千金,邑万户,吾为若德。乃自刎而死。王翳取其头,余骑相蹂践争项王,相杀者数十人。宋李清照《夏日绝句》:“生当为人杰,死亦为鬼雄。至今思项羽,不肯过江东。”萨都剌化用李诗之意。 ⑤“空有”以下二句:空有:徒有;只有。黄河如带:黄河故道,像一条带子,环绕徐州而流。乱山:高低不一,排列错杂的山峰。回合:即群山环抱。云龙:即云气兴起,神龙飞动。以上二句,意为徒有被山带河的地理环境,而很快就被灭亡了。 ⑥“汉家”以下二句:指西汉也衰败灭亡了,他们的宫殿和陵庙,已变为废墟,长满了五谷杂草。陵阙,即陵庙和宫殿。起秋风,指秋风一起,落叶飘零,喻汉代的衰败。禾黍,泛指黍稷稻等粮食作物。《诗·王风·黍离序》:“《黍离》闵宗周也。周大夫行役至于宗周,过故宗庙宫室,尽为禾黍。闵宗周之颠覆,彷徨不忍去而作是诗也。”后以“禾黍”为悲悯故国或胜地废圮之典。关中，指函谷关以西的陕西中部一带，因西汉建都长安，故云。 ⑦“更戏马台荒”以下三句：改变得更大的是戏马台的荒芜，画眉人远去，燕子楼空无一人。戏马台：在徐州南，相传项羽曾于此戏马。画眉人：指汉宣帝时京兆尹张敞，字子高，平阳人。《汉书·张敞传》：敞为京兆，朝廷每有大议，引古今处便宜，公卿皆服，天子数从之。然敞无威仪，时罢朝会，过走马章台街，使御史驱，自以便面拊马。又为妇画眉，长安中传张京兆眉妩。有司以奏敞，上问之。对曰：臣闻闺房之内，夫妇之私，有过于画眉者。上爱其能，弗备责也。然终不得大位。燕子楼：相传为唐尚书张建封为其爱妾盼盼所建。贞元四年(788)，张建封以功迁徐、泗、濠节度使，支度营田观察使，令守江淮运路。乃按据纲纪，严明赏罚，使徐州为雄镇。他死后，盼盼居楼中十五年，不嫁不食而卒。又据《中国古今地名大辞典》云：“旧传张尚书名建封。盼盼为建封妾。然以白香山年谱考之。则所谓张尚书，实建封之子，名愔。”可备一说。从词意看，萨将张建封与张敞视作一人。 ⑧“人生”以下三句：意为人生在世，如百年行旅之人，来去匆匆，赶快及时行乐，开怀畅饮，千钟不停，一醉方休。钟，同“盅”，酒杯。⑨“回首”以下二句：词人自我写照，站在城头，放眼落荒城，倚着栏干，目送飞鸿，怅然若有所失。

【品评】

此词似与七言绝句《彭城杂咏》作于同一时期，即元文宗至顺三年壬申(1332)，是年三月，萨都剌由翰林国史院，出为江南诸道行御史台掾史。过沛县登临歌风台，过彭城，寻访亚父冢和戏马台，且即兴赋诗。词的上阕，前三句，写历来为了争夺徐州，不知磨灭了多少英雄豪俊；接着六句，写项羽的豪气与败亡；最后二句，作者的感慨和遗憾。下阕的前二句写西汉的衰亡；接着的三句，又写眼前的戏马台和燕子楼更为荒凉，且将画眉人与燕子楼的主人合而为一；“人生”以下三句，则是对人生的认识和消极的态度；最后二句，写作者的神情。全词运笔跌宕有致，画面辽阔苍凉，心情怅然若失。《金元词纪事会评》云：清陈廷焯《词则·放歌集》评上阕“楚歌八千”后数句：声调高明，直逼幼安。评下阕“人生百年”后数句：一笔撇开，兔起鹘落。